细部修辞的力量

XIBU XIUCI DE LILIANG

张学昕 —— 著

春风文艺出版社
·沈阳·

图书在版编目（CIP）数据

细部修辞的力量/张学昕著. —沈阳：春风文艺出版社，2024.1
ISBN 978-7-5313-6613-3

Ⅰ.①细… Ⅱ.①张… Ⅲ.①小说研究—中国—当代 Ⅳ.①I207.42

中国国家版本馆CIP数据核字（2024）第005371号

春风文艺出版社出版发行
沈阳市和平区十一纬路25号　邮编：110003
辽宁新华印务有限公司印刷

责任编辑：姚宏越	责任校对：于文慧
封面设计：仙　境	幅面尺寸：155mm×230mm
字　数：320千字	印　张：23.5
版　次：2024年1月第1版	印　次：2024年1月第1次
书　号：ISBN 978-7-5313-6613-3	定　价：58.00元

版权专有　侵权必究　举报电话：024-23284391
如有质量问题，请拨打电话：024-23284384

目录 Contents

第一辑 视角与伦理

细部修辞的力量 …………………………………3
视角的政治学 ……………………………………19
"抗战小说"的叙事伦理 …………………………32
小说家及其文本可能的宿命 ……………………45
苏童与中国当代短篇小说的发展 ………………61

第二辑 小说的气象和魔术

小说的气象 ………………………………………85
小说的"明白" ……………………………………97
苦涩的黑氏,或何谓"人极" ……………………109
短篇小说魔术师,或品酒师 ……………………122
小说的"倒立",或荒诞美学 ……………………137
丙崽究竟该如何生长? …………………………155

如何面对酿酒师和礼帽的飞行……………167
世界上唯有小说家无法"空缺"……………178
生命像聚在一头乱发中……………189
富阳姑娘、日本佬和双黄蛋……………200
小说的佛道……………213

第三辑　世纪写作和荒寒美学

贾平凹的"世纪写作"……………227
苍茫"北中国"的乡土美学……………241
余华小说的"细部修辞"……………261
为何会有"描述旧时代的古怪的激情"……………276
阿来的植物学……………298
《有生》的意义……………304
灵魂交响与叙事变奏……………313
无法"篡改"的叙述……………329
班宇东北叙事的"荒寒美学"……………351

第一辑

视角与伦理

细部修辞的力量

一

我们在阅读小说、研究和分析文学文本的时候，可能常常会思考这样的问题：我们究竟是怎样从作品中体味到了文学的美好？究竟是从哪些具体的方面，获得了深刻的感动和持久的精神力量？我们需要珍视好的文学，热爱好的文学，我们更需要懂得好的文学。那么，一部好的文学作品，一部好的小说，真正能够体现出其独特价值的地方在哪里呢？衡量作家和文本的坐标或天平究竟是什么？

其实，多年以来，这些貌似老话题的问题，却始终被我们所忽视，而缠绕着我们的，往往是那些很宏观、很理论、十分富于理论感的大问题。正是这些似是而非的"问题"和理论规约，束缚、遮蔽着我们的阅读，也禁锢了那些我们原本会极其生动体验的艺术感受。一方面，从比较"职业的"阅读角度，我们可能会更多地考虑作家的文学成就，考察作家的文学史地位，很"学术"地研究其当下的理论意义和价值；另一方面，个人的文学阅读和审美判断，也会掺杂、渗透出个性好恶，以及潜藏在内心深处强烈的道德评价。当然，这些都没有问题，而我的想法是，当我们面对作家、作品的时候，我们在注意或重视理论地把握、概括作家创作宏大意义的同时，在文本阅读中，不惜"牺牲"形而下的"原生态"面貌，不遗余力地挖掘文本形而上本质的时候，是否更需要关注文本的"意义生成"过程，更竭力地去发现叙述的魅力在哪里闪现呢？我认为，这恰恰应该是走进文本、走近作家本身的一个重要当口。就是说，我们不能忽略作家写作的姿态和叙事策略，以及由此在文本中呈现出的小说"细部的力量"。这种力量可能来自一个小说人物的表情或动作，来自一个蕴藉了特别氛围的场景，一件生活中琐碎之事的回顾，来自一段充满浓郁日常性的话语，也许是一段类似"闲笔"的不经意的叙述。说它是细节也行，说它是细部也罢，它必然是文学叙事的精要所在，是触动心灵的切实要素或原点。一个好的叙述，它的精华之处，一定在细部。仔细想想，任何一部杰出、伟大的作品，无不是无数精彩细部浑然天成的组合。在这里，细部所产生和具有的力量，一定会远远覆盖人物、情节、故事本身，而且，它所提供的生活经验、生命体验和艺术含量，既诉诸了一个杰出作家的美学理想和写作抱负，也能够体现一个作家的哲学、内在精神向度和生活信仰。平凡、平实、平淡、朴素、诚挚、充满情怀，才是一部作品熠熠生辉的根本和底色。唯有从最基本、最普通、最细致，而非有深刻命意和内在深度的生活着眼，进入、表现最实在的生活之中，不是想通过作品来说服什么的文字才更加令人信服，不故弄玄虚、掩人耳目地制造悬疑的叙述才会更加耐人咀嚼，这样的文学，才会有绵延不绝的艺术力量。实际上，这又不仅仅是一个艺术、技术层面的问题，而是一个作家价值观、生活观、美学观的问题。仔细想想，一部作品，一篇小说，真的非要概括出现实的意义或所谓生活的性质才达到目的了吗？对细部的迷恋和重视，至少说明这个作家放松了自己的姿态，回到了具体的事物，回到了事物的本体，回到生活的原点，没有从"高处不胜寒"的高度，凌空蹈虚般凌驾于基本的生活流之上，摆脱了所谓神性和理念的控制。

　　说到底，作家在发现生活和表现生活的时候，是不需要虚张声势地给生活、时代命名的。也许，我们的时代，根本就不需要那么大的声音，能够发现生活真正价值和美好的人，如同挖掘到黄金一样，他是不会虚张声势，大声喊叫的。人人都在生活，在每一位行路者的旅途中，最终留下的，都是自己独特而鲜明的印迹；他们所发出的声音，也不一定都要遵循某种固定的样式和模板。因此，谁能够发现一种富于个性的细微的声音，谁能洞悉一个个生命方向上的正路、岔路、窄路和死路，谁能在一个大的喧嚣的俗世里面，感受或者感悟到一个普通心灵的质地，就可能产生一种驾轻就熟、举重若轻的大手笔。这是一种能剔除杂质的目光，这种目光才会发现一种眼神，这是一种大音希声的声音，这种声音才能传达细节的气氛和气息，这也是一种大象无形的抚摸，这种抚摸会在一种事物上面感知大千世界、万物众生。这样的话，作家的写作，他的叙事，就不担心细小和琐屑。世界就是由无数琐碎的事物构成的，作家点石成金般的才华、质朴、心智、关怀和良知，与现实生活中无数细小的东西连起来，就会形成一个巨大的张力场，作家在这样的场域中写作，给人的感觉就会非常特别。可以这么说，从某种意义上讲，作品中充满生活细节的文本，都与作家对生活的感情和爱密切相关。

  这时候，最需要的，或许就是一个作家的平常心、朴素的情怀。其实，平常心是一种大境界。那是一种不坚执、不顽冥、不刻意的心境或者心态，不躁不厉，那是阅尽人间或生命万象之后的坦然和坦荡。我相信，任何好的书写和叙述都会从这样的写作心态出发，而不是那种自命不凡、可以纵览世间沧桑的高屋建瓴。这是一个作家的创作心态问题。日本著名导演小津安二郎，在电影创作中始终坚持这样的理念，让生活自身呈现，他将摄像机固定在与人一样的高度，让其处于一个倾听者的正面的位置，直抵情景的细部。而且，他不会用任何不礼貌的角度来拍摄自己的人物，永远选择平视或仰视，而不是俯拍。因此，在小津安二郎的作品中，有散发着日常生活的芳香,有对人的充分尊重,又有宗教的平等、庄严和宽广,质朴和细腻中弥漫着诗意和忧伤。

作家莫言强调,一个作家不应该总是宣称自己是"为老百姓写作",而应该是"作为老百姓写作",他说:"'为老百姓写作',听起来是一个很谦虚很卑微的口号,听起来有为人民做牛马的意思,但深究起来,这其实是一种居高临下的态度。其骨子里的东西,还是作家是'人类灵魂的工程师''人民代言人''时代良心'这种狂妄自大的、自以为是的玩意儿在作怪。"[1]这里,莫言所强调的是,"作为老百姓写作",就是不会把自己置于比老百姓高明的位置上,而且,他在写作的时候,不会也不必去考虑这些问题,他没有想要用小说来揭露什么,来鞭挞什么,来提倡什么,来教化什么,因此他在写作的时候,就可以用一种平等的心态来对待小说中的人物。这种写作姿态,也决定了作家的价值取向,还有写作方式,包括作家对细部的兴趣和关注,摆脱"大"的题意或主旨对写作的规约,并由此决定如何选择写作修辞策略。

一般地说,修辞被视为话语的技术层面要求。在炼字、遣词造句,搭建情节、细节和结构故事过程中,作者殚精竭虑,这是谋篇布局的心智体现。我想,在一个较大的叙述里,修辞绝不仅仅只是一个技术层面的要求,更是一种在思想和精神上具有文化意味的选择。就像亚里士多德讲的那样,"只知道应当讲些什么是不够的,还须知道怎样讲"[2]。就是说,当一个作家知道自己写什么的时候,他在一定程度上就已经拟定或预设了叙事的空间维度,而发现应该聚焦的生活,洞悉其间或背后潜藏的价值体系,对时代生活做出深刻

---

[1] 莫言:《作为老百姓写作》,载林建法、徐连源主编《中国当代作家面面观——寻找文学的魂灵》,春风文艺出版社,2003年版,第4页。

[2] 亚里士多德:《修辞学》,生活·读书·新知三联书店,1991年版,第147页。

判断，可以视为从整体到细部最基本的文本编码。这里面，其实就埋藏着"怎样讲"的倾向。修辞是一种发现，是一种能力，"细部修辞"，则是那种用心的发现，是很少整饬生活的独到选择和朴素的叙述策略，虽然细部无处不在，却不只是作为语言层面的问题来加以讨论的。因此，作家的修辞，在生活面前并不是无处不在的，经意或不经意的遗漏和空缺，往往也可能是最重要的细部修辞。

二

作家余华在被问及在写作中会碰到哪些困难时，他直言不讳地说，困难非常多，尤其是"有很多都是细部的问题。这是小说家必须去考虑的，虽然诗人可以对此不屑一顾，然而小说家却无法回避。所以说，小说家什么事都要去管"[①]。此外，余华还谈及几位对他写作有重要影响的作家，特别是川端康成，而这位作家恰恰是极为重视细部的杰出作家。"川端康成对我的帮助仍然是至关重要的。在川端康成做我导师的五六年里，我学会了如何去表现细部，而且是用一种感受的方式去表现。感受，这非常重要，这样的方式会使细部异常丰厚。川端康成是一个非常细腻的作家。就像是练书法先练正楷一样，那个五六年的时间我打下了一个坚实的写作基础，就是对细部的关注。现在不管我小说的节奏有多快，我都不会忘了细部。"[②]在这里，余华坦然地道出了他最初的文学训练，来自对川端康成的学习和模仿。一个作家与另一个作家相遇也是一种不解之缘，是神遇。余华领悟了川端康成作品的精髓：细部是叙述之母。在他的长篇小说《活着》中，有一个经典的细部描述：福贵的儿子有庆死后，

[①] 余华：《我能否相信自己》，人民日报出版社，1998年版，第248页。
[②] 余华：《我能否相信自己》，人民日报出版社，1998年版，第252—253页。

福贵瞒着家珍将有庆埋在一棵树下,然后他哭着站起来,他看到那条通往城里的小路,想到有庆生前每天都在这条小路上奔跑着去学校的情形。后来,福贵陪着家珍去有庆的坟前,再次看到这条月光下的小路。写到这里的时候,余华感到他必须要写出此时福贵内心最真实和细腻的感受。他反复斟酌这个细小的感受应该怎样表现。最后,他选择了一个意象——盐。"我看着那条弯曲着通向城里的小路,听不到我儿子赤脚跑来的声音,月光照在路上,像是撒满了盐。"①余华意识到,他必须写出这种感受,这是一个优秀作家的责任。一个人,当自己的亲人离去,那种难以控制的思念和伤痛该怎样表现,并不是一个可以轻易摆脱俗套的细节。余华没有造势,没有选择一个很大的动作,只是给这种情感、情绪选择了一个意象,一下子就攫住了人的心,一个常情,一个普通的事物——盐,却构成了一个有震撼力的细部。没有更好的比喻或象征,或者是细致的心理描写能够取代这个短小、简洁的叙述,这个细部,体现出余华的敏感,它从小说的整个叙述中突然溢出,明亮,闪着光泽,照亮了全部的叙述:活着所承载的,是不能承受之轻。这是一个作家从人物内心的情感出发所做的细部的修辞。

  我这里要特别提到现代作家重视文本细部修辞的经典个案。这就是伟大的作家鲁迅。鲁迅是中国现代小说的开山鼻祖,也是一个极为重视细部呈现和修辞的作家,他的著名短篇小说《孔乙己》就是细部修辞的经典之作。鲁迅在孔乙己的腿没有被打断、几次来咸亨酒店的时候,从来没有写他是怎么来的,只是描述他是"站着喝酒穿长衫的唯一的人"。可是,当孔乙己的腿被打断了,他就必须要写他是怎么来的。鲁迅先让他的声音从柜台下飘上来,然后,让没有柜台高的小伙计端着酒从柜台绕过去,接过孔乙己从破衣服里摸出的四文大钱。叙述,就在此时抵达了细部:孔乙己两手都是泥,

---

① 余华:《活着》,南海出版公司,1998年版,第134页。

原来他是用这手走来的。鲁迅十分简洁、干净地交代这个现象的同时，完成了对孔乙己人生变故的含蓄表达。细部，在这里呈现出了一种宽广和宽柔。鲁迅没有选择对孔乙己的内心进行评价，或者运用"他者"的目光逼视人物的心态，而是自由地书写了一个小人物的生存细部。

鲁迅在给《呐喊》写自序的时候，写到他的朋友金心异来看望他，在这样一篇小说集的序言中，鲁迅竟然写到了金心异走进屋子后脱下长衫。可以说这是一处闲笔，也可以当作是一个细部的修辞，像鲁迅这样一个杰出的作家，约朋友谈话的时候，或者说，在自己一部重要的小说集的序言里，还会注意到并且提及朋友的衣着，朋友细微的动作和神态，这里一定蕴藉着深厚而朴素的友情。只有这样的情怀和本真情感，叙述才会于字里行间发散出自然、平易和质朴的气息。

即使在今天，我们的写作，笔触所及，也不能不虑及细微、细小和细部。难道我们还需要那么多惊心动魄的故事吗？或者说，我们一定要依赖大的人物形象或者能显示时代力量、宏大命题的叙述吗？一些作家在叙事上开始向下看，开始从小处着眼。我想，一个作家不能总是随波逐流地去感受、渲染和记录一个时代的兴奋，兴奋之后还会留下一些什么呢？我们还需要将目光投向最朴素和实在的精神命意——生活。在《秦腔》和《古炉》中，贾平凹选择了细部的修辞策略，选择了日常生活形态中普通、平实的"生活流"，选择以碎片式、花瓣式的细部，聚集一部更具整体性的文本结构。这时的贾平凹，没有再像以往那样，通过整体的、自我的、带有某种意识指归的形象，而是让整合后的对记忆的叙述，呈现生活的"细部的真实"。贾平凹选择的视角，也给叙述提供了从不同方位进入细部的可能性。"细部"，已经完全嵌入叙述中的生活，故事像经验，或者说经验像故事一样被传达出来的同时，尽管仍然有"叙述"的痕迹，但作家作为创作主体所经验所感悟的内容与回忆、记忆、与聚合起来的生活融为一体,"还原"或者说创造出独特的氛围与情境。确切地说,贾平凹《秦腔》的叙述,在努力回到最基本的叙述形式——细部,如同被坚硬的物质外壳包裹的内核,可摸可触,人物的行为、动作在特定的时空中充满质感。也许,贾平凹在叙事观念上,想解决虚构叙事与历史的叙述,或者说,写实性话语与想象性话语之间存在的紧张关系。但是,他更加倾向将具有经验性、事实性内容的历史话语与叙述形式融会起来,在文字中再现世界的浑然难辨的存在形态。只不过,这一次,贾平凹没有利用叙事形式本身的乖张和力量,更看重对创作主体的个人经验的有效表达,追求"个别的真实"而非虚构叙述所表现的普遍的真空。这时,"细部"呈现出它非凡的力量。

令人惊异的是,"贾平凹从容地选择了如此绵密甚至琐碎的叙述形态,大胆地将必须表现的人的命运融化在结构中,对于像贾平凹这样一位有成就的重要作家来说,这无疑是一种近于冒险的写法,但他凭借执着而独特的文学结构、叙事方式追求文体的简洁,而恰恰是这种简洁而有力的话语方式,在很大程度上改变了以往长篇小说的写作惯性,重新扩张了许多小说文体的新元素,改变了传统小说的叙事形态,同时,我们也从这部长篇小说看到贾平凹小说写作更为内在的变化。是否可以说,在当代小说创作中,若想实现小说真正的现代性,通过小说叙事发现或呈现某种生活的逻辑或存在的逻辑,没有比干脆运用写实手法、尽可能地回到生活本身更具有内在自由度、更具有挑战性,这是一个令人犹疑的问题。像贾平凹的《秦腔》,选择的就是简洁、富有质地、裸露"经验"叙事。用近五十万字的密集的流水式的生活细节,表现一个村落一年的生死歌哭、情感、风俗、文化、人心的迁移与沧桑。曾关注、讴歌了渭南这块土地几十年,贾平凹这一次作为一位贴身、贴切的叙述者和见证人,完全是以极具个人经验、心理、情感特征的写作主体方式,包容性地表达对一个时代的领悟,而其对叙事话语方式的选择则给贾平凹的小说带来全新的面貌。"①具体地说，《秦腔》这部小说，以四五十万字来写一条街、一个村子的生活状貌或状态，细腻地、不厌其烦地描述一年中日复一日琐碎的乡村岁月，从时间上看并不算长，叙述却给阅读带来了一种新的时间感。这种时间感显然最为接近小说所表现的生活本身，一年的时间涨溢出差不多十年的感觉，正是这种乡村一天天缓慢、沉寂的生活节奏，这种每日漫无际涯的变化，累积出乡村生活、人世间的沧桑沉重。相对于那些卷帙浩繁、结构宏阔的乡土叙事，贾平凹用心、朴实地选择简单的单向度的线性叙事结构，非作家经验化的生活的自然时间节奏，没有刻意地拟设人物、情节和故事之间清晰、递进的逻辑关系，也不张扬生活细节后面存在的历史发展的脉络，只是平和地、坦诚而坦然地形成自己朴素的叙事，叙述本身也较少对当代乡村及其复杂状貌的主体性推测与反思性判断。这样，细节的琐碎，既构成生活的平淡或庸常，也构成了生活的真实。细部，再现或复现了生活的肌理。也许，我们应该仔细地反省一下：难道平淡、庸常的生活就不是生活吗？生活本身就是不完整的，破碎的，我们一定要依据某种现实的逻辑或意识形态的意志力，去拼凑一种像模像样的完整结构，又有多大意义呢？

巴赫金认为："长篇小说是用艺术方法组织起来的社会性的杂语现象，偶尔还是多语种现象，又是独特的多声现象。小说正是通过社会性杂语现象以及以此为基础的个人独特的多声现象，来驾驭自己所有的题材、自己所描绘和表现的整个事物和文意世界。作者语言、叙述人语言、穿插的文体、人物语言——这都只不过是杂语借以进入小说的一些基本布局结构统一体。"②在这里，巴赫金把长篇小

---

① 张学昕：《回到生活原点的写作——贾平凹《秦腔》的叙事形态》，《当代作家评论》，2006年第3期。
② 巴赫金：《小说理论》，白春仁、晓河译，河北教育出版社，1988年版，第40—41页。

说看作一个整体，一个"多语体"和"多声部"现象，即小说话语是彼此不同的叙述语言组合的体系，而不是单一叙述主体的话语。在《秦腔》中，小说叙述话语及其所呈现出的存在世界就是一个多维的话语、结构形态。这时，叙述主体已摆脱了种种可能的观念、理念的预设，远离了以往小说的"社会—历史"结构形态，即不是从历史结构中去观察和描述日常生活并形成具有现实感的叙事形式，而是尽力写出生活的本色和原生态质地，又避免对人物个性或典型性的过分强调而造成人物与存在世界的分裂。在一定意义上讲，小说的结构，就是生活的一种存在结构，它所提供的人物、情景、绵密的生活流程，可以让我们去感知、触摸生活的构成，揣摸生活更大的可能性。我认为，贾平凹所采取的是一种"反逻辑"的叙述，是对既往文学、写作观念的颠覆。无逻辑的生活秩序正是生活与存在的本质，因为生活的秩序和形态绝不是作家所给定的，也不是由某种特定观念所统一的，而所谓的"逻辑"则是人对现象的恣意的主观梳理、强制性限定，那么，决定小说结构的叙述话语就绝不是一种独立的声音，而小说话语或小说智慧则在于呈现由不同的社会杂语构成的混沌的、多元的、对话的形态，以及非个人的内在的非统一性的多声现象。这种多维、多元的话语结构，造就了小说看似芜杂的、多层次的、流动的意识形态，这也正是贾平凹试图以"细部"的真实，把握乡村、时代、人性及精神文化宿命的途径和方法。

  2011年的《古炉》基本延续了《秦腔》的话语风格和修辞策略，可以说，这又是贾平凹的一部大作品。这里面有作家一种强烈的、勇敢的、大的担当。一个作家写到这个份上，他已经不再会计较任何个人性的得失了。整部作品的叙事都极其自由，开阖有度。与六年前的《秦腔》比较，从他写对当代、当下中国乡村的裂变，敏感、敏锐地洞悉了中国社会整体性、实质性的转变，《古炉》则选择回到20世纪60年代的中国乡村，回到当代史最激烈、最残酷、最令人惊悚的那段历史。这一次，从叙述方式上讲，与《秦腔》没有什么大的不同，但这一次我感觉作家更像是从自己内心出发来写历史、写记忆、写自己、写命运。说到底，作家写作最重要的动力和初衷，就是源于对自己所经历和面对的世界的不满意，他要以自己的文字建立起自己的世界和图像，也建立自己的尊严。《古炉》就是通过回到历史、回到另一个时间的原点，书写贾平凹记忆的经验，表现一种命运，大到民族国家，小到渺小的个人。我感到，《古炉》所要表达的，是中国人在"文化大革命"前后的命运。但贾平凹最终想找到或想找回的，是"世道人心"。因此，他的文字聚焦生活的细部，细致、精细，像流水般，仿佛一切都是流淌出来的。半个世纪前的中国形象、民族形象，在一个古老村落的形态变迁中，淋漓尽致地被呈现出来。贾平凹刻意地写"众生相"，写出"世心"的变化，写人的存在生态的变化。小说写出了乡村最基本的、亘古不变的东西，无论历史怎样动荡，人心深处，都应该有这种不变的伦常。这可能是一种整个人类的积淀，或者是人类文明的可能性支撑点。但是，"文化大革命"政治的外力改变了这里的一切，社会政治、无事生非的阴谋，改变了人生活和生存的本质的、基本的图像。准确地说，剧烈地改变了天地的灵魂——世心。于是，一代人，一个民族，在这个时段里，宿命般地改变了命运，改变了一切。人心的正气、惯性、常态，都突然坍塌了。能够维持世道的人心变形扭曲了，脱轨了。所以，《古炉》的目的或叙事野心，根本就不是所谓一段"文化大革命"记忆，而是一部中国人命运、人心的变迁史和巨大隐喻。"文化大革命"只是一个背景，贾平凹写的，也根本不仅是一个小小的踏实的村落，而是整个中国；他写的不仅是农民，也是知识分子；他写的也不只是历史，而是今天中国的现在进行时态。我们今天的中国，世心，也就是精神、心理、伦理、道德，在今天已经跌到历史的冰点。人与人之间，已经丧失了最宝贵的爱和信任。无端的爱恨情仇，无止境的欲望，将21世纪的中国人推到了不可救药的地步。贾平凹的叙事信心、耐心、功力，直逼汉语写作的极致。这种叙述，貌似波澜不惊，似乎有一种强劲的力量，持久地支持着他。叙事的耐心，所体现出的气度，已然不是一种姿态，而是一种心态和心境，这是今天的写作最为珍贵的地方。《古炉》的细节或细部，被批评家南帆称为"细节的洪流"。我感觉，这完全基于贾平凹卓越的写实功力。我感觉，他是在用手抚摸生活，梳理自己的记忆，再用属于自己也属于这段生活的文字、话语，小心翼翼地呈现着这种生活和生命。作家自己不表示出自己的种种欲望，因此写得很轻松。更主要的是，他对历史不做判断。就是靠安排若干小人物在不引人注目的地方从容地演绎生活，没有任何雕琢造作气息。在生活的细部逡巡，这是一种"大拙"的智慧。贾平凹的这种没有策略的策略。就是简单、简洁，裸露所谓"经验"，回到生活的原点、回到细节。漫长的叙述，时间和空间，能够那么自由地转换。飘逸、洒脱。其实，若想实现小说真正的现代性，通过叙事来发现、表现某种存在逻辑，没有比老老实实、干脆用写实手法，尽可能地回到生活本身、回到细部更自由、更得体，其实，这么做，更有挑战性。六十七万字密集的流水式的生活细节，包容性地描述一个时代，也领悟了一个时代。从这个角度说，小说写作最终还既是依赖小说精神性价值而存在，也需要依靠文体和修辞的冲动来实现的，更关键的还在于气度和耐心。

三

一个作家如何对待、处理生活，如何理解生活与文学之间的关系，并使文学能够以自己的方式，在变动不羁、"日新月异"的时代变动中，在复杂历史和现实前站立起来，成为一种实实在在的文存，这是一个作家必须考虑的。那么，作家源于生活的经验，有多少是可以进入文本的资源，有多少能够在其中映衬出一个时代的颜色？哪些事物和人，可以进入审美化的范畴？在充满梦想的虚构的文学之中，最可靠、最基本的材料是什么呢？如果无法从我们生活其中的现实层面撤回，文学叙事的任务和出发点是什么？我不想让自己关于写作、关于形象思维的思考，陷入任何形而上缠绕的怪圈。生活就是生活，写作就是写作，这两者相对独立，又互相支撑，相互交错。好的作家，会从最平常的事物、物象中获得灵感和叙述的动力，并产生不可思议的力量。

张新颖在一篇名为《生活从来不是需要去加工的材料》[①]的文章里，特别提到和分析了帕斯捷尔纳克著名的《日瓦戈医生》，他仔细分析帕斯捷尔纳克如何借主人公日瓦戈的话，说出了对生活本质的最基本和中肯的看法。他认为，生活从来不是什么材料，不是什么物质，生活是个不断自我更新、总在自我加工的因素，它从来都是自己改造自己，它本身比任何蹩脚的理论都要高超得多。的确，在很大程度上，生活本身是很难依赖外力改变的。像日瓦戈说的那样，那些应运而生的观念、理论和种种潮流，它们已经损害而且还会继续损害生活。多少人的生活就是被这些貌似正经的名堂淹没的，甚至就是词语，也很容易就被变成了伤害生活的最简便的武器。帕斯捷尔纳克喜欢普希金和契诃夫，他认为契诃夫终生把自己美好的才华赋予现实的"细事"上。在现实的细事的交替中不知不觉地度完一生。这不是伟大的人物容易做到的，也不是平凡的普通人容易做到的。而且，在帕斯捷尔纳克看来，几乎所有的俄国作家都对读者说教，契诃夫却是例外。

在文学写作中，生活可能会被作家重新虚构，已有的生活方向也可能被作家肆意扭转。这些，当然是虚构和叙事文学所允许或乐此不疲的。那么，作家在加工生活的同时，势必要按着某种意志重构生活，甚至刻意去超越生活本身，而不是"还原"生活。也许，在作家那里，还原生活也就是再创造一种生活。以往，我们对生活本身可能存有非常顽固的理解：只要面对生活，就是要担负起改造生活的责任

[①] 张新颖：《生活从来不是需要去加工的材料》，《长城》，2012年第4期。

和使命，总是要奔向理想的、革命的、积极的、兴高采烈的那一面向，而回避现实的、平淡的、低调的、落寞的层面。即使没有这些事物，也会对生活进行升华、加工。我们的作家，真的就不会暂时放下向上的姿势和高昂的口气，蹲下身来，触摸一下生活的糙面吗？能否耐心、细心地观察一些细部和细小的存在呢？看似无关大局、无关紧要的细节和细部的存在，可能恰恰透射或隐藏着关键的信息。珍视细部，也是珍视个性，珍视生命本身，而不要凌驾于人性和生活之上，"把它们当作粗糙的材料进行加工改造，不过是可怜的杜撰，以高调形式表现出来的致命平庸"[①]。这里，我想到了两个与日常生活有关的写作的例子，就是中国诗人海子和奥地利作家卡夫卡。

诗人海子有一首名为《日记》的诗，其中有这样的句子："姐姐，今夜我在德令哈，夜色笼罩/姐姐，今夜我只有戈壁。我把石头还给石头/让胜利的胜利/今夜青稞只属于她自己/一切都在生长/今夜我只有美丽的戈壁/空空/姐姐，今夜我不关心人类，我只想你。"海子的这首诗，是他在乘火车经过青海德令哈戈壁时的有感而发。这句"姐姐，今夜我不关心人类，我只想你"，是一个极具个人性的、释放着强烈个人情感的诗句。像面对浩渺无际的宇宙一样，我们只能看到眼前夜空的繁星点点，一个男人的旅程里，对一个人最朴素的思念，在此刻，完全可以控制住或暂时压抑掉那些无边的梦幻。现实的情境，让内心直抵现实，直抵内心最柔软的细部。我们不必用一种高调的人生哲学和社会、人类的使命感来要求海子，朴素、真实的个人诉求在这一刻放在了个体生命的第一位，这没什么不好。对个体需要的否定和对个体生命的虐杀，本来就是违背人的一般本性的。海子源于生命本体的呼唤和诉求，就是生命中一个重要的细节或细部，令人珍惜，也令人感伤。这时，我们看到的是，海子对个人情感的肯定和追问，让我们体验到了生命的真实温度，这是人

[①] 张新颖：《生活从来不是需要去加工的材料》，《长城》，2012年第4期。

类空间中最个人、最内部的东西。写作不能远离自己当下的生活境遇，不能一味地追逐凌空蹈虚，对个人的生活熟视无睹，无所事事，那不会是真正的文学。只有尊重人内心生活和生命本色的文字才会是感人的文字，而这种文字所呈现的大多是个人内心的愿景。

卡夫卡不是一个只关注形而上问题的作家，他的写作注意力始终投诸自身，迷恋最琐细的日常生活，也就是细部。谢有顺在分析卡夫卡写作的价值和意义的时候，搜索到一个至关重要的细节："1914年4月2日，卡夫卡日记里只有两句话'德国向俄国宣战。——下午游泳'。这是非常奇特的，他把一个无关紧要的个人细节与重要的世界崩溃的事件联系在一起，有力地体现出卡夫卡的写作与生存不被集体记忆和社会公论所左右，他坚守的是个人面对世界的立场"[①]。个人的生活，与时代的命题相比一定是细小的形态，但是，它是构成生活的因子或元素，卡夫卡在日记和小说中书写的是个人的记忆，他没有把眼光转向大而无当的革命、理想、人类未来和土地、祖国等抽象的外在视界，相反，他捕捉到的，却是个人内心细部的、未加任何掩饰的、最真实风景。

还有一个经典的描绘生活细部的例子，就是余华的《许三观卖血记》。这部小说写中国20世纪六七十年代普通中国人的日常生活，因为物质匮乏，许三观的三个正处于成长期的孩子经常吃不饱饭，缺乏营养，甚至饥饿难耐。为了缓解孩子们的饥饿，许三观发明了一种近似"望梅止渴"的方法。

这天晚上，一家人躺在床上时，许三观对儿子们说："我知道你们心里最想的是什么，就是吃，你们想吃米饭，想吃用油炒出来的菜，想吃鱼啊肉啊的。今天我过生日，你们都跟着享福了，连糖都吃到了，可我知道你们心里还想吃，还想吃什么？看在我过生日的份上，今天我就辛苦一下，我用嘴给你们每人炒一道菜，你们就用

[①] 谢有顺：《我们内心的冲突》，广州出版社，2000年版，第130页。

耳朵听着吃了,你们别用嘴,用嘴连个屁都吃不到,都把耳朵竖起来,我马上就要炒菜了。想吃什么,你们自己点。一个一个来,先从三乐开始。三乐,你想吃什么?"

于是,许三观就绘声绘色地用嘴分别给大乐、二乐、三乐极其详尽地描述烹制红烧肉、清炖鲫鱼、爆炒猪肝三道菜的整个过程,让三个孩子闭紧眼睛,在想象中陶醉其中,获得巨大的心理、生理的满足。在这里,余华没有在作品中站出来借人物之口进行任何说教,也没有选择惊心动魄的大场面,来状写、升华、夸张一个时代的贫困,而是选择人们在走投无路中寻找新的生存的可能性。他选择这样一个令人忍俊不禁的细部,呈示出普通人在那个时代,或者那个时代普通人的艰辛生活,叙述幽默又调侃,酸楚又沉重。当读到"屋子里吞口水的声音这时又响成一片"时,我们突然意识到,余华所呈现出的那个时代的细部,实在是太残酷了。这些,在今天可以说早已被生活淹没了,却留给我们许多我们难以承载的疼痛。余华的一个细节,或者说,一个细部,浓缩了一个时代的生活形态和实际样貌。

思考当代小说叙事的一些最基本的问题时,我们总是不愿放弃从精神和物质或者说内容和形式两个层面,来考虑、寻找衡量文学价值的一座合理的天平。也许,我们会诘问自己:我们的小说叙事真的需要什么技术力量的支持吗?小说的修辞的成分究竟应该有多少?我们究竟会被怎样的生活所打动?继而,会在这些叙事中回味,并且感到踏实、舒展和坦然。小说虽然不会轻易地就从细部捕捉到一鳞半爪的所谓生活意义和本质,但生活的内在质地一定会潜隐在细枝末节中发酵,这样,就可能产生新的叙事美学。我们还会进一步思考,一个作家,他感受生活和叙述生活的时候,有没有想到,若干年后,我们即使没有记住小说文本中种种精神和理想层面的东西,却牢牢地记住了一个情节,一个细节,一个永远也忘不掉的细部,它总是不断地使人们在记忆中产生无尽的回味。这个细部,也可能会彻底地照亮我们有些暗淡的生活。

视角的政治学
——中国当代小说中的疾病隐喻

一

小说写作中的"疾病隐喻"是一个老话题，也是一个很容易溢出文学讨论范畴和边界的问题。尤其是，叙事视角与疾病隐喻，这两者究竟存在着怎样的关系？为什么说视角是一种"政治学"？为什么那么多的作家，愿意选择"疾病隐喻"这种"越界"视角来进入自己的文本叙述？在中国当代小说创作中，"疾病隐喻"是否构成了一种视角政治？所谓"疾病隐喻"视角，究竟是一种文体性质的修辞，还是从情感、心理视域里逃逸出来的另一种真实？它是写作主体个性化的选择，还是存在于世界不可或缺、无法忽视的内容？这些，都是我们在这里要思考和探讨的问题。正是因为叙述中具体的文本表现内容，在很大程度上转化成为具有形式美学或符号学倾向的价值，所以，我们讨论小说疾病隐喻的意义，无形中就增加了主题学和写作学方面的意义。

叙述，无疑是小说写作中的一个最基本的问题。叙述方法和策略，包括叙事视角，决定着一部作品或一个文本的形态和品质。这些，主要体现为写作主体的一种叙事姿态，它也直接决定着一部作品的整体框架结构。作者的叙事伦理、价值取向和精神层面诉求，都能够由此显现出来。事实上，就文本的本体而言，没有叙事视角的叙述是不存在的，视角是作家切入生活和进入叙述的出发地和回返地，甚至说，它是作家写作的某种宿命或选择。选择一种叙述视角，就意味着选择某种审美价值和写作姿态，也意味着作家已经确立了一种属于自己的阐释世界、重新解构生活的角度，也就决定了这个作家呈现世界、表现存在的具体方式，这是一位作家与另一位作家相互区别的美学定位。一句话，小说的叙事视角，就是小说写作的文体政治学。

因此，视角的选择，也就成为作家写作的一个重要的问题。它不仅涉及叙事学和小说文体学，还是一个作家在对存在世界做出审美判断之后所选择的结构诗学，其中，当叙述视角所选择事物或者载体具有了隐喻的功能时，也就是，作家试图通过一种经验来阐释另一种经验时，视角的越界所带来的修辞功能，必然使文本的内涵得到极大的主体延伸。特别是近一个世纪以来，中国小说始终在通往现代化的途中逶迤前行，中国现代、当代小说逐渐由叙述走向隐喻，实现了由情节模式走向性格心理模式的巨大转变，小说的现代性得到更加开放性的理解和拓展。陈平原《中国小说叙事模式的转变》，已经为我们描述出一个清晰、深入的脉络和轮廓。在这里，我们就是试图从一个微观的视角和层面，考量叙事方式的现代化进程，探析小说中的疾病隐喻视角，也许这样，更能够进一步地深入阐释中国小说在当代的特质和状况。

我觉得，在这里需要细致探讨的是，叙事视角，绝不仅仅是人称和角度的单向度的选择而已，而是一种关系到文本结构和精神维度的叙事立场和方法。而"疾病"构成一种叙事视角，这其中又潜隐着多少未被察觉的"新质"？在这里，疾病，到底是一种叙事元素，还是一种精神、心理滥觞？选择"疾病"这种身体、生理和精神层面的现象和存在作为"视角"，不仅会直接影响着叙事的复杂程度，而且，其中还必然蕴藉着丰富、复杂的象征和隐喻。那么，在这里，疾病作为一种视角，或者它成为一种被表述的内容本身，甚或作为一种双重功能和存在，作家创建的这种叙事越界功能，必然给叙事带来更大的可能性和张力，也会陡增叙事文本的神秘化和结构化成分。

如果从作家自身方面看，写作的独特性，往往源于作家自身的心理和精神状况。无论作家审视世界的目光是否深刻和丰沛，但这个目光应该一定是个人的，个人性，构成了作家写作的个性风格，同时也才有可能构成写作的个性化价值存在。也许，作家的这个眼光，天生就是有一定缺陷的，甚至在某些方面还是不够健全的，但是，从小说叙事的层面看，既不能说这个"缺陷"就是不好的，也不能说这个"缺陷"就是美的，但它一定是真实的、独特的、别致的。我们都熟知的普鲁斯特和他的《追忆似水年华》，从叙事学的角度看，《追忆似水年华》整部作品，就是一个典型的"疾病叙事视角"，这个视角不是经验和智慧的淬炼而成，而可能是作家作为写作主体的精神颓败线的颤动，更可能，这个文本，就是写作主体普鲁斯特自身的一部"疾病志"。普鲁斯特奇特的经历和复杂的生命状态，令人惊异和慨叹。据说，他每天都依赖一种具有麻醉性质的药物，来缓解其严重的哮喘病，以维系和支撑身体。就是说，普鲁斯特是一个病人，药物在一定程度上可能会改变惯性的叙事逻辑。那么，普鲁斯特审视世界的视角，其实是一个病人的病态之中的视角。而他终其一生所完成的洋洋洒洒的巨著《追忆似水年华》，其实就是一个病人每天倚着厚厚的天鹅绒的窗帘，对外部世界和内心世界的长久凝视和自我打量。而且，这个打量漫长而固执，忧郁而情有独钟。一个病人的行为，在这里变成了一个作家的行为，作家处于身体、生理病态中的反应，已然转化成一种叙述的行为，成为一个作家难以摆脱而独到的选择。显然，写作主体的疾病，成为命运偶然的惊奇甚至诡异，造就了一部杰出文本的问世。

无独有偶，作家作为写作主体，由于自身的疾病原因，在写作中高度显现出生命状态与文本互动关系的,在中国现代小说史上,张爱玲则是典型的一个案例。对此,香港浸会大学林幸谦教授曾有权威性的研究成果。他研究了张爱玲赴美后的大量书信,包括大量的张爱玲对于自身病情的记录,其中涉及感冒、牙痛、皮肤病等多种疾病。其中,张爱玲书信文本中对皮肤病及与之相关的蚤患的细致描写,成为她20世纪80年代书信的主要内容。在目前已经出版的张爱玲书信中,她对于蚤患时的心理症状及其行为的描述,包括恐惧、憎恶、无奈等心理时刻及清理、喷药、频繁地更换汽车旅馆等异常行为的叙述,以及张爱玲将皮肤病归因于跳蚤疾患,而所有病痛书写都强烈地反映出张爱玲的种种偏执心理和异常行为,都很明显地超出了生理层面,成为考察其心理与文本关系的一个可行途径。无疑,张爱玲使用灯光自行治疗皮肤病而死于治疗过程的事实,更使得我们对其晚期文本、晚年心理状态和精神状况,需要进行重新审视和重构。[①]林幸谦教授的这项研究,提示我们从创作主体的角度,深入考量疾病与文本之间无法割裂的隐秘联系,研究和辨析作家的写作悖论,勾勒、构筑出作家的讲述迷思,梳理出作家写作精神向度与身体的辩证学。这一点,正可以从写作主体的身体、心理变形中,从他们不自然或超自然的行为中,寻觅到写作发生学在文本内部隐秘的时间、空间的位移,虚构中的百味杂陈,包括促动作家写作的某些基本力量。

二

而"疾病"作为小说元素之一或者叙述视角,近些年在中国当

[①] 这里参考了香港浸会大学林幸谦教授在2016年12月8—9日的"疾病志——中国现当代文学与电影国际学术研讨会"发言《张爱玲已出版书信中的蚤患书写探微》中的部分观点。

代小说中的大量出现，主要还是以"疯癫"和"傻子"为主要表现形态或形象谱系的。在这里，作家自觉或不自觉地将人的虚妄的自恋和幻觉放大并凸显出来，甚至将这种变异衍生成一种叙述的手段，更是一种独特的修辞策略。

贾平凹的《秦腔》《古炉》和《废都》、阿来的《尘埃落定》、苏童的《米》《黄雀记》《河岸》《桥上的疯妈妈》、迟子建的《白雪乌鸦》《群山之巅》、阎连科的《日光流年》《受活》《丁庄梦》《年月日》、史铁生的《病隙碎笔》等大量文本，不断地将疾病大肆铺排，而且，疾病在这些文本里，有些衍生成为一种叙事方式，将叙事引向了精神的纵深处。

现在，当我们考察文学文本所呈现的疯癫"疾病"时，我想起福柯那本《疯癫与文明》。福柯认为，疯癫意象的魅力，在于"人们在这些怪异形象中发现了关于人的本性的一个秘密、一种秉性。从疯癫的想象中产生的非现实的动物变成了人的秘密品质"，"这些荒诞形象实际上都是构成某种神秘玄奥的学术的因素"[①]。在福柯看来，疯癫在各方面都会使人迷恋。它所产生的怪异图像不是那种转瞬即逝的事物表面的现象。那种从最为奇特的谵妄状态所产生的东西，就像一个秘密、一个无法接近的真理，早已隐藏在地表下面。而且，疯癫与人，与人的弱点、梦幻和错觉相联系，通过疯癫衍生出错觉，反过来通过自己的错觉造成疯癫。

具体说来，苏童的长篇小说《黄雀记》，可以说是一部典型的表现"疯癫"的故事。这个小说有一个重要的人物——保润的爷爷，他由最初的轻生，试图自杀，再到惧怕死亡，患上妄想症，声称自己的魂丢失了，宣布自己的祖宗丢失了，并认定自己将祖宗的魂魄（后来又说是黄金）放置于一个手电筒里埋藏在一棵被遗忘的树下，

---

① 福柯：《疯癫与文明》，刘北成、杨远婴译，生活·读书·新知三联书店，1999年版，第17—18页。

并开始漫长的"找魂""掘金"之旅,而且,搅乱了整个香椿树街的生活秩序,直至被送进精神病院。这个人物贯穿着整部小说的叙述。很明显,苏童所设置的这个人物,就是一个象征性的隐喻本体。他的失魂,是一个时代性的病症的巨大隐喻。在任何时候,对于一个已经处于疯癫状态的病人,最好的办法,就是强制性的绑缚,以此来解决由于臆想造成的精神、心理甚至身体的错位。其实,在这部小说里,还有另外一个不可忽视的人物,就是罹患恐惧症的郑老板。郑老板"怕黑夜,怕早晨,怕狗吠,怕陌生男子,所有的药物都毫无疗效,所有的精神引导都是对牛弹琴,专家和心理学家组成的治疗小组束手无策","他有一个奇怪的病理现象,那就是对美色的极度依赖,唯有美色可以减轻郑老板的狂躁,也唯有美色配合,才能让赵老板愉快地接受所有的治疗手段"。于是,在整座井亭精神病医院,三十名女子在郑老板的病房里为其开祝寿派对,"开创了世界医疗史的新篇章"。

一个是妄想症,一个是恐惧症,这种神经能量和神经液被搅动所引起的失衡状态,形成了文学表现上的复杂意象。小说描述医院在面对这两种病症的时候,显示医学已经没有回天之力,但是,这里似乎埋藏着一种解释性的意象建构,即隐喻和暗示:现代性或文明,给一些人的精神、心理,甚至人性,造成了歇斯底里的病症。无疑,苏童的这部《黄雀记》,试图叙述的是一个时代的惶惑、脆弱和逼仄的内心,他想呈现的,既是大时代转型期丛生的种种乱象,也是极写生命个体的精神窘态、世态的荒诞,由此,演绎出扣人心弦的灵魂震颤的律动。

20世纪80年代的文学叙述,有意识地对乡土文化进行文学构建,特别是90年代以来,文学叙事对乡土的寓言化书写、历史阐释、历史想象,文学对乡村、乡土的重构与表达,更是注意向人的心理、精神和灵魂的纵深处拓展。因此,小说叙事在艺术表现形态上,也表现出对叙事视角、结构形式、话语风格独特性的追求。2005年,贾平凹在长篇小说《秦腔》中，一改往日叙事完整性、线性的叙事方式，选择了疯子"引生"这个奇特的人物作为叙事视角，来表现这个疯癫人物视点中的当代乡村变局和颓败的人文视景。表面上看，引生既是故事的讲述者，一个有所限定的"病态"的叙述人，同时他也是作家的一双眼睛。他看上去无所不知，俯视芸芸众生，而从叙述方面讲，引生实质上就是作家选择的一种非常独特的结构策略。这个人物在一定程度上非常接近阿来《尘埃落定》中的那个傻子——土司的二儿子。《秦腔》开篇不久，贾平凹就让引生自我阉割，直接将引生送上了疯癫的极致状态。这很明显，作家已经显示出对小说叙事一种更达观、更开放的理解：无论怎样完整的结构或叙事，都不可避免地会遭到被生活本身阉割而显露缺陷，这种阉割，其实是试图借引生的目光，在一定程度上摆脱历史理性的羁绊，穿越混沌和虚无，洞悉当代生活及其存在世界的隐秘。这也许正是小说叙述的使命和宿命，我感到，在这里，贾平凹选择这种有缺陷的叙述或审美观照立场，让我们真正信任和敬畏他所叙述的并不完美也不可能完整的历史和现实。从这个角度讲，叙事角度和叙事结构，就是叙事立场或姿态，它决定了叙事的方向和形态。那么，在《秦腔》中，所有的叙述可能性就全部是由"引生"打开的。这是贾平凹对小说叙事的一次坚决的革命性改造，是《秦腔》叙事中关键性的所在。恰恰是通过这个病态的疯癫视点，实现了对当代乡土中国衰颓的巨大隐喻。

引生，在小说中是一个普通而又充满神性的人物。作家充分地描绘了这个人物的两极：大智慧和愚顽痴迷的性格形态。一方面，引生作为无所不在、无所不知的全能视角，起着结构全篇的核心作用；另一方面，小说中引生又以"我"的第一人称角色出现，成为参与文本中具体生活的一个边缘化人物，同时构成第一人称的有限性叙述视角。两种叙事视角重叠交错，而作家、隐形叙述人、叙述人、小说人物几乎四位一体，形成一种独特的叙事体态。在小说叙述中,"引生"既无所知又无所不知,既无所在又无处不在,有时在生活中是不可或缺又切实的存在,有时又如影子般飘忽不定。他的情感既可以是迫切地伸张正义,满怀激情,有憎有爱,也可以古道侠肠、柔情缱绻地痴心不改;他的叙述既可以豪气冲天、热烈奔放,也可以大巧若拙、朴实平易。"引生"的目光既可以是温情的,怜香惜玉或顾影自怜,也可以是冷峻的,疾恶如仇,替天行道;他的气度与胸襟既是上帝的,对芸芸众生一览无余而气正道大,也是妖魔的,偶尔也自暴自弃地自我戕害或嘲弄现实地"邪恶"一下。这个多重角色与功能集于一身的小说人物,让一切故事和人生贯穿成一个有相当长度的连续性的场景,让生活的原生态很自然地呈现,其中,没有作者刻意设计的叙述生活因果链,人物及其所有存在都保持其合乎时间、空间自然逻辑的本真状态,也就是说,"引生"游弋于生活世界与"角色"世界里,他以虚拟的身份照亮存在世界的光明与晦暗,说到底,他是创作主体隐藏、张扬自己的一个依托,全部文本结构的一个支点。一句话,生活是由他结构的,同时也是由他解构的。

一般地说,作家在进入写作状态的时候,实质上是进入一个多种可能性、将对象人格化的过程:企图利用"讲述者"获得表现存在的自由,获得在最大程度上将存在对象自我化、心灵化的自由,产生叙述者能指的功用,使存在时空衍化为阅读时空、文化时空。但是,只要作家选择了一种视角,就等于放弃了其他无数的可能性视角,叙述就成为带着极大限制的有"镣铐"意味的叙述,也就是说,叙述排斥了或拒绝了对存在其他可能性的选择。而"引生"则不同,他不受任何视点的支配,不仅给叙述建立了强大的自信,承载起作家所有语言经验和非语言经验,他还是生活热情的参与者,也是角色之外的冷漠的叙述者。他在文本现实中与作家若即若离,时连时断,貌合神离,甚至进入一种物化状态。另外,小说中"引生"的存在,除文体的功能外,还有强大的文化、隐喻、符号功能。

他使叙述、呈现避免了简单、不加选择地进行纯粹客观叙述而消解人文理想，从而丧失现实存在的内在张力的问题。如果说，贾平凹对于存在的"实在性"还有怀疑或期待的话，那他就一定是通过"引生"来完成的。当然，小说结构的艺术处理取决于作家的写作姿态，包括审美情感的取向，虽说小说结构并不就意味着生活的内在结构或秩序本身，但贾平凹在这里选择"引生"作为叙事本体，却是意味着尽量保持一个"公正""本真"的姿态观照，呈示生活，而非付诸文本以自己的情感和道德判断，去破译生活，阐释现象背后可能的意蕴。小说叙述西部秦岭的村落清风街，一年的点点滴滴的人事风华，聚沙成塔般地构成一部世俗生活的变迁史。这其中势必牵引出国家的、乡土的、家族的种种命题，那么，作家为何执意地选择"引生"这一超越集体、个人，甚至常规叙述人的独特视角？无疑，作家是想超越简单的、俗世的、道德的二元善恶之分，超越国家、家族、个人的现世伦理，而要在作品中诉诸一种人类性的悲悯与爱、忧怀与感伤。在清风街上，每个人都是贫穷、愁苦、悲哀与苍凉的，但同时也是富足、欢爱、幸福与自然的。无论作为小说人物的引生眼中的夏天义、白雪、夏风、夏君亭等，与作为叙述人的"引生""看"到的夏天义们，还是对其经验的想象性扩充，即人物的内心自我体验与"讲述者"或"隐含作家"的语言陈述之间的差距，所产生的落差，都进一步造成小说艺术强大的审美张力。也就是说，通过"引生"，作家不仅为我们呈示了其审美注意力探查过的、经过想象性扩充而在作家内心重新聚合的形象谱系，还呈现了基本上未经过选择和删削的生活现象。这就是说，贾平凹在张扬生活、存在"内蕴"的叙述过程中，没有完全剔除所谓"芜杂"的内容，在作家的或紧张或舒缓从容的艺术联想中，依然照顾生活自然而然的纷至沓来的人生场景。在《秦腔》中，既有对在清风街叱咤风云的夏天义、夏天智家族成员，也有对像丁霸槽、武林、陈亮、三踅等"弱小"人物的细腻描绘；既有对决定清风街前途命运的重大事件的叙述，更有对生、老、病、死、婚嫁不厌其烦的记叙，就连生活中的洪流和溪水都尽收眼底。正是这种未经作家过细整理、销蚀炼铸的生活，充分地体现出贾平凹观照、呈现生活和时代的角度、能力、审美姿态、人情练达的人生经验和哲学水准——这也恰恰是作家作为真正叙述者最重要的因素。很难想象，这些，基本上都是通过"引生"这个"病态"的隐喻视角完成的。也就是说，引生的"疾病"，无疑是贾平凹"预设"的，引生的"阉割"，也必然带有作家强烈的意识形态自觉的介入。但是，一个意想不到的效果自然地呈现出来，无疑，在此我们看到了常规的"叙事者"所无法提供给我们的"现实"。这个"现实"胶合着故事、人物应有的历史纵深，也在散点、聚焦的交叉地带，铺排出存在世界的波澜万状。

三

前面，我们已经强调过，贾平凹小说写作的话语方式、结构、视角缘之于从生活原点出发的写作姿态。提到所谓"原点"，我们不妨重温一下韦勒克在阐释现实主义和自然主义时的观点："尽管它主张直接地深入洞察生活和真实，在艺术实践中，现实主义也有它自己的一套惯例、技巧和排他性"；"即使看起来是最现实主义的一部小说，甚至就是自然主义人生的片段，都不过是根据某些艺术成规而虚构成的"[①]。虽然，贾平凹在《秦腔》里为我们提供的是被无数"他者"话语笼罩的存在世界，但这种视角的"结构"，已衍生为他小说写作中最大的"政治"。在这里，引生，绝不仅仅是担当了一个叙事者，他已经成为整部小说叙述的灵魂，是小说结构之魂。尤其

[①] 韦勒克：《批评的诸种概念》，四川文艺出版社，1988年版，第242页；韦勒克、沃伦：《文学理论》，刘象愚等译，生活读书新知三联书店，1984年版，第14页。

是他"病态"的目光和视域,为我们收罗到所谓正常人无法洞悉和理喻的存在视景。从这个角度讲,引生,将我们引导到一个更为真实的世界,它不是"现实的",而是一个更为"自然的"境遇里。

我们已清楚地看到,贾平凹倾力表现的是生活本身的原生态结构。那么,现在我们需要进一步思考的,不仅是贾平凹《秦腔》中的文体风格问题,还有贾平凹贯彻小说整体话语、结构、视角的坚定性,这就使得他有把握在把他的小说人物及其故事进行独立性的、立体的、极其自然的处理的同时,又赋予了许多罕见的、新鲜的、丰富、生动、具体的生活细节,这就很自然、自觉地造成他叙述文体形态和语言实体的更大的提升。所以,解决文体、语言与整体叙述结构的和谐,就成为这部绝少乌托邦气质的"写实主义"小说的关键问题,而最为关键的,还是引生近乎"通神"的病态"阉割"视角。

与贾平凹不同的是,阎连科却以一种"乌托邦"式的叙述方式,再现生活,并且想象和推断存在世界的内在隐秘。他在结构小说的时候,实际上就是在以一种强烈的解构意识,去重构生活的原生状态,形式感的自律,使得阎连科格外重视结构的锻造和人性的探测。长篇小说《日光流年》《受活》《丁庄梦》,以及大量的中短篇小说文本,都是关于生命、死亡和恐惧及其抗争的叙述。而其中最重要的题旨,就是疾病恐惧。疾病充斥着所有的文本叙述空间,在他的文字里,阎连科就像是一只"荒原狼",在人性的、精神的荒原上"狼奔豕突"。他似乎要唤醒和呼号那些生活和存在世界的沉睡状态,激活那些可怕的麻木和僵硬。因此,这里的每一个文本,每一个故事和人物,都在很大程度上被打造成有密度、有强度、有深度,富有冲击力、创造力的结构元素。

在20世纪末,阎连科的长篇小说《日光流年》就开始引人瞩目。它采取一种被称为"索原体"的结构,在我看来,就是一个借用"疾病"经营的一种人性的奇观叙事,其中暗含着丝丝缕缕的精神的、形而上辩证。叙事从一个人的死亡开始,不断地向后推进,同时又是向前追溯,一直追溯到村长司马蓝在母亲子宫里的表情。司马蓝在三姓村已经属于高寿,活到了三十九岁,死亡嘭的一声就降临了。三姓村没有人能活过四十岁。在耙耧山的深处,死亡似乎格外偏爱着三姓村,有人出门三日,回来时可能就发现另一个人悄无声息地谢世了,出门半个月或者一个月,倘若偶然一次没有人死去,便会惊痴许久。百余年来,这里的人的寿限在慢慢递减,从最早的八十岁递减到四十岁,而且,村里的人大多死于喉堵症。死亡、疾病,终日纠缠贫穷至极、处于窘困生活中的三姓村的每一个人,多少年来,迫使他们为改变水质修渠引水,一代代人也可谓艰苦卓绝,男人卖皮,女人卖身,惨惨戚戚,令人不胜唏嘘。但是,我想,阎连科所要呈现和揭秘的,并不仅仅是三姓村的"实病",而是悬浮于人们头上的灵魂的"悬剑"。这把悬剑,就是恐惧,就是生命、苦难和宿命,就是三姓村人受难的身体、隐忍的心灵。疾病,作为一种象征符号,在这里形成了一个强大的隐喻编码系统,在病态的呻吟和抗争中,人的羸弱、人性的逼仄、灵魂的变异、生命个体的不正常状态,一切都事与愿违,波折重重,痛苦、恐惧和无奈都彰显无遗。实际上,真正可怕的并不是疾病本身,而是人对疾病的理解和态度;不是疾病所引发的恐惧和痛苦,而是灵魂的无所依傍,尤其是精神上彻骨的寒冷。三姓村人的惶惑和从容、恐惧和应对、无奈和隐忍、寻找和迷失,都在这些病态的体验中,光怪离奇,构成一个往复循环的阴冷世界,它荒诞也荒凉,无力回天,无法救赎。而阎连科文字中所埋藏的冷硬荒寒的美学色调,又使整个文本的结构力量得到了进一步的强化。阎连科的叙述之于疾病,可以视为是生命本身、肉身,与心理、精神和灵魂在一定程度上的撕裂和断裂,一种畸形的异变,渗透着无限的感伤,其间,更隐藏着伦理和道德的辩证。

  阎连科的另两部长篇小说《受活》和《丁庄梦》,几乎都被"疾病"的浓厚阴影和苦难压抑所困扰,"疾病"成为阎连科叙事的结构立足点。疾病既是疾病本身,又是叙述的出发地和回返地。可以说,这些文本也是对我们阅读的挑战,与其说,这些叙事是对苦难的言说,不如说是令人悲催的黑色幽默。这些文本从不同的侧面共同破译着存在的可能性和人生的虚妄。

由于疾病隐喻的叙事视角,或是作家心理、生理疾病和精神状况引发的叙述个性化,或是叙述者有意地选择非社会意识形态视点,催化出陌生化的世界样态和人生情境。貌似错乱的镜像效果,实际上呈现出人性和存在世界的丛生万象,也从另一角度洞悉人性和生命本身的情感深度。从叙述学的角度看,疾病书写和疾病隐喻视角,还产生了文体学的价值和意义。"故事"和"话语"在叙述的吊诡框架内,"内视角"和"全知视角"相互贯通,前者常常"侵权"越界至超凡的全知陈述状态,后者也不时地进入"内视角",造成模糊的、模棱两可的多维性,使得故事、人物在"视点转换"中突破了常态叙事的惯性和局限性,生成不可思议、出其不意的意义时空。

疾病书写及其文本的隐喻象征,自"五四"以来百余年间,始终受到"青睐"。鲁迅的《狂人日记》、巴金的《寒夜》《第四病室》、郁达夫《春风沉醉的晚上》等作品堪称经典,萧红、穆时英、施蛰存、张爱玲、丁玲、王统照、李劼人等许多中国现代作家,都在他们的一些文本中有大量表现,并将疾病隐喻或"疯癫"视为一种叙述策略。即使在注重、彰显意识形态统摄写作美学取向的五六十年代,也有许多所谓"红色经典"文本书写"疾病",《战斗的青春》《野火春风斗古城》《上海的早晨》《暴风骤雨》《苦斗》《太阳照在桑干河上》等,都对"病"有着或多或少的独特呈现,但是,由于种种时代或社会审美格局的限定,都无法克竟全功。近年来,当代作家在疾病书写和疾病隐喻上,呈现出较为宽广的视域,不仅从叙述视角的层面构建文本,而且涉及疾病作为书写对象的种种传奇和命题,这就给当代文学叙事增加了新的审美维度,使得"小说中国"的视野获得进一步的拓展,也给当代小说助长了推陈出新的活力。

"抗战小说"的叙事伦理

一

实际上，关于"抗战"的"非虚构"和虚构的文学叙事，已然成为20世纪中期以来中国文学最重要的表现主题之一。对于1937年至1945年这场极大地影响了中国现代史进程的"八年抗战"，几代中国作家，曾经从不同的叙事姿态和叙事策略出发，进行了多视角、多维度且极其充分、丰富的叙述和表现。尽管这些写作在不断有收获、有突破、有创新的同时，也因为审美价值取向的差异，留有诸多的缺失或遗憾，但仍然获得了对这段残酷记忆的保存，反抗着漫长岁月可能造成的遗忘。可以说，在这里，文学承载历史的信心和勇气，正充分地得到了有价值、有力量的彰显。

回顾和梳理近七十年的"抗战文学"我们可以发现，面对这场战争所做出的种种思考和表现，体现着各自迥然不同的叙事伦理。而正是由于叙事伦理的巨大差异和变化，致使文学形态呈现出审美品质和艺术表情的丰富性。1949年以来，尤其"十七年"直至20世纪80年代，由于意识形态、不同价值观念，在作家写作中不同程度地被"植入"，直接影响甚至"屏蔽"作家的审美判断和想象力的发挥。在一定程度上讲，对于作家的写作而言，叙述实际上是一件

"伦理"的事情，思想和语言都受伦理的规约，它是基于对生命、存在、个体真实体验的精神和心理诉求。进一步说，叙事也是一种存在伦理，叙事的伦理维度，直接关系到人的精神价值取向，关乎文本的终极价值意义。因此，选择什么样的叙事伦理，是文学叙述和创作最为重要而敏感的核心问题。当我们与那场旷日持久的战争渐行渐远的时候，当代作家如何选择在历史和文学新的维度，越过时空的边界，在更具理性和开放性的视域里，将叙事之根深置于人类的精神真实和人性心理的复杂层面，就显得非常重要。

在此我们试图以丁玲、徐訏在20世纪40年代、50年代的写作，以及尤凤伟、陈昌平、全勇先等在80年代的小说创作为中心，尽可能地充分联系这几个年代"抗战小说"创作的实绩和多元化构成，从文本虚构和叙事中的价值观、审美取向、表现策略等方面，解析、探讨"抗战小说"的叙事伦理，以及由此带来的审美形态、作品价值、不同的精神意蕴，以此深入思考这场波及世界范围的惨烈战争给人类、人性造成的颠覆性打击和毁损，反思战争的反文明、反人类性及其非理性品质。从普世价值和关怀的角度，思索这场战争中的个人，所承载和付出的巨大而沉痛的代价，战争中人性的撕裂、扭曲和创伤。可以说，以全勇先等为代表的新一代中国作家，摈弃了简单的、狭隘的、偏狭的"二元对立"叙事立场，从人道主义、人类进步、文明重建的美学视点，深入表现现代战争中人的复杂心理和现实，特别是重现战争中人的精神困境和危机，重新发现在战争的魔影下，人的灵魂裂变和道德诉求，呈现其精神、心理的内在的真实图景。我们也试图在全勇先、尤凤伟、陈昌平等作家的写作里，进一步深入考察中国当代作家内心的思考，他们的焦虑、情感担当、历史使命和人文关怀。并且，从这"类"小说的写作，体察长期以来中国作家价值取向的多元性，发掘他们表现特定历史情境下人性的复杂性、丰富性和深广度的价值。同时，也从"抗战小说"这样一种叙事伦理，来思考文学叙事应有的人间情怀和历史担当。

二

1937年以来，这个阶段，敌我分明的"二元对立叙事模式"成为"抗战文学"的主要表现形态。甚至到了20世纪80年代初，在意识形态规约下，因为对"宏大叙事"的强调和重视，"政治性""历史化"的"道德审美"叙事，依然是"抗战叙事"的主要趋向。在绝大多数作家那里，叙述的聚焦点和出发地，在相当长的一个时期里，仍然还是出于对战争、战场、战区以及根据地的外部层面的关注和描绘，而很少深入地透视漫长战争中人性深处的幽暗，缺少对战争的大历史如何进入人的内心、精神、心理等问题的深层追问，更缺少在人性的维度，记叙、反思这场战争悲剧中生命本身的价值和意义。但尽管如此，回到当时的文学现场，我们会发现，与主流抗战小说显现不同追求的作家作品仍然存在。处于创作"转型期"的丁玲的《我在霞村的时候》，就是一篇早期"抗战小说"的"另类"个案文本，它不仅具有重要的文学史价值，而且对于我们进一步分析半个世纪后"抗战小说"的叙事伦理，有着重要的启示性作用。

丁玲在抗战爆发前后，曾写下了十余篇以抗战为题材的小说，如《一颗未出膛的子弹》《压碎的心》《入伍》《新的信念》等，这些作品的主旨，大多都是深入关注和表现当时中国底层大众、广大农民，在侵略者的蹂躏下，在民族危机及死亡的恐怖中，日益觉悟和奋起，他们如何真正地像人一样开始勇敢地面对被侵略和侮辱的处境，为捍卫人性的尊严，克服、战胜软弱，展示出隐忍的品性和力量。《我在霞村的时候》描写乡村女子贞贞，在日军的一次扫荡中被日本兵掠去，被迫充当随军军妓。她受尽蹂躏，染上性病，但她一直为抗战秘密地做着工作。问题在于，丁玲的叙述重心，似乎并不在于表现贞贞的勇敢和隐忍所构筑起来的人性力量，而是要呈现在战争硝烟中，贞贞所遭遇和承受的来自"同胞"的蔑视和"凌辱"。

贞贞死里逃生,回到根据地的时候,并没有人同情和关怀她,乡亲、邻里甚至亲人都用白眼和唾弃面对她,她在强大的封建意识的包围下难以生存。贞贞只能在对日本军队那段时光的辛酸回忆中度日如年,最终选择了离家出走,因为她作为一个人,正在遭受"大众"的放逐、自我的放逐而无处藏身。显然,这个时候,贞贞的最大敌人已经不是日本兵,而是无形而强大的乡土中国的封建意识。在这里,"叙事者'我'与贞贞有着一种不期然的认同。她们似乎都处于大众之外,贞贞与落后村民的冲突在某种意义上,几乎重现了知识分子与大众的冲突,也是先进意识形态中的个人与农村落后群体的冲突。只不过贞贞遭受的诋毁,更能体现大众意志的封建特点:一种卑劣的关于人性的意识形态"[①]。

无疑,在这个文本中,丁玲准确地把握住了在抗战中贞贞这个形象的艺术价值,正是因为贞贞在肉体和精神的双重痛苦中,坚持做抗日工作,却反而受到压抑和"放逐",这也从另一个侧面,显现出中国民众的愚昧,人性的阴暗。所谓"民众",在这里似乎形成了一个巨大的"杀人团",带来了另一种"白色恐怖"。这篇小说所给予我们的启示是,和整个民族与入侵者的血战相比,人性的尊严,善恶的辨析,道德的底线,在民族自身的阵营里,如何才能受到保护和确认?我们究竟应该在战争中以及"战后"反思些什么?

无疑,这是丁玲创作生涯中最重要的作品之一,她在不经意间拓展了"抗战小说"的叙述边界,为20世纪40年代的"抗战小说"做出了贡献。文本呈现出与她所处那个年代"抗战小说"不合时宜的叙事伦理,当然,同时也为这类小说创作提供了重要的叙事经验。

在50年代,还有一位现代作家的写作,也给"抗战小说"增加了另一种不同凡响的声音,添加了独特的色调和生机,这位作家就

---

① 孟悦、戴锦华:《浮出历史地表》,中国人民大学出版社,2004年版,第129页。

是徐訏。应该说,他与丁玲在40年代的"抗战"叙事书写一起,构成了这类题材创作难以逾越的高度。

徐訏曾经慨言,中国现代文学中竟没有一部优秀的、正面的直接写到抗战的小说[①],这是非常遗憾的。这里,徐訏谦虚地将自己排除在"优秀"之外,而实际上,他在各种文体的写作中,都有关于抗战题材的优秀作品。小说有《风萧萧》《灯》《江湖行》;戏剧有《月亮》《兄弟》《旗帜》等。此外,还有长篇纪实散文《从上海归来》。而小说《灯》与戏剧《兄弟》,在表现战争与信仰,以及关于人性的探索方面,都极为深邃。我们知道,徐訏对战争的表现,自然与左翼旨在宣传的倡导截然不同,可以说,他的写作伦理,更接近肖洛霍夫、海明威、茨威格等世界一流作家的水准。他是在"战争"的"生与死"里面探寻"民族、人性、宗教、存在、爱与美"的关系,以及表达处在这种特殊时代里的人性,表现人们在战争的特殊"挣扎"中所放射出的"生"的光芒。他的《风萧萧》被认为是40年代描写抗战历史最特别的一部长篇小说。司马长风认为,徐訏的《风萧萧》几乎完全剔除了茅盾的《子夜》、端木蕻良的《科尔沁旗草原》、老舍的《四世同堂》等作品的瑕疵,风格极为特别。司马长风将《风萧萧》的成就,置于茅盾《子夜》与老舍《四世同堂》之上[②],这一观点,还曾引起学界轩然大波。不过,司马长风之辞,虽然有些"溢美",但徐訏对战争的观察与思考,确实达到了当年乃至80年代以后作家们向往的某种高度。

徐訏那部写于1957年冬的《灯》,则是一部能够进入人"本能"的层面,去描写在战争中人的精神、尊严、心理承载力、人性复杂性的作品。人在受"酷刑"的时候,他的生命,会本能地感受到某

---

① 徐訏:《服务于抗战的文艺》,载《徐訏文集》第10卷,上海三联出版社,2008年版,第79页。

② 司马长风:《中国新文学史》(下卷),香港昭明出版社,1978年版,第95页。

种极为特殊的经验。这种经验，实际上可以理解为是被后来的所谓"红色经典"，如《红岩》中"江姐"受酷刑时的"崇高"与"悲壮"所掩盖的部分，这也是"左翼作家"的抗战小说，很少进入的一片地带。它穿透了"英雄"和"伟大"的光环，进入"道德意志"之下，为我们揭开了人的本能层面的"道德"与"理想"的真实面貌。这种描写，充满着伦理与道德的阻碍，它完全是逆着伦理与道德的"崇高感"进行叙述，这就需要具有十分强劲的笔力与探察人性的勇气。也正因如此，它的表现深度也是空前绝后的。《灯》对战争中"英雄"的产生所做出的，显然是另一种描绘，虽然这种描绘，令人强烈地感受到人性的暗淡，但这也许才是最真实的生命体验。它构成那个时代在战争"生与死"中挣扎的人们一种真实的生命感。徐訏的抗战小说与"左翼作家"作品最大的"差距"就在于，他从不会为某种理想主义而去掩盖生命存在最真实的部分。他进入人性深处描写战争给人带来的道德与伦理的煎熬，战争给人类灵魂造成的戕害，都是最富有深刻力量的表达。

《灯》讲述主人公"我"在上海"孤岛"期间只是以办刊、写稿来做一些对"抗战"有益的宣传。"珍珠港事件"爆发后，日军进入租界，"我"因为与"罗形累"的关系而被日军逮捕。小说至此进入高潮部分，主要叙述"我"被捕后，如何在日军狱中被实施酷刑与诱逼，细节在这里得以充分展开。徐訏在《灯》中反复试探、掘进到人性的最深处，去撕开道德感与英雄光环的外壳，努力让我们看到，人在酷刑造成的痛苦与死亡的威逼之下的本能及其真相。看得出，《灯》透射着一种强烈的"愤激"与"孤绝"意识，在"我"与日本军官"朝信"的对话中，"朝信"的话，也许正是徐訏的思考："你以为用你的生命换罗形累这样一个人的生命是值得的吗？即以对中国来说，像你这样一个人难道不比罗形累这样一个人更值得珍贵与有意义吗？"

在生命的层面，"汉奸"与"英雄"的差异，都是战争之外或之后人们想象出来的一种命名，他们真实的主观世界，可能永远地沉入了我们未知的黑暗。徐訏作为在上海"孤岛"期间与太平洋战争爆发后，直接裸露于战争生死场中的创作个体，也许，他的体验与书写更接近存在世界的真实。徐訏当年对战争中人的"道德感"和"生存本能"的复杂体验与挖掘，20世纪80年代以后，在"新历史主义"小说中再次出现。余华的中篇小说《一个地主的死》，就是其中一篇。余华的"英雄"——"王香火"死的时候，并没有像刘胡兰那样表现出英雄的气概，当日本兵的刺刀在他的体内旋转了一圈，然后又拔出来，内脏也随之被涮带而出时，他只喊了一句"爹啊，疼死我了"。也许，只有如此简单而真实的叙述，才更逼近生活本身。而这个老地主的少爷"王香火"，虽然骨子里胆小、怕死，却能鬼使神差地将日本人领进绝地。这无疑是一种"逆向叙述"，人性在特殊的场域里，会发生自我颠覆性的变异。不同的是，余华没有像徐訏那样，敢于直接进入"王香火"的内心世界，他只是拉远了镜头，给我们呈现出了一个"胆小""怕死"的真实"英雄"的外在形象，从而回避了对"他"更深邃的意志世界的呈现。

三

20世纪80年代以来，中国社会的政治、经济、文化的转型和活跃，给文学书写带来了无限生机和活力。中国作家进入了一个前所未有的历史"新时期"。"抗战小说"的写作姿态和叙事视角，明显呈现多元趋势。在"抗日"这一渐显"苍老"的叙事题材上，作家大多不愿再为某种意识形态或理念所累，因此，作家的想象力得到最大程度的发挥，小说创作呈现出整体的开放性特征，作家对历史的感受力和审美经验，转化为更切近生命和历史"原生态"的审美形式和审美形态。"抗战小说"的创作水准，的确被提升到了一个极其可喜的审美高度和历史深广度。尤其是，价值观的重新选择和确立，直接导致叙事方向和美学形态的变异，真正地应和了米兰·昆德拉所推崇的那句话"发现唯有小说才能发现的东西"①，也就是说，具有诗学品质的小说叙事，对历史、人性和灵魂的触摸，的确可能会比历史更长久、更真实地保存人类的记忆。

20世纪80年代初期迄今，就有莫言《红高粱》、尤凤伟《生存》、赵冬苓《中国地》、刘恪《红帆船》、叶兆言《日本鬼子来了》、全勇先《昭和十八年》《白太阳红太阳》、高建群《大顺店》、张者《零炮楼》、迟子建《伪满洲国》、麦家《风声》、凡一平《理发师》、朱秀海《音乐会》、陈昌平《汉奸》、徐贵祥《八月桂花遍地开》等大量"抗战小说"文本出现。在这里，我们主要选取了尤凤伟、陈昌平和全勇先三位作家的文本，作为探讨、思考80年代以来"抗战小说"叙事伦理的一个重要的切入口。

尤凤伟的中篇小说《生命通道》描写日本军医高田、"汉奸军医"苏原，他们虽然同为秘密抢救日军枪口下中国人生命，而实施着一项同样不为人知的"生命通道"计划，而两人的结局却大为不同。但是，他们在救护生命的人道精神方面，完全是相通的。小说情节曲折，生动传奇，叙述的字里行间埋藏着深刻的自省和深重的苦难意识。在文本中，作家借用小说人物一个精彩的"独白"片段，清醒而透彻地道出了人类关于战争和人性的深刻反思：

> 可以设想一下，假若现实不是日本入侵中国，而是中国人入侵日本，再假若你也被应征入伍，而且不是医生身份，是端枪的步兵，那么我问你，你会不会开枪杀我们日本人呢？你会的，一定会的，只要你是个士兵，你就不能拒绝杀人，杀人是士兵的职业。当然，请苏原君不要误解，我说这些，并不是要证明杀人有理，证明杀人不可避免，

---

① [捷克] 米兰·昆德拉：《小说的艺术》，上海译文出版社，2004年版，第6页。

而是涉及另一个问题：一个平常人怎样站在战争之中。战争犹如从天而降的涣涣大水，将所有的人淹没，卷入旋涡之中，无一逃脱。作为中国医生的苏原君没有例外，作为日本医生的我也没有例外。回到前面的话题，苏原君申明在任何情况下都不会杀人，对此我不想妄加论断，我只说我自己，假如我是手操枪炮的步兵、炮兵，我想我避免不了杀人，因为我拒绝作战，将被指挥官以临阵怯逃者处死。面对生与死的选择，唯有真正的英雄才能将理想置于生命之上。而我们都是凡人，愈是凡人愈珍惜生命，我们清楚这很卑贱，这正注定凡人将永远望其英雄之项背，高贵对他们来说高不可攀。另外，我们凡人远离理想，因此理想在我们的视野里十分模糊，这便影响我们对理想真伪的判断。比如说日本天皇将这场战争称为大东亚圣战，目的是拯救东亚人，实现大东亚共荣。于是许多日本军人走出国门在别国作战杀人，心中倒怀有一种拯救人类的神圣感，这是怎样的荒谬与可悲啊！但值得庆幸的是，坐在你对面的高田军医既没有被编入端枪杀人的步兵行列，又不是被天皇鬼话蒙骗住的糊涂虫。不是所有日本人都头脑不清，都支持天皇和大军阀们发动的战争，无论是日本本土还是本土以外战场上的日本人，都有许多反战者在行动。我就是其中的一个。[1]

可以说，这段话就是一个日本军人的心理缩影和精神自传，也是一个普通日本人的自画像。关键是，他说出了一个人在如此激烈、如此血腥和别无选择的战场上，作为一个人，如何保有自己的生命尊严，如何坦然面对无法泯灭的良知。因此，尤凤伟的叙述，就显

---

[1] 尤凤伟：《生命通道》，《当代》，1994年第4期。

得尤为珍贵和必要。

这种对人的尊严的追寻及其书写立场，在"新世纪"以来的抗战小说中又得到了进一步的开掘。"另类"的"日本人"的形象，也变得更加清晰和丰满。这方面的代表性作品，就是陈昌平的短篇小说《汉奸》。作品塑造了一个日本小队长田中敬治的形象。他是中国文化，特别是中国书法的爱好者。他为了能够拜师学艺，真正提高自己的书法水平，在战争的大背景下，不顾及敌我双方的两军对峙，能够放下身段，不考虑自己的政治身份，而保持着自己充足的耐心，几次来到书法家李微的家里拜访，也可谓精诚所至。他真挚地邀请李微去鬼子的据点，为其传授书法技艺。而且，小说还通过李微的视角，涉及对这个日本人的近距离审视和认识。这个喜欢中国文化，喜欢中国汉字的日本人，如此彬彬有礼，仿佛就是一位从中国古代的典籍里走出来的文化人，是一个文化的幽灵。这个形象，一改以往小说文本对"日本人"描写和表现的单一叙述向度，真实、复杂并且饱含内蕴的人性，被凸显得入木三分。小说的最后，终将田中这个人物塑造成为一个积极的"反战"角色。特别是当他得到日本投降、战争结束的消息之后，田中的第一反应，没有像真实的日本军人那样不相信、不甘心，甚至负隅顽抗或者剖腹明志，以效忠"天皇"，相反，他却表现得非常平静和坦然，甚至庆幸不已。他说："我终于可以回家了，知道吗？为了回家，我甚至希望自己负伤，丢一只胳膊，甚至断一条腿！现在好了，战争结束了，我终于可以回家了。你知道我的本行吗？我是一名建筑师，建设才是我的本行，而军人对我就是一个角色，我不喜欢这个角色，但是我从来到中国的那一天起，我就在扮演这个角色，战争结束了，我的角色也结束了。"[1]这种叙述，无疑让人性变得更加丰富和复杂，让人变得更加人性、人道起来。当然，也有研究者从另一种角度，指出"日本人"

---

[1] 陈昌平：《汉奸》，《人民文学》，2005年第8期。

这种"他者"形象塑造中的问题:"站在民间主义的立场上书写日本,对这一些作家来说'日本形象'到底如何变得并不重要,他们不在乎是否真实,他们也不需要认真研究他们,他们更多受到'集体想象'的影响和习惯,他们的书写变得更加随意,作为'他者'的日本被符号化与工具化了,同时也被简单化和戏谑化了。日本人要么惨无人道、禽兽不如,这样就会激起普通民众的憎恨情感;日本人要么身体畸形、头脑简单,他们被戏弄而变得好玩好笑,以此满足大众的情感宣泄和娱乐诉求。作家们甚至故意使用'错觉手法',让现实主义所追求的'事情原本如此'而变成他们所谓的'事情看来如此',于是起到了欺骗、愉悦、惊讶等效果。这种视角下的日本形象变得模糊,作者并不注重对日本形象的塑造和刻画,当然也不大关心书写这种形象的真实与否,日本形象是作为敌对的'他者'而出现的,是作为战争的另一方而出现的"[①]。我们觉得,最关键的问题是,如何考察叙述者的灵魂视阈和精神格局,思考应该怎样描述战争中人性的真实形态和变异。这里,不仅有一个价值观的取舍,还关系到如何对待其中有关人性认识的伦理。

在论述20世纪80年代的"抗战小说"时,我们无法忽略的,还有作家、剧作家全勇先。他是80年代中、后期中国大陆出现的一位朝鲜族作家。近些年来,他创作的电视剧《雪狼》和《悬崖》,曾经引起巨大反响。他的小说创作量虽然很小,却显示出独特的风格和叙事才华。全勇先的《昭和十八年》[②]《白太阳红太阳》《恨事》《妹妹》,是他"抗战小说"的代表作。这些写于80年代的小说,一出现就引起广泛关注。尽管那个时候,人们还没有从充满意识形态规约的思想层面,彻底摆脱出来,真正回归到艺术本体表现的维度,全勇先却凭借其不同凡响的叙事文本,走出了一条朴素、简洁的叙事路径。短篇小

[①] 赵佃强:《新世纪抗战小说研究》,山东大学博士论文,2014年。
[②] 全勇先:《昭和十八年》,作家出版社,2004年版。

说《昭和十八年》堪称这方面的代表作。小说记叙一个被日军抓来充军的"满洲兵"常龙基，小说写尽了这个被称为"常瘦子"的军人的懦弱和善良。他经常被日军军官和士兵肆意地凌辱，经常因小事情遭到各种谩骂、殴打和处罚，以至于他企图在兵营大墙的老树上自尽。如果依循全勇先最初的这些叙述，我们完全可以将他轻松而简单地归结于"庸常之辈"。但后来，这个"天性善良，不是那种轻易地与人为敌的人"，逐渐地适应了军中生活，脾气也不那么古怪了，与他打过交道的日本人也开始喜欢他，成为一个人人都会说他好，人人都需要他，人人又都有些看不起的人。就是这样一个人，却抓住了一个极为难得的机会，枪击了日军的中将楠木实隆和满洲军部大臣邢士廉，然后纵马跃出防御工事，最后竟然在千人围堵中，安详、从容、优雅地走入江中。事后，经常羞辱常龙基的日本军人岩本和另一个日本士兵，终于一起悟出了对他的认识："他是一个心藏大恨的人，我们太小看他了。"其实，常龙基所有的隐忍，都是在为一次可能到来的机会做着准备，他把一切苦难都埋藏在心间，静静而耐心地等待。而且，我们可以如是想，无论他枪击的是一个日本的将军，还是一个马夫，这似乎都没有太大关系。因为，他内心最终想找到的，也许只是一个弱者的尊严。可见，全勇先之所以将一个胸怀深仇大恨的人，置于一个复杂的生存空间，让这个具有复杂人性的英雄性格，在历史的烟尘中，彰显出固有的品格和价值。这恰恰显示出文学叙事对历史和人性的另一种穿透力。全勇先的叙事有很好的落脚点，以及分寸感和叙述力度。人物性格的逻辑，与战争这种超常的情境相得益彰，它们相互推动和呼应。我想，这一定源于一个作家对历史、战争、生命极其到位的把握、处理能力和伦理感。因为，我们在文字里也同样感受到了叙述者的尊严和不羁的力量。

因此，探讨"抗战小说"的叙事伦理，是推进和继续拓展这类小说写作的精神、心理和文化基础。如何将这类书写引向更高的向度，最重要的，恐怕还在于对人性进行深度测绘的勇气和信心。文学叙事离不开对人性及其精神密码的精心破译。那在战争的危机中，充分展现人性的嬗变，是文学叙事的一次挑战。就此而言，有所不足的是，80年代以来的"抗战"叙事，显然还缺乏更宽广、更阔大的历史、民族、文化背景，在精神深度和人性烈度的发掘方面，也还缺少哲学底蕴和理性张力。因此，寻找"抗战小说"新的叙述可能性，仍需要一代代中国作家共同的不懈努力。

小说家及其文本可能的宿命
——兼及阿来、迟子建20世纪80—90年代的写作

一

谈到当代小说家及其文本可能会有的宿命，20世纪80—90年代是一个无法绕过的重要文学节点。不妨说，持续性写作三十几年的许多作家，他们的写作大都从80年代"逶迤"而来。他们都有自己的写作发生、叙事资源、文学书写的来龙去脉。这些，延续、构成中国当代文学半个多世纪生动起伏的文学图景和内在精神文化价值。现代文学研究界一度流行"没有晚清，何来五四"的说法，在这里，表面上看似乎在强调某种继承性，实质上，我们都是在寻找重要的历史节点。这个"节点"不仅决定文学叙事的审美伦理选择，更会影响到作家对个人性经验所做出的精神、文化突围。从一定意义上讲，文学是"偏见"的产物，写作是对作家个人判断力、想象力和表现力的挑战，文本所呈现、涉及的，定然是一个时代的精神、文化、心理和灵魂的状况。毋庸置疑，70年代末到80年代初的时候，我们尚且处于一个"集体主义"尚未退场的状态，一些文学的"发生"，都还带有坚硬的固化思维的特征，以至于文学不断呈现出阶段性、"潮流化"的审美形态整体性的"趋同"。即使1985年之后，中国当代文化与文学的深

层价值取向，已经渐渐发生具有史诗性意义的转向和迁移，但是，那种观念或理念上的调整，我认为仍然只是表层意义上的振荡，并未构成当代文学写作与批评的历史性深度改变。不过，我们也应看到，文学发生与文学生产的相关制度与机制之间的关系，已经悄然在作家的写作中以不同的文本形态开始"发酵"。也许有人会发问："九十年代"真的那么重要，那么不可复制、不可或缺、不可替代吗？就是说，在"八十年代"与"九十年代"之间，抑或在"九十年代"与"新世纪"之间，究竟存在着怎样隐形的血脉联系？对于文学、对于作家及其文本而言，文学叙事的时间、空间维度，处于怎样的辩证、发展或纠结之中？复杂的、冲动的、发散的、全方位跃动的"八十年代"，又是怎样"衔接"并延展出"九十年代"的多重性和可能性？我们看到，"八十年代""出道"的作家，有很多人的写作在"九十年代"发生着强烈的个性化的转变，呈现出叙事的"新状态"。这种所谓新状态，看上去主要体现在叙事语言、叙事结构即文本的文体层面，实际上，已然是叙事学层面的又一次"革命"的发生。文体的变化，任何时候都与时代、社会的症候密切相关。说到底，文体的革命，就是作家意识到的生活、经验、表达欲望等溢出既有文体的边界，不同文体的元素发生重组、编码，呈现文体的模糊状态的多元品质。新文体的形成是自然的，又是"人为"的，是时代发生历史性转变使然，而且这个问题是无法忽视的。其实，"文体实验"早在20世纪80年代就已经被反复提及，但还仅仅停留在文学如何向本体回归。"革命总是发生在事件的第二天""一般说来，在一个思想相对解放的时代，文体的表现形态要相对活跃一些，文体的界限也相对模糊一些，而在一个思想沉闷、观念闭锁的年代里，文体的自由度要受到限制，文体的格局也要更单调一些"[①]。因此，我们从文体层面考察作家的写作发生和文本宿命，恰恰是符合文学写作本性的，反趋同的，同

---

① 王干：《边缘与暧昧》，云南人民出版社，2001年版，第43页。

样是非常重要的文学审美维度。

那么，现在回头看，在中国当代文学的"时间表"和"地形图"上，"八十年代"与"九十年代"，的确是两个最具革命性和历史性变化的时期。这两个特定的时间概念及其丰富内涵的生成，在很大程度上，深化着我们对于一个时代及其文学的理解。或者说，哪怕是对于今天的写作者来说，无论是否从这两个时期出发，对一个正在急遽发生变化的"百年未有之历史大变局"时代的理解和表现，都无法绕开对"八十年代"和"九十年代"的再度认知。因此，回顾"八十年代""九十年代"的社会、时代、生活、文学的环境、氛围和文化生态，对于作家、作品研究和重新考量80年代以来的中国当代文学，具有重要意义和参照价值。我们会清晰地看到，1985年之后的"先锋""实验"和"现代主义"潮涌，一度对此前受到意识形态"规约"、高度统一的文化律令引导下的文学叙事，构成审美理念上的冲击。个人性话语系统开始纷纷进入建构的状态，封闭的系统逐渐被打破，充满活力的开放系统，在尚属含混模糊的所谓实验文学的旗帜下惊艳出场。查建英在访谈作家阿城时曾经说："现在回头看八十年代的好多讨论和话题，其实它是一个特别短暂的现象，有点虚幻，一个更现实的年代已经就在拐角了，但当时没有人预料到。那时，大家充满一种解冻期的热情，生活上还有国家给托着，是个有理想也有很多幻想的年代。很多艺术家、作家就觉得很快就能赶上西方，我们天天在创新嘛。记得黄子平有句俏皮话：小说家们被创新之狗追得连在路边撒泡尿都来不及。王蒙也说作家们'各领风骚三五天'。总之，三五年就把西方作家一个世纪各种流派都给过了一遍。那时真的气儿挺足的，并没有感觉后边有这么多问题呢。"[①]查建英所谈及的"短暂的"虚幻，实质上尚属作家、批评家当

---

① 查建英：《八十年代访谈录》，生活·读书·新知三联书店，2006年版，第31页。

时"非个人化"地感受、理解文学和写作的真实状态,他们大多数人还在沿着既有的框架、用半模仿的"套路"发出"众生喧哗"的复调声音。王尧在探讨、考察"新时期"文学"源头"的时候,将20世纪70年代末到80年代初的"八十年代"文学及其发生,命意为矛盾重重的"过渡状态"。许多人在特殊的历史时期与"新时期"的创作判若两人:"他们是怎样发生变化的?"但他认为文学在跨时代的转型中,自身的演进是有迹可循的。另外,考量写作者有没有对生活、现实进行审美化的能力,也是审视作家认知力高下和自身调整的重要因素。王尧还特别提到:"部分知识分子的觉醒和私人话语的产生,民间社会和民间话语才出现了分层的现象。我觉得我们不能不顾及这种分层。"[①]在这篇文章里,王尧主要是强调作家在大时代的转型期,新的叙事话语产生的困难、矛盾和文本形态之间的内在关系。这一点也增加了"八十年代"文学生态的变化性和复杂性,就是说,时代、社会、政治和经济的变化、发展,甚至振荡,直接或间接地影响和决定了作家的写作发生及其文本的命运。当然,作家叙事方式的调整、新的文化元素植入,也让其写作面貌发生新变。在那个年代,求新、求变,不仅成为一种"时尚",而且成为作家避免自己被抛出"主流"轨道而被边缘化的重要选择。不能不承认,这个时候,几代中国作家的写作,都各自开始发生宿命般的变化,并逐渐走向进一步的分化,即价值观、审美方式正日益转向、进入个性化、个人化语境中。

"九十年代"以降,全球化来了,因此局面就比"八十年代"还要复杂得多,作家更大的"焦虑"也不可避免地随之而来。所以,最难梳理、最难判断的"九十年代"的整体文化形态,在多维元素"互动"的状态中呈现出"新状态"。从一定角度看,这个阶段已经

---

① 王尧:《矛盾重重的"过渡状态"——关于新时期文学"源头"考察之一》,《当代作家评论》,2000年第1期。

很难再有"新的美学原则在崛起""理一理我们的根""文明与愚昧的冲突""向内转""审美和审丑"等更纷繁的文学新概念、新思维频出,作家作为审美主体的自觉,尤其是不同叙事话语的构成,依旧存在极大的"趋同性"而少有"异质性"。或许,我们可以用"板块状"、类型化、潮流化等来厘定、概括、描述这一时期文学写作的基本状态。如果说,"八十年代"的文学、人文生态是不可复制的,那么,"九十年代"的文学叙事语境就显得更加纷繁复杂和多维。尽管,"入主流"一度是作家为避免成为动态发展中的文学的"局外人",在"八十年代"所选择的重要写作趋向,但是,在"九十年代",作家自觉或不自觉的审美选择,相互之间话语与话语的对冲、交织、对峙或平衡,对于能否生发出新的话语源、话语场,生发出各自写作及其文本新的话语空间,构筑出新的思想、精神载体,难免不形成种种困惑、矛盾、悖论的情境。

实际上,在"八十年代"末期,一个不容忽视的现象曾经悄然出现:"先锋三剑客"余华、苏童、格非,分别从《现实一种》《飞越我的枫杨树故乡》《褐色鸟群》的语境、语义层里走出,宿命般回到写实主义的道路上。苏童的《妻妾成群》和《米》,余华的《活着》《许三观卖血记》,格非的《欲望的旗帜》,使他们几乎成功地完成一次叙事的跳转,连同马原的"叙事圈套"、孙甘露的语言游戏一起,终结了狂欢式的语言之象和灵魂之象。不消说他们以一次"革命性"肇始,又以一次不曾有的方式"回归"到现实的大地之上。是否可以说,最"极端"的几位"先锋作家"一定是忽然意识到了什么,或者说,他们的"先锋"性已经渐显羸弱,感觉乏力,力不从心,于是毅然决然地无奈转场。尽管吴亮那句"真正的先锋一如既往"仿佛依然响亮,但是,那个"先锋"的、充满诱惑的语言空间所暴露出来的问题,至今仍值得我们深刻反思。不可否定的是,20世纪80年代至90年代初中国先锋文学短暂的历史,显然已经超越了修辞学的"小说革命"。它让我们重新思考叙事语言、叙事策略，竭力消除现代汉语的无根性，整合、辨析出语言与世界、事物、生活的边界，语言穿越现象、表层而进入被遮蔽的事实本身。同时，这也是一次审美思维层面的拓展，充分地体现出作家审美的自觉程度。或许可以说，"先锋文学"囿于经验的准备和整合方式，适时地宿命般消隐，仿佛在"八十年代"至"九十年代"完成了一次形式美学的终结，并且，成为一个遥远而美丽的传说。我们看到，此后，几代中国作家在经历十余年的喧嚣之后，也开始逐步发生写作学意义上的"裂变"。

二

前文提及苏童、余华和格非在20世纪90年代初的"突变"。我们可以将其视为一次对被"归类""标签化"的激情的、自觉的反拨。在这里，最重要的是，叙事方式、文本结构和审美取向的调整，意味着作家该如何重新架构历史、现实、人性和自然，预示着当代小说发展的自我整饬，文本价值的重新体认，或者，也可以视为是"先锋作家"群体的再出发。

我们看到，也有像阿来、迟子建这样的作家，无论80年代还是90年代，从未追求过潮涌或新变以进入"主流"，当然也就无须去"类型化""标签化"——从"清流"般登上文学舞台伊始他们就与生活同行，却从未被潮流化，而是保持着鲜明的、无法被模仿的个人风格，并不断超越自我，进阶发展。那么，勘察他们写作发生与文学生产环境的顺应与博弈，对探究作家写作及文本的宿命，无疑具有与以上整体思考不同的、个案研究维度的重要意义。虽然，对于阿来和迟子建这样的作家，我们早已经无须再发问：阿来是谁？迟子建何许人也？即使仅仅从文本的层面考量，他们也毫无争议地被认定为扎实稳健而睿智的作家。在这里，这种"睿智"，指的就是他们各自对写作本身、对事物那种超强的感悟力、结构力，以及他们面对存在世界和事物时所具备的"佛性"。

应该说，阿来的写作，是从20世纪80年代写作诗歌《梭磨河》开始的。这时的阿来，就已经显示出他对事物充满诗性、精微的感悟力和表现力。特别是他个性化的审美策略和方式，凸显出他以叙事的方式，整体性地感悟、把握世界或存在的天赋。重要的是，他是90年代最早意识到时代和生活已经开始再次发生剧烈变化的作家之一，也是最先意识到文学观念需要及时、尽快调整的作家。因此，当他在1994年写作《尘埃落定》的时候，许多作家还深度地沉浸在80年代文学潮流的嬗变和传统的文学叙述方式、结构方式的惯性里面。阿来的《尘埃落定》曾经在出版社之间"流浪"长达四年之久，最主要的原因就在于作家写作初心和审美标准确立的"不合时宜"。当出版界、杂志社的编辑们，多还在80年代的文学观念的惯性里时，阿来已经形成另外一种全新的、与生活和存在世界之间更加契合或者说"默契"的文学理念。我们可以回顾当时的小说写作，尽管许多作家竭力寻求突围，但仍然在本质上因循着试图将"中国经验"进行"马尔克斯化"一类的表达。而莫言、贾平凹、阿来、迟子建等作家所思考、所践行的，则是愈发开阔的视野和写作路径。阿来更是在考量自己该如何沉淀文学写作的民间资源，如何让写作在异质性文化之间跋涉和穿行。因此，阿来在文坛一出现，就呈现出极高的写作起点，表现出一个好作家、重要作家成熟的叙事品质，以及深邃的思想，简洁、纯净的个性化语言、文体和结构。或者说，他是以一位能够改变人们阅读惯性、影响文学史惯性的"重要作家"的姿态出现在文坛的。他不排斥而且充分汲取外来文化和文学的养分，却始终保持着自己的行走方式，在自己喜欢的行旅——"大地的阶梯"上攀登。

我猜想，阿来在写作的时候，或是灵感突来，或是苦心孤诣、蕴蓄已久，他都是在悉心地寻找着属于自己感知到的声音，或者，静心地等待着某种声音的莅临。而这种声音，就是文学的天籁之音。

这声音衍生出穿越时空的冥想,诉诸文本之中。就是说,他在努力地用文字书写奇特的声音,其中,这些文字凝聚着非常强大的摄人心魄的精神力量,那是能够深描人性、命运的日益丰盈的力量。他曾借用佛经上的一句话表达他写作的梦想:"声音去到天上就成了大声音,大声音是为了让更多的众生听见。要让自己的声音变成一种大声音,除了有效的借鉴,更重要的始终是,自己通过人生体验获得历史感和命运感,让滚烫的血液与真实的情感,潜行在字里行间。"这种声音,因为聚集着血液与情感,一定会平实而强大。这些年,我们从阿来的大量文本中,看到那些率真、简洁、汪洋恣肆又极其朴拙的叙述,可以说,我们能够体会到阿来作为一位优秀作家的艺术感悟力、想象力、表现力,更能从他诗性的语言和篇章中,体悟到旷达的襟怀和不羁的叙事的激情,倾听到来自他心底又传到天上去的"大声音"。阿来以一部部作品向世人展示出他不断拓展的文学视域,不断提升的文学高度,及由此获得更加自由的书写。

　　进一步说,阿来的认知维度,已经自觉或不自觉地提供给阿来不同凡响的写作主体意识、文化意识和审美方式。而别样的审美维度,便形成其叙事独特的视角——阿来的文化背景和语言的特质,在很大程度上确立了他使用汉语写作时的独特姿态,即作为"一位用汉语写作的藏族人"的文化异质性。阿来格外重视叙述语言,语言可谓阿来最为重视的写作元素。在阿来看来,语言是决定作品成败最重要的因素之一。一方面,小说叙事语言的"异质性",用汉语作为思考和叙述的工具,似乎在很大程度上决定着阿来的叙事方向、叙事结构和文本形态,这也是阿来之所以成为作家阿来的重要理由。可以说,阿来在写作中放弃了原初母语,而将汉语作为自己终生写作的选择。实际上,阿来的叙述语言里,仍然难免彻底消除既有的母语的惯性。他在完成《尘埃落定》后曾表示:"在我想到下一部作品的时候,我看到了继续努力的方向,而不会像刚在电脑上打出这部小说的第一行字句时,那样游移不定,那样迷惘。在这部作品诞生时，我就生活在小说里的乡土所包围的偏僻的小城，非常汉化的一座小城。"①从这里，我们可以判断出，阿来对自己文本渐次"汉化"意味的显露、体验十分审慎和"警惕"，他曾不自觉地在"挣脱"某种文化的羁绊。但是，这时的阿来，已经开始在执着地留恋、寻找和表达自己的"原乡"了。"我知道，自己的写作过程其实是身在故乡而深刻地怀乡。故乡已然失去了它原来的面貌。"《尘埃落定》是"我作为一个原乡人在精神上寻找真正故乡的一种努力"②。地域性是我们经常谈论的、很难回避的文学写作的重要元素，对家乡有着深沉爱恋之情的阿来，正是由于其深刻的"原乡"意识，从而构建出独特的语境和深邃的意蕴。

对于迟子建而言，她的小说创作理念和叙事选择的形成、确立，可能更早一些时候。1984年她写出中篇小说《北极村童话》，这篇小说让我们看到，二十岁的迟子建，她的叙事，已经体现出极为突出的个人秉行和风貌，同样，也自觉或不自觉地形成属于自己的叙事"编程"或法则。《北极村童话》所呈现的神异而美丽的心象，正是在迟子建年轻的内心，不断地历经了记忆、回忆的"幻化"发酵，"幻的美好"就转化成"真"和沉郁的审美直觉。这些，又让"童年"真切地融入文字，浓郁到极致的乡情、乡土、乡音、乡愿的书写，令人恍若置身历史、现实的情境之中。那个小女孩在几个季节里的人生经历，隐喻着人生的"乡土"和"乡愁"的交替轮转，不断地闪回出生命的诗意、本然与残酷。如此的"乡愁"书写，更是让迟子建青春时代的激情，柔软地转化为超越时间之上的对故乡的一次深情眺望。"无论是乡土的背影还是侧影，迟子建在描摹它的时候，总是有种度尽劫波的醒悟，同时，解决了个体经验的偏颇和忧虑，进而构成一次次写作灵感的再生。我相信迟子建是一位深刻理

---

① 阿来：《就这样日益丰盈》，解放军文艺出版社，2002年版，第346页。
② 阿来：《就这样日益丰盈》，解放军文艺出版社，2002年版，第346页。

解小说的品质和诗性的作家，拥有叙事的柔韧性、文字的辨识度、结构的结实性。同时她的故事常常打破现实的逻辑，又不失对生活的深刻感受，流露出个人生活体验的特质。"①从20世纪80年代初迄今，她"持续性写作"将近四十年，发表、出版了长篇小说《伪满洲国》《晨钟响彻黄昏》《额尔古纳河右岸》《白雪乌鸦》《群山之巅》《烟火漫卷》等，还有大量的中短篇小说，成为当代作品体量较为庞大的作家。迟子建保持着旺盛的创作力、勃勃的生气、富于丰沛人格力量的"骨力""骨气"和底蕴，朴拙与诗化共生地再现出"北中国"的苍茫与雄浑，激情与沧桑。"北中国"已成为迟子建文学叙事的精神"灵地"，也是她构思和玄想的情感坐标。正是因为拥有这样充满个性经验的"素朴的诗""感伤的歌"般的文字，迟子建的叙事文本才能恒久地保持着"非常宜人的体温"。

早在2005年的时候，苏童写过一篇文章这样评价迟子建："大约没有一个作家会像迟子建一样历经二十多年的创作而容颜不改，始终保持着一种均匀的创作节奏，一种稳定的美学追求，一种晶莹明亮的文字品格。每年春天，我们听不见遥远的黑龙江上冰雪融化的声音，但我们总是能准时听见迟子建的脚步。迟子建来了，奇妙的是，迟子建的小说恰好总是带着一种春天的气息。"②作为两位同龄段作家，苏童和迟子建，有着相近的天分和才情，可谓惺惺相惜。在我看来，虽然各自都有文学写作的地域、精神、情感罗盘，但他们的文学叙事伦理、审美品质、美学境界极其相似。王安忆对迟子建也有过非常贴切的评价："她好像天生就知道什么东西应该写进小说。"③这句话，道出了一位杰出作家对另一位杰出作家的深刻体认和

---

① 张学昕、赵海川：《苍茫"北中国"的乡土美学——迟子建文学叙事的"乡愁"重考》，《小说评论》，2023年第2期。

② 苏童：《关于迟子建》，《当代作家评论》，2005年第1期。

③ 王安忆：《逆行精灵》封底推介语，上海人民出版社，2008年版。

真诚的褒扬。

阿来和迟子建这两位同时代的作家,自20世纪80年代以来,似乎从未在文坛"引领过风骚",却始终诗性地直面生活。他们以朴素、简洁的话语方式进入生活和人性,并且带入自己强大的审美、道德力量,各自形成文本写作独特的"感觉结构"。无论是阿来还是迟子建,正是由于崇尚美好和善良,加之他们的文字和叙事品质的质朴,渗透出朴拙的性质,也就分别形成了鲜活的文本的气场,张扬着属于自己的叙事美学辩证法。在这里,我更愿意将阿来和迟子建视为与文学生产外部环境不太"密切"的作家,因为他们在文学叙事审美方式、文本美学形态上没有较大的"裂变"。早年时他们一上手作品就显示出几近成熟的文本形态,在四十岁左右就写出个人写作史上杰出的作品。因此,他们也成为当代文坛最值得期待的两位重要作家。

三

那么,现在回望来路,阿来和迟子建,都是从20世纪80年代出发,却在90年代发力。他们各自在80年代的文学积淀,或者说,在最初文学写作"练习簿"的涂抹,可以看作是寂寞中耐心的玄想。有人说,90年代是一个再也不会存在和发生的文学时代,而且,它远比我们今天的想象和梳理要复杂得多。的确,从另一个角度看,90年代是中国式现代性文学话语体系逐步建构的开始。这些"话语"不仅源自丰富的理论,更包含着作家文学叙事话语不断的自我建构。当然,一个时代作家叙事话语的生成,既有其背负的沉重的历史"积淀"以及负荷、"羁绊",也有在现实语境中,作家依据自己的哲学和审美判断对世界的重新审视和打量。这两个心理、精神系统的相互交叠、互为补充,形成作品的基本形态,铸成一个又一个不同的文本结构。也许,就在这个持续性书写的过程中,"新生活"又会重新唤醒、串联、连接起过往的记忆和现实的冲动,作家的生活感知力，书写的创造力，在传统/现代的认知框架中，铺展出更为广阔的"中国想象"叙事空间。或许，我们会对自己发问：我们在思考"九十年代"的时候，我们究竟在思考什么？"九十年代"究竟给我们留下了什么？在"九十年代"的复杂历史和社会变动中，在社会的政治、经济、文化、文学、生活方式等诸多方面的调整或突变中，叙事，即文学叙事、历史叙事及其使命、责任、担当，与民族的深层大义和文化特质、无法消解的民族的自我，形成了一个"命运共同体"。从"八十年代"走来的作家，在"九十年代"有许多不可避免地调整了自己的思路，他们的写作发生了不同凡响的叙事变奏。而这种叙事变奏，直接影响或主导作家文字中所呈现的历史和人性的真实样貌。

然而，无论怎样调整叙事思路，形成叙事的变奏，可以确认的是，一个作家的精神与血脉必须扎根于乡土，提供独属于自己的"中国经验"维度。"寻根"是作家叙事的重要动力，唯此才能够获得坚韧的叙事力量和持久的叙事勇气。现在，我们重新阅读、梳理、反思莫言、贾平凹的写作，同样能够深深意识到，这两位当代中国文学"双璧"的文本，都具有不可复制的个性化特征和美学形态。试问，有几人能不为莫言字里行间所流露出来的天马行空般汪洋恣肆的想象力所震撼，不为贾平凹元气充沛地深植于中国乡土大地的厚重意蕴而慨叹。他们的地缘因素、叙事伦理、审美体验以及诸多的文化精神成分，特别是各自具有的独特个性的话语系统，已建构起作为叙事诗学意义上的"中国经验""中国精神"话语系统，并微观地缩影在他们建构的"标签式"乡土空间中。这是从"八十年代"走来的少数作家，竭力突破既有的文化心理结构和历史宿命论的藩篱，书写出文学文本所可能抵达的历史高度与纵深度。莫言的"高密东北乡"、贾平凹的"商州"、苏童的"香椿树街"、阿来的"机村"和迟子建的"北极村""额尔古纳河右岸"，都是作为写作主体个性化单元的文本背景和虚构背景，也是作家对存在世界多维认知、诗性感受和哲学顿悟的载体。

四十余年来，无论是迟子建，还是阿来，都始终在深耕具有深厚历史、文化底蕴和阔大自然属性的乡土生活，并建立起自己的文学领地和叙事坐标。在"九十年代"，阿来和迟子建分别写出了长篇小说《尘埃落定》和《伪满洲国》，他们在各自的文本中，凭借个人的力量突破了模式化思维和历史结构本身的限制，创造了一个历史的结构。川西北藏地阿坝州马尔康和东北黑龙江的大兴安岭、"北极村"，虽然并不能单纯地构成一位作家文学书写的全部精神"血地"，但是，在作家创作主体与"故乡"之间，从微茫的情思到事物的肌理，一定存在着心理、精神、灵魂的相互启迪和依托。无疑，作家写作的"出发地"，也是写作主体的精神、文本最终的"回返地"。这里所说的出发、回返，对于文学叙事来说，实质上就是作家在其生活视域下，对于存在世界乃至宇宙重构时思考生死、人性、自然、道德、伦理的心灵回响。对乡土的守望，是作家终其一生也难以改变的宿命："我生活的领地温差很大，腊月夜晚多极寒，盛夏正午也会酷热，冷暖不定，恰如悲欣交集的人生。这片乡土，是我的文学萌芽之地，天然地带着它的体温。……苍茫的林海，土地上的庄稼，陪伴我们的生灵——牛马猪羊、风霜雨雪、民俗风情、神话传说、历史掌故，就像能让生命体屹立的骨骼一样，让我的作品是血肉之躯，虽然它们有缺点，但那粗重的呼吸，喑哑的咳嗽，深沉的叹息，也都是作品免于贫血的要素。一个作家命定的乡土可能只有一小块，但深耕好它，你会获得文学的广阔天地。无论你走到哪儿，这一小块乡土，就像你名字的徽章，不会被岁月抹去印痕。"①

　　迟子建的"乡土笛音"愈发悠扬、婉转，调性十足；她深耕的那一小块乡土，也成为她镌刻于当代文坛的徽章，放射着黑土地独有的光芒。这是她将自我融于那片热土，对存在及生命的诗性吟咏。孙郁说："谈萧红、萧军、端木蕻良等人的小说，以及今天阿成、迟子建

---

① 迟子建：《是谁在遥望乡土时还会满含热泪》，《小说评论》，2023年第2期。

的近作，看不到人与沉重的文化史的对话，而是直面自然、直面苍天，是人与苍天的一种交流。在萧红、迟子建那里，生命的存在被直接地以感性的形式呈现出来了，丝毫不用人工的雕饰。"[1]孙郁在萧红、迟子建的文字中，感受到人的生命的迷人的气息，感受到生命气息的律动，看到萧红、迟子建等人在状写苦难、生存、人间百态，审视生活内涵时，所表现出的阳刚之美、豪放之美。从这个角度讲，东北的独特地域性和文化体征，让迟子建的文学叙事，成为对一个时代的深度心灵雕刻。时代、生活、自我激活的生命之流，无论是意志的、直觉的，还是理性的、沉郁的，使得迟子建以写作主体对生命的自由之态建立起审美价值坐标，冲破苦涩的心境、语境，沐浴着充满神性的温暖和力量，谱写出"大东北"的奇音妙响，寒冷里流动着善良之光和尊严之气，逆俗的意识里发散着冻土层之下的生命微光。

可以说，乡土、地域要素所涉及的叙事的中国经验问题，其实是反思20世纪80年代、90年代文学创作一个无法绕过的话题。21世纪之初，李陀在《漫说"纯文学"》一文里，即在与李静的讨论中曾提出当时文学创作非常敏感的问题：80年代以来，特别是90年代的小说创作在向现代小说逼近时，为何对中国古典小说叙事传统的继承没有更大的进展或突破。"在很长时间以来，在小说写作里我们当作资源的都是西方的东西，认真对待中国自己的叙事传统，从中汲取营养的人并不多""今天的现代汉语小说的写作应该重新重视对古典写作的学习，包括从旧白话里汲取技巧和语言的营养。整个20世纪我们的文学受'西方中心论'的影响太深，资源单一太贫乏了""现在的问题是，特别是一些青年作家，脑子里就只有20世纪的几个西方大师，熟悉的就是现代主义所形成的小说修辞学体系。"[2]显然，

---

[1] 孙郁：《文字后的历史》，春风文艺出版社，2001年版，第98—99页。
[2] 李陀、李静：《漫说"纯文学"——李陀访谈录》，《上海文学》，2001年第3期。

李陀对20世纪80年代、90年代以来的当代文学,已经开始警惕。而若从这个角度分析,90年代的中国作家大体可以划分为两种基本状态:重视传统性、继承性和欣赏并借鉴现代派文学。在叙述语体层面,当时已经有学者指出了90年代一些作家文本话语的"翻译语体"和"西崽腔"。虽然,大家都主张并倡导文学写作中传统与现代的联袂和融通,形成文学叙事的新状态,但是,李陀谈及的问题,无疑构成中国作家在"八十年代"以后文学写作所企盼的高度和难度,因为,能够抵达理想语境和格局的文本并不多见。现在,我们仍然可以从"纯文学"的理念或视域来判断文学实践的当代价值和意义,我始终认为"纯文学"是80年代以来勘察、深入探究当代作家写作的重要维度。我觉得,蔡翔关于"纯文学"的表述,更加有助于我们对"纯文学"概念的理解和写作的叙事范畴的厘定。他认为90年代"成功地讲述了一个有关现代性的'故事',一些重要的思想观念,比如自我、个人、人性、性、无意识、自由、普遍性、爱,等等,都经由'纯文学'概念的这一叙事范畴,被组织进各类故事当中。因此,在某种意义上,'纯文学'概念正是当时'新启蒙'运动的产物,它在叙述个人在这个世界的存在困境时,也为人们提供了一种现代价值的选择可能。应该承认,在80年代,经由'纯文学'概念这一叙事范畴而组织的各类叙述行为,都极大程度地动摇了正统的文学观念的地位,并且为尔后的文学实践开拓了一个相当广阔的艺术空间。然而,我们还是不能把'纯文学'概念仅仅放在文学领域进行考察和辩证,这样的话,就会低估这一概念在当时的革命性意义。"[①]蔡翔认为"纯文学"概念中"个人"这一关键词中包含了"现代价值的选择可能",指出了"纯文学"对个人性的强调。毋庸置疑,任何一种写作都是一种个人写作,"个人性"的彰显,就注定成为作家的最终抉择。就是说,纯文学让作家成为一个真正的叙事

---

① 蔡翔:《何谓文学本身》,《当代作家评论》,2002年第6期。

者，文本则是历史、现实、人性的诚实的记录仪。我们相信好作家都会冲破种种理论的藩篱，寻找属于自己的沿途的风景和秘密。

无论作家们对历史和现实有着怎样不同的理解和体验，在"九十年代"，一场文学观念的分裂或重构都会不可避免地发生。必须承认，阿来和迟子建的写作，确是别走一路地显示出特立独行的特质，以及新的写作的可能性。阿来承认，自己的写作在这个创作过程中，已经产生出异质感和疏离感，使得文本有效地扩张了作品的意义与情感空间。尽管"故乡已然失去了它原来的面貌""在一种形态到另一种形态的过渡期时，社会总是显得卑俗；从一种文明过渡到另一种文明，人心委琐而浑浊"[①]。就是说，阿来特别清楚，文本里的故乡，实际上的样子已经是另一副怀乡的模样，正是所谓的异质性，使得阿来区别于其他作家。不容置疑的是，迟子建从"北极村"出发及至"九十年代"以来的写作，同样具有其不可复制性。这一点，也是令一位作家"木秀于林"的重要因素。

从"八十年代"出发或"回归"文学写作的作家，在走过当代生活一段历史时期幽暗的隧道之后，无论其出生、"隶属"于哪个年代，都纠结于某种矛盾的心态。这些不同的心态，决定了作家各自的叙事选择和审美取向。"转型""重构""困惑""突围"这些词语可能表述的状态，不断使得作家的写作发生量与质的变化。或许，那个时候，人们都曾在时间、时代的洪流中被裹挟着前行，在自己的文字里宿命般地留下饱含更多个人档案的"集体记忆"，我相信，这或许是历史以及文学的必然。但是，话说回来，现在谁又能真正地道破"九十年代"的天机呢？尤其对于文学叙事而言，审美和审美化，往往是具有宿命意味的精神选择。

[①] 阿来：《就这样日益丰盈》，解放军文艺出版社，2002年版，第346页。

苏童与中国当代短篇小说的发展

一

相对于同时代的作家，苏童无疑是近二十年来最年轻、最富才华和灵气的短篇小说家。这可以从他的《桑园留念》《飞越我的枫杨树故乡》到《西瓜船》《拾婴记》等约一百五十部短篇小说得到有力的证明。如果从1983年发表于《青春》杂志的短篇小说《第八个是铜像》算起，苏童已经有二十五年的短篇小说写作史了。尽管苏童的长篇小说《城北地带》《米》和中篇《妻妾成群》《罂粟之家》曾给他带来巨大的声誉，但我感觉苏童面对这三种文体的时候，最为自信也最得心应手的还是短篇的写作。一般地说，一个作家的写作观和对于世界、存在的理解，以及他所形成的审美、写作惯性，在他写作的前七八个年头才会清晰地显现出来。实际的情形是，苏童一走上文坛，他的每一篇小说的写作，无不深深地浸染着深长、灵动、唯美的浓郁风格底色。并且，他的出色的想象力，他的语言感受力和叙述、结构能力，使我们特别惊异他高起点的写作。这些，在他越写越成熟的短篇小说中日益显出咄咄逼人的力量。即使是那些发现其写作"存在一些问题"的批评者和研究家，也不能否认苏童写作的灵性、出色的虚构能力和行文的唯美气质。而且我们在苏童的短篇小说中看到了一个作家，如何凭借智慧运用最精练、最集中、最恰当的材料或者元素，去表现复杂、丰富、开阔而深远的内容。我们在他的一篇篇小说文本里，不仅体验到一个作家的想象情貌，还被叙述带入有重量、有精神、有隐喻和无限张力的存在和现实当中。就短篇小说这种文体的凝练、精致和唯美品质而论，苏童的作品在中国当代短篇小说中是首屈一指的。他的写作，从文学的繁杂、多变的20世纪80年代到纷纭、喧嚣的世纪之交的文学气场，长达二十余年里总是显得踏实稳重，不焦躁也不算计，完全可以用快乐、从容不迫、丰饶多产来描绘他短篇小说写作的旅程。这或许也是他能将短篇小说写得如此空灵、精妙的重要因素。我们可以在苏童身上，充分地感觉到一个真正小说家的天分和执着。这一点，不仅在他那一代作家当中是出类拔萃的，就是将其置于整个当代文学创作的视野中，我们也无法忽视他在短篇小说写作方面的重要贡献。

对一位同样也擅写长篇和中篇的作家来说，我还是忍不住将其称为"短篇小说大师"，这似乎并不会掩抑住他整体创作上的魅力。当然，我对苏童的"短篇小说大师"的称谓，并非那种类似文学史的"盖棺论定"，而是表达着一种尊重和敬畏，是对其短篇小说写作品质和魅力的真切肯定和强调。因为苏童对短篇小说写作的酷爱，孜孜不倦的精心耕耘，不仅给他的写作带来激情、兴奋和快乐，而且给它的阅读者带来了无比的幸福。谈到短篇小说的写作，苏童甚至放弃掉一个作家擅用的含蓄的表白而直言："我想我患有短篇病，尽管它在我的创作中曾被莫名地压制了，但我知道它在我的内心隐匿着，它会不时地跳出来，像一个神灵操纵我的创作神经，使我深陷于类似梦幻的情绪中，红着眼睛营造短篇精品。我不知道我是否已经写出了理想中的短篇精品，也许这对于我将永远是一个甜蜜的梦幻，而我也乐于沉浸在这个梦幻中。我希望辉煌的、流行的、声名显赫的中长篇给我一个好作家的名声（这是我对时代和文学潮流的妥协），然后我可以有足够的资本让我的短篇病成为我真实的标签。这个想法也许同样显得一厢情愿，而且多少有些俗气之处，但我不想隐藏我的阴谋。

"上帝，有朝一日让我成为一个优秀的短篇大师吧，我将为此祈祷。"①

我想，这看似多少有些"戏言"的表述，其中必定有着苏童内心不言而喻的渴望与期待。关于苏童对短篇小说写作的迷恋，苏童在给自己五卷本短篇小说"编年"集的序言中还坦言："很多朋友知道，我喜欢短篇小说，喜欢读别人的短篇，也喜欢写。许多事情恐怕是没有渊源的，或者说旅程太长，来路已被尘土和落叶所覆盖，最终无从发现了，对我来说，我对短篇小说的感情也是这样，所以我情愿说那是来自生理的喜爱。"②我觉得，在这里，苏童一方面为自己写了这么多的短篇有一种莫名的自豪，他不为自己的崇高自豪，而是为自己的忠实自豪；另一方面，他很清楚，喜欢写短篇并没有什么特别的意义，既没有什么可羞愧的，也没什么值得夸耀的，也没有任何殉道的动机。仅仅是喜欢而已。他说这也许就是一种"生理性"的喜爱，尽管不够贴切或确切，但是我们会感到非常真实和真切。一个作家喜欢一种文体是很自然的事情，这种文体与他擅长的结构方式、语言感觉、叙述节奏，乃至作家的精神状态都有密不可分的关系。对于苏童而言，他并没有因为短篇这种文体，将自己逼向一种狭窄，相反地，他更愿意在某种单纯或是和谐之中表现深邃的意蕴。我注意到，20世纪80年代以来的小说家，几乎没有谁会像苏童这样，会对一种文体如此钟爱甚至是偏爱，并且对自己少年时代的记忆格外珍视，并虔诚地进行满怀敬畏之意的表现、挖掘。这其中最大的一个动因，我想一定是苏童源于对文学的赤子之心。

---

① 苏童：《我的短篇病》，《小说林》，1993年第1期。
② 苏童：《自序》，《桑园留念》，人民文学出版社，2008年版，第1页。

记忆、想象和对文体的偏爱,都成为苏童写作宝贵的精神资源。

具体谈到小说创作,苏童认为,"小说应该具备某种境界,或者是朴素空灵,或者是诡谲深奥,或者是人性意义上的,或者是哲学意义上的,它们无所谓高低,它们都支撑小说的灵魂"[①]。这也可以视为苏童的小说观。苏童完全算得上是一位自觉的、对文学境界有着较高追求的小说家,他的审美态度,他的结构智慧,他节制或松弛的叙述,将自己的精神和灵性注入作品的勇气,都可看作他对小说那种精妙充实境界的沉浸。就像林斤澜的"矮凳桥"、莫言的"高密东北乡"、阿来的"机村"、阎连科的"耙耧山"和"瑶沟",苏童一下笔就找到自己的精神故乡和地理坐标——"枫杨树乡村"和"香椿树街"。正是在这块"邮票大的地方",苏童的写作呈现出新的想象和小说的可能性。他通过它,用心地经营、演绎或注释了南方文化及其人性、历史、存在的迷魅。而短篇小说的凝练、细致和谨严特征,使得他能够从不同的视角和侧面,耐心地、逐一地打开生活、人性的皱褶。以"城北地带"和"枫杨树乡村"为视景的南方想象的疆域,在苏童笔下的小说中,构成独具特色的苏童的"纸上的南方"。尤其他的大量短篇小说文本,更加显现出个性化的、深邃的意味。这些文本,在很大程度上已经构成记录南方文化的细节和数据。无论是对历史的模拟和描绘,对家族、个人的记叙,还是对乡间、市井的营构,都隐藏着诗性的意象和浪漫、抒情的气息。在这里,其他文体所无法替代的、短篇小说的幽韵,丝丝缕缕地从字里行间发散出来。这些,都成为新鲜而不多见的小说叙事的美学经验。因此,从一定的意义上讲,正是短篇小说这种文体,宿命般地、静悄悄地在使苏童的写作发生一些根本性的变化,同时,铸成了许多中国当代"现代文人抒情小说"的经典篇章。

从最早的也是苏童最钟爱的短篇《桑园留念》,到近期写作的

---

① 苏童:《苏童创作自述》,《小说评论》,2004年第2期。

《西瓜船》《拾婴记》《茨菰》等，我们可以感受到，苏童在二十几年的创作实践中，对现代短篇小说艺术有自己独到的理解。他认为，"谈及短篇小说，古今中外都有大师在此领域留下不朽的声音。有时候我觉得童话作家的原始动机是为孩子们上床入睡而写作，而短篇小说就像针对成年人的夜间故事，最好是在灯下读，最好是每天入睡前读一篇，玩味三五分钟，或者被感动，或者会心一笑，或者怅怅然，如有骨鲠在喉。如果读出这样的味道，说明这短暂的阅读时间都没有浪费，培养这样的习惯使一天的生活始于平庸而中止于辉煌，多么好！"[①]看得出，这的确是非常唯美、非常旷达，接近文学本性的现代小说理念。文学只能承担它所能承担的，不可能负载它无法负载的，这才是真正艺术自然的品质。与此同时，他在写作中开始重视技术，不断探索和丰富着这种文体的艺术表现力，并将小说自身的抒情性、诗性、形式感等美学元素和意蕴推向一个新的表现层面。

也许，对于一些作家，包括一些日后可能对文学史来说非常重要的作家，他在20世纪80年代的写作状况，必然会决定这位作家在此后写作的文学史评价，但是，对于苏童这位以"先锋"姿态出场的年轻作家而言，当"潮流化"的惯性渐渐湮灭之后，他似乎更加清楚文学本身的奥义，更善于从种种西方小说传统的"影响的焦虑"中挣脱出来。塞林格、博尔赫斯、福克纳、雷蒙德·卡佛，对他写作的启迪和影响，逐渐成为激发他善于叙述和结构的灵感和动因。在既定的文学秩序中，虽然他的兴趣或志趣并不像许多作家那样宽广，他却能不断地走出所遭遇到的写作困顿和迷茫，找到属于自己的叙事形态和固有本色。所以，早在20世纪80年代末，苏童就渐渐脱离了被评论者、研究者们所"界定"的范畴和某些轻薄的命名，愈发显现出自己的写作个性。也就是说，离开了"八十年代"，苏童

---

① 苏童：《短篇小说，一些元素》，《当代作家评论》，2005年第1期。

就已经很难再被"归类"了。具体地说，在他的中篇成名作《妻妾成群》《红粉》之后，苏童的写作就变得更加"自我"，也更加自由了。对于苏童来说，这是一次极为重要的变化。后来，他写作的非功利性，他的小说意识，使得苏童小说的文字纯粹，结构精致、典雅，清澈而平静，他的叙事个性也愈发难以为某些理论、概念所覆盖。而从苏童对短篇小说写作最用心的1998年迄今，恰是被普遍认为中国当代文学"式微"的一个时段，也许，对于像苏童这样的作家，文学"边缘化"的语境，会给那种甘于寂寞、快乐地从事自己喜爱的工作的人，一个很好的契机，因为丰富的想象力和对艺术的挚诚，都极可能成就一位短篇小说大师的诞生。因此，我们对他的写作充满了信心和更大的期待。

回顾苏童的小说写作轨迹，进入他二百余万字的小说文本世界，我们除了能够真切地感觉到他个人写作历程的错综复杂、起伏变化，我们也会强烈地意识到，他的写作与中国20世纪80年代以来的"新时期"文学历史，甚至与1949年以来中国当代短篇小说的发展，有着非常密切的关系。或者说，苏童的写作，尤其他的短篇小说写作，他在短篇小说创作中的实践和取得的成就，他对前辈作家的继承、对小说艺术的探寻，为我们思考和研究中国当代短篇小说在大半个世纪以来的变化与发展，提供了一个新的视角和美学维度。我们虽然还不能说苏童开启了一个短篇小说写作新的时代，但我们可以坦言，苏童对短篇小说这种文体的敬畏以及其作品所呈现出的极高的文学境界，尤其是游移飘动、幽丽神奇、精致唯美、蔚为大气的文本形态，数十年来极为鲜见，确是一种无可争议的坚实存在。

二

应该说，短篇小说在当代，一直是较为"受宠"的文体形式，尤其在20世纪五六十年代曾备受青睐。这一点，与新中国成立以来的社会生活形态,特别是社会政治意识形态有着密切的关联,因为这些决定着一个社会的审美取向的变化。多少年来,人们也始终在寻找理想的短篇小说文体,努力地摆脱以往的某些规范,从旧有叙事模式里跳出来。当然,一种艺术形式或体裁的产生、发展和存在,以及它和时代变化、存在的微妙关系不是可以简单说清楚的,即使这种文体在今天正日趋成熟。其实,有关"短篇小说"的概念,包括它的起源、传统、文体界定、主要特征和基本规范,早在20世纪50年代,一些重要的理论家和作家就有过较为广泛、深入的讨论。其中,茅盾、侯金镜、魏金枝、孙犁等大家,对此都有各自独到的阐释和引申。那时人们所关注的重心,更多地还是集中在短篇创作的主题、题材、表现或囊括社会生活容量等几个方面,以此去考虑这一文体的演变、发展和美学价值。所以,20世纪五六十年代谈及短篇小说时,最流行的"关键词"大多是如何"剪裁""截取横断面""以小见大""以局部暗示整体""在生活中取用小的纽结"[①]。特别是,小说如何选择现实生活世界作为表现内容和对象,是衡量一个作家地位、等级的重要砝码。并且,短篇小说还被认为是略优于长篇小说的能快速"反映"生活的"尖兵"和"后卫"。也就是说,20世纪五六十年代大家对短篇的认识,还基本停留在这种体裁或文体同外部世界的相互关系,如何讲好"短篇故事",主要还是纠缠于它与社会现实之间的外在关系上,尚有许多文学以外的因素左右这种文体的表现形态。在具体的创作中,尽管短篇的"功能""意义"格外受到关注,但与"五四"时期鲁迅所开创的短篇小说的辉煌时代相比,整体的势头已大为减弱。由于对生活本身以及政治、历史的重视和判定大于对艺术本体的思考,"写什么"才是决定作家写作取向、作品形态的关键,短篇小说这种文体的艺术品质始终为非艺

[①] 参阅茅盾、魏金枝、侯金镜等人的《杂谈短篇小说》《短篇小说琐谈》《漫谈短篇小说中的若干问题》等文章关于短篇小说的讨论。

术因素所拖累。所以，短篇小说的艺术发展遭到根本性、实质性的制约，这也就自然地限制了其表现生活、世界的深广度。作家小说写作的冲动和艺术感被"扭曲"为一种"被规训的激情"，短篇小说的文体魅力和精神风格也已被革命、神性的英雄主题所禁锢或消解。可以说，在整个"十七年时期"，作为一种尚处于发展中的文体，短篇小说的美学功能大体局限在一个极其狭窄的叙事空间里。在此，可资论述的短篇佳作的范例更是乏善可陈。

尽管如此，在当时的主流文坛，从短篇小说的艺术品质、美学风貌的角度考察，仍有一些重要的小说家在努力地传承"五四"文学的精神血脉和气质，使短篇小说的"文学性"得以艰难地延续。"当新中国诞生，各种文艺大军会师北京的时候，我们在短篇小说领域仍然能看到三位作家的名字：赵树理、孙犁、沙汀。也许可以说，他们分别代表着短篇小说的各项主要艺术功能——叙事性、抒情性和讽喻性，在那新旧交替的大时代中发挥着作用"[①]。这几位作家的艺术风格，在那个年代里还是十分鲜明而且显得有些特立独行的。主要是，他们在短篇小说的写作理念方面，还是有一定的探索性的。赵树理对人物、故事、情节的处理，显示出他以短篇形式"概括"当时农村社会现实的功力和"功利"；沙汀想以小说集《过渡》为"过渡"，转移、变化自己的写作风格，试图找到与时代的"契合点"，但不经意间渗透出的阴郁和沉重，反而让我们眼前一亮，使我们从另一个"侧面"窥见时代生活的境况。需要我们格外重视的，则是作家孙犁。仅就短篇小说而论，我们就可以视其为"大师级"的人物。他的小说集《荷花淀》和《芦花荡》，堪称开创中国当代抒情小说先河的经典之作。他将严峻、残酷、惨烈、噩梦般的战争生活，写成一首首如生命抒情诗般的文字，他创立一种至今看来仍然

---

① 黄子平：《论中国当代短篇小说的艺术发展》，《沉思的老树的精灵》，浙江文艺出版社，1986年版，第202页。

是不同凡响的叙事结构和风格，让我们在一个个生活"断面"中感受人性的光芒。所谓"于平淡中见浓烈，于轻柔处见刚强，于儿女风情中见时代风云"就是对他的短篇小说的一种中肯的评价。在此之后的茹志鹃、林斤澜和峻青等，分别在他们著名的短篇《百合花》《新生》《黎明的河边》中，在很大程度上拓展了对历史"伟大瞬间"的把握视角，在非常困难的情况下，张扬了短篇小说艺术的抒情脉络，艺术传达的美学情调，极大地丰富了20世纪五六十年代短篇的表现力和美学维度。同时，也给那个寂寥、荒凉的文学年代平添了些许珍贵的亮色。

茅盾是较早意识到短篇小说的结构形态，以及各种小说元素相互关系的理论家之一。他在对当时短篇状况的评价时，就曾指出"故事比人物写得好""在故事方面，有机的结构还比较少见"等问题。这种进入小说本体的小说意识，终究还是超越了当时比较流行的对卢卡契关于长篇和短篇相互关系，以及从反映论的角度分析短篇与社会生活关系的理论。虽然，对中国当代文学来说，20世纪五六十年代是"长篇小说的时代"，但短篇小说也在一定程度上承担了文体形式的探索性工作。至少，关于短篇小说的"结构功能"，在那时已经成为作家如何有效处理叙事与生活、情节与思想的修辞策略。我们从孙犁、沙汀、赵树理、茹志鹃的小说里，也的确感受到短篇小说的"诗意的萌生"。这在一个重视"现实""时代精神"，强调政治实用性、文化戏剧性的时期，尚能有如此的艺术思考已属不易。可以说，作家们的这些努力，形成了中国当代短篇小说的最初表现形态。

可以这样讲，任何时期的小说家的目光，无不在现实和诗性之间游弋，他们的笔触，都渴望在现实世界和文本之间所可能建立的联系中找到自己写作的支点。社会总体的意识形态变化这个因素，却常常影响和干扰作家对文体的选择或创造。而某种文体的确立，叙事方式的运用也绝不仅仅是一个修辞学的问题。那么，对于20世纪五六十年代的作家来说，用"生不逢时"和"不幸"，来形容他们那一时期写作上的困窘和尴尬一点也不为过。

中国文学在经历"文化大革命"十余年的"短路""休克"之后，人们开始普遍喜欢用"突破"来形容、比喻这之后的当代文学的种种"复兴"状态。由于"文革后"文学是紧密围绕时代的思想解放运动展开的，文学与时代的意识形态的关系依然极为密切。所以，在"新时期"开始的相当长的一段时期，文学还难以轻易地确立自身的独立品格。短篇小说除了继续充任"轻骑兵"和"先驱性"角色，配合当代主流意识形态实现新的历史建构，其自身的革命并没有开始。像刘心武、蒋子龙、陈世旭、张弦、方之、甚至包括王蒙、张洁、高晓声等人的短篇小说，都积极参与了以文学的方式清算过去的"文化大革命"伤痛，清除思想障碍，呼唤价值回归。这一时期，如王干所言："短篇小说在特定的历史时期，可以说在意识形态功能方面发挥了最大值，是短篇小说最辉煌的政治时代。"[①]直到20世纪80年代中后期，艺术启蒙和文体创新的年代才真正来临。几波"潮流化"的文学现象"现代派小说""寻根文学""先锋小说"和"新写实主义"，使得短篇小说在故事、叙述、语言、结构等小说元素，尤其小说与现实、时代的想象关系等文学观念、写作方法，发生了根本性、诉求性的变化和历练。中国作家终于有机会，也极为自信地开始向着个人经验、向着语言等艺术感觉层面，进行大胆的借鉴和实验。这时，王蒙、莫言、马原、张承志、韩少功、王安忆、残雪、苏童、格非、余华等都是短篇小说的有力探索者。他们在一个更为复杂的社会文化背景和话语语境中，在曾经处于强势的现实主义和现代主义风行的缝隙中，重新确立自己的叙事起点，纷纷写出颇具影响力的重要作品。毫无疑问，这个时期，对当代短篇

---

① 王干：《三十年短篇小说艺术创作轨迹回顾》，《文艺报》，2008年7月24日。

小说这种文体的革命与创新来说，是历史性的。无论是前者对外国现代短篇小说形式策略的模仿、借鉴，还是如阿城、刘恒、刘震云、何立伟、郑万隆等对本土文化、文学经验的深刻体悟，短篇小说已经走向了一个文体自觉的时代。

  在这期间，出现了两位无可争议的短篇小说大师：学养极深的汪曾祺先生和林斤澜先生。汪曾祺的《异秉》和《受戒》等一系列作品，显示出与当时文坛语境大相径庭的"异质性"特征。同时，它也被认为是对鲁迅、废名、沈从文、萧红、师陀开创并延续下来的"现代抒情小说"一脉源流的赓续。[①]其小说的语言、意境、气韵、结构，都令人耳目一新，味道醇厚，清雅耽美。我认为，倘若仅从短篇小说文体这个角度考虑的话，汪曾祺的意义，还在于他以身体力行的短篇小说写作，使这一文体的本体内涵和美学功能获得精彩、睿智的阐释，并给当代小说提供了一种深厚的文化精神和历史积养。这些，在后来的许多文学史叙述中曾得到极高的评价。林斤澜先生是一位对短篇小说有独特理解、有艺术胆识的作家。不夸张地讲，名之为"系列小说"的《矮凳桥风情》和《十年十癔》，是当代短篇小说中最难以模拟、难以企及，更难以界定的小说文本世界。他在小说中有效地处理历史、现实时空的现代小说技术和笔法，通过人物、情节结构、寓言、意象所建构的一个完整的、象喻性的、有历史感的世界，其形式的怪诞和先锋性，都体现出那种无师自通的"后现代"特征和复杂的文化成分。孟悦认为，无论面对历史还是现实，林斤澜的叙述"要给你一个已经变成话语的现实，一个话语中的现实，而不是透明窗外原封未动的现实""这样一种位置和选择，使林斤澜的作品往往有另一种角度、另一种辩证、另一种洞悟。

---

  ① 凌宇：《中国现代抒情小说的发展轨迹及其人生内容的审美选择》，《中国现代文学研究丛刊》，1983年第2期。

他的作品似乎自然而然地走向了寓言"①。林斤澜短篇小说语言、结构、意象和种种"变形"艺术，恰恰与这期间出现的"现代派小说""先锋小说"形成有趣的映照。我们体味到，两位先生的艺术感觉出奇之好，从作品的精妙构思到语言风貌，或庄或谐，或记叙或抒情，或含蓄冷峻，或放达空灵，都能看得出是大手笔，绝对是既文备众体，又自成一家的大家。他们的写作，推动了当代短篇小说的艺术发展，其对后代作家的影响也可想而知。

实际上，最难描述，或以理论的方式界定的文学时段，是世纪之交的当代中国文学。对于作家而言，这也是当代文学写作最困难的时期。整个社会价值观念和体系的剧烈变化，也在很大程度上，影响或者说干扰着作家的写作方式。文学写作的发生，生产方式和阅读日益变得复杂起来。这也直接影响小说文本的形态。从文学对人们精神生活的影响力角度看，文学叙事也历史性地遭遇了前所未有的挑战。一方面，在我们长达二十余年的社会物质、精神、文化日趋商品化、娱乐化，思维方式、行为方式巨大转型过程中，人们的文化趣味和阅读兴致经历了复杂的变化。可以说，一些作家的心态及其短篇小说的写作，出现了极其复杂的景象。短篇小说与其他文体一样，在经历了20世纪七八十年代异常活跃、激情丛生的岁月之后，渐渐进入了一个相对成熟、相对自觉但也相对沉寂的时期。另一方面，人们开始普遍对小说尤其短篇小说这种文类表示忧虑、怀疑，以为文学叙事已经走到了时代和自己的叙事困境当中，进而猜测小说这种文类是否走到终极的迹象。很多作家写作的着力点很"实际"地转向了长篇，甚至一些在短篇写作上有着巨大潜力的作家，也放弃了短篇，成为长篇的"专营户"或是电视剧的写手。总体上看，作家的想象力、叙事能力都暴露出相当虚弱的倾向。难能

---

① 孟悦：《从历史的拯救到历史的诊断》，《林斤澜小说经典》，第280—282页，人民文学出版社，2005年版。

可贵的是，仍然有一些有使命感的作家还在有意地尝试着、积蓄着有效的突围。数年来一直保持着对短篇小说的挚爱和热情。只有这样，一大批优秀的短篇小说佳作才有可能横空出世。苏童、刘庆邦、王安忆、阿来、迟子建、阿成，无疑是这个时代短篇小说的圣手，正是他们继续着短篇小说这一文体在当代的写作史。

　　行文至此，我感到，当代短篇小说发展的基本轨迹似乎仍难以理清。我相信，面对丰富、鲜活的文学写作，任何逻辑的、理论的、概念的厘定都可能是挂一漏万、苍白乏力的。短篇小说的生命，似乎与历史、社会、现实和想象、虚构之间有着说不清的宿命联系。真正的短篇大师一定会深深体悟到个中三昧，他们以极好的个人控制力，在有限的字幅里摆平其中的各个元素，朝思暮思，构思演绎，独具匠心，不惜为之消耗自己的艺术生命。

　　就在短篇小说的写作，正在成为一件非常奢侈的事情，成为文学在我们时代最寂寞事业的时候，苏童近二十年对短篇小说写作的坚持或者说是执着，让我们感受到文学纯粹、清晰而澄澈的生命律动。他代表了一种艺术走向，一种更单纯的接近艺术本性的途径。我并不想夸大这种艺术存在在当代的影响力，但苏童就像20世纪八九十年代的汪曾祺和林斤澜一样，在纷纭的文学格局中自成一格，书写沉稳老到又活力四射，是一个极其珍贵的作家"个案"。我们感到，苏童仿佛就站在中外前辈大师们的身后，揣摩这种文体的堂奥，探索这门艺术的奇妙路径。那么，我们现在需要仔细探究的是，苏童二十余年来写作的一百五十几部短篇小说，在一定程度上给这种文体注入了怎样新鲜的活力？他在写作中究竟克服了哪些叙述的压力和困窘，拓展想象的维度，为我们时代的审美提供了多少新的可贵的因子？他是如何以自己的探索、实验，捍卫着短篇小说写作的尊严？在叙事的殿堂显得日益黯淡的时分，苏童怎样抓住了短篇小说写作的那根灯绳？

三

在中国现当代短篇小说史上，无数的优秀短篇小说都是依据其不朽的艺术审美力量，结构、抒情或写实魅力，凭借作者独特的生命体验，经过时间的历练，留下来成为经典。一般地说，短篇小说对作家的写作来讲，较之长篇、中篇文体有着更高的精神要求和技术指标衡定。这不仅需要作家思考世界的功力，对生活进行有效的甄别，个人性经验的鲜活与丰厚，超越现实的激情和爆发力，而且，需要作家非凡的艺术创新能力。与长篇小说文体相比较，短篇既不容许任何叙述上的拖沓、冗长或混沌，也不会给你文本表现上时间、空间的阔绰和铺张。而且，它还要求结构、语言的智性品质。它看似谨严、精致、内敛，实则需要诗意、灵动、松弛、随形赋势。20世纪80年代以来，文学已经逐步建立起渐离意识形态规约的审美叙事，所以，小说叙事，尤其短篇小说的叙事方向及其所承载的使命，包括思想性、精神性，就需要更大的独创成分，而不是一般性的大众化经验和感受。并且，艺术上还要不断地跳出种种模式的制约。所以，说短篇的写作是寂寞之道，丝毫也不为过。可以说，近些年来，人们对短篇的要求早已是大大高于长篇小说和其他文体的，那么，这种期待也就给作家的写作带来了更大的难度。近年选择短篇小说的作家，明显地越来越少。对一些作家来说，长篇、中篇是主业，而短篇则是"副业"，成了偶尔换换口味、放松自己的一种调剂。这也是世纪之交短篇小说在整体上呈现颓势的主要原因之一。

苏童短篇小说写作的价值和意义，正是在这样的话语情境下愈发地显示出它的魅力和力量的。

从某种意义上讲，苏童的短篇小说，作为一种艺术存在，在当代小说史上具有特殊的意义。其实，从很早的时候开始，苏童对短篇小说的精心结撰，对短篇小说形式感的追求，就已经远远地超出了"表现生活"的主题学限制和范畴。"先锋小说"的潮头和命名之后，苏童的短篇小说就具有自己的个性特征，构思奇特，想象力丰富，质量上乘，体现了与"潮流"迥异的风格风貌。尤其短篇小说的写作，后来渐渐成为他自觉的意识和选择。苏童似乎竭力要通过短篇小说来表达他的叙事美学和艺术哲学。特别是1998年以后，苏童主要的精力都悉心倾注于短篇小说的创作上。他曾多次表示："我写短篇小说能够最充分地享受写作，与写中长篇作品比较，短篇给予我精神上的享受最多""我觉得很多短篇我可以用成功来形容"[1]可以这样讲，苏童在短篇的写作中，才真正地发现、找到了自我。他的短篇写作，仿佛始终在一种特有的自我感觉、情绪和节奏中进行。像《祭奠红马》《小偷》《巨婴》《向日葵》《古巴刀》《水鬼》《骑兵》《白雪猪头》《西瓜船》《拾婴记》等一大批作品，写得极其自由、自信、轻松、洒脱而从容，其极好的叙述感觉，精致的结构，想象的奇特，故事的魅力，现代文人的唯美话语，业已形成了独特的美学形态，他对叙述的有效把握、控制，使他的短篇越来越接近纯粹现代意义上的小说，确为当代短篇小说中所罕见。在他的几部重要的长篇小说《我的帝王生涯》《城北地带》《米》和《碧奴》中，尽管这些作品宏阔的构思凝聚着一个小说家的出众的才华和智慧，但我们仍然能从中强烈地感觉到他短篇小说的叙述功力，对他精致、谨严而考究的结构的影响痕迹。也许，我们会不约而同地说：这个长篇小说的作者必定是一位短篇写作的高手。

关于小说艺术，苏童曾不止一次地表达过他的叙事目的和叙事姿态："我是更愿意把小说放到艺术的范畴去观察的。那种对小说的社会功能、对他的拯救灵魂、推进社会进步的意义的夸大，淹没和扭曲了小说的美学功能。小说并非没有这些功能和意义，但对于一

---

[1] 苏童、王宏图：《苏童王宏图对话录》，苏州大学出版社，2003年版，第185页。

个作家来说，小说原始的动机，不可能承受这么大、这么高的要求。小说写作完全是一种生活习惯，一种生存方式。"①这无疑是一种非常放达、朴实的小说观，这种对小说的理解更接近文学的本性。当然，我们的社会也需要满怀忧愤、勇于以文学的形式振臂一呼、披肝沥胆的时代写手，发出狮吼雷鸣之声，这是文字的大力神。但是，以曲折的作品情境，透射人生，隐喻世界，阐释存在哲学和独特体验，寓深度、深刻、深厚于平淡、平静的叙述，同样能开启人们的灵魂之门。苏童无疑选择的是后一种方式。这也就决定了苏童小说写作的精神起点。这也是苏童写作形态、作品形态与众不同的主要原因。

从短篇小说的结构功能角度看，苏童较早就意识到短篇小说的技术要求，重视作品的内在力量和外部形态之间的关系，努力发掘小说结构的弹性和张力。而且，他不是将其视为简单的叙事技巧问题，而是对短篇小说这种文体有相当理性和充分的认识和把握。面对这种文体的时候，苏童是敬畏和谦卑的。他认为，"谈短篇小说的妙处是容易的，说它一唱三叹，说它微言大义，说它是室内乐，说它是一张桌子上的舞蹈，说它是微雕艺术，怎么说都合情合理，但是谈短篇小说，谈它的内部，谈论它的深处，确是很难的。"②短篇小说，在一定程度上，也像诗歌一样，其本然的品质注定了它较高的艺术含量，它是要"戴着镣铐舞蹈"的。汪曾祺先生对短篇小说的理论和创作，都是身体力行的实践者。他认为短篇小说艺术的精髓是空灵和平实，是恬淡、潇洒、飘逸。③看得出，苏童的短篇小说基本上是与这种理念和感觉相契合的。总体美学倾向上的内敛、含蓄、

---

① 林舟：《苏童——永远的寻找》，《中国当代作家访谈》，海天出版社，1998年版，第81页。

② 苏童：《桑园留念·自序》（苏童短篇小说编年卷一），人民文学出版社，2008年版，第1页。

③ 汪曾祺：《晚翠文谈新编》，生活·读书·新知三联书店，2002年版，第284页。

和谐，以及不同文本所透射出的或诡谲、或清晰的种种人生况味显现着艺术的旷达和幽远。

这里，我要特别强调的是苏童短篇小说的语言。我认为，语言不仅决定了苏童小说叙述的方向，也决定着苏童短篇小说艺术的形态和风貌。

在当代作家中，有成就、有影响力的作家一定是非常重视语言的作家。从孙犁、王蒙、茹志鹃、汪曾祺、林斤澜等，到贾平凹、莫言、王安忆、王朔，再到苏童、格非、阿来、迟子建、李洱，莫不如此。我想，一个作家终其一生都在与语言搏斗。小说究竟是语言的艺术，小说家在语言上下功夫是必不可少的、终生不能偷懒的。如汪曾祺先生所言："一般都把语言看作只是表现形式。语言不仅是形式，也是内容。语言不只是载体，是本体。思想和语言之间并没有中介。世界上没有没有思想的语言，也没有没有语言的思想。读者读一篇小说，首先被感染的是语言。我们不能说这张画画得不错，就是色彩和线条差一点；这支曲子不错，就是旋律和节奏差一点；我们也不能说这篇小说写得不错，就是语言差一点。这句话是不能成立的。语言不好，小说必然不好。语言的粗俗就是思想的粗俗，语言的鄙陋就是内容的鄙陋"[①]。语言不好，小说必然不好，这是一位小说家的切肤之感和肺腑之言。语言是文化的表征，也是文化的内涵。可见，语言问题，是一个作家写作的最根本的问题。小说家的语言是写作的基本功，是内功，并且有天分和后天的感悟共同参与在其中。语言是构成小说叙事美学、风格个性的关键性因素。而一个作家在短篇小说的写作中尤其如此。短篇小说的语言表现方式及其风貌，对作家是一个巨大的挑战和考验，是每一位写作者必须面对的问题。短篇小说的语言究竟应该是什么样的？如何讲述故事

[①] 汪曾祺：《晚翠文谈新编》，生活·读书·新知三联书店，2002年版，第83页。

和人物？每一个短篇都需要创造、拥有什么样的叙述氛围？这些都是短篇小说写作的关键性问题，决定着短篇小说叙述的成败。我觉得在这方面，苏童是解决得非常好的。苏童的写作，一上手就解决了语言的问题，似乎他没有练笔的过程。语言在他的笔下，近似一种流淌。早在他的短篇《桑园留念》《祭奠红马》，中篇《妻妾成群》《红粉》中就体现出他小说语言方面的天赋。他的语言是一种始终贯注于字里行间的美学气韵，不仅极大地扩展了短篇小说表达的话语、意识边界，而且，作家的心理体验、文学感觉、想象的故事、人物的情绪情态、叙述人的感受在文字中相互依傍、相互渗透。语言单纯、干净，甚至沉溺，语流随着故事、人物和叙述人的意绪起伏波动。句子与句子之间，相互推动、逼仄，体现着逻辑而规整的语言质地和叙述声韵。这种叙述语式虽然在一定程度受到像塞林格、福克纳、博尔赫斯等人翻译小说的影响，但苏童主要还是通过语言所建立的"抒情性"和"古典性"，以及汉语独特的"只可意会，不可言传"的美妙"通感"，避免了句子的"欧化"意味，形成了自己的"苏童式"文体。他大量短篇小说文字中的诗性品质，早已超出了一般性语言技巧，关乎着叙述、结构、意象乃至故事和人物形态。这方面，我觉得苏童潜在地受到林斤澜和汪曾祺的深度影响，后者在短篇小说表现出的独异的诸多艺术元素，都可能构成苏童写作的机缘和生长点。我们分明已在这些短篇文本中发现了它们与"矮凳桥系列"及《受戒》《异秉》《大淖记事》等文本上的某种呼应和精神因缘。在这里，我们可以用"沉潜的神韵"，来描述和概括自孙犁、汪曾祺、林斤澜、阿城、苏童、刘庆邦、阿来、迟子建这一脉当代短篇小说大家的精神传承和文体延续。也许，这更是一种以语言为主体和中轴的文化的积淀。我们不会忘记，出生于南方苏州的作家苏童，他还要在他的文字叙述中与地域性极强的方言、口语进行"对抗"，在小说文本中建立起自己的具有现代汉语魅力的语言修辞。这无疑是对他写作的又一种考验。

关于苏童小说的语言和浓郁的抒情品质，近些年来陈晓明、王干、朱伟、阿城、洪子城、王德威等学者和作家，都已有不少的论述和精到的阐发。他们认为，"苏童小说的抒情风格，不是实验性技巧或狂乱的语法句式表达的结果，它是故事中呈现的情境""苏童创造了一种小说话语，这就是意象化的白描，或白描的意象化"①其实，苏童叙述语言在短篇小说有限的结构里，创造出的特别的语境、意境和情调，以及叙述带给短篇小说的绵密通透又疏朗的质地，唯美、颓败、感伤、宿命的气息，非启蒙、越出某种意识形态话语规约的抒情语态，都是当代短篇小说中极为少见的。这也是苏童有别于前辈作家的独到之处。像《樱桃》《白雪猪头》《桥上的疯妈妈》《拾婴记》《哭泣的耳朵》《二重唱》等都是这方面的佳作。我觉得，其中有很重要的一点，就是短篇小说虽然看上去篇幅简短，规模相对很小，但内在的含义丰厚，有许多复杂性包含在里面。读罢掩卷，又会感觉到小说好像回归到一个很简洁、很单纯的境地。这也许就是短篇小说的劲道。他仿佛极富生气，元气也异常丰沛，尤其是想象力的力量，使得他能恰当地把有限的构想推到无限。苏童不惜精力，在叙述方面投入很大的力量，精心结撰意象和营构情境，通过叙述找寻语言与生活、存在相对应的结构，使自己和读者都能够更换一种方式去面对事物，这样，诗意的文本，就必然会创造出一个有别于普泛经验的小说世界。而且，我们更早在《沿铁路行走一公里》《木壳收音机》《一个星期天的早晨》《犯罪现场》《像天使一样美丽》

---

① 我认为，陈晓明的《无边的挑战——中国先锋文学的后现代性》（时代文艺出版社，1993年第1版；广西师范大学出版社，2004年修订版），是最早关于中国20世纪80年代"先锋派"以及苏童、格非、余华为代表的当代小说叙述话语转型研究的权威著作。王干的《苏童意象》（《花城》1992年第6期），《论格非、苏童、余华于术数文化》（《当代作家评论》1992年第5期），王德威的《南方的堕落与诱惑》（《读书》1998年第4期），张清华《天堂的哀歌——苏童论》（《钟山》2001年第1期），都是近些年来苏童研究的重要文章。

《稻草人》等文本中还看到，苏童不仅赋予人物基本的、必要的动作，铺设诡异的场景，隐现空灵的意象，凸现强烈的主观感受，还加大作品整体的容量。死亡、暴力、荒诞、悖谬、苦难、病态、孤独、惆怅等母题大量进入小说表现的视域。这些复杂的内涵因素，就会对文学叙述话语提出更多、更高的要求，这已经远非是20世纪50年代至80年代中前期单一的二元话语所能呈现。在他近年结构最独特的短篇小说《西瓜船》中，他成功地在一个短篇结构中完成了对于两个语境或故事的讲述。前半部分是一个杀人的暴力故事，后半部则是一个助人的温暖的故事。这篇小说，将短篇小说结构和语言的内在变化做了有效的尝试，叙述人话语、人物、故事在一种特殊的结构里达到了和谐。小说语言超越日常话语、传统文学语言所造成的陌生化效果，将具有历史的、具体的、直觉的、道德的形而下内容，引入超验性体悟，并被婉约、神秘或轻曼的话语讲述、推衍，形成一种苏童式的"现代文人话语"。可见，对一个短篇小说作家来说，语言对短篇的结构和整体艺术形态这种重大的影响和制约，差不多也是一种宿命式的存在。只有对事物、存在进行诗性的把握，才能激活现代汉语的光芒，并且最终不为任何文体的局限所囿。

若要回溯当代作家的短篇小说写作与自身生活经历、经验，尤其是与早期生活的关系，苏童恐怕还要算非常切近或贴切的一位。20世纪60年代中国少年的生活，可以说是一个无爱的岁月，没有自我人格，人性基本被绞杀掉了，更没有诗意和神圣，生活和生命本身尽是精神的迷惘、灵魂的虚空。苏童之所以对那些故事极度沉溺，主要源于他想象、重构生活的激情和虚构生活的能力。具有虚构能力，在现实之上自行建构一个存在，这的确是苏童、格非、余华这一代作家所具有的天分。[1]苏童一定是怀着"对旧时代的古怪的激

---

[1] 王安忆、张新颖：《谈话录》，广西师范大学出版社，2008年版，第243页。

情",在这一个个可怜、干枯的故事中,还原出不可思议的与那段岁月切近的苦涩和怅惘。显然,苏童不是从某种观念或文化的继承上创造短篇小说的艺术文本,而是从独特的生命体验中,从自然、自我、自尊的气质中,找到了自我的文学表达式。

苏童的短篇小说,几乎都以"香椿树街""城北地带"为叙事背景。从第一个短篇《桑园留念》开始,苏童就"陷"在这条街里"不能自拔"。尽管后面的作品在技术上不断变化和"腾挪",写得愈发精致、飘逸和灵动,但这一系列作品所散发出来的气息,叙述中可触可感的甚至有些粗糙的"毛面",都弥散、灌注于后来的大量短篇小说中。有意味的是,只要苏童的笔一旦触及这个经典的南方背景,就仿佛灵光四射,尤其在短篇小说这种文体中,更加游刃有余,挥洒自如。由此可见,经验的可靠,必然带来虚构和文字表现的自信和从容不迫。苏童也就能够更好地控制住自己写作的节奏。当然,这也不免会给他带来负面的影响。由于苏童始终是在一种文人的常态里写作,因此,也就难免那种不由自主地对生活的艺术外饰,这种意识也就不可避免地带来较重的匠气,甚至伴随叙述的自信和优越而来的"贵族气"。许多动人、委婉和含蓄的故事,仿佛都留有丝丝缕缕的雕琢痕迹,裹胁在一种独有的叙事秩序里。再加之苏童语言、结构和叙述上的干净、整洁、精致,特别是他长达二十几年的短篇写作,尤其20世纪90年代中后期以来彻底职业化的写作状态,对他的写作就形成了一种新的挑战。好在苏童不是王安忆所说的那种"很快就能把经验变成文字的人"[①],他所笃信的是,真正的艺术是千锤百炼和磨砺的结果,真正的艺术都像格律诗、短篇小说所要求的,要"戴着镣铐舞蹈"。这更符合他的心态和艺术旨趣。"原汁原味是艺术的镣铐,但是艺术之所以成为艺术,必不可少的恰好就

---

① 王安忆、张新颖:《谈话录》,广西师范大学出版社,2008年版,第44页。

是这副镣铐。我们让人类的思想自由高飞,却不能想当然地为艺术打开这副镣铐。艺术的镣铐其实就是用自身的精化锤炼的,因此它不是什么刑具。我们应该看到自由可与镣铐同在,艺术的神妙就在于它戴着镣铐可以尽情地飞翔。"[1]其实,个性化风格就是这样形成的。近年来令人欣喜的是,苏童的短篇小说越写越平实、朴素,他更加充分地意识到,只有"贴"着现实,"贴"着生活,并修炼叙事的节制、约束和自控,想象的翅膀才会更自由地飞翔。

无疑,苏童写短篇小说始终是极其自信的,所以,我们就期待苏童写出更多的他感到非常自信的短篇小说,虽然他从未想过或意识到中国当代短篇小说的发展,与他的短篇小说写作有什么直接或间接的关系。正如王安忆所说的,苏童属于精力特别旺盛的那一类人,他肯定会一直写下去。他在今后漫长的写作行旅中,也许会写出很差的东西,但并不妨碍他继续写出非常好的小说。[2]那么,就像吴亮说"真正的先锋一如既往"一样,我们是不是可以这样讲,真正的短篇小说大师也应该是一如既往的。

---

[1] 苏童:《苏童散文》,浙江文艺出版社,2000年版,第204页。
[2] 王安忆、张新颖:《谈话录》,广西师范大学出版社,2008年版,第247页。

第二辑

小说的气象和魔术

小说的气象
——汪曾祺的短篇小说《受戒》

凡是杰出的作品，好的文字，一定有一种气象在里面。大家的文字，大家的构思、结构、脉络，行文处处，不论按现在流行的说法，是"虚构"还是"非虚构"，也不论所叙述的事物是大还是小，更不必说是论述还是叙事，还不论文章之短长，都会有一种气象在字里行间扩散、聚敛、张扬或流溢，或左右逢源，游刃有余，或云波诡谲，出神入化。即使不能够做到"气蒸云梦泽，波撼岳阳城"，也可能会如释迦的说法，霁月之在天，庄严恢宏，清远雅正，或者宽厚柔和，平实通畅。最深邃的道理，被做出最朴素的铺排，艺术想象力获得高度的解放，神异而美好的心像，凝聚其间。其实，小说也是如此。好的小说叙述，必有令人欣喜、欣慰的气象。气象的有无，决定了文本的生命；气象的大小，源自写作者心像、城府的宽窄。这里面就不仅仅是单纯的叙事美学问题，最终，还是气象决定文字的境界，即使确有我们常说的"神来之笔"，实则也必定是由作者实实在在的感悟力、文化心理状态使然。许多写作者都懂得这个意思，但真的想逼近此境，却是件很不容易的事情。现在，如果问我，我们这个时代的写作和文学，究竟缺少什么的话，我觉得所欠缺和遗失的就是我们文章里的气象，这不是现代文明的产物，而是具有高贵的文化价值体系浸染下的人文弹性、精致意趣等品质和智慧结晶。

在我的阅读记忆里，20世纪80年代，汪曾祺的小说《异秉》《岁寒三友》《受戒》《大淖记事》等作品一出现，让人们眼前一亮，其叙事文体、气韵、格调都立即显示出与众不同的形态。大家齐声说好，但究竟为什么好，当时并不能马上说得清楚。现在看来，不仅仅是小说形态独特的问题，其实，这里面蕴藏着一种其他作品所不具备的气象，特别在那时，弥足珍贵。什么气象呢？文化。我并不是说，那时候出现的其他许多小说中没有文化的蕴藉，况且，这其中的文化究竟是什么，我也一时说不清楚。只是强烈地感觉到汪曾祺的小说，是极其地道的文人小说，它的语言、叙述、结构，或者说组织，迥异于诸多小说的叙述方式，一样讲故事，写人物，一样地呈现事物和场景，汪曾祺的小说里，却有一条不会被轻易觉察的经络丝丝缕缕，细微的铺展，举重若轻的描述，耐人寻味的气息弥散着，而这个经络，则是由一种特殊的"逻辑"统摄、牵动着。这个"逻辑"，就是传统文人判断、解析、理解事物和生活的心理逻辑：率性、睿智，深藏在朴素的文字里。朴素到极致，便清正、雅致到极致。正是这种所谓逻辑，使得汪曾祺的小说呈现了另一种体态、形貌。在那个时期，与汪曾祺写作形态颇为接近的，还有一位当时的青年作家阿城。我总觉得，阿城的《棋王》《树王》《孩子王》以及《遍地风流》里的文字，与汪曾祺小说的气度、气象以及"腔调"都非常近似。从一定程度上讲，汪曾祺和阿城的小说，自觉或不自觉地撞开了当代文学的一扇门，这扇门，缓冲了文学叙事与意识形态之间的尴尬，还原了小说理应具有的世俗品质，叙述之美开始以极其朴素的面貌呈现出来，使得小说更像小说，或者说，这种小说，让我们见识了究竟什么是小说。

而小说作为一种通过虚构建立、完成的文体，就需要某种"异秉"，来覆盖、重构我们非常熟悉的日常生活，而且同样不被察觉。个性蕴涵在文字的气理之中，别有一番韵致。这种"异秉"，实际上就是富于个性化的文化素养。因此,迄今,也没有什么人敢轻易给汪曾祺的小说进行"定位",肆意将其归到某一类当中去,只能小心翼翼地面对它。对于汪曾祺来说,其写作的"异秉"在哪里呢?早有人想发掘汪曾祺创作与他生长的故乡——江苏高邮的某种联系。这个有很深的古文化渊源的地方,历史上颇有些"王气"的所在,虽说"王气"丝毫也没有铸就汪曾祺的"王气""霸气",相反,平和至极的汪老,倒是在相当大的程度上沾了这个古文化中心区域的地势和性灵之缘,"地气"则使得他对历史和生活的感悟,获得了一种独到的文化方位和叙述视点。一个人的写作,一旦拥有了属于自己的精神"方位"和叙述视点,才有可能形成与众不同的气势、气脉、气象。而且,他对文字轻与重,把握也极其到位,仿佛浑然天成,叙述里总有一个目光,起起伏伏,不时地射出神性的色泽。虽然在里面还看不到那么明显的哲人的影子,但是,汪曾祺对生活、存在世界的体味都非常自然地浮现着,叙述的单纯性,含义的适量,像是有一股天籁,无须用文字刻意地给生活打开一个缺口,使生活的运转在某种手工操作之下,而是现实世界本身,就有许多裸露且没有遮蔽的形态。在汪曾祺的文字,你看不到丝毫的焦虑,生活在他的笔下也就不显得臃肿,形态飘逸、轻逸却扎实牢靠,不折不扣。无论他叙述的是什么题材和人物,都非常干净、细致、自然。这恐怕是缘于他对事物的态度——不苛求,不抱怨,不造作,可谓是有甚说甚,崇尚简洁、清晰、明确,还有不同寻常的艺术感觉和功力。生活的结构,在文本中从不闪闪烁烁,对俗世生活,有调侃、戏谑,也有严格的批判,在另一方面,也蕴含浪漫的飞扬,使作品具备了令人尊敬的品质。有时候,时代、社会的面貌在叙事里经常显得模糊,难以辨认,但正直的人性始终坚实地存在,生活、生命的存在形态,消长枯荣,具有超然于政治、社会、意识形态的定律,其中荡漾着恒久、持续的经典气息,呈现出活泼泼的表情。正是这样的文字,才会让我们拿起来放不下,既令人沉浸、享受把玩,又常让我们对生活世界恍然间有所感悟。也许，真正是朴实到了极处，才会境界全出，闲话闲说，大道至简，大雅小雅，从容道来，即便是俗世的云影水光，都会带着神韵。

那么，汪曾祺小说的气象和个中滋味在哪里呢？当然在小说娓娓道来的文化氤氲里。叙述间隙，都会挤出山南水北、风物井然的情致，一唱三叹中，沉郁抒情，气定神闲。文化规约笼罩其间。在这里，我只想以《受戒》为例，重温、体会汪曾祺短篇小说所呈现出的不凡气象，真切地感受他的短篇小说"小故事大智慧"的艺术境界。

《受戒》堪称汪曾祺短篇小说的代表，也是中国当代文学不多见的、具有浓郁传统文化流风遗韵的叙事文本。虽然，数年前，汪曾祺先生踏着薄暮平淡远去了，但他的文本仍平静地置放在文学的灵地，偶尔翻起来重读的时候，内心的几许沉重，常常被他精妙绝伦的文字和情境所牵动，渐渐生发踏实、轻松的阅读快意，真的能让我们进入到汪老历经沧桑之后，他作品传达的人事百相，那是除净了火气的澄澈练达，随风潜入夜地渗透进骨子里的文人气质，我们惯常难以感受到的文字气象也必然由此而出。

其实，从一定角度看，《受戒》更像是一个奇异的爱情絮语，或者温暖人性的春梦，它冷不丁地出现在20世纪80年代，令读懂和读不懂的人们都有些咋舌。一开始，就会立即感受到它的好，却又说不清它好在哪里，也许好的作品都无法立即说出它好在什么地方。确切地说，这部小说，与当时的环境明显是不契合的，或者说是多少有些龃龉和错位的。因为，这篇小说的美学趣味，与那些所谓"伤痕小说""反思小说"甚至"寻根文学"都大相径庭，根本上不是一回事。甚至可以说不可同日而语。在20世纪70年代末和80年代中前期，文学所处的环境，那种热火，非今天可以比拟，实在是后来者难以想象的盛景。而人性和文学被压抑了许多年，出现井喷是正常的，但是，"喷发"到何处，如何"喷发"现在回想起来，当时还是有些凌乱驳杂。最主要的问题，作家们更多地顾及政治、思想意识层面，包括精神、情绪性的内容，审美化被普遍忽视，甚至都无法做到"政治生活审美化"。而《受戒》的题材和写法，没有回顾历史，没有批判现实，也没有后来盛行的"现代主义"。我们能体会到，在汪曾祺的文学观和作品里，始终贯穿着一种根深蒂固的意念，那就是他将历史视为戏剧。虽然人人难以摆脱现实，难免历史干系，却并不是人人都愿意被裹挟到历史的旋涡中去。汪老判断事物清楚，性情随和，所以，他虚构小说，自然不会将历史政治化，也不会将戏剧当成现实本身。在20世纪80年代，他选择写一个小和尚的故事，来表达他对人生、现实生活的感悟，确实是让人们感到意外的事情。或许，俗世的戏剧性，最贴近真实，也会产生最具有"间离效果"的文本力量和韧性。一种看似很绝对化、有些神秘的事物，若被很任性、率性又很洒脱、轻松地表现出来，会是什么样子呢？

不能不说《受戒》是一篇极其讲究、几乎看不到技术的精致佳构。至今，我们翻阅近六十年来的短篇小说，《受戒》确实堪称经典，它早已经超越了它所写作的年代，是为数不多的、难得的、具有多重可阐释性的杰出文本。

写一个刚出家的小和尚的生活，会有什么意思出来？而且，让俗中透出美好和诗意，更是一个有趣的选择。一个刚出家的小和尚，在受戒剃度前后的生活会是什么样子？这些，我们也许可以想象得到，但一个小和尚开始恋爱了，在他身体健壮、发育的时候，身心的变化是怎样的？他出家前后周遭特别是家人的心态又是怎样的？这就变得有些悬念了，也使故事立刻变得有意思起来。那么，怎么写呢？写和尚们的日常生活看似容易，可以做工笔描绘，删繁就简，但若能把握住内在心理，写出人物的命运感，体现出特定的存在维度，并做出富于美感的捕捉，显然不只是笔力的问题，其一定是一个哲学问题，文化问题。汪曾祺的叙述是智慧的，他写明海的出家很简单，如同一个到了年龄来选择一个普通的可以谋生的职业："他的家乡出和尚。就像有的地方出劁猪的，有的地方出织席子的，有的地方出箍桶的，有的地方出弹棉花的，有的地方出画匠，有的地方出婊子，他的家乡出和尚。人家弟兄多，就派一个出去当和尚。当和尚也要通过关系，也有帮。"明海的家人，就是因为当和尚有很多好处，可以吃现成饭，可以赚钱，将来攒够了钱也可以还俗娶亲，才决定让明海去做和尚的。小说写明海与小英子的初恋也是很简单的，他们之间萌生出感情是自然而然的，悄然而至的，由生而熟，由近而亲，不造作、不夸张，也不做过多的渲染和铺排；写和尚们的日常生活也是简单明了的，吃、喝、赌，携良家妇女私奔，也杀生，也超度，"酒肉穿肠过"，佛祖在何处？散漫、随便、不拘泥，写起来一点儿不避讳，不隐藏，不评价；写他们论资排辈，该有秩序的时候，格外分明，毫不含糊。

小说表面上是写一个小和尚与一个小姑娘的情窦初开，触情生情，也写一群大和尚的日常生活，实际上，是写一种生命形态，对于他们存在理由和现实依据，却并不想说明什么，但分明已经说出许多常人的"难言之隐"。

可见，汪曾祺用最简单、最自然的叙述，来叙写景物、写人、写意，动、静之间，消长平衡，对人物的性情、欲望更不事张扬，不驾驭，运笔也不压制，所以，故事叙述的自然，可谓顺水推舟，如影随形，人物贴着故事，故事牵动起人物，流水一般，不生涩，不黏滞。

明子听见有人跟他说话，是那个女孩子。"是你要到荸荠庵当和尚吗？"明子点点头。

"当和尚要烧戒疤哟！你不怕？"

明子不知道怎么回答，就含含糊糊地摇摇头。

"你叫什么？"

"明海。"

"在家的时候?"

"叫明子。"

"明子!我叫小英子!我们是邻居。我家挨着荸荠庵。——给你!"

小英子把吃剩的半个莲蓬扔给明海,小明子就剥开莲蓬壳,一颗一颗吃起来。

大伯一桨一桨地划着,只听见船桨拨水的声音:

"哗——许!哗——许!"

小说的文字本身不轻佻、不婉转、不含蓄,却产生出高度诗化的笔调,也会令人产生不可限制的缅想,这体现着一个作家的精神物理学。汪曾祺自己曾说过,他的小说留给一位法国汉学家的印象是满纸都是水[1],汪老的家乡高邮是江南水乡,水的影像在他的小说里随处可见,温软多情,纯真似梦,水景梦境,有时绵密,有时明快,结构也轻巧自然,这些,便构成汪曾祺短篇小说独特的叙事美学。

对《受戒》里的"受戒",汪曾祺并没有肆意想渲染什么,明海受戒后,小英子隔着护城河呼喊明海,隔日划船接他回去。当明海在一个庄重的仪式之后,与善良、活泼、善解人意的小英子,将小船驶进梦境般芦花荡的时候,我们多少能够体味到现实和梦境之间的缠绕,仿佛有一种文化的力量在微波荡漾的河水里冲撞,"受戒"的意思从此就迷失了神秘的色彩,不再是"紧箍咒",而成了舒张人性的戏妆。读这篇小说,总体上,会产生"逍遥游"的感觉,我相信汪曾祺是充分理解庄子的,他从哲学的层面理解庄子,却从审美的层次显露叙事的"天运"气象。他将叙述、故事、人物、语言都引向最素朴的层面。那么,朴素的结果是什么呢?就是纯真,素和纯是最基本的生命哲学,由此,我们才会进入无伪、无畏的境界。

---

[1] 胡河清:《灵地的缅想》,学林出版社,1994年版,第60页。

这样看，明海和小英子的生活里，还是有许多生命的大大小小的意象在其中。

这里，我们还必须说到汪曾祺的语言，我觉得，汪曾祺的小说好读，很大程度上应该归结于他的语言之好。关于小说语言，汪曾祺也有一段非常经典的话："我认为小说本来就是语言的艺术，就像绘画，是线条和色彩的艺术，音乐，是旋律和节奏的艺术。有人说这篇小说不错，就是语言差点，我认为这话是不能成立的。就好像说这幅画画得不错，就是色彩和线条差一点；这个曲子还可以，就是旋律和节奏差一点这种话不能成立一样。我认为，语言不好，这个小说肯定不好。关于语言，我认为应该注意它的四种特性：内容性、文化性、暗示性、流动性"[①]。汪曾祺对语言的高度肯定，以及他在自己写作中的身体力行，并且在他的作品中都基本做到了，这也就注定了他小说的基本美学价值取向和文体风貌。

在《受戒》这篇小说的篇末，汪曾祺还写下了一行字："一九八〇年八月十二日，写四十三年前的一个梦。"显然，这句话是话里有话。没想到，在小说的结尾处，他凭空又有意无意地杜撰出一层额外的意思，我想，这肯定不是汪老随意扔出的一个噱头。推断一下，四十三年前，是怎样一种情形呢？那时，1920年出生的汪曾祺十七岁，正是明海出家当了和尚已经四年的年龄。对此，后来汪曾祺自己的解释是："我的小说《受戒》，写的是四十三年前的一个梦，那篇小说的生活，是四十三年前接触到的。为什么隔了四十三年？隔了四十三年我反复思索，才比较清楚地认识到我所接触的生活的意义。闻一多先生曾劝诫人，当你们写作欲望冲动很强的时候，最好不要写，让它冷却一下。所谓冷却一下，就是放一放，思索一下，再思索一下。现在我看了一些年轻作家的作品，觉得写得太匆忙，

[①] 汪曾祺：《晚翠文谈新编》，生活·读书·新知三联书店，2002年版，第43页。

他还可以想得再多一些。"①我想，这句"闲话"或者说"赘语"还依然带着汪曾祺的体温，这体温也许从几十年前的梦境传达而来，迄今，仍可温暖他的想象，滋养他的文字。因此，我们可以说，汪曾祺小说的气象是有温度的气象，这样的气象才温暖。温暖，肯定是一种让人感动的文学品质。沈从文和汪曾祺都反复强调过这种品质，这是渡尽劫波之后，面对生活苦涩，消解怨愤和不良心绪的一种方法。对此，吴玄曾动情地说："温暖是接近于宗教的，是慈悲的，是一种智慧。可是，沈从文死了，汪曾祺也死了，温暖从当代文学中就消失了"②。所以，从一定意义上说，温暖是文字有大气象的大前提。而这篇慢慢写来的《受戒》，就成了一篇经典的"无主题小说"，成了有浓郁哲学意味的"形象化了的哲学"，成了寓言。汪曾祺说："现代小说的主题一般都不那么单纯。应允许主题的复杂性、丰富性、多层次性，或者说，主题可以有它的模糊性、相对的不确定性，甚至还有相对的未完成性。一个作品写完后，主题并没有完全完成。"③一篇有大的立意和大的格局的小说，不一定就是大部头、大设计，重要的是要看它的文气和叙事心态。很多写了大场面和大人物的作品，显得拿不起放不下，叙事斤斤计较，而不能做到心平气和，心无旁骛。但是，《受戒》就是因为主题和叙事的简洁、单纯、轻快、明朗，又丰富、含蓄和自然的描摹、呈现，没有噱头，没有故弄玄虚，才显示出汪曾祺的大家风范。

这里面，还需要提到一个所谓"雅"和"俗"的经常纠缠不清的问题。

汪曾祺的短篇小说，写的大多是"俗人俗事"，俗世人生的故

---

① 汪曾祺：《晚翠文谈新编》，生活·读书·新知三联书店，2002年版，第39页。

② 汪凌：《废墟上一抹传统的残阳》，大象出版社，2005年版，第40页。

③ 汪曾祺：《晚翠文谈新编》，生活·读书·新知三联书店，2002年版，第42页。

事，有时被他写得淡极了。仔细想想，确如我前面提到的，他的短篇小说"小故事大智慧"的体貌和气质，常常可以用"落花无言，人淡如菊"来形容，说到底，"雅"原是和"淡"连在一起的，所以，有"淡雅"这个词。清淡的装束可以衬托出雅，浓妆艳抹就难免俗，文章的写作与做人的道理显然一样。人的审美趣味各不相同，或雅或俗不可轩轾，但无论雅俗都要正，淡雅中蕴含深沉，就是大雅，就会有历史感和文化感，就会有"趣"，就会自然天真。关键在于，作家的感受力能否触摸到平淡里"意趣"和"理趣"。如阿城所言："世俗既无悲观，亦无乐观，它其实是无观的自在。喜它恼它都是因为我们有个'观'……世俗总是超出'关'，令'观'观之有物，于是，'观'也才得以为观"[①]。汪曾祺会"观"，他在最复杂的事物中看到了俗世的庸常，也看到了庸常里的高贵，品尝到了滋味，在纷扰中能看轻尘嚣，以一种非常轻捷、宽松的感觉方式，感知并获得了另一种生命形式。在这"趣味"里谈论雅俗，其实是没什么意义的，有关小说的本意，也无须在雅俗之间争辩什么是非，雅离不开俗的本体、本位，俗若不暗藏大雅，也必然没有了自己的形态、存在形式。从这个角度看，《受戒》虽然写俗世生活，但蕴藏了生命的朴实和品质，没有什么人能不尊重生命本身的基本需要和渴望，唯有沿着审美的方向，才会使阅读保持对文本的充分尊敬，才会最大限度地理解小说的意思，看出小说的气象来。

因此，我们无法按着一般性的写实文学的标准来阅读、体会和研究汪曾祺的小说，我们也很难用所谓现实主义、浪漫主义的美学原则去对它进行价值评判。我感觉，读出什么样的味道和感觉，全凭一种"无功利态度"的个性化审美体验。这样，许多关于感受作品、阐释作品的形而上概念，都会变得苍白起来。

[①] 阿城：《闲话闲说——中国世俗与中国小说》，作家出版社，1997年版，第89页。

汪曾祺的文字，常常于不经意间体现那种自然、率真和灵性。无论是虚构的小说，还是散文、随笔，都埋藏着内在的幽默和戏剧性因素，既质朴、厚实又空灵，既老到，又天真。叙述里面没有任何工匠的味道，没有"制造"的痕迹，但文字又像是成了精一样的自然、老到、纯熟。

这种风格，充溢在汪曾祺的各类文体的文字中。他的许多散文、随笔抑或称为小品的篇什，其实也完全可以当作小说来读。

汪曾祺写过一些人物的印象记一类的文字，最有名的几篇，是写沈从文、老舍和金岳霖的。那篇著名的《金岳霖先生》，很短，但逻辑学大师金岳霖先生的形象和精神质地，尽显无遗。金先生教逻辑学，他上课时要提问，那么多的学生，他不能叫上名字，联大是没有点名册的，他有时一上课就宣布："今天，穿红毛衣的女同学回答问题。"于是，所有穿红毛衣的女同学就都有点儿紧张，又有点儿兴奋。我们会感到，即使是一篇短文，汪曾祺的叙述仍然表现出自由、灵动和睿智的风格。讲述沈从文先生将金岳霖拉去讲课，题目也是沈从文出的，讲《小说和哲学》。大家以为金岳霖先生一定会讲出一番道理，结论却是：小说和哲学没有关系。"有人问，那么《红楼梦》呢？金先生说：'《红楼梦》里的哲学不是哲学。'他讲着讲着，忽然停下来：'对不起，我这里有个小动物。'他把右手伸进后脖颈，捉出了一个跳蚤，捏在手里看看，甚为得意。"汪曾祺的文字就是这样，在平淡、坦率里渗透出不同凡响的风格和雅致。

《多年父子成兄弟》是写父子伦理、亲情的文字。两代父子之间的关系，都是穿越了所谓世俗伦理的。父子相互间的关爱与随和，尊重和任性，在一定程度上的"没大没小"，完全可以成为一个现代的，充满人情味的家庭的最宽厚、和睦的形态。父亲喝酒，也会给儿子倒上一杯，父亲抽烟，也会一次抽出两根，每人一支，而且，父亲总是先给儿子点上火。这样的场景，我在生活中偶尔会见到，父子之间，俨然兄弟。父亲没有大架子，儿子的顽皮里潜藏着巨大的敬爱。

　　汪曾祺还有些写"吃"的文字，也令许多人激赏，他被认为是中国当代文学中，最会写吃的作家之一。在《故乡的食物》里，对咸菜、萝卜、鸭蛋等食物的描述，不仅显示了他广博的见闻，更让我们品尝到中国文化百变多姿的"滋味"，也让我们知道了真正的"盛宴"在哪里才有。而小说的深味，恐怕就在于其"小"，在于举重若轻。一切叙述，无论我们所喜欢的分门别类的题材，还是那有头有尾的故事，大大小小的人物，其实无非都是事物，都是存在，只有叙述的智慧，才会让这些元素都变得气象万千，爱不释手。汪曾祺就是叙述的圣手，他可以让许多事物都成为事物本身，这里的一个重要原因，就是他做人和作文，都没有一点儿架子，没有丝毫职业作家的腔调，从来不将自己端起来。我们在那个时代乃至今天，能够读到他博识闲适、疏朗清雅、素朴干净的文字，确实是我们的福气。

小说的"明白"

——林斤澜的几个短篇小说

汪曾祺说，有的作家自以为对生活已经吃透，什么事都明白，他可以把一个人的一生，来龙去脉，前因后果，原原本本地告诉读者，而且还能清清楚楚地告诉你一大篇生活的道理。其实人为什么活着，是怎么活过来的，真不是那么容易明白的。我想，汪老的意思是，作家可能没有那么大的本事，能在小说里把人物和故事讲述得极其清楚，无所不知，即我们所说的"全知全能"。也就是说，作者有时候是硬撑着，现在看来，全知全能，不仅是一个叙述视角，它其实是一种叙事态度。许多人都说，林斤澜的小说不好懂，林斤澜自己也说："我自己都不明白，怎么能让你明白呢？"[1]那么，如此说来，一个作家写作的态度，可能主要就有三种：一种是他可能"自以为是"地告诉你一切，他知道的以及并不知道的，对于他不清楚的那部分，他往往采取虚构来补足，也就是装作明白。另一种是对于他想不清楚，没有搞清楚的，他就"搁置"它们，这就是林斤澜自己说的，"自己都不明白"，也就没有办法让读者明白。可以说，这是真不明白。还有一种，作家是有意不让读者明白。作者写的是

---

[1] 汪曾祺：《林斤澜的矮凳桥》，载程绍国《林斤澜说》，人民文学出版社，2006年版。

什么，心里非常清楚，但故意闪烁其词，云山雾罩，扑朔迷离。

林斤澜的短篇小说，究竟属于哪一种呢？我感觉主要是第二种和第三种。就是说，他明白的，写得有时明白，有时却故意不写明白；他自己不想彻底明白或没有搞清楚的，也就随它去了。无论是聪明的读者，还是憨厚的读者，都要在林斤澜的叙述道场里用心用力地折腾一通，才可能试探出究竟。那么，是林斤澜先生存心如此，刻意制造阅读障碍吗？看上去也不是。

实际上，仔细想想，小说家的使命是什么？他对自己的叙述，或者说，他对自己所创造的文本，究竟应该承担什么样的责任？对于一个作家的内心与文本间的内在关系，应该怎样判断和测量？哪些叙述是自觉的？哪些想象和描述具有强烈的不可遏止的虚构性？这个话题其实是非常复杂的。既涉及作家的审美观，也牵扯到作家的世界观。

我们还是结合具体的文本来看。

《溪鳗》和《丫头她妈》是林斤澜比较早的两个短篇。这两个短篇像是姊妹篇，几个人物之间联系密切，相互缠绕。故事看上去很淡，却有很大的蕴义。而《溪鳗》就像是前面提到的，介于第二种和第三种之间的写法和形态。写法上，既想让人们看懂个中滋味，却又不会轻易揣摩出内在的真正寓意和玄机。其实，这一点，对于叙事具有极高的要求，需要智性和技术含量渗透在里面。

《溪鳗》只有万余字的篇幅，却几乎要写出两个人的一生。三十余年的人生，在几个情节和细节的闪回中，隐隐若现。我认为，林斤澜在这个小说里所要采用的，是一个"既是又非"的结构。这是一个由"是"与"非"虚实相生的隐性结构，令文本飘忽缭绕，含糊与明晰，许多意蕴杂陈其间。整体上看，作家到底要告诉我们什么，还真的无法一时判断出来。作家表达、表现得也并不清晰，他明显是有意让我们陷入一种迷惑之中。整个文本，就仿佛一个多谜底的谜面。袁相舟本是溪鳗一家的邻居，作者就借了他一双眼睛，来看溪鳗一家的生活状态,并且让他帮助作家去回顾这对夫妇的来龙去脉。让我们在虚实相生的场景里,触摸到生活最真实的柔软和坚硬。溪鳗这个女性,与一个祸不单行、不断倒霉的镇长之间,究竟存在着怎样的关系?作者一直不明说。溪鳗在选择一辈子照料这个瘫子镇长的时候,到底下了多大的决心?林斤澜通过一个小镇的平凡女人,是想告诉我们什么?故事讲述的简洁而平静,踏实而细致,其间,作者有意省去许多应该交代的"关键词"而留白一片。比如,孩子究竟是谁的?这个镇长接二连三地倒霉,包括莫名地"瘫"下来,都没有细说原委,我们却能够从中感知到,些许时代风云在小镇的隐隐震荡,镇长个人命运的起伏跌宕,都成为叙述中故意隐藏的一些秘密。

溪鳗的"能",与倒霉镇长的"衰",被反差极大地呈现出来。溪鳗这个人始终处于平衡的状态,镇长却一直是"失衡"的,向下走的。开始的时候,两者的关系,貌似"对峙"的状态,接着则是若即若离的,再后来便是胶着的。这种"胶着",还暗含些许命运多舛的无奈和冷寂,涩涩的,泛着隐隐的凄楚。也许,人与人之间就是在一种不平等、不平衡的状态里,才明白更多的人生况味。

林斤澜在写作时,对社会现实、伦理、家庭、风俗和性,似乎都有许多处心积虑的思考。在他的小说里,所谓主题也必定是多元的,没有明显确定的指向。而且,它的呈现,是"浅尝辄止",点到为止。这种"浅尝辄止",就是作者对故事和人物的叙述,都有"保留"和"预留"。人和故事不断有"机变""空缺"和"留白",即便没有"险象环生",也会有柳暗花明式的惊奇。由此制造的叙述张力,增加了人物、世俗、人情的丰富性,并且在小说的整体结构上,让人感到总有一种定力在隐隐地起作用。

在林斤澜的小说里,一种情绪、一个人物、一个画面,或者一种声音、一个词语,都可能构成作家一篇小说的写作发生。这篇《溪鳗》的构思,无疑与白居易的诗"花非花,雾非雾/夜半来,天明去/来如春梦几多时/去似朝云无觅处"有着妙不可言的内在关系。这首诗很像李商隐的"春蚕到死丝方尽，蜡炬成灰泪始干"那几首，具有极强的朦胧意味，有关它们的阐释，至今没有确定性的指向。倘若以这样一首诗，作为一篇小说的构思玄机，或者写作暗示，所起到的是举重若轻的艺术效果。这也许就是林斤澜的自觉的文体策略。这种策略就是汪曾祺说的，打破小说结构的常规。破了以往的套路和常规，往往就会产生奇效。着笔精确有致，叙述虽然简洁，却创造了一个新的框架结构：简洁，轻便，空旷，悠远。因此，林斤澜的短篇小说，与当代许多小说家相比较，的确是另辟蹊径。而且，以任何现成的理论来图解、阐释他的小说，都会不得要领，无功而返。也许，能够颠覆以往雄浑理论窠臼的写作，才是真正的创作吧。

汪曾祺，可谓林斤澜一生的知己，他这样评价林斤澜的小说："斤澜的小说一下子看不明白，让人觉得陌生。这是他有意为之的。他就是要叫读者陌生，不希望似曾相识。这种做法不但是出于苦心，而且确实是'孤诣'。"[①]可见，林斤澜原本是想写出一个人不明白的一生中，能让我们明白的那一部分，结果，小说的含蓄的品质，将我们引入了叙述的丛林，玄之又玄，众妙之门的迷宫。

那么，究竟又有多少人是明白地过了一生呢？明白的人，活得一定就是明白的吗？小说实写出人物的明白，可能仅仅是作者明白而已，而唯有混沌又鲜活的人物，也许才可能让我们从不明白中感到明白。

《丫头她妈——矮凳桥没有名字的人》，写另一位与溪鳗极其熟悉的女人。前面的《溪鳗》是想厘清一个女人与一个男人之间的"传奇"，实际上并没有表现得很清楚，也许是有意为之，悬念和猜

[①] 汪曾祺：《林斤澜的矮凳桥》，载程绍国《林斤澜说》，人民文学出版社，2006年版。

测自始至终环绕着我们。而这个小说,是想写一个女人帮另一个女人,如何搞清楚自己的故事。溪鳗,这个人物偏又夹在中间,并在这个小说,变得更加神秘起来。她好像一位解梦大师,在给丫头她妈解析一个又一个梦境的过程中,让这个没有自己名字的女人,从一个被生活和日子推着走的人,开始有了自己的方向。实际上,丫头她妈整个人是湮没在市井生活里的普通人,她就是愿意在这样俗世的平淡里生活,过自己的日子,用后来时尚些的词汇叫"担当",她活得几乎没有自己的声音,我们以往在文本中所强调的诸如人物的"价值观""道德感""主体意识",在这里完全是被"束之高阁"的。这个人物的种种模糊的日渐鼓动起来的"念想",都流连在自己的一个个梦里,不断地将梦衍变成"梦想"。在这里,林斤澜有意将个人的梦,串联起时代和社会的风云变幻,摇曳闪烁。溪鳗则把丫头她妈的梦,由模糊、朦胧引向了清晰的图景。没有梦想是可怕的,唯有在梦里,才是人人平等的,溪鳗让丫头她妈在梦里找到了自己的平衡点和方位,在对梦的解析中,打开了一扇生活之门。丫头她妈开始渐渐摆脱不自觉和困惑,日益活得明白起来。也许,我们觉得丫头她妈是寂寞的,而她自身却是踏实的,其乐融融的。实质上,林斤澜在这里写了一个永远没有任何负担的人物,这个人物,自己走着一条追求明白的路。

从另一个角度看,在这个小说里,溪鳗和丫头她妈,这两个人物的分量,难分伯仲。在叙述上,丫头她妈差不多是被溪鳗推着走的。走着走着,故事也变得出人意料起来。梦与现实不再擦肩而过,人物所处的社会性、时代性和存在感,都纷至沓来。其实,这也是一个"圆梦"的故事,一个人的松散、零乱或破碎的自我,常常要依靠某种事物或信念聚拢。生活在许多人那里其实是很"混沌"的,一路走来走去,并不是十分清晰的,也许始终就是在一个属于自己的梦里逡巡。丫头她妈就是这样,直到最后才从梦里走出来。人生可能正是因为所遭遇的强大的偶然性,才使得人生常常在某种宿命冥冥之中的牵引中，显示其个性、魅力，不可预料。

看上去，在林斤澜的笔下，人物之间，包括人物的自身性格，都很简单而不过于复杂。林斤澜所重视的是彰显出人物特有的一个独立的品格。这就给叙述提出了更高的叙事伦理要求。尤其在一部短篇小说里，想完成这样的设想，其实是非常困难的。

在这个时期林斤澜的短篇小说中，接连在几个文本里都出现的人物，除了溪鳗、袁相舟，还有女人李地。林斤澜一口气写了五篇关于李地的系列小说，可见他试图想通过这个人物，要实现其更多的小说创作理想。这个人物，似乎也蕴含了作家许多难言的苦涩，时而浓郁，时而清淡，对其有入木三分的雕刻，有洗人心肺的诗意打量，有对生命底色的发掘，还有透过细节和细部的智性敏感，更重要的还有，写出了在一个年代的政治、文化碎影下，一个小人物的隐痛，包括她个人的心理史、精神史。看得出来，林斤澜对这个人物是下了功夫的。这五个短篇，将一个人物从20世纪30年代写到八九十年代，这种写法，在当代是不多见的。高晓声写的"陈奂生"，试图表现一个中国农民在近二十年的社会变迁、发展中的心理变化，命运的兴衰沉浮，但是这几个小说的叙事重心，明显地并不在于个人性的呈现，而是要凸显时代的宏观大义。就是说，高晓声写的是当代中国社会转型期中的一个人，而不是一个人在中国当代社会的转型期，进一步说，他主要是要讲述一个时代，而不是去刻意呈现这种特定时代一个人的生命形态。当然，呈现一个时代和社会的剧变，这几乎是20世纪80年代到90年代中国文学、中国作家所面临和肩负的责任和使命。林斤澜走的则是另一条线路，他写人物，也注意人物存在和活动的时代背景，包括社会、政治的波诡云谲，但是在文本叙事中，那只是一个非常清淡的背景而已，我们虽不容易感受到某种社会、时代风云，及其色彩的鲜艳或者黯淡，却能深深地感知到人物被赋予的存在感，情感机变。有关李地系列的五篇小说《惊》《蛋》《茶》《梦》《爱》，貌似写这个女性贯穿在不同年代的五个"表情",但林斤澜究竟想表达什么,我们的确一时还很难理清,但我们深信不疑的是,其中必然隐匿着不容忽略的"微言大义"。前面我们说,这几个短篇小说所呈现的,也许就是李地这样一个生活在乡镇的女人,在几个不同年代稍纵即逝、昙花一现的表情而已,但我们一定会注意到,这里的每一个短篇,都在隐隐地凸显人物表情背后的种种社会、精神的困惑。

困惑,无疑构成了这些小说需要破译的"纽结"。这些困惑,与时代、社会的大势有关,更与"矮凳桥"这个小镇的风俗、风情息息相关。也正是这些所谓"困惑",推动着这个人物不折不扣地一路前行。林斤澜的构思,总是别出心裁,思路缜密,叙述到了一定关口,常常峰回路转,疑义丛生。这时候,倘若凭以往的阅读经验进入作品,恐怕很难理解人物及其"矮凳桥"世界的风情韵致。所以,我们必须将李地的每一个"表情"都理解成一个奇态,只有这样,历史、文化、革命、政治和人性的丰富及其变异,才会从这副表情上绽放出来。

《惊》是一篇让人阅读起来颇费心思的文本。如果不具有20世纪五六十年代的生活、存在经验,很难理解其中的堂奥、蹊跷、荒诞不经和曼妙多姿。"学习班""翘尾巴""割尾巴""甩掉尾巴",这些20世纪的词语,对于四五十年代甚至六十年代出生的人,是毫不陌生的。"翘尾巴"这个词,至今在生活中仍然被沿用,显示出了语言或话语顽强的生命力。可见,一个时代的行为方式或观念被语言符号化之后,就会长久地积淀下来,成为历史的活化石,口口相传。我们看到,一群人,男男女女的基层干部,被集中在城里的一座小庙——"陈十四娘娘宫"来"学习",目的就是要割掉每个人身上的"尾巴"。这个"尾巴",我们今天仍然可以理解为是某种不良的、错误的、必须纠正的心理或思想状态,实际上指的是在那个年代不能见容的所有"文化""传统"。学习地点的选择,在今天看来就具有极大的反讽意味,在一个"旧"的地方,进行盲从的批判和自我批判。更具反讽的情境是,林斤澜细腻地描述了"学习班"第一个夜晚的"炸营"。夜半三更时分,一些来"改造""学习""割尾巴"的人,被一声突然无端的喊叫所惊魂,各自从自己的睡梦中惊惧、惊慌而起,男男女女,冲出宿舍,狼奔豕突,在黑暗中乱作一团。读到这里,我们立刻就想到鲁迅在30年代写的一篇杂文:一个人无聊地蹲在地上,看自己刚刚吐出的一口痰,接着他身边开始聚集很多人,不明就里地也围拢在一处看,他们都不知道发生了什么,突然,人群中发出一个声嘶力竭的喊叫,人们不知所措,相互冲撞、拥挤、挣扎,慌不择路,一哄而散,其实,原本什么都没有发生。

> 挤挤撞撞的人们应声摸屁股后面,也有摸了前边的,也有摸着别人的,也有两只手都动不得只好干喊的……
> 这时,刷地,后殿的电灯亮了。
> 唰地,两廊的路灯亮了。
> 唰地,前后进中间的门灯亮了。
> 好像清凉的水朝人们头上浇一下,又一下,再浇一下。头脑清醒过来,面面相觑,没有地震,没有火灾,也没有阶级敌人破坏……各回各的屋里去吧。

林斤澜写日常生活、人情世故,常用模糊、含蓄的方法,点到为止,往往是意在言外的。而其中的蕴义,则需要细细地品味。那么,在这里,他如此详尽、具体地描写一次群体的"惊",显然自有其潜在的深层用意。所以,我们完全有理由将这个场景,视为一个大的文化、历史隐喻。人人清楚,20世纪50年代以来的当代社会生活,屡受时代政治及种种运动的深度影响,人的精神境遇和个性心理,实际上处于一种蒙昧、疯癫、盲目、浑然的状态。人们的惊悚、无序、茫然,构成人的常态。看得出来,林斤澜是一位有大抱负的作家,他没有忽略必须他所要呈现的那个时代个人性的存在。李地这个人物的个人性，在这五篇短篇小说里，从不同的视点和侧面得到展示。林斤澜巧妙而隐讳地将她内心的隐秘，以及那个时代人所少有的存在感，在不经意间丝丝缕缕地袒露出来，成为我们今天常说的那个时代的"异类"。这个小说，读到最后，我们才恍然顿悟，李地和她腹内孕育的生命，是一种可以让人心安的存在，李地之所以能"处变不惊"，镇静自如，没有混进一场无端的骚动，是因为她自有一种"定力"在，无论自觉意识到现实的困窘与否，她都不得不被政治纠缠，而她对人与妖、黑与白的辨析力，便显露出难得的人性之光和个性坚守。有趣的是，一场政治性的"学习"活动，还没有开始，"闹剧"就惊魂般地演绎出来，那个特定时代的荒诞和荒谬，可谓令人忍俊不禁。

另一个短篇《爱》，在生活情境和氛围上，与"李地系列"的其他篇章大有不同，而与《溪鳗》和《丫头她妈》十分相近，充满了那个年代少有的人间烟火气。而且，这篇小说更具典型的"林氏迷宫"语体，古怪、奇异、神奇，不好把握，恍兮惚兮，沉浸下去后，妙处和韵味可能会喷薄欲出。一个作家智性的光芒，在叙述的迷宫中杂花生树般地弥漫开来。

《爱》这篇小说，表面热闹，其实，是写一个"明白"女人隐忍的苦涩，写她一生中最渴望也最缺失的爱情。林斤澜是在描绘一幅人生灰冷的图景。"这个故事不论年代"，这句开篇的话告诉我们，这是一个可以"抽象"的寓言故事，或是某种象征。没人想到，在李地的少女、青春时代，战争中对英雄的爱情憧憬，瞬间，就被追求民主和解放的大"英雄"的一个不堪入目的庸俗场景彻底颠覆了。在李地看来，英雄可以肆意地吻她，那里有浪漫和激情，并且有"革命"相伴，但是，英雄万万不能在隐秘的联络站，捧着一个乡下美人的赤脚，"勾背，偏头，拿着剪刀修剪脚指甲……飘飘的英雄形象变化了，变作佝偻着的肮里肮脏的角色"。理想、责任、正义、牺牲和道德，都同样不可或缺，当然，爱情也不可或缺，而李地偏偏没有爱情。此后二十年，李地也生下三个女儿，被她养大成人。这里，林斤澜丝毫都没有写到三个女儿的父亲，三个女儿的出现无根无由，缥缈恍惚，云山雾海，缘何吝啬笔墨至此，的确需要深思回味。也许，文本所传达的意思是，性和生育，都是不可缺失的，无须文字来张扬。生命里重要的恐怕还是爱。继而，李地又当了干部，从此起起伏伏、风风雨雨地走过来，直到年逾半百，唯独没有爱情现身。直到最后，竟然是一条活力四射的泥鳅鱼，不断跃出鱼缸，搅扰得李地心神荡漾不宁。我们是否可以这样理解，正像一条鱼一样，一个女人，无论什么年代，最恐惧的，就是爱的被囚禁，以致身体被幽闭，被囚禁，特别是爱情缺失所衍生的孤寂，会令一个真正的女人没有眼泪。这实在是最可怕的事情。

总体说，林斤澜的小说叙述，自有其行文的逻辑，语言、思维、意境和人物，闪烁其词，似真似幻，拈手即来，风情、俚俗、韵致，肆意转换，非理性表达，无刻意，笔记体随性呈现。历史、时代、革命、风物，表现看似漫不经意，实则别有洞天。

在林斤澜近三十年前的小说语境中，隐匿着在今天才能理清楚、体悟出的历史的吊诡。我想，如果几十年以后再来读林斤澜的这些小说，或许依然会感到有些滞涩和难懂，但仔细地对照历史的踪迹，就会恍然大悟，茅塞顿开。甚至可以这样想，林斤澜的很多短篇小说，就是写给未来的，因为，在时间的长度里面，价值判断的变化概率是很大的，因为这里面有历史、政治、文化和道德诸多因素的存在。而不同时代的人们，也会在时代的变动不羁中发生认识论、审美观的修正和变异。从一定角度讲，文学文本的含蓄、形象和符号性质，使得它具有极大的包容性，即它可以"藏污纳垢"，具有"混沌感"，虚中有实，具象中含着抽象，灵魂附体，以实写虚，体无证有。许多作家声称，自己写作的作品其实就是在写自己，虽然我们会觉得未必尽然，但作家的世界观、美学观包括精气神，定然是难免渗透其间的。但我认为，林斤澜难在此列。我们会感慨，许多杰出作家的作品，有细节，有细部，也非常接地气，生活化，"原生态"，而林斤澜走的则是另一路径。他的小说情境、细节和人物，也许都没有贴切的"原型"，人物和细节，都是他"编织"虚构的。这一点，也是符合短篇小说文体的简洁、精致和匀称品质的。但晦涩、玄奥、若隐若现的隐喻，也不同程度地会构成叙事上的滞涩和羁绊。

李健吾在评价沈从文《边城》的时候，提到两位外国作家，一位是巴尔扎克，一位是福楼拜："我们甚至可以说巴尔扎克是人的小说家，然而福楼拜却是艺术家的小说家。前者是天真的，后者是自觉的。同是小说家，然而不属于同一的来源。他们的性格全然不同，而一切完成这性格的也个个不同。沈从文先生便是这样一个渐渐走向自觉的艺术的小说家。"[①]自"五四"以来，曾出现了无数的小说家，而真正所谓具有艺术自觉的，有强烈的小说文体意识，并且具有超越意识形态的审美独特品质的作家，并不多见。沈从文、废名、钱钟书当属此类。那么，在当代，汪曾祺、林斤澜在一定程度上讲，无疑是这一脉的传人。

仔细想，我们可能会从林斤澜的这些人物身上，得到另外一些启发：一个明白、透彻、清晰的年代，人的表情和面貌定然是清爽和饱满的，所谓人的生命主体性，必然是自觉的；而在一个浮躁、喧嚣、胡涂乱抹甚至蒙昧、盲从的年代，每一个人过的可能就是一种不自觉的、伪诈世故或装疯卖傻的日子。那么，我们前面提到的，一个人明白或不明白的一生，不仅是一个人自身的精神、心理和修为所致，尤其与他（她）所处的年代密切相关，不可分离。一个人个人的力量，究竟能有多大呢？并非每个人都有某种强大的精神力度，而人的高贵或卑贱与否，幸福感或苦寂，自觉或不自觉，关键在于是否有一种人的尊严站立在那里。所以，一个人的一生，究竟

---

① 李健吾：《李健吾文学评论选》，宁夏人民出版社，1983年第1版。

明白还是不明白，似乎也就并不是一个必须解决的问题。这一点，林斤澜是再清楚不过了，因此，他才会常常从表象里看到相反的东西，引出另一种感觉和体验，令文本呈现如此独特的形态，也才会走出这样的写作路数来。孙郁对他的评价非常到位："林斤澜其实更喜欢鲁迅的气质。什么气质呢？那就是直面灰色生活时的无序的内心活动。他不愿意在作品中直来直去，而是在一个点上开掘下去，进入思想的黑洞，在潜意识里找寻精神的表达方式。汪曾祺评价其小说，说读起来有点费事，故意和读者绕圈子，大概是为了陌生化的缘故。比如'矮凳桥系列'，在小说结构上多出人意料之笔，意蕴也是朦胧不清的。这大概是受了鲁迅的《彷徨》和《野草》的影响，但更多是夹杂了自己的体味。在一种恍惚不清的变形里，泼墨为文，林斤澜走的是与传统完全不同的路，也是与当代人不同的路。"[①]

[①] 孙郁：《革命时代的士大夫——汪曾祺闲录》，生活·读书·新知三联书店，2014年版，第223页。

苦涩的黑氏，或何谓"人极"
——读贾平凹两个短篇小说兼及"写作的发生"

一

我一直在想，即使是一位杰出的作家，他在小说文体方面也会有自己的偏好，在长、短不同的叙述结构中，自己的作品，也定会有差别和高下。贾平凹无疑是当代长篇小说写作的圣手，几十年如一日，十六七部长篇小说，已经赫然矗立于中国当代文学的崇山峻岭之巅。我感兴趣的是，他的短篇小说处于一种什么样的状态和水准。他驾驭这种精致文体的时候，是否会如写作长篇小说那样，依旧四两拨千斤般地显示其大气磅礴，从容自如呢？

最近，我几乎遍阅他的所有中短篇，感受、感悟他的"短叙述"，体会他布局、结构、语言句式和如何掌控叙述节奏的变化，果然可以发现他用力的方式和叙事姿态的腾挪，以及体式的变化，尤其是其短篇与长篇文字"间距"的浓密度、强度的细微差别。思索能够"引爆"他一个个完整而富于使命感的叙述的渊薮是什么？无论长或短，他的故事的内核，人物幽灵般的存在，是如何在文本中获得新的隐喻、象征、新语义框架的？无疑，这是一个写作发生学和叙事学的问题，我对这个现象充满了兴味。

我曾遍访三位中国当代作家的写作"出发地"，或者说是写作"发生地"，这都让我更加意识到，他们写作的精神起源和物质"原型"之间，存在一个无法分割的精神"气场"。苏童的苏州，还有那个"城北地带"和"香椿树街"，阿来的阿坝州马尔康的"梭磨河"，贾平凹商洛丹凤的"棣花镇"，它们尽管在文本中只是一个叙事的背景，或者虚拟的叙述平台，但凡是有过这种体验的人，都会觉得这个实际的存在与文本之间，存有一种"神以知来，智以藏往"的默契和神光。我感觉，一个作家的写作是有一个"原点"的，这个"原点"决定着他想象的半径，而他们不同于常人的"异秉"，则使他们对历史或现实可能获得重要的精神解码。苏童仰仗江南诗意、诡谲的氤氲，温湿的气息，生发出神秘的幽暗和飘忽；阿来的马尔康，那条整日整夜奔腾不息的"梭磨河"，源头是苍莽的雪域高原，旷世的险峻，滋生出的雄浑，依然透射出浩渺的气息。那么，贾平凹的商洛呢？并不高耸但奇崛的秦岭，有股扑面而来的鬼斧神工之妙，而几十年来，贯穿贾平凹文字里的"势"，游弋其间，山岭上的奇石怪坡，培育了他行文的奇崛和沉郁，面对贫瘠和荒寒的时候，他表达出的却是另一种沉重和沧桑。所以，一个作家早年生活的环境，会令作家的写作"无可救药"地伴随他的一生。地域环境与相应的人文状况，构成了作家挥之不去的独特气息，潜移默化地渗透在文字里，与写作者的志趣浑然一体，也就铸就了文本的个性和独特风貌。我十分赞同早逝的天才评论家胡河清以"全息"论的思维，审视作家的写作和对文本的阐释。他当年所倡导的以"全息主义"视角阐释作家文本的文化学密码，现在看来，是颇有道理的。特定的写作发生的场域，或者作家很长时期的叙述背景，在很大程度上，决定着一个作家进入、深化文学对于人类生命景观的描述能力。"从全息的角度感知生命，可以扫除某些附丽于生命本体之外的虚假表象，而直接接近人性、人的灵魂的核心层次。"①我们这样来揣度写作的发生，并不是要将作家的写作局限在"地域决定论"的樊篱之中，而是为了强调因地域性因素而生成的，作家感悟生活和透视生命心史秘景的能力，中国作家的这种感悟，显然具有东方神秘主义的通灵性质。也许，好作家、杰出作家，都是通灵的，他一定是以一颗少有世故、没有功利和没有算计的心，体验、辑录并呈现生活及其存在世界的可能性。说白了，作家在文本里面所呈现的世界，也许就是在生活中与他的"貌离神合"之处。

三位作家的长篇、中篇、短篇虽都很擅长，但又各有所长。在一定程度上，地域影响也许会决定叙述的格局、色调和节奏，却无法度量虚构的质地。其实，作家的叙事美学，主要还是源于作家的才情和天分，还有，与天分和才情相关的，与地气的衔接能力，对往事和记忆的"再生"能力。而贾平凹写作的意义和价值，就在于他的"再生"能力。所以，他的作品，"既传统又现代，既写实又高远，憨厚朴拙的表情下藏着的往往是波澜万丈的心。他在灵魂的伤怀中寻求安妥，在生命的喟叹里审视记忆"②。

二

前不久，在陕西几十年来最冷的一天里，我穿越了秦岭，去了丹凤，到了棣花镇。面对秦岭和丹江，远望"笔架山"，拜谒了棣花镇中的两座古庙——魁星楼和贾氏老宅。我一下子连通起眼前的实物与贾平凹的文字，我喜欢探究作家的"写作发生学"，以往贾平凹的虚构世界的山川草木、风俗人物，立刻在眼前晃动起来。两者虽

---

① 胡河清：《灵地的缅想》，学林出版社，1994年版，第204页。
② 《华语文学传媒大奖·2005年度杰出作家：贾平凹授奖辞》，《说贾平凹》，辽宁人民出版社，2014年版，第67页。

说还不能"重叠"一处，但这块土地及其场景，竟然也唤起、滋生出我自己的一种叙述冲动。我愿意猜想，在"现实"和虚构之间，究竟存在怎样的一种"玄机"和"众妙之门"，小说之法，或文字般若，对一个作家的经历和经验来说，它们相互间的作用力到底有多大？我不得不重视贾平凹小说中的诸多"原型"所给予他的创作力量。因为我坚信，一个真正小说家的写作，骨子里完全是某种自我命运的神奇驱使。

在棣花镇，在凛冽的朔风中，大作家贾平凹在我前面疾走的时候，我以为，他正是在他自己文字的密林里踽踽独行。他从一个小小的村落走出去，又不断地一次次走回来，以小见大，感知大地的苍凉与浩荡，人世间有血有肉、纷纷扰扰、酣畅淋漓的万象，在他的穷形尽相的叙述中，毫发毕现。他对历史、现实、人性的叙述充满了张力，逻辑与无序、悖论与诡谲、简洁与浩瀚、偶然与必然，都从他小说的结构和故事里，呈现或隐逸着。而商洛、丹凤和棣花，就像是贾平凹写作的母体，他一刻也离不开这个母体，也一刻不曾离开这个母体。在这个巨大的"母体"里，他自己也像一个孕妇，不断地孕育出孩子般的作品。棣花，如同是贾平凹写作的坐标或中轴线，当年这里的每一个人、每一个物象，都与他的文本发生了新的关联，滋生出新的生机与活气。"人和物进入作品都是符号化的，通过象，阐述一种非人物的东西。但具体的物象是毫无意义的，现实生活中琐琐碎碎的事情都是毫无意义的。这样一切都成了符号，只有经过符号化才能象征，才能变成象。"[1]如此说来，在贾平凹的记忆深处，已经有许多符号般的物存在着，但都处于一种没有"场"的静物存在状态，这些，一旦进入贾平凹的审视视域，一切就都变得富有生命力了。所谓"仰观象于玄表，俯察式于群形"，

---

[1] 贾平凹、韩鲁华：《关于小说创作的答问》，《当代作家评论》，1993年第1期。

对于写作而言，就是一个作家选择一个什么样的角度，重新看待生命、生活和存在世界的意思。"整合"生活和记忆，重新注解生活世界和人心世界的隐秘而复杂的关系，是作家创造新的世界结构的途径和方式。贾平凹一口气写了四十多年，我坚信，像《秦腔》《古炉》《商州》以及《黑氏》《人极》《油月亮》这类作品，没有他这种对生活有过切身体验的作家，是无法写出来的。也可以从另一个角度说，许许多多有过这种体验的人，因为缺乏这种特别的想象力，也无法将这种体验转换到陌生的文本领域，重新构建丰富的细节和生活的结构。这个结构，是文本的结构，也是叙述所产生的新的世界的存在秩序。贾平凹的写作，之所以能够始终保持长盛不衰的状态，主要是因为他在构建一种人伦关系的时候，既不背离生活本身的逻辑，不随波逐流，同时又不忘记在写作中反思人的处境、人性的变化。尤其是他对于人性、欲望在社会发生变革时，对于其间发生的裂变和错位，所做出的超越社会学、政治学和文化的思索。

《黑氏》和《人极》，是贾平凹写于20世纪80年代中后期的两篇小说，有的选本把它定为中篇，有的将其归为短篇。关于中、短篇，通常，我们往往从字数差别来划分，三万字左右可能被归入中篇，也可能纳入短篇，实际上，这种单纯以字符来厘定的方法很不"科学"。其实，这二者的结构和体量相差无几，很难细分。我觉得，中篇和短篇，与长篇小说的差别，关键还是应该从结构、布局，以及故事和人物的复杂程度、相互关系的变化来确定。西方文学理论在文体、体裁上就没有中、短篇之分。因此，《黑氏》和《人极》，我都将其列入短篇的序列。我很想通过这两个短篇所蕴含的自然之力和结构形态，揣度和解析贾平凹小说中最具磁力、最敏感、最活跃的生命气息，在苍凉的生存图像里，捕捉到人性中最渺小、最无助、最惶惑、最脆弱的神经。早在20世纪80年代，贾平凹就曾经与一些搞创作的朋友聊："几十年都叫嚷深入生活，但真正深入进去了,却常常叫生活把人吓住了。如果你敢于睁大眼睛,那么遍地都是小说。"①可见,贾平凹以往许多的经历或者"经验",都成了他写作的"原始积累",难以穷尽。所需要的只是他在叙事中,要建立一种贴己而独特的叙事结构。

三

对于《黑氏》中的黑氏,我似乎爬梳出了最早的"出处"或"原型"。这个时候,我猛然意识到,往事记忆中的哪怕一点点情愫或者感念,都会在平凹后来的文字中爆发出无尽的灵感火焰。在这个女性人物身上,贾平凹潜意识或无意识中,都流露出苦苦生存境遇中的"救赎"情怀。这个简单又复杂的人物,蕴藏着许多生存、命运、宿命和幽暗的玄机。可以推断,他在"救赎"黑氏的时候,实质上是在"救赎"自己的生命记忆。作家的这种"自私性"和"自恋",在一定程度上,往往会构成写作的原动力。

忘不了的,是那年冬天,我突然爱上村里的一个姑娘,她长得极黑,但眉眼里面楚楚动人。我也说不清为什么就爱她,但一见到她就心里愉快,不见到她就蔫得霜打一样。她家门口有一株桑葚树,常常假装看桑葚,偷眼瞧她在家没有?但这爱情,几乎是单相思,我并不知道她爱我不爱,只觉得真能被她爱,那是我的幸福,我能爱别人,那我也是同样幸福。我盼望能有一天,让我来承担为其双亲送终,让我来负担她们全家七八口人的吃喝,总之,能为她出力,即使变一只为她家捕鼠的猫看家的狗也无上欢愉!但我不敢将这心思告诉她,因为转弯抹角她还算作是我门里的亲

---

① 孙见喜:《贾平凹之谜》,四川文艺出版社,1991年版,第303页。

戚，她老老实实该叫我为"叔"；再者，家庭的阴影压迫着我，我岂能说破一句话出来？我偷偷地在心里养育这份情爱，一直到了她出嫁于别人了，我才停止了每晚在她家门前溜达的习惯。但那种钟情于她的心一直伴随着我度过了我在乡间生活的第十九个年头。①

我相信，这是贾平凹的一段真实的经历。很难说清楚，灵感的火焰，会在哪一刻开始燃烧。我想，黑氏这个人物之所以写得这么好，原来在贾平凹的记忆中，是早就有某种情结和积淀的。

我知道，贾平凹在成为小说家之后，正逐渐摆脱另一个"自我"，脱胎换骨、如释重负般地将自己内心最隐秘的情愫和惆怅，都转移或投射到小说中的人物身上，这并不是每个作家都自觉不自觉地乐意追求的。《黑氏》中的木犊和来顺，在小说里完成了他曾经梦想的担当。虽然，木犊和来顺，都不是那个当年的平凹，但是，当年燃烧的激情在后来发酵，并浇筑成一个小说的结构，却并不是一件不可思议的事情。

《黑氏》这个小说，讲述了一个女人与三个男人的故事，她与他们婚姻、家庭和感情的种种纠葛。看上去，贾平凹似乎在表达乡村生活的苦难和艰辛，无论是男人还是女人，都生活在一个无法实现和满足自身基本存在的环境里。其实，这里最重要的是，人在一个什么样的环境和状态里，才可以获得基本的存在价值，才有尊严，才是真正自由的。人的自由，在当时乡村这个古老、封闭、陈腐的禁锢中，能否构成一种可能。我们现在可以这样反思，贾平凹为什么在那个时候会写出这样一篇小说。这个短篇，在彼时的意义和在现在的价值，究竟有多大。这仍然是一个写作发生学的问题。我们

---

① 贾平凹：《五十大话·自传——在乡间的十九年》，人民文学出版社，2008年版，第110页。

现在清楚了，贾平凹绝对不是为了挖掘中国乡村的苦难而写这类小说的，而是发现了一种真相，感受到中国乡村里，人的一种艰难的、长期的生存处境，灵魂状貌。贾平凹笔下的黑氏，也许是封闭、落后乡村很丑又极素朴的一个普通女性，她丑陋却不粗鄙，有乡村女性才可能有的善良和细腻，她的倔强与软弱，她的纯粹和宽容，她的怯弱和困窘，她的智慧和风情，在一部两万多字的短篇里被呈现得无比丰沛、充盈。我以为，黑氏这个女性形象，应该说是20世纪中后期以来，中国当代文学中少有的乡村女性形象，在她身上，多元的、异常丰富的元素尽显无遗。

> 黑氏稍稍充足的精神又消乏了，最害怕的秋雨到来，她坐在炕头上，看门前水滩里明灭雨泡。再往远处，是田埂，是河流，是重重叠叠的山。黑氏文化浅，不懂得作诗之类，却全然有诗的意味，一种沉重的愁绪袭在心上，压迫着。她记起了在娘家做女儿的秋雨天，记起在小男人家的秋雨天，今日凄凄惨惨可怜的样子，心中悲哀怫郁无处可泄，只在昏昏蒙蒙的暮色下，把头埋在两个手掌上，消磨了又消磨，听雨点喊喊嘈嘈急落过后，繁音减缓，屋檐水隔三减四地滴答，痴痴想起作寡以后事情，记出许多媒人和包括来顺在内的许多男人，觉得都不过一个当时无聊而一过去即难作合的梦幻罢了。

应该说，贾平凹是当代文学中最早表现乡村女性情感丰富性、复杂性的作家。当破败的乡村正日益复苏，生活不断地发生变奏的时候，贾平凹敏感而敏锐地洞悉到，沉睡的古老乡土的生存方式，尤其人的内在精神秩序，他们看待世界的方式，确确实实地在急遽发生变化。人的觉醒，或者说人的生命主体的自觉、自由，特别是女性生存意识的苏醒，才真正代表了乡村的苏醒，小说的叙述显示出一种新的现代文明,人对自由、自觉与自然的向往。黑氏由无奈而压抑地接受传统、接受现实的隐忍,到自主地听凭情感的召唤与木椟结合,最后与来顺私奔,对于这样一个乡村女性,贾平凹在有限的字幅里将其写得一唱三叹,令我们想起沈从文有关湘西生活的许多作品。在这里,黑氏的命运,彰显出20世纪80年代初期人的既有生存状态的贫瘠与荒诞。一个人在社会格局和世风发生转换的缝隙里,如风中芦苇,在一切匆忙突兀中显现出尴尬和无助。但是,这个小说最有力的结构和布局就在于,一个女人的命运,支撑或影响着三个男人的命运,社会和时代之变,通过一个女人的命运起伏,让我们感知它内在的沉郁和苍凉。

叙述,表现出有关生命、生存的一种无尽的苦涩和可怖的真实,道出了命运中遇到的各种偶然性堆积起来而出现的极其荒谬的场景,但是,它又符合存在逻辑和人性发展变化的结果。而这正是恰恰可能震撼人心的地方。

这个小说,还表现出强烈的文体感和美感色调。叙述的语调始终是向下压的,乐观的性情愈来愈寡淡,而清冷、玄黑的色调,充斥在字里行间。整个叙述,悲苦的况味在不断地加剧,黑氏的命运和际遇越是明朗妥帖,人物的心理却愈发复杂和躁乱,人性始终处于一种被驱使的忧心忡忡的状态。黑氏的性情,渐渐由卑怯、"中和",偏移向乖戾和张扬,直至一种只可意会的孤独境地。"先抑后扬"或者"欲擒故纵"这种叙事的路径,作为一种笔法,使人物和故事都充满了张力,体现出独特的中国叙事美学精神,这让我们真切地感受到贾平凹叙述的"法道"。孙郁在谈到贾平凹创作时,提及孙犁对贾平凹的评价,认为贾氏文脉的源头不在我们今天的传统里,在其文字后面有古朴的东西[①]。也许有人会觉得,与沈从文、废名这些前辈作家相比较,贾平凹的叙述语境和情境,除了气势上的优势,

---

① 孙郁:《贾平凹的道行》,《当代作家评论》,2006年第3期。

在体味世界的眼光上还在低空盘桓，在审视人性的根本层面上，还没有彻底颠覆泛道德化的思想。只有在进入《废都》的写作时，他才从拘谨的思维中真正走出来。其实并不然，贾平凹在写作《鸡窝洼的人家》《小月前本》《天狗》和这两个短篇《黑氏》《人极》的时候，他已然具备了现代知识分子对旧式文人的自我冲撞之气。而不同于前辈作家以及同代其他作家的是，贾平凹的精神激流和心理走势，比他们更加富于担当的情怀，更加沉郁感伤，更加"向内转"，更能够在内心承受无边的苦涩和黑暗。那么，这一切的"发生"，也就决定了贾平凹小说叙事结构和语感、叙事情景的充分"个性化"趋势。谁都知道，最初，贾平凹也是作为一位诗人开始写作的，但历史和现实的厚重，使他培育了自己"站高山兮深谷行"的素朴、谦卑之心，因此文本也呈现出一种灵魂的担当，一种忘我的情怀。

从另一个角度看，短篇小说的力量，就在于看似讲述的是一个简单的故事，它往往依靠人物一味地推进情节，但在关键处，好的小说，一定是要停下来延宕情节。这时候的"延宕"，其实是作家试图在"扭转"生活。这种"扭转"，就是让叙述的方向，背离我们惯性思维的轨道。人物和故事，甚至细节，开始被作家的激情或冲动所覆盖。这恰恰是需要想象力的地方，在人物和故事之外，作家就是想要在这里另外告诉你别的东西。贾平凹的短篇小说，充满独特语感、有意味的地方，就是从这里开始的。因此，《黑氏》和《人极》这两篇小说，有许多叙述的关键处，无论是人物还是细节，都有着更大的负载和隐喻。这种负载，莫不如说就是情怀的赋予。

《人极》这个小说写于1985年。写这篇小说的时候，正是贾平凹对"商州"的故事浸淫最深的一段时间。无疑，"商州"是他认识世界的法门。"不能忘怀的，十几年里，商州确是耗去了我的青春和健康的身体，商州也成全了我作为一个作家的存在。我还在不知疲倦地张扬商州，津津乐道，甚至得意忘形。"①实际上，对他而言，商州早已不是行政区域的商州，它已经完全是文学意义上的商州，它是一个载体，这里雄秦楚秀的地理环境和文化气息，使贾平凹沉溺于幻想之中难以自拔。

《人极》这个小说，也是写一个男人与两个女人的故事，仍然是20世纪六七十年代的中国乡村背景。在这里，贾平凹极写西北乡村的饥馑、荒凉和粗鄙的原态，却写出了世道人心，写出了生活暗流中的浮生，写出了一个极其善良、朴拙、倔强的性格和人生。在一个"商州大旱，田地龟裂，庄稼歉收，出门讨要的人甚多"的乱世光景中，主人公光子先后与白水和亮亮的遭遇、婚姻故事，既富于传奇性，又带有神秘感。这篇小说曾被"划归"20世纪80年代的"乡土小说"。这也似乎没什么不妥，我想，贾平凹写作这篇小说的初衷，似乎还要单纯许多。尽管小说涉及"卫刘总队""平反昭雪""上访"一类时代政治的背景，但是，强大的乡村和乡土原生态的生存状况，人伦关系，人性的粗暴和刁蛮、温暖与敦厚，杂糅在乡村的复杂浑浊的民间荒漠之中。在《人极》这个单纯、简洁的叙事结构里，可怜、困苦、孤独的乡民羸弱、无奈、哀哭，清寂、灰色的人生和命运，盘根错节般在乡土虬龙状的历史根须中交织着。光子、亮亮和白水，三个人的命运、身世，在大的时代和历史烟云中，像浮萍，像秋叶，随波逐流，或随风而去。亮亮欲逃离"政治斗争"的旋涡，结果自己却撞进了生活的险滩；白水是想要逃离不幸婚姻的牢狱，而人性的执拗、坚执，在乡村的封闭性、世俗性和愚昧中则被彻底窒息。也就是说，在这样一个时代，就连"苟活"，甚至也成为一种巨大的奢求和幻想。乡土也好，乡村也罢，尘埃中都裹挟着生命无尽的苦涩。在当代，绝少作家像贾平凹这样，能本能地在

---

① 贾平凹：《五十大话·〈商州：说不尽的故事〉序》，人民文学出版社，2008年版，第200页。

文字里，透视出现实生命存在的无限哀凉。至今，我们在贾平凹三十年前的这则叙事里，虽然还看不出贾平凹到底有多大的主体自觉，尤其是生命和个人，如何进入庞大的历史陀螺，但是，他的"以人为本"的人本主义叙事伦理，已占据那时贾氏的现实主义的精神坐标。因此，与《黑氏》的叙事色调相同，《人极》所显示出的黑色、清冷、孤寂的"商州美学"，已经在这类短篇小说里渐显微茫。关键是，我们在一个短篇小说里所看到的，感受到的文本的内在能量，同样是奇异、丰厚和富于魅力的。

四

我之所以选择贾平凹写于二三十年前的"旧作"，来考量他短篇小说的结构、叙事和人物的生命力，一是想印证贾氏小说被"重读"的可能性和价值所在；二是进一步发掘贾平凹小说本身所具有的强大的"原生"力量。究竟是什么力量，造就他持续写作四十余年，且经久不衰？尤其是在这种二三万字的短篇结构里，他一上手就显示出整饬生活"碎片"，把握人性纠结，处置荒诞的艺术能力，以及超越历史、现实和叙述对象的天分。我们还可以由此推断，一个作家在处理短篇结构和长篇结构时，他是如何仰仗生活的底蕴、精神的定力，在有限的篇幅里，感应、整合、深化经验等诸多元素，完成对生活世界的认识与重构的。还有一点，也是一直深深缠绕我的刻骨铭心的问题，现在，我们在贾平凹早期的小说中所看到的现实，如今已经被证实是一个强大的存在或者可能：中国乡村的未来并不乐观，或者说，中国的乡村正在失去未来。任何一种未来，都需要一个精神的、心理的、灵魂的纵深度，而中国的乡村却没有自己的纵深。另一位中国作家阿来的分析，颇具理性地阐释了乡土或乡村的悲剧性存在："中国大多数乡村没有这样的空间。在那些地方，封建时代那些构筑了乡村基本伦理的耕读世家已经破败消失，文化已经出走，乡村剩下的只是简单的物质生产，精神上早已荒芜不堪。精神的乡村、伦理的乡村早就破碎不堪，成为一片精神荒野。"①在这个荒野之上，可能会有更多的苦涩的黑氏、白水和亮亮，涂抹着乡村冰冷的色调。可见，三十年前，贾平凹就已经为今日的乡村构建了如此哀婉的图景。

当然，我们在贾平凹后来的创作中，在《秦腔》《古炉》《带灯》和《极花》等更阔大的叙事中，看到了中国乡村衰败而孤独的现实。时间和空间，现实和梦想的边界，已经被肆意地突破了。也许，历史本身就只是一个遥远的回声，现实本身也常常是剩余的隐约背影，

由此，我们会为我们的乡村感到无限的惆怅，哀伤。

---

① 阿来：《看见》，湖南文艺出版社，2011年版，第253页。

短篇小说魔术师，或品酒师
——苏童的《祭奠红马》《拾婴记》及其他

一

其实，早在20世纪末，苏童就已经开始喜欢甚至迷恋红酒。我清楚，像他这样一个小说家，对红酒的品鉴和感受，不会如品酒师那样，在庞大而博杂的葡萄酒世界里，刻意地去确立主题、寻找酒样，不断地进行盲品式体验，以期获得对葡萄酒"准专业"的自信；但他也不会仅仅停留在发烧友的水准，显示和张扬一种狂热，他也不可能只是对他喝到的每一款酒，就颜色、香气、口感、陈年能力、配餐建议做一种量化评定。苏童是一位有极强的身份感的人，无论面对日常生活，还是写作，他更像是一个"极简主义者"，且持有一颗平常心，不执不固，不躁不厉，只有一旦进入写作状态，他在虚构的世界里才会显露应有的精神张力。因此，我想，他对葡萄酒的钟情，本没什么可夸张的，也没有任何神秘、悬疑的参数在其中，也许，仅仅是喜欢而已。感觉超好，正如他之于短篇小说写作，是一种喜爱，喜爱就会心甘情愿地投入，甚至这种喜爱可能是生理性的，几乎没什么渊源。我在想，既然任何事物的存在都有其坚实的理由，那么，一种事物与另一种事物之间的潜在联系，只有在人的介入之后，才可能引申出各自的异端性，没准儿就成为一种有机的串联，而每种事物各自的意义也许就在此产生。从苏童与这迥异的两种事物的关系，我能体会到一个小说家对事物的感受方式，以及内在感受力的强弱，就如同面对不同款式的葡萄酒，扑面而来的是复杂的气息和味道，而苏童小说恰到好处的遣词造句，浑然天成的结构和叙述，融会其间的雅致、华贵、平衡、色泽或醇厚、饱满、强烈，一定令他产生作为一个作家巨大的满足感。痴迷或喜爱葡萄酒的人，一定会充分地感知到其内在的魔力，葡萄酒和短篇小说，对于一个小说家而言，就不似常人看来是两件风马牛不相及的事物了，在葡萄酒的世界里，苏童已经足可以成为一个"准品酒师"，立刻就能抓住酒体瞬间产生的感受和质地。在处理生活和文字精妙关系的小说虚构中，苏童却更像是一个魔术师，时时处处都体现出个性十足的灵性和自由的气度。因此，一个人在享受红酒和写作快乐的同时，他或许会很自然地选择属于他自己独特的写作方式，用自己的感受去体味生活世界的玄妙，重新构想，或者平衡地建立起他所体验过的生活与事物的相互关系。于是，洒脱和灵动，结实和凝重，张扬和内敛，似乎"混酿"在他的许多文本里。就像葡萄酒的酿制，葡萄生产的纬度、年份、地区，以及这个地区的气候、湿度，还有橡木桶的品质，都隐藏在制作的过程里；而小说的品质，包括叙述的绵密或疏朗，结构的坚实或灵动，语言文字的质地，能否在想象力的作用下挥发得淋漓尽致，虽与自然的造化有关，更关乎灵气在事物中的再次发酵，继而在有效的结构里，挥发出"醒"过之后的价值和意义。所以，任何一篇意味深长的小说，都类似一种精心酿制的葡萄酒，它在被阅读者真正唤醒的时候，才可能彻底实现其应有的魅力和魔力。或者说，葡萄酒对于我们来说，在一定程度上与小说是一样的，简直就是一座迷宫，而小说本身则是迷宫里的迷宫。倘若我们进行一种不严肃的猜想，假设小说迷宫的制造者，是一位故意要挑战阅读者的酿酒师，他身上又散发着像雷蒙·卡佛那样的酒气的话，很难想象，谁能清醒地走出他在如此复杂的精神和心理情境中所预设的迷宫？

　　熟悉博尔赫斯的人们都知道，他在与威利斯·巴恩斯的一次谈话中，谈起他夜里做噩梦的经历，其中最基本的内容主要有三种：迷宫、写作（读书）和镜子。博尔赫斯的小说，也常常将镜子和梦作为叙述的主题，特别是梦，他常常写它，也常常梦到它，而且大多是关于噩梦的迷宫。1984年，在北师大读书的苏童就读到了博尔赫斯。他曾细致地表述自己阅读博尔赫斯的感受："深陷在博尔赫斯的迷宫和陷阱里，一种特殊的立体几何般的小说思维，一种简单而优雅的叙述语言，一种黑洞式的深邃无际的艺术魅力。坦率地说，我不能理解博尔赫斯，但我感觉到了博尔赫斯。"[①]我感到，博尔赫斯此后一直若即若离地伴随着苏童的写作，他的一部部短篇小说，都或多或少地充满了博氏梦幻般的玄机因子，支撑起他那些凌空蹈虚般的想象。也许，苏童的一些重要作品的构思，就是博尔赫斯梦和迷宫的另一种延伸。像"枫杨树乡村"系列小说，以及后来的《蝴蝶与棋》《水鬼》《巨婴》等，都弥漫着梦的气息和迷宫的意味。苏童在读卡佛的时候，曾有过这样的感慨："读卡佛读的不是大朵大朵的云，是云后面一动不动的山峰。读的是一代美国人的心情，可能也是我们自己这一代中国人的心情。"[②]苏童将在卡佛的作品里品味出的感受，用一个他自己都认为不恰当的比喻，情绪化地贴给了卡佛，那么，他自己呢？而我们对于苏童的判断，所依赖的标准，根本没法按着老套的思维方式进行，那样，我们就会变得自欺欺人。这不仅是因为苏童身上没有令人焦虑的酒气，而且，我觉得最主要的是，苏童并不是一个很复杂的作家，他有自己判断事物的审美轨道，那么，他通过叙述布置下的迷宫，我们应该怎样破解或绕出来，可能

[①] 苏童：《河流的秘密》，作家出版社，2009年，第164页。
[②] 苏童：《河流的秘密》，作家出版社，2009年，第203页。

更是一件很费心思的事情。

二

毫不讳言，我最喜欢苏童的两个短篇是《祭奠红马》和《拾婴记》。前者写于1988年，这个时候，苏童已经渐渐开始最大限度地按着自己的方式处理小说了。我相信，这部小说已接近一流的水准。其实，在20世纪80年代末，拿出这样一篇具有沧桑感、缥缈、悲凉和寂寞的东西，的确是很"先锋"的。当然，在那个时候，也许是很"可怕"的一种叙述风格和想象方式。其时，苏童正在构思他写作生涯开始以后最有影响力的中篇《妻妾成群》。所以，我感到，苏童在短篇和中篇写作的相互转换中，也正是从对塞林格等人的模仿秀中挣脱出来的过程，从此前的叙事形式圈套腾挪出来的过程，这时的苏童，充满了叙事和虚构的热情，他对小说的理解开始进入一个新的层面。可以说，《祭奠红马》和《妻妾成群》，也正是苏童短篇写作渐趋于熟练，并且尝试以古典的写法创作中篇的一个重要拐点。我们知道，对于这样一个杰出的作家来说，苏童青壮期的写作时光在这个时候开始了，好像早已预料到的，此后的二十余年，正是苏童的一段并不短暂的河流般奔涌的创作史。苏童不经意间就让人们记住了他的诸多小说，尤其是中篇和短篇，故事、人物和语言，都是不易忘却的。而他的短篇小说实践，也足以耸立起一座了不起的山峰。

先简单谈一下短篇小说《祭奠红马》。这是苏童早期"枫杨树乡"系列中的一部极具代表性的短篇小说，却是相对较少受到重视的一篇。在这篇小说中，苏童最早地表现出"先锋小说"叙述方面的开放性特征，也是最先在小说中体现叙事自由和寻找幻觉、追踪幻觉的作品。具体说，这是一个关于"外来者"的故事，也可以说是一个关于生命、生存、命运、欲望或者衰老的传说，还可以说是关于"古老的"叙述母题的某种演绎。小说虽然只是写了一个怒山老人，一个被称为锁的男孩和一匹红马在"枫杨树"短暂的生活经历，但这里所有的一切都为这匹富有灵性的、神明的红马而牵动。我感到，苏童试图在这个有关"回忆"的叙述中找寻解除束缚生命的密码。他意识到，包括"我爷爷""我姑奶奶"在内所有人物，无法摆脱命运的实际存在的境况，也深谙人的命运的沉重不堪。因此，苏童想表达的"何处是家园""何处有梦想"的叙述动机，只有寄托于这匹有性灵的神奇的红马。他妙悟到了红马所具有的诗性，它的魔力、它的壮美、它的隐忍和勇敢，人所无法实现的梦想和朴素的愿望都可以被它所承载。

你听见我爷爷的铜唢呐再次吹响，模拟锁的哭声，你要把锁想象成一个满身披挂野草藤的裸身男孩，他站在河川里撒尿，抬起头猛然发现红马正在远去，一匹美丽异常的红马鬃毛飘扬、四蹄凌空，正在远去。锁将手指含在嘴里开始啼哭。锁的哭声对于我们来说持续了一百年。你在四面八方听见他的哭声，却再也看不到他。红马的小情人随着红马一起远去。

复归永恒的马，复归永恒的人，他们将一去不回。

说开始和结尾都重叠性地写到俊逸的红马的"远去"，写到它在挣脱人对它的束缚后自由自在消失的情境。苏童领悟到怒山人和枫杨树人的精神差异，他们对世界和生活不同的理解方式，怒山人与红马之间神秘而默契的关系，而这一切是很难以写实的手段来表达和处理的。于是，他从一匹马的到来和消失，一匹马的隐忍和愤怒，写到"拉磨"生活对它的天性的扼杀。那个红马好似一个精灵，出神入化般在我们的视野中自由腾挪，进而发掘和凸现其身后主人的性格和内心的表情。我们或许会发出这样的疑问，在这里，谁是故事真正的主人公呢？苏童对人与马都心领神会，捕捉到了两者相似的神韵，可以说，这也是苏童得之于自然的"神思"，而其中蕴含着情，这种"情"并非止于一般的日常情感和情绪，而是经过提纯、升华且加以形式化的审美情感。写作这篇小说时的苏童，作为中国当代先锋小说的重要作家，其时，正对后现代主义文学精神情有独钟，但仍然能看出他对文学的古典主义传统的眷恋。这时，他极少在叙述中探索人物的深层心理状态，人物的"幻觉"已经不再作为揭示生活和人的内心隐秘的通道，幻觉也已成为生活的实际存在，与现实相互转换。叙述人，人物的感觉、体验乃至行动都在"现实"和"幻觉"的中间状态漂移不定。生活的虚幻性和人物命运的不可把握，在一匹马和一个孩子身上自由地表现出来，它说来就来了，说走就飘走了，它如此夸张，如此神奇，又如此真切，显示出独有的神秘和灵气。由此，苏童写作中的灵气，也伴随抒情性的文字荡漾而出。如果说，苏童的短篇小说，隐隐约约地存在一个难以描述或概括的界定的话，那一定是他梦寐以求的叙述的境界：朴素空灵，诡谲深奥，迷宫风格中浸润着敏感、简洁、智慧和虚拟的现实。

这些年，我一直极力推崇的苏童短篇小说《拾婴记》，发表于2006年。我认为，《拾婴记》无疑是苏童迄今最好的短篇小说之一。好的短篇，有种浑然天成、偶然得之的机遇，《拾婴记》当属此列。

无疑，在这里，苏童是想写一个"无中生有"的故事，而且，到了后面，又成了一个"有却还无"的迷幻或幻象。在文本的叙述中，没有人出来担当什么，也没有人感觉缺失什么，婴儿和小羊，这两种不相同的生命，生长出了相同的命运。但是，力量和控制，使小说变得更具"城府"和"内爆力"。这里，显示出苏童小说叙事的另一面：貌似柔软而霸道地"扭转"生活的能力。永远不能说话的羊，与不会说话的婴儿，他们还能干什么？苏童究竟想要衍生出什么意义来呢？

这篇小说叙事的灵动，体现在它被一种也可以称为"叙述圈套"的形式感所驾驭，苏童虚构生活的能力，在这里得到了进一步的证明。所以，《拾婴记》同样也是展示苏童写作灵气的经典之作。在这篇小说中，也再一次显示了苏童对小说的独特理解，以及作为创作主体的叙事美学气质。苏童体悟到了中国文学叙事传统中，关于轮回与可逆性时间的小说结构逻辑，借助其机敏的想象力，将故事讲述得神奇、飘逸和洒脱。"一只柳条筐趁着夜色降落在罗文礼家的羊圈"，这句话，先后作为小说的开篇和收束，任意地打开和关闭一个既单纯又复杂、既诗意又怪诞的故事结构，不仅显示出苏童叙事方面的自信和坚定，尤其让我们感觉到他能够衔接不同的"时间断层"的灵气。飞去的婴儿与飞来的小羊，在叙述中像《祭奠红马》中的红马，来去自由，轻灵变幻。写实与虚拟、朴拙与修辞互为激活又相生相克，既实在又浪漫，因此，小说不落凡俗地将"弃婴"的故事渲染成一次抒情和"狂欢"的奇妙旅程。一个小男孩拎着一只箩筐，里面是一个从天而降的婴儿，所到之处，都会立刻点燃每一个成年人内心的幽暗。小说的叙述，在一条很"世俗"的道路上，自由自在地张扬一种意绪和生活的哲理，是苏童不经意间种下的果实。这样的构思，这样的文字，制造的幻觉和空灵氛围，虽然在它结构的精致和叙事策略下，使故事的本意变得更加含蓄、隐晦，但依稀迷离的意境，曲径通幽，从另一个角度接近了唯美的、略带魔幻成分的叙述风貌。当然，迷宫的魅力，并非生产于智商的植物里，而应该将它归之于游戏感、浪漫神秘和好奇心的诱惑，也潜伏着巨大的艺术创造的冲动，苏童不擅长也不屑在叙事中阐释人物的思想和观点，他所着迷的是将所发生的事和人物存在的价值都藏在字里行间。

这篇小说，叙述的方向感极强，一条为婴儿寻找归属的"弃婴"的线路，曲曲折折，一连串的动作性极强的"向外推"的意志，无法打通的人性深处的幽暗隧道，更无法整饬的真实的道德空间，现代人脆弱的心理意识，都悬浮在一个城乡接合的边缘地带。婴儿的一次次裸露和亮相，使看上去极其客观、冷静的叙述却不断泛起波澜，世态人心清晰可见。没有谁愿意担当，没有一双有力量的手臂抱起婴儿，一条无形而冷酷的心理之索，生长为一根僵硬的灵魂轴心。读到这里，我们都会为苏童捏一把汗，替他忧虑这个故事该如何结尾，担心他落入俗套地让弃婴被一个真正的好心人领走，或是被"组织部门"收编，而苏童则选择了一种开放式的结局：首先，弃婴竟然被一个溺水身亡的女孩的母亲——疯女人"拿"走了，可见，这是小说家发明的"没有道理的道理"；然后，重启一个章节，"一只柳条筐趁着夜色降落在罗文礼家的羊圈"，实质上，这句话应该是"一只柳条筐趁着夜色再一次降落在罗文礼家的羊圈"，那么，究竟是谁还原了最初的场景，掩盖了一个"弥天大谎"？只不过，随着柳条筐一起飘回来的不再是婴儿，而是一只同样也不能说话的小羊。追根刨底地探究是谁的婴儿和谁的小羊，已经没有丝毫的必要了。婴儿最终将遭遇怎样的命运，似乎也不构成叙事最大的动力和悬念。我们当然不会相信，罗家夏天时走失的那只小羊回到了主人的身边，可是，我们是否可以延伸苏童的想象进行推断：那个被遗弃的婴儿，终有一天也会静悄悄地突然扑到母亲的怀里。一个简单的故事，细致地、涟漪般地渗透出许多令人回味的世情和情境。

这里，我还是忍不住提及苏童的另一个短篇小说《桥上的疯妈妈》。我一直以为，这篇苏童写得令人深感哀婉、凄惶的短篇小说，荡漾着无尽的幽怨和幽韵，一个女人的身世，就像远逝的踪影，云雾之间，缥缈一生。我猜想，这个疯女人，一定和《拾婴记》中那个女性是同一个人。在苏童早期的中篇小说《红粉》《妻妾成群》《妇女生活》等作品中，就曾大量写过那种颓废气息中呈现出的感伤的情怀、女性的温柔与薄命。而这篇《桥上的疯妈妈》，更加体现出苏童写作中的哀愁、感伤情结，彰显着女性命运、情调和文本内在涌动的不竭的诗意。其中，宿命的悲天悯人感和红颜薄命的情境，也由此而生。如何去把握、表现一个患有精神疾病的漂亮女人的内心，如何写出她与周围人群的关系，显然，这也是对一个短篇小说提出的一个挑战。我们看到的是，苏童在悉心地依照"我"的一种感觉方式，想象、充实、感悟出他所描绘的生活事件，他引进了一种反常规的经验和不协调的情景，使原本可能诡秘、神奇、怪异、不可思议的人物和事物变得鲜明、生动和易于理解。小说对"疯妈妈"内心或者说心理流程的呈现异常缓慢，叙述几乎是在显微镜下记录事情发展的过程。"疯妈妈"从最初的平静，到最后的疯狂，绍兴奶奶、崔文琴和李裁缝，他们内心的微妙而"疯狂"的行为，直接逼视出人心的"魔境"和隐秘。一枚蝴蝶胸针，一枚琵琶纽扣，竟能牵扯如此的世道人心。究竟谁才是正常的呢？苏童在寻找、体悟中推衍"疯妈妈"和所有人的"魔根""魔性"所在。我们在"疯妈妈"这个人物身上所看到的，并不是她对常人世界的叛逆和拒绝，而是她对人心中真正的"魔性"和"魔道"的恐惧，善良在这几个人身上也出现了错位，发生了畸变。苏童这里表现的，不仅是人在某种苦境中的生活，主要是再次发现了人与人之间对话的盲点和死穴，这不免令人心生悲凉之感。飘逸和沧桑，悠远和怪谲，交织在一个叙述结构当中，拉动出美感和神秘感的纠结，也弥散着某种"下沉"的味道，涌动着河床之下的"暗流"。

这时，我们会不断看到一个在写作中充斥着灵气的、在文字里自由、舒展的小说家苏童。

苏童写作的灵气，源于他的感悟，但这些精妙神谕般的感悟又缘何得以生成？又为何持续不断地生成？这是最令我们感兴趣的问题。苏童不止一次在谈话中表达他喜欢写作的缘由："许多人在他的生活当中都有他自己的表达方式。对作家来说，我觉得这个表达是比较神奇的。他写作的整个行为是生活的一部分，他面对的对象其实是个虚拟的空间，并不是面对一个人或一群人，这种表达不被打扰，自己的思维、想法，可以一泻如注，创造一个供自己一个人徘徊的世界。它恰好是一种最自由的表达：一方面它满足了我内心的扩张，另一方面也满足了表达的欲望。""写作最有意义的一面对我来说是，它使我的生活变得丰富。我常喜欢说，我的生命很单薄、很脆弱。但是因为写作，我的整个生命变得比较丰富、柔韧一些，自己对自己的生命质量会满意一些。"①在这里，我们能感觉到苏童写作的"关键词"和内在逻辑就是，一、写作会使单薄、脆弱、寂寞的生命丰富而柔韧；二、写作已经是生活、生命的一部分，而且是自己最自由的表达方式，唯有自由的表达，才有可能触摸、跨越灵魂和精神的边界；三、写作更是神奇的表达，也是作家内心的扩张，也是对于现存世界的不满意，满怀着改造现实的强烈意愿对世界的征服；四、个性品质铸就的气质，令文本透射出不可复制的"贵族气"。由此，我们也更明晰苏童写作中那颗敏感而敏锐的心，以及他特殊的想象力，对生活、生命充满唯美色彩的如梦如烟般的演绎方式和写作冲动。

可见他写作中的灵气、妙悟的强大基础，主要是对自我生命的独特体验和与众不同、不同凡响的美学激情，以及因敏锐、敏感之心生发的怅惘、愁绪、悲悯和诗意。仔细想想，"灵气""灵机"或"灵犀"，合成或者说成就了一个作家的个性化"气质""性情"，它和笨拙、愚钝相对，也就是说，"灵气"是作家在写作和文本中体现出的悟性、敏感、睿智、聪明等气质，最终在写作中体现为一种罕见的"笔性"，在每一个轻盈而起伏的句子里回荡。一个作家有多大的文学天分和灵气，从其作品的面貌就可窥见一斑。清代一位文艺理论家袁枚，在著名的《随园诗话补遗》中，曾经提到了"笔性"的灵与笨拙的问题，这里的"笔性"，其实指的就是灵气，它是人性中的可贵品质。他认为，人有灵气，诗才可能会有生气、生机和才气。当然，不同的作家有着各不相同的性情和灵气，有着对生活和世界不同的感觉和妙悟，独特的玄思和想象方式。这一点也与中国古代文论中"自得"的命题和范畴颇为接近，它强调、重视诗人、作家自身体验的鲜明性、独创性等直觉思维色彩，以及智慧的天赋

---

① 苏童、谭嘉：《作家苏童谈写作》，《当代作家评论》，2002年第5期。

性。在审美发生的视域里,灵感的"自得"是一种自然而然的生成,而非刻意地苦思觅求,是写作主体对世界的意向性精神投射。也可以说,"自得"和独创是"原生态"文学产生的重要因素。从这些道理或角度看苏童,他有灵气,而且是与众不同的、非凡的灵气。那么,对于苏童来说,每一次写作也许都是一次机缘,由偶然的事物的感受触发而导致了灵感的天机,成就了一次次作品的有机生成,凸显出灵气的无处不在。苏童的灵气,在于他对世界、生命、自然、人物林林总总的深切体验,尤其对于人性空间的细腻而富有哲思的感悟。这体验和感悟的程度,往往超越平时他对于生活的判断与思维。还有,很早的时候我就强烈地意识到的,苏童小说中弥漫的那种十足而高傲的"贵族气",这一点,又使得苏童的"灵异之气"更为厚实、贴切。我想,这一点恰是许多中国当代作家所不具有的一种独特气质。

  品质尚好的葡萄酒,一定蕴含着那种彰显高贵的气息,杰出的小说文本,也同样具有尽显"贵族气"的魔性和神性。这时,我想起另一位同样在文本中充分体现出"贵族气"的杰出作家阿来。他近年来对植物的迷恋也达到了无法割舍的程度。从他新近出版的那本《草木的理想国——成都物候记》,我们感受了阿来对植物的极度喜爱、陶醉,文字中所表现出常人所罕见的坚执。他是在稍稍离开了物质层面的世界里,钟情并发掘植物与环境、人与环境之间密切而神奇的联系。似乎,植物改变了他的性情,或者说,性情过滤着植物。因此,我后来重读阿来的《空山》时,会很强烈地感受到,阿来在人与自然这个互为环境中,所体现的宽柔而包容的气量。由此,我很朴素地以为,一个优秀作家,一定会在特定的时候,因为某种特别的机缘,对某种事物或者存在有所眷恋,有所寄托,保持恒久的热爱,因为,这是一生乐于悬命于写作的作家,对生命、事物和自然的执着纠缠,这是生命中深厚情怀的起源。我们民间通常所说的"通灵",对于一个作家而言,至关重要。万物皆有灵,小说家无须算计,"天人合一""神与物游",才是艺术创造的至境。而魔性和神性,却都是来自人与自然的某种不期而遇的神示,无论是植物,还是葡萄酒,都可能会幻化成小说中的某种情绪,以及叙述的动力,给文本带来纯属偶然巧合的好运。然后,或孤注一掷,或率性而为,去发现人物、人物关系和与之相应的故事,发现小说的另一种新的可能性。可见,这是一件多么美妙的事情啊。

三

我喜爱和熟悉苏童的小说由来已久,尤其是他的短篇。我自己都经常问自己:我何以对苏童的短篇如此格外偏爱,甚至到了无以复加的地步?他的短篇的魅力究竟在什么地方?1998年以后写的,我几乎篇篇爱不释手。我想,也许,这与我们古代文论所推崇的"气、定、慧"有一定的潜在关系,或许是由于我的所谓"气",于经意或不经意间可以轻松而喜悦地进入苏童文字所弥散的"气场"之中。其实,这与人和人之间的接触是同样的道理,所以,当你发现拿起了一本根本不喜欢的书,就可以立刻放下,这与感觉遇见了不喜欢的人可以马上走开是一个道理,但前者往往会体现得更强烈、更直接。而面对你喜爱的文字,就如同精神和力量扼住了喉咙。

我一直以为,苏童是最具短篇小说大师气象的作家,十几年的苏童阅读史,使我越来越相信这一点。有时,我会猜想,苏童这位擅写短篇的小说圣手,他身上一定具备一种与生俱来的东西,才能够让他将短篇小说的各种元素,得心应手地把玩于股掌之间。万把字的叙述,何以会入情入理,优雅从容,起承转合,幽韵灵动,于平实处见起伏,于波澜中现婉约,于恬淡中藏乖戾,倒是很像有序的"行板",丝丝入扣又松弛有度。这样令人迷醉的短篇文本,不是一篇、两篇、三篇,而是上百个短篇小说都在一个极高的水准线之上,这就不禁令人惊奇和赞叹。而我觉得苏童小说最杰出的地方,还在于他叙述或者说写作和文本中的双重自由。他的叙述，似乎永远有一如既往的驱动力，而相对稳定的写作风格，养成了他持久的不同凡响的个性风貌。除了尊重、诚实地对待笔下的人物，平易地讲述离奇的故事，以及能够引发充分的联想和内敛、温婉的文字，还有一种粗心的读者不易察觉的温度感和味道，叙述者不断变化的丰富表情，都让我们感知他文本的特别。是的，他能够从骨子里越出现实存在的边界，虚构的世界与现实也不再有僵硬的界标，文本和现实似乎都是虚拟的场景，舒展、飘逸。

我曾仔细研读过可能对苏童写作构成影响的一些中外作家的文本，像塞林格、麦卡勒斯、福克纳、马尔克斯、纳博科夫和雷蒙·卡佛等人，想从"写作发生学"的视角进入苏童的小说文本。但我知道，那极可能是浮光掠影、捕风捉影般地劫掠一些皮毛而已。为什么这样讲呢？我觉得，评论者的职业惯性，怂恿我总试图能够找到一些语词或一种事物，能精妙地来描述或妥帖地喻指苏童小说的整体风貌或气度，却终究还是不能肆意进行比附，于是，我开始实实在在地忧虑我蹩脚的分析，可能轻浮地揣摩了文本固有的本色。我更愿意捕捉笼罩在他诸多小说中的那种神韵，体验阅读苏童小说过程中特有的微妙感受，判断出他如此自由洒脱的文字和舒展叙述的由来，我竭力杜绝任何粗陋的阅读，唯恐漏掉叙述中的细致精微之处。而且，我现在越来越不认为，苏童的小说是仰仗"讲故事"取胜，所有的精彩和意蕴都隐含在字里行间，叙述的过程里，短篇小说的妙处是在一个长度中完成的。应该说，真正杰出的写作，根本无法对其一言以蔽之，这就仿佛苏童自己坦承的那样，小说就是一座巨大的迷宫，作家所有的努力，似乎就是在黑暗中寻找一根灯绳，企望有灿烂的光明在刹那间照亮你的小说以及整个生命。从另一个角度说，苏童的小说文本，也像一根灯绳，期待每一个读者用心地抓住它。

这时，我还是想到苏童的写作与红酒的关系。这可能是一个无法避讳的问题。因为，在我看来，葡萄酒和短篇小说，都是太过神奇的两种存在。苏童在某一篇小说里，当然是短篇小说，他琢磨、处理生活经验的时候，是否与此时正喝的某一款葡萄酒有什么微妙的关系？那么，我告诉你，事实上它们一定毫无关系。我猜想，每当苏童喝到一款尚好的葡萄酒的陶醉和欣喜，可能绝不亚于他写就一个短篇之后的快慰，但写作与他是血浓于水的关系，决定了能够改变他、影响他的却只有写作。苏童不是一位"嗜酒者"，更难成为一个"酒鬼"，酒精永远不会对他起任何负面的、不好的、致幻的作用，因为他绝对懂得酒的内涵，会有节制地把握酒精的度数，他太清楚应该享受葡萄酒的哪一部分品质了。最重要的是，苏童是一个有强烈道德感和崇尚人格尊严的人，他率性和厚实的为人品质，使他飘逸、灵动的文字充满了叙述上的节制和控制力，内敛的热情和张力，遍布在字里行间。因此，在小说和葡萄酒的世界里，他只能是一个儒雅的魔术师或高贵的品酒师，而不会成为一个巫师或掌控无度的酒鬼，葡萄酒，或许只会成为作为作家苏童写作的一个不易察觉的一个元素。所以说，这一点，苏童与雷蒙·卡佛完全是两回事。确切地讲，卡佛对酒的感觉和接受，主要是吸收这种神奇液体中乙醇的成分，酒精依赖症的状态，使得他在写作中经常混淆生活与虚构的关系；而苏童所能享受的，是尽量地删节掉葡萄酒这种令人痴迷、愉快的液体中酒精这个危险的元素，他可能更渴望在更多的机会里"自豪地吐酒"，风度翩翩地吐酒是自觉而有力度的，能让吐出的葡萄酒形成一条美丽的弧线，并充分地"咀嚼"徜徉在口腔里的单宁及其整个酒体的挥发性力量，从而尽情地感受舌苔传导出的红酒的芳菲，感受事物奢侈的一面或细密的一面。也许，在我，或者读者，也如此这般地喝了尚好的葡萄酒之后，再开始阅读苏童小说的时候，会对故事和人物的目光透射出奇异的神情，萌生出碎金般的迷乱，这时，就可能完全像穿越葡萄酒的迷宫那样，破解小说迷宫所产生的无尽的诗意。

葡萄酒为我们提供了万千多变的可能性，小说也是如此。

分别写于2007年、2010年的短篇小说《茨菰》和《香草营》，也是苏童近年所写的两部非常好的短篇小说。这两篇小说基本保持了以往的结构方式，不同的是，故事和人物的伦理成分和道德感，开始占据、进入叙述的核心地带，人性的面貌及其呈现方式，开始隐隐约约发生些许的变化。这期间，苏童正开始长篇小说《河岸》和另一部新长篇的写作，几乎再没有写新的短篇，于是，我就经常徘徊在他那些数量不菲的短篇旧作里，如同享受那种曾令我可以深情地回忆往事的旧日阳光，内心沉醉、悠远，而且平静。

小说的"倒立",或荒诞美学
——莫言几个短篇小说阅读札记

一

在今天,我们该怎样面对作家莫言及其文本?如何重新阐释其近几十年的创作?这恐怕是当代小说研究和评论界所面临的一个新问题。莫言获得"诺奖"之后,我也曾撰文表达过类似的忧虑。我认为,莫言获得"诺奖",难免构成当代社会的重大文化事件,因为它所蕴含的种种复杂的政治、文化、精神、民族心理、大众传媒等因素,必然会造成诸多文学的、非文学因素相互杂糅的"轰动效应"。这就在很大程度上使得莫言从一个"有限度"的著名作家,跻身于一个民族的"文化英雄"的行列。这些,对于我们时代的文学和文化,就显得过于"奢侈",衍生出极具个人性的"喧哗",而且,这些外部因素带给我们的认识和效应,不免使得莫言有可能成为一个文化符号而已,甚至,也许令一位依然可以不断地、继续创造新的文学可能性的莫言,变成一个僵化的、固化的、世俗化的存在。现在,我们所关心和重视的,更应该是那个与文学本体密切相关的莫言。所以,在面对莫言及其文本的时候,我更愿意思考有关莫言写作本身的种种文学价值,因为无论莫言获奖与否,他所创作的作品，都是当代中国文学最具有阐释性的文本之一。从莫言几十年具体的文学创作实绩看，无论从精神性、文化性，还是文本蕴含的丰富性、奇崛性，莫言无疑都可能成为一位"说不尽的莫言"。从我知道莫言起，莫言在我的阅读印象里，就从未间断过对于他叙述方式和形态的思考。我们应该深入思考莫言作为一个"中国故事""中国经验"的讲述者，他为什么能够如此变化不羁地、不停顿地讲述有关历史和人性的故事？他的身上有着一种怎样的精神美学的"气力"和"气理"？他对现代汉语写作的真正贡献是什么？他给中国文学乃至世界文学所提供的新的文学元素是什么？究竟是什么因子在最初的写作中，或者在数十年来迄今的写作中，依然能不断地点燃莫言的写作激情？他持续表现这个民族的历史以及人性的存在生态和灵与肉的变异，其叙事的动力何在？也就是说，我们需要探究的是，莫言的想象力是如何借助他天才的表现力，穿越历史和我们这个时代的表象，创造出一种独特的语境和想象的世界。还有，莫言通过如此大体量的叙述，他在文本中所提供的关于整个存在世界的图像，究竟有多少深层的"意味"？也就是说，莫言是凭借什么力量和灵感，写得如此狂放不羁，文字像江河一样自由而不息地流淌？

我想，自称自己是"讲故事的人""诉说就是一切"的莫言的叙述，首先最能打动人心的，是具有一种超越历史，尤其超越时代的激情和强大的精神力量。他仿佛永远都有叙述的激情，永远有自己独特的艺术表现能力和方向，他从不站在自以为是的立场和角度进行艺术判断。这个世界需要怎样被讲述，有什么东西最值得讲述，讲述它的时候，作为一个讲述者，他的内心该有怎样的方向和选择，决定了故事的方向，同时也决定了故事的价值和意义。那么，讲述的方式和出发地就显得非常重要。聪明、智慧的讲述者，未必能讲述出世界的真相，但能够真诚面对历史和现实的作家才有可能道出存在的种种玄机。莫言曾经说出了一个作家自身强烈的写作欲望和需求："所谓作家，就是在诉说中求生存，并在诉说中得到满足和解脱的过程。"我最能够理解莫言说的那句"许多作家，终其一生，都是一个长不大的孩子，或者说是一个生怕长大的孩子"。我感觉，莫言格外喜欢这种"皇帝的新装"式的"看见"和盘诘，在他的文字里，诡异的世界之门对他訇然中开，让他刺探虚实。其实，莫言，包括许多试图发现生活内在质地的作家，都愿意具备一双孩子的眼睛，因为文学的叙述是不能使用谎言的。

我曾在《谁发现了荒诞，谁就发现了历史和现实的"扭结"》文中提到："是否可以说，莫言是中国最早、最成熟地表现历史、时代和生活荒诞的作家之一。他在发现了中国历史和现实的荒诞之后，以一种'狂欢式'的倾诉呈现这种荒诞，而且，持续地表现这种荒诞。我觉得，莫言的发现，其实是发现了历史和现实生活本身的惯性和日常性，他所选择和表现的生活，实际上就是当代中国的日常生活。所以，在这个时代，谁发现了荒诞，谁就发现了日常生活的'扭结'，或者说，谁发现了日常生活的变异性，谁就能真正建立起关于这个世界最真实的图像。我想到另一位杰出的作家余华，想到他的长篇小说《第七天》。许多人认为他利用了新闻和媒体的材料，'串烧'了当下中国的现实和新闻案例。其实并不是这样。余华小说中的现实，就是荒诞的现实，但在我们这个处于高速变异的时代，以往荒诞的概念已经被彻底颠覆了，荒诞不再是荒诞。与莫言不同的是，余华还是把以往的荒诞当作荒诞来呈现，以荒诞击穿荒诞，而莫言始终将一种整体性的荒诞当作日常生活，并继续将这种荒诞进行变形。面对荒诞的时候，莫言选择的是更大的荒诞，魔幻、民间的志怪方式和手段，走的是一条用力敲碎生活和历史逻辑的道路，而余华是贴着现实，触摸荒诞中人性的无力和现实的绝望。我在理解莫言意义和价值的同时，也理解了余华的强烈介入现实的勇气。"

我们能够体会到，莫言较早就具有与同时代作家有所不同的"酒神精神"，必须承认，这是莫言小说所具有的一股强大的美学力量。这种来自作家创作本体的力量，使他在20世纪80年代较早而迅速脱离被种种文学潮流所裹挟的叙述惯性,迅速地摆脱和突围,特立独行,不再被文学之外的因素所干扰和束缚。这就使得他以一种新的叙事美学形态,呈现出与众不同的艺术风貌,创造出许多令人叹服的文学意象,进而生成神奇的文本气息和文本形态。20世纪80年代的文学环境和意识形态场域,使许多有才华的作家脱颖而出,但也使得一些作家深陷"潮流"之中而不能自拔,那个时候,只有具有强劲的、狂放不羁的想象力和艺术勇气,才能调整好自己写作的美学方位,在"诗与真"的艺术取向上砥砺前行。这从他早期的《红高粱家族》以及后来的《酒国》《丰乳肥臀》《檀香刑》中逐渐充分显示出来。现在看,这种贯穿于莫言写作始终的内在美学驱动力,显然已经不能简单地从所谓"民间视角""民间审美""民间想象"来笼统认识。许多人喜爱他的长篇小说《生死疲劳》,其中,莫言叙事气度,直抵那种对人性的愿望、精神、灵魂的终极诉求,这是生命大于任何社会和时代的感觉、意识和寓言,是人类存在的终极理由。他在历史幽深的隧道里,在现实、存在世界的不同角度,在人与自然和所谓"轮回"中,发掘出人性的困境和存在本相,发现人类的秘密,生存的秘密,个体的、集体的秘密,洞悉世界的丰富、苍凉和诡异。在这里,生命大踏步地跨越了政治、经济和文化的规约,一气呵成,实现了彻底的自由和解放。而他对"土地"的理解,对母亲、大地和生命的内在联系,完全是基于"母亲"伦理并超越了任何道德规约的人性本原,充满着母性和神性的光辉。这是一个大视角、大胸怀、大气魄和大智慧。这样的感怀和叙述,必定是大于一切意识形态的事物的"还原",是充分尊重世间万物的包容,是任何功利美学所难以企及的。而作为故事讲述者的莫言,无所不在,无所不能,像是一个精灵,自由、洒脱。所以,莫言是一位最尊重生命本身的作家,是一位书写荒诞又超越了历史和现实荒诞的作家。

莫言的叙事特征,主要体现在他对经验和想象的处理上,他被认为是"通约"了马尔克斯、卡夫卡和福克纳的艺术元素和精神取向，而他与众不同的地方，正是他最出色的地方，这就是他能够将现实、历史的真实形态，独特地转化成另外一种"非现实的形态"。这也使他能够让想象力超越现实，进入一个自由、宽阔的状态。他对历史、现实和人性的叙述，可谓有节制，有内敛，也极其开阔。他能够找到多种视点变幻的方式，恰切得体，在文本中有着挥洒自如、张弛有度的自由而平衡的叙述状态。

在这里，具体涉及的是文体创新的问题。一种叙述方式的选择取决于想表达的主题意蕴，但文体的限制和规约常常窒息作家的情感和叙述。有胆识的作家就会无所畏惧地挑战文体的局限，开始他精神和文体的双重扩张。文体的扩张，在莫言的写作中，突出地表现出一种文体的革命性的延展，这是美学的延展，也是一种超越现实的审美的感性，审美的观照，审美的物化，审美的静观，审美的化境。在写作的激情和"酒神精神"中，莫言让叙述改变了或变形了以往的固化呈现生活、存在世界的方式，做到了形神兼备的艺术表达，一泻千里的语言气势。任何固有的、被规约的文体，都被强大的精神性表达需求所冲破，中国人精神的盘诘，焦虑和不安，灵魂的沉重，彻骨的荒寒，无际无涯的复杂情感，人性的逼仄和悲情，早已不能被传统、惯常的表现样式和模态呈现出来。莫言仿佛"通神""通灵"般地发现了人性的秘密，关于土地和生命的奥义，他都以一种不同凡响的、"异端"的、荒诞的体貌，让寓意在叙述中自由地溢涨出来，撑破文体的局限，原创性地奇诡地"喷薄而出"。小说、戏剧和寓言诸种元素相互交融，既有魔幻与志怪的交合，也有写实和浪漫的对撞。在机智、智慧的叙述中自由如天马行空，汪洋恣肆。以旷达的情怀，"狂欢化"地容纳、叙述历史的记忆和想象，凭借充分的自信和艺术能量超越现实，以修辞的荒诞，击穿了现实和历史的荒诞。对于莫言小说的荒诞美学，王德威认为，莫言的《十三步》"情境荒诞无稽，每每使读者有不知伊于胡底的危机感，但莫言正要借此拆散我们安身立命的阅读位置。"①《蛙》同样是绝好的例子，在这里我无法赘述。在荒诞叙事中凸现存在的真相，将人引向机智和机警，引向自觉和高尚。

归结起来说，莫言小说的美学形态，也是对所谓"雅和俗"规约的实践性超越。我相信真正的文学，不仅能登所谓大雅之堂，更能潜入阅读者的内心。莫言写作有着宽厚的审美视域，为我们提供了更为广阔的写作和审美的可能性。莫言的叙述，即他所讲述的"经验"，是新的叙事美学的建立和汉语写作的新实践，这也是我们对莫言的阅读和喜爱不会感到倦怠的原因。

下面我想阐释的是，莫言创作的这种美学风格和叙述策略，尤其他所呈现的历史与现实的荒诞以及他的叙述对生活的"变形"能力，不仅体现在他的长篇小说文本中，而且表现在他的短篇小说中，进而深入探究莫言在短篇小说文体上所体现出的艺术创造精神和审美价值。

二

阿来说："一个人所以要成为一个作家，绝非仅仅要对现实作一种简单的模仿，而是要依据恢宏的想象，在心灵的空间用文字建构起另外一个世界。而建构这个具有超现实意味的世界的最重要的目的之一，便是能通过这种建构来探索生活与命运另外的可能性。因为任何一个人在内心深处，绝不会甘于生活安排给我们当下的这个唯一的现实。也许，生活越庸常，人通过诗意表达，通过自由想象来超越生活的愿望会越强烈。"②王安忆也认为："小说是目的性比较模糊的东西，它不是那样直逼目的地，或者说，它的目的地比较广

---

① 王德威：《当代小说二十家》，生活·读书·新知三联书店，第219页。
② 阿来：《看见》，湖南文艺出版社，2001年版，第205页。

阔。"①也许，杰出的小说家都能够超越我们所能看到的庸常的生活，以自己的叙述建立自己的也是读者的"目的地"。这里，一个重要的方面，就是阿来说的"建构这个具有超现实意味的世界"——文本世界。当然，从文体上讲，它可以是有一定叙事长度的长篇小说，也可以是一个精致的、令人拍案叫绝的短篇。

我们相信，一种经验，即生活中的"片段"或"噱头"，一经作家灵感的激活或者叙述的调制，在文本中就会生成想象力的爆发，创作出令人震撼的小说文本。在莫言看来，小说叙述就是对生活边界的彻底打破，他就是要将历史和现实、人的种种表演、人的传奇及人与现实的错位呈现给我们。既揭示现实的荒诞，又解剖人性的复杂、内心的幽暗，奇观化、戏剧化、魔幻性地表现人的生存本相和精神本相的丰富和复杂。同时，在叙述的技术层面，无论是长篇还是中短篇，他都尽量地体现出作为写作主体对世界和生活的认知方法和艺术表现策略；无论是长篇小说叙事的大开大合、跌宕起伏，还是短篇小说的细腻、精致、简洁，他都试图在相应的时间和空间维度，任由叙述的河流奔放自如，那种叙事的自由、"任性"、感觉的碎片，消解着拘谨、"工匠化"的结构。因此，他的小说结构、细节和语言，往往是最"随便"的，信手拈来，率性而为。这一点，就像王蒙所言："真正好的小说，既是小说，也是别的什么。"那么，"别的什么"究竟是什么呢？我想，它一定是小说家的智慧，或者说是小说本身的智慧。莫言早期的短篇小说《倒立》和《与大师约会》可以算是这方面的代表作，它们都不同程度地体现出莫言短篇小说独特的叙述结构和风格体貌。

短篇小说《倒立》以一个修车师傅的视角，讲述了一次同学聚会的过程。这个具有个人性的"私人聚会"所蕴含的强烈现实性，对人性和社会心理机制的反思，既令人感到惊异，也让我们备感沉

---

① 王安忆：《王安忆读书笔记》，新星出版社，2007年版，第217页。

重。在这里,"倒立"仿佛一个隐喻或象征,折射出一个时代生活的镜像,寓意深远。当年极端调皮的中学同学孙大盛,现已成为省委组织部副部长,他荣归故里,衣锦还乡,大宴宾客,以此显示自己的地位和威望。那些企图以此荣身的同学,则在聚会现场纷纷露出丑态。在这里,权力的大小,穿透了真正的同学情谊,过去的校花虽已呈现出几分老态,却在孙大盛的强烈要求之下,为同学们当场表演"倒立",并由此露出肥胖的大腿和红色的内裤。这个场景如此滑稽,如此丑态毕现,权力和地位竟然可以使同学变成"大圣"或小丑,时间可以使人变得如此荒谬不堪、不忍目睹!莫言用戏谑的语言,为我们呈现出一个充满笑闹的场景,它是如此欢腾,却又让我们感到如此无言和忍俊不禁。我们从中可以看出莫言对当代精神衰变的现实的关注,权力与情谊,似乎也已经本末倒置,世道人心被功名利禄熏染得惨不忍睹。无疑,《倒立》的深刻寓意,就在于透过一个平庸至极的庸俗、荒唐的场景,揭示人性的粗鄙和生活的荒诞不经。这不得不让我们产生一种深沉、真切的怀旧的情愫,这其实也是对近年来社会愈来愈浮躁、愈来愈功利的一种叹惋。

  这个短篇小说最重要的地方,就是其所描绘的宴会场面,这也可谓书写荒诞的登峰造极之笔。仔细想想,短篇小说要写好大场面,确有极大的难度,道理很简单,因为没有充分展开场面的足够的篇幅。但是,莫言的这部短篇,却刻意地选择让叙述在大场景中实现最后的高潮。宴会场面之前,叙述就已经做了大量的铺垫、铺排。作为孙大盛的同学——修车师傅,与他的妻子和修鞋师傅老秦的一场笑谈和吵闹,包括修车师傅修车时收到的假钞,修车师傅妻子送来孙大盛宴请的"信息",这些看似"闲笔"的场景,实际上是莫言将一个场景推进到另一个场景,进而产生特殊情境的有力连接。整个社会生活的外在环境和个人心理,都尽显其中。这样,后面"聚会"中每一位人物的心理畸变和状态,都不会显得突兀。修车师傅既是其中一个人物,是"参与者",也是一个叙述的视角,是穿插在叙述中的一条引线，是一双帮助我们细腻观察、体味场景的眼睛。莫言在一双眼睛的缝隙中也洞见出俗世的滑稽和荒诞性。

"放屁！"谢兰英骂着，拉开了架势，双臂高高地举起来，身体往前一扑，一条腿抢起来，接着落了地。"真不行了。"但是没有停止，她咬着下唇，鼓足了劲头，双臂往地下一扑，沉重的双腿终于举了起来。她腿上的裙子就像剥开的香蕉皮一样滑下去，遮住了她的上身，露出了她的两条丰满的大腿和鲜红的短裤。大家热烈地鼓起掌来。谢兰英马上就觉悟了，她慌忙站起，双手捂着脸，歪歪斜斜地跑出了房间。包了皮革的房门在她的身后自动地关上了。

从整体上看，莫言在通篇的叙事中，始终"一意孤行"地任由各种嘈杂的声音、复杂的表情和心理"众声喧哗"般泥沙俱下，不厌其烦地为这场聚会做了大量的"预热"，看似没有任何叙述的"章法"。而直到小说尾部，叙述在"倒立"中戛然而止时，我们才恍然顿悟，叙事中真正的"包袱"原来就是一个充满隐喻性的"身体活"。恰恰是这个"行为艺术"，凸显出人性的扭结和变异。原来，此前所有的叙述，都是为了给这个有失人格、体面、尊严的令人惊诧、令人心碎的"夸张"举动，做出如此漫长的、有耐性的铺垫。由此，也将短篇小说原本封闭的空间彻底打开，叙述进入心理学、伦理学、灵魂的层面，探触生命最实在的层次。

另一个短篇小说《与大师约会》，也是莫言一篇内涵非常丰富、非常精彩的小说。在这篇作品中，莫言不断地对"大师"的表现、存在和真伪进行着质疑与解构，牵扯出时代、社会生活的重要侧面，揭示另一种世俗的怪诞，某些支离破碎的精神的投影，心理主体的自我疏离和游弋状态。开始，几个艺术青年是作为行为艺术设计"大师"金十两的崇拜者出现的，他们在展览会之后，深陷在狂热的对"大师"的盲目的追逐之中。他们苦苦地寻觅那位神秘的"金大师"。但在酒吧里,他们却听到了艺术学院的学生们对金十两"大师"大量的负面议论。特别有意味的是,酒吧的老板对"大师"也进行了更彻头彻尾的解构。一个突然出现在酒吧的长发男子,自称自己是一个杰出的诗人桃木橛,先是拼命地贬抑和攻讦了众人期待到来的"金大师",接下来便是满口诗篇,如同是口吐莲花,表达要像普希金一样,与"伪大师"及其伪艺术、情敌进行殊死的决斗。这些举动,也仿佛是另一种形式的"行为艺术",立刻引发了艺术学院学生们的狂热的追捧和崇拜,随即,这个"长发男子"诗人桃木橛就被奉为新的"大师"。至此,那几位"艺术青年"与这些艺术学校的学生,在对"大师"膜拜的狂热里已经不能自已。

"是谁在呼我啊?"随着门响,金十两大师站在我们面前,眼睛一亮,蔑视地问。"桃木橛子,你个流氓,又在勾引纯真的少女!你们——"金大师用食指画了一个圈子,将我们全部圈了进去,语重心长地说,"你们,千万不要上了他的当,他方才念的诗,都是我当年的习作。"金大师端起一杯酒,对准桃木橛的脸泼去。浑浊的酒液,沿着桃木橛的脸,像尿液沿着公共厕所的小便池的墙壁往下流淌一样,往下流淌,往下流淌……

这样的场景令人惊诧而又颇为滑稽,我感到,莫言叙事的"荒诞美学"再次来到文本之中。我们也注意到,这里的整个情节,或者说整个场景叙述,一波推动一波,一波"否定"并解构着另外一波。每一个环节都由人物、细节拉动,借着"声部"的形式,像是一场"独幕剧",叙述过程就是逼视人物内心世界的过程,这也正是莫言叙述的魅力所在。面对一个在理念中所形成的"光环",关于这个"大师"的概念,他要不断地推倒前面的叙述,在"否定之否定"

中，消解既定的观念或"秩序"，重新整饬、呈现生活现场的真实镜像。开始是学生们试图解构掉金十两"大师"，同时也在解构几位"艺术青年"的狂热和崇拜，在小说结尾，"大师"金十两出现，又竭力地解构了那个桃木橛子。我们可以感觉到莫言这篇小说浓烈的反讽色彩，他不断地翻转叙事的方位和走向，以一种"错置"或"倒立"的姿态，目的就是要拆解掉"大师"这一称谓的确切的意旨。所以，这里的感觉和表现上的"错置"或"倒立"，切中肯綮地表达了一种生活与现实的荒诞，让我们感知到生活充满了有趣的讽刺和悖谬。在一个艺术风格相对色彩纷呈的时代，我们看到艺术合法性的来源如此依赖于叙事，或者说，依赖于"讲述"和传说。而究竟谁是"大师"，竟然会变得如此捉摸不定。莫言写下这篇小说，或许就是要反讽当时艺术的所谓"后现代"状态，以及"大师"满天飞的"艺术"现状。其实这也告诉我们，莫言始终和现实保持着一种警觉的、"紧张"的关系，他的写作绝不只是形式主义的艺术探索，在他小说的形式背后，其实始终保留着一种对"形式的文化"和"形式的政治"的有效探索。也许，这是那些粗心的阅读者所未能察觉的。莫言所触及的，不仅是日常生活的荒诞，还有文化、艺术和存在世界的荒谬。

不能不提及莫言新近的短篇小说《等待摩西》。这部短篇在一定程度上仍保持着书写现实荒诞的美学惯性，与以往小说有所不同的是，这篇小说更具叙事的"现实的历史感"和"沧桑感"，以及那种"等待"所衍生出的时代大踏步演进过程中个体生命的无尽苍凉和戏剧般的宿命感。这篇小说叙述的依旧是"东北乡"的故事，主要是写一个人自20世纪70年代中期直到21世纪初几十年的生存、奋斗的经历，其叙述时间的跨度之大，几乎让这个短篇小说难以承载。曾经名为柳摩西的乡村青年，在不同的年代里两次更名，基督教徒的父亲给他取名柳摩西，在那个特殊的年代里，他改成了柳卫东，但几十年后又改回叫柳摩西。无疑，这个名字的"变迁史"，蕴含着一个人命运的沉浮史。整体上看，柳摩西是沿着"时代的召唤"和"情境"，在不同的历史阶段竭力地奋斗并且小有成就，随之，柳摩西的社会"身份"和真实境遇，也在不断地发生跌宕起伏的变化。吊诡的是，柳摩西在20世纪80年代"暴富"之后竟然神秘失踪三十年。"失踪"这个过程始终是令人匪夷所思的，而他的妻子、女儿和同胞兄弟，尤其柳摩西的妻子竟然对他违背常理的行为能够"忍受着巨大的痛苦坚持到最后"。小说叙述，给我们留下一个难以想象和判断的结局：柳摩西最后"皈依"了，成了虔诚的基督徒，很难猜想他最后的选择是在怎样的人生"炼狱"中完成的。"信仰"在浪淘沙般的岁月里真的能够淬炼成金吗？在这里，何以如此，似乎已经并不重要。也许，在生活中，像柳摩西这样的人物比比皆是，荒诞也好，世俗也罢，潜在的悲剧性从字里行间蔓延滋长出来。平实、貌不惊人的第一人称叙事，不断让文本生成奇特的感受，故事的深层内核，隐藏在充满传奇性的故事之中。小说潜在的，有关时代、个人、命运、信仰和选择的深层主题，在跳跃式的"闪回"中碎片般纷纷扬扬。看上去，这个小说由若干相互接续的生活片段或"横断面"连缀起来，故事性也不是很强，而其中却蕴蓄着丰富的多义性，细密的生活流，款款流入时间和空间的容器，令人深思。尽管莫言没有在小说中流露出自己的任何看法，但个体生命在时代潮涌中的动荡、尴尬、不安、飘浮，尽显其荒诞性、不可确定性。

莫言不愧为擅写场面的高手。我们在他的长篇小说《红高粱家族》《檀香刑》中早有深刻的感受。但是，在一部短篇小说中，让叙述在一种平缓的铺排、预设和潜在的"递进"过程中，在一种意绪的蔓延和弥散中，实现最后的"内暴"。这里面自然有一个极其重要的叙事逻辑问题，它是作家文学观念、结构方式、人物塑造和叙述策略的体现。就人物而言，无论是《倒立》中的孙大盛、谢兰英、修车师傅，还是《与大师约会》中的"艺术青年"、桃木橛和金十两，《等待摩西》中的柳摩西，他们的行为、心理上都有着缠杂不清、复杂微妙的"扭结",莫言都以一种不同凡响的"异端"的、荒诞的体貌,让寓意在叙事中自由地溢涨、凸现出来。可见,莫言擅长于"草蛇灰线,伏脉千里",人物、情节、故事甚至细部的修辞,先与后、详与略、轻与重、深和浅都处理得体,有蛇弓杯影、水落石出之惑,也有举重若轻、水到渠成之快。

那么,我们是否可以将莫言短篇小说的结构,理解为一种"倒立"式结构?在结构、形象、叙事的"错置""倒立""延宕"的形态下,我们更加深入地看到了莫言的叙述逻辑,也窥见了存在世界和生活本身的荒诞。

三

所谓"非虚构写作",在今天,再次成为对虚构文学,更包括对于短篇小说写法的一个强烈挑战。具体说,"事实""新闻"与故事之间生发出不可调和甚至不可理喻的冲撞。显然,对于叙述来说,这已经不再是一个简单的技术问题,而是对小说理念和作家个人智慧重新审视的开始。虽然,小说的力量并不只是揭露、暴露的力量,也不是依靠寓意和象征就能够立刻深邃起来。也许,只有坦然地揭示灵魂深处的隐秘,探查、揣摩人类不可摆脱的宿命,才是最终的目标。那么,面对有时看上去很"粗鄙"的现实生活,一个作家究竟该如何下笔?尤其在当代,现实的问题已包裹起整个人类的精神形态,如何表现生活,是作家面对的最重要、最复杂的问题,其实,这就是一种叙事姿态的选择。

我始终觉得,叙述永远是小说写作中一个最基本的问题。叙述方法和策略,包括叙事视角,最终决定着一部作品或一个文本的形态和品质。这不仅体现为写作主体的一种叙事姿态,也直接决定着一部作品的整体框架结构。作者的叙事伦理、价值取向和精神层面诉求,都能够由此显现出来。实质上,就文本的本体而言,没有叙事视角的叙述是不存在的，视角是作家切入生活和进入叙述的出发地和回返地，甚至说，它是作家写作的某种宿命或选择。选择一种叙述视角，就意味着选择某种审美价值和写作姿态，也意味着作家已经确立了一种属于自己的阐释世界、重新结构生活的角度，也就决定了这个作家呈现世界、表现存在的具体方式，这是一位作家与另一位作家相互区别的自我定位。小说的叙事视角，就是小说写作的文体政治学。因此，视角的选择，也就成为作家写作的一个重要的问题。它不仅涉及叙事学和小说文体学，还是一个作家在对存在世界做出审美判断之后所选择的结构诗学，其中，当叙述视角所选择事物或者载体具有了隐喻的功能时，也就是，作家试图通过一种经验来阐释另一种经验时，视角的越界所带来的修辞功能，必然使文本的内涵得到极大的主体延伸。

数年前，我就曾将莫言的《拇指铐》和余华《黄昏里的男孩》进行过比较："如果说，我们从《黄昏里的男孩》中感受到的是敏感、脆弱、屈从的忍受形态，而莫言的《拇指铐》一方面将人性的罪恶、仇恨、放纵和邪恶这种非理性的人性异化演绎得极其充分，另一方面，它呈现出对灾难和困扰的反抗，以及努力在苦难中建立存在的希望和爱的责任。基于试图表现生存的本真状态的强烈冲动，呈现'绝望'、冲决'绝望'似乎是一个更合适的范畴，这也许能够用来描绘出生存个体的生存和人格状态。"其实，从某种角度讲，莫言的这篇小说，并没有超越鲁迅小说中惯用的"看"与"被看"的叙事模式。我们在阅读中已深深地感觉到《阿Q正传》《孔乙己》《祝福》那种沉郁、压抑的叙述语境和氛围。前面提及，莫言的很多长篇小说如《红高粱》《檀香刑》等，都以擅写酷刑、擅写看客著名。莫言在谈到《檀香刑》的写作时曾说，人类有这种局限和阴暗，人类灵魂中都有着同类被虐杀时感到快意的阴暗面，在鲁迅的文字中我们也可以看到。但这篇《拇指铐》更有许多独到之处，它触及人的生存状态与本相，人道精神匮乏的问题，绝望的问题，拯救的问题，也表达着对苦难的主动承担，意志对绝望的反抗。

　　这篇小说的主人公是一个未谙世事的少年。叙述以阿义为病重的母亲去典当、买药、返回为基本叙事线索和内容。在从黎明到夜晚一整天的时光里，阿义历经了世态的炎凉和人性、人心的残暴。莫言在这篇万余字的小说里，无法掩饰他内心的悲凉和忧伤的生存感悟，向我们清晰而绵密地展示了人在那个时代溃败的危险及其真实面貌，并昭示了某种群体性的危机。《拇指铐》不似余华《黄昏里的男孩》那样，表面冷静，骨子里却异常沉郁悲痛，而是在整体叙述上有意张扬看似平静实则惊心动魄的生活场景。莫言为何选择一个八岁的男孩阿义，并让"他"承担人生的道义、善良、软弱、恐惧、焦虑、希望、血腥和残暴？

　　显然，莫言和余华一样，在小说中选择了一种"双重视角"：小说的叙事者和主人公。小说的叙事者像一个传感器，是以少年主人公的心灵去感受小说所描写的人物、事件和情景的"参与者"。主人公阿义"被叙述"着，同时也作为"我"进行着自我倾诉。在一整天的经历中，阿义遭遇到无数的冷眼、嘲弄、鄙视、奚落和无端的残害。莫言惯于运用文字营构充满生活质感的氛围，将人物的感觉推向极端的境地，造成对阅读强大的感染力和冲击力，甚至有令人窒息的感受。

　　问题在于，为什么这一切竟然都是如此地无端和无奈？！

　　　他这时清楚地看到，坐在石供桌上的是一个男人和一个女人。男人满头银发，紫红的脸膛上布满褐色的斑点。他的紫色的嘴唇紧抿着，好像一条锋利的刀刃。他的目光像锥子一样扎人。女的很年轻，白色圆脸上生着两只细长的笑意盈盈的眼睛。

　　　男人用一只手攥住他的双腕，用另外一只手，从裤兜里摸出一个亮晶晶的小物体，在阳光中一抖落，发出清脆悦耳的声音。"小鬼，我要让你知道，走路时左顾右盼，应该受到什么样的惩罚。"阿义听到男人在树后冷冷地说，随即他感到有一个凉森森的圈套箍住了自己的右手拇指，紧接着，左手拇指也被箍住了。阿义哭叫着："大爷……俺什么也没看到啊……大爷，行行好放了俺吧……"那人转过来，用铁一样的巴掌轻轻地拍拍阿义的头颅，微微一笑，道："乖，这样对你有好处。"说完，他走进麦田，尾随着高个女人而去。

满头银发的老者，仅仅因为阿义的回头一顾，便对其施行了令人发指的现代刑罚。因此，年幼的阿义被置于"希望中的绝望与绝望中的希望"之中。也正是这样，阿义一天里的遭际逼出了人性的隐秘部分：残暴的、阴冷的、非理性的、疯狂的、黑暗的。在常态生活中，这些因子都隐藏在人的内心深处，一旦有一点点机会或释放的可能，它们就会从内心里爬出，泯灭良知和天性，"把人身上残存的良知和尊严吞噬干净。人变成非人，完全失去人性应有的光辉"。所以，在人的内心深处寻找一种力量摆脱人性的黑暗是非常艰难的。可怜的阿义陷入了人性的黑暗，正是"偶因一回顾，便为阶下囚"，如此荒诞，如此绝望！

鲁迅是一个首先觉醒的人，甚至他的彷徨、苦闷、阴冷都是觉醒的表达，历史和现实都要求他有这样一双觉醒的冷眼。鲁迅早已洞悉中国人国民性中最劣根的实况，尤其"虚伪的牺牲"的"畸形道德"。人所共知，鲁迅对国民性的分析和揭露最令人惊异、令人推崇。因此，他选择了一个深刻的切入生活和现实的视角。

在《拇指铐》里，这位银发老者很轻松、快意地让幼者阿义无端地做了"长者的牺牲"。莫言的叙述，使我们伴随着阿义在灼目的正午开始苦熬。这期间，老Q、黑皮女子、大P等一伙人的到来，让阿义的希望在他们的嬉笑谩骂和不以为然中销蚀。背婴儿的女子在表达了她仅有一点本能的善意之后，发出了愚昧的疑问："你也许是个妖精？""也许是个神佛？您是南海观音救苦救难的菩萨变化成这样子来考验我吗？您要点化我？要不怎么会这样怪？"

阿义感到绝望，但又不能绝望。于是，莫言让阿义在想象和噩梦中顽强地支撑着自己的存在。作者用"托梦"的手法，将少年阿义推入生的绝地，并发出已超越他年龄、阅历的幻想与玄思："我还活着吗？我也许已经死了""他鼓励着小妖精们，咬断我的拇指，我就解放了。小妖精，你们有母亲吗？我的母亲病了，吐血了，你们咬断我的手指吧，让我去见母亲"。西边天的一片血红，阿义咬断手指吐出时的那一道血光，连同母亲的血一起飞扬起来，演化为对人性异化和堕落的倾力控诉。在这部小说里，"断指"是莫言设计的一个具有悬念的故事结构，"血珍珠"和田野上的歌声，女子的哭声，中药的药香交织成视、听、味觉的盛宴，加深着这部深刻的具有强烈悲剧性作品的动人的悲剧效果。阿义万般无奈之下别无选择的选择，竟然是如此悲壮惨烈，一个年仅八岁的孩子的行动能唤醒我们吗？会打动人吗？会撕咬当代日渐物化、麻木的世道人心吗？我们几乎无力也无法选择沉默和拭目以待。

同属发掘生存本相、昭示人性扭曲与世态炎凉的小说《黄昏里的男孩》和《拇指铐》，都选择"断指"，这一情节，直指人心。在叙述风格上各有独特追求，一个是冷静、沉郁，一个是活泼、激越，一个冷硬，一个悲怆，但它们都智慧、冷峻、犀利，都具象征、寓言的属性和色彩。莫言和余华两位作家关注人性，"反抗绝望"的文学审美立场，体现出对大师鲁迅的自觉继承。而"拯救"的道义情怀，在叙述中毫发毕现，呈现着与众不同的当代思考。作家拯救人性、关注人文的责任感、使命感使小说叙述的母题内涵得到强化，可见其帮助人们走出磨难和困境的执着信念，在当下浮躁、焦虑的表意语境下，实在是弥足珍贵。

张新颖曾经写过一篇《从短篇看莫言》的文章，特别提到莫言写作的"自由"叙述的精神,讲到20世纪80年代中期的"先锋文学"潮流如何让莫言解放了自己,发现了自己:"很多作家更多地感受得到短篇的限制而较少地感受短篇的'自由',是件很遗憾的事。莫言获得了这种'自由',由'自由'而'自在'。他这样不受限制的时候,我们更容易接近和感触到他的文学世界发生和启动的原点,或者叫作核心的东西。"[1]汪曾祺在谈到小说写法时,所强调的是写小说就是"随便"。所以,我们前面谈到的莫言小说的"逻辑",其实是指小说叙事的策略之一,实质上,小说在写法上有着多种内在的结构和"逻辑",这样才会有"各式各样的小说",才可能有叙述的多种可能性。进一步说,小说,有时可能正是一座向下修建的铁塔,在"词与物"的某种错位中完成对存在世界的深度认识和判断,所谓"执正驭奇",所谓"真正的好小说,既是小说,也是别的什么",都是对小说切实而深刻的理解。

---

[1] 张新颖:《从短篇看莫言》,《当代作家评论》2013年第1期。

丙崽究竟该如何生长？
——韩少功的《爸爸爸》及其"寻根"考古

一

现在算起来，丙崽已经活了三十二年了。无论从文学的视角看，还是从文化的层面分析，丙崽的确是一个"人物"：他有时候在我们的视线里，影影绰绰，波诡云谲；有时候，也隐遁或消失在我们的注意力之外，即使偶尔想起他的时候，颇觉怅然若失；而且，他也是一个怪物，一个在魔幻语境下富于强烈隐喻特征的、符号化文学形象。至今，仍然处于接受美学阐释的兴味之中。

那么，丙崽是谁？他何以让我们如此难以释然？其价值和意义何在？

丙崽，是韩少功的短篇小说《爸爸爸》中的一个文学人物，他和作品一起，"问世"于1985年。三十余年来，这部小说文本，始终作为20世纪80年代中期发生的"寻根文学"思潮中的代表性文本，与阿城的《棋王》、贾平凹的"商州系列"、李杭育的"葛川江系列"、郑万隆的"异乡异闻"一起，经常在文化研究的视域下被界定和考量，成为中国当代文学史研究中一个绕不过去的话题。仔细想想，在近七十年的当代文学历史中，有多少文本，有多少人物形象，能够令我们过目不忘？实际上，像《爸爸爸》这样的文本和其中的形象，可谓寥寥无几，屈指可数。

日本学者加藤三由纪，曾在一篇题为《〈爸爸爸〉——赠送给外界的礼物："爸爸"》的文章里，较为深入地谈到这篇中国当代作家韩少功的小说《爸爸爸》的修改。加藤的文章指出，1985年《人民文学》第6期的本子，在收入小说集《诱惑》（湖南文艺出版社1986年7月版）的时候，作者"稍微有些修订"，但差别不大；大的修订是在2006年，修改本已经收入"中国当代作家·韩少功系列"的《归去来》卷中。鉴于修改幅度很大，这位加藤三由纪就有了如下这样的判断："新版本与其说是旧版本的修订，还不如说是重新创作""新版本《爸爸爸》包含着21世纪的眼光"。国内的批评家、研究者这些年在谈论这篇小说的时候，也大多没有注意到版本这一情况，并不说明他们征引的是哪一个版本。加藤教授告诉洪子诚教授，日本的盐田伸一郎，早就对《爸爸爸》的修改写过文章，文章的中译也已在中国发表。这些令我们深感惭愧，而我们却都没有注意到，或者根本就不知道。由此，洪子诚教授想到"生长"这个词。他认为"文学作品，包括里面人物，它们的诞生，不是固化、稳定下来了；如果还有生命力，还继续被阅读、阐释，那就是在'活着'，意味着在生长。或许是增添了皱纹，或许是返老还童；或许不再那么可爱，但也许变得让人亲近，让人怜惜也说不定。'生长'由两种因素促成。文本内部进行着的，是作家（或他人）对作品的修订、改写（改编）。文本外的因素，则是变化着的情景所导致的解读、阐释重点的偏移和变异。后面这个方面，对韩少功来说也许有特殊意义。正如有的批评家所言，他的小说世界里，留有读者的活动、参与的空间，读者是里面的具有'实质性的要素'"①。作为当代最有影响力

---

① 洪子诚：《丙崽生长记——韩少功〈爸爸爸〉的阅读和修改》，《中国现代文学研究丛刊》，2012年第12期。

的当代文学史家，洪子诚教授扎实、朴素且谨严的治史风格中，其实还蕴含着灵动、思辨和开放的路数。我由此感慨，面对当代小说文本的时候，也就是在一个读者有限的数十年的阅读史中，密切地关注一个文本及其动态的审美演变，既体现出审美活动的复杂性和丰富性，也彰显出一个文学史家和评论家的激情和责任。所以，我愈发坚信，一个时代，只要有一位杰出的文学史家，伟大的作品就不会轻易地流失掉。

在这里，"读者似乎被邀请去作一种心智旅行……或者被邀请去搜集和破译出遍布在小说中的线索、密码"。无疑，作家与读者的互动，构成了实际意义的美学"互文"。因此，"生长"这个词变得愈加富有浑厚的内涵和无穷的魅力。我们经常说的"一千个读者就有一千个哈姆雷特""说不尽的《红楼梦》""说不尽的阿Q"，其实，讲的都是这样的道理。一部小说、一个文学人物，它是存活在阅读者的心间的，甚至可以说，它是在阅读者的呵护下不断成长的。

可见，从一定的意义上说，一个文学人物的出现、生长和存在方式，不仅显示出一个文本独立存在的价值，也构成了文学史发展的重要内容。不长不短的三十余年，丙崽竟然发生了如此不同程度的变化。没有想到的是，2006年，他的主人韩少功对他依然"放不下"，甚至对他进行了较大幅度的"整容"，这种作家对作品的修改，虽然在文学史上并不鲜见，但是对于一个短篇小说来说，确实可以看出作家对这个形象、这部小说文本的"耿耿于怀"。作家在完成了文本的写作之后，并没有让它独自上路，去开始自己的旅程，而是像一位"监护人"，始终陪伴着自己的"孩子"成长。这样的作家，在文学史上并不多见。这与许多作家，因为政治或一些"集体性"的因素而修改自己的作品，不可同日而语。

在这里，我不想过于纠结版本学意义上《爸爸爸》的修改，但有兴趣对这个小说的写作发生做一些回顾、梳理、思考和判断。在历经几十年的风风雨雨之后，时间，拉开我们与之曾经过近的那个年代的距离，让我们对于文学和生活及其关系的理解，更加宽广和踏实。通常认为，《爸爸爸》是所谓"寻根文学"的产物，韩少功发表于1985年的短文《文学的"根"》，被人们视为"寻根文学"潮流的重要理论宣言之一。阿城、李杭育也都纷纷撰文，阐释小说与文化的关系，或者，讨论传统文化和世界文化双重语境下，文学何为。阿城干脆写下了《文化制约着人类》，试图从文化的维度，连接文学的可能性。那么，韩少功、阿城等人，似乎也就成为在"寻根文学"中既有理论，又有创作实践的作家。而此前1984年秋天的"杭州会议"，后来更是被评论家、文学史家视为"寻根文学"的"前奏"，不断地被梳理、澄清或"证实"。这些年来，我也常常在想，这次"杭州会议"以及后来被命名的"寻根文学"，是如何发生的？所寻之"根"，到底是什么？为什么在这个时候，会有这样一股自觉或不自觉的文学思潮滥觞？当时，阿城有一句话，可能真正道出了"寻根文学"的内在诉求："中国的小说，若想与世界文学进行对话，非能体现自己的文化不可，光有社会主题的深刻是远远不够的。"[1]仔细思考这句话，可以感觉到，这几位作家对中国文化的命运，皆怀有深沉的忧患意识，而且，充满了以文学写作参与跟世界文学对话的渴望。可以说，在这一方面，这个时期的中国作家，比任何时候都更加具有民族文化的自觉和文学的使命感。

也许，未来的文学史会被不断地改写，重写，甚至"涂抹"，几十年、上百年的文学史，无疑也将会变得越来越薄，而像"寻根文学"这样的概念还会不会存留其间，自然难以断定。刚刚过去三十余年的"杭州会议"与寻根文学之间的关系，现在就已经变得扑朔迷离，莫衷一是了。回到当时的语境审视这段历史，已经变得非常困难了。实际上，即使都是在"寻根"的这一面旗帜之下，当时，也还是存在两个截然相悖的向度：一个是倾向于继承中国传统文化，

---

[1] 阿城：《又是一些话》，《中篇小说选刊》，1985年第4期。

一个是倾向于否定中国传统文化。甚至，介于两者之间的兼容状态也大有人在。就是说，关注中国文化的哪一个层面，要达到一个什么样的目的，人们各怀心思，从来就不是一个声音。[①]现在看，寻根终究要解决的问题，无非是要找到并建立一个异己的参照系，重塑我们文化的自信、写作的自信。但是，我想，理论的争论和辨析，毕竟只是一个理想的承诺，无论什么时候，唯有文本才可以说明一切，也唯有文本，才有可能以自身的蕴义，真正还原文学发生的真相。所以，"写作之树常青"这句话，在这里有着特别的意义。

问题是，韩少功对自己"寻根文学"的代表作《爸爸爸》，数年来仍然难以释怀，这显然已经远远超出了作家对自己作品的某种偏爱，而一定有某些重要的"情结"隐含其中。所以我在想，2006年的韩少功，动笔大幅度地修改、"修缮"这个奇特的小说，究竟源于何种叙述的动力呢？韩少功一定是将文学写作，视为是在一本"练习簿"上的书写和"涂抹"，未来大师的影像，也许就是在这种刻意的"涂抹"中出现的。这是文学和文学史本身发展的一个积极的动态的过程。

二

现在，我们可以回到《爸爸爸》这部小说。

1985年，这篇小说作为选本的头题，被选入吴亮、程德培主编的《新小说在1985年》。吴亮和程德培还为这篇小说写了一段"引言"：

韩少功以冷峻的笔调描画了一幅民俗图，湘山鄂水，

[①] 韩少功、王尧：《韩少功王尧对话录》，苏州大学出版社，2003年版，第57页。

祭祀打冤，迷信掌故，图腾崇拜，服饰食品，乡规土语，全都囊括在这篇不足三万字的小说中。《爸爸爸》的容量庞杂得惊人。它像一把有许多个匙孔的锁，可以用不同的钥匙去打开。它的语言表层和精神内涵都具有一种震撼人心的效果。叙事语态或晦涩、或沉重、或幽默、或粗野、或俚俗、或奇幻、或象征。丙崽和他娘、祠堂、鸡头峰、树和井、仁宝和他父亲仲满、谷神、姜凉与刑天，每个词组后面都系着一种久远的历史，并把它的阴影拖进了现代，让人感到魂魄不散。人性在那种生存状态和文化氛围里以特殊的形态表现出来，它被某种神话、习俗、谬误和人伦所淹没。这部小说尽管非常凝重、峻冷和超脱，我们仍然能够觉着生命的活力和深沉的感悟与忧虑。在它的字里行间时时透出激动人心的意味，使我们浮想联翩。[①]

由此可见，吴亮和程德培在20世纪80年代的阐释和理解，已经非常"到位"。他们不仅指出了这个文本的历史感和现代性之间的纠结，还引申出这篇小说文本具有更深远的人类文化学价值和意义。时隔三十余年，我们还能在接受美学的"窄门"里，找到怎样的审美"间性"呢？

韩少功在这个小说里，用他的故事，截取了一个时间的断面，一个现实的断面，也是一个历史的断面。这个"断面"简直就是一个"容器"，它承载着我们无尽的想象。正如吴亮所讲的："容量庞杂得惊人。"这种"庞杂"，几乎隐喻出了一个村庄的"秘史"，一种生态的原图，一个族群的流变，一个乡土世界或有关人性结构的"原型"，一个有关人类的隐形结构，一种"起源"，一种"创

[①] 吴亮、程德培：《新小说在1985年》，上海社会科学院出版社，1986年版，第1页。

世"感。

我想强调，真的不要忘了，这部小说，产生在20世纪80年代，其中蕴含的"元素"已经足以令人惊叹，它甚至远远超越了文学本身的边界，当然，这也是它迄今仍富于无限阅读魅力的重要原因。

"他生下来时，闭着眼睛睡了两天两夜，不吃不喝，一个死人相，把亲人们吓坏了，直到第三天才哇地哭出一声来。"这个开头，疑似卡夫卡的《变形记》，也很容易让我们联想到马尔克斯当年刮起的"魔幻"旋风。80年代以来，经常有这样的中国作家，选择类似一个"半人半神"或"特异的另类"，从一个特别的视角来试探、洞悉人类本身的诸多奥秘。但是，在这里，我感觉韩少功并不是出于这种考虑。这个小说细致描摹的，都是与丙崽或多或少有较为密切关系的几个人物：丙崽娘、仁宝、仲满和传说中德龙。因此，从一定意义上讲，丙崽其实很难说就是一个人物。他没有性格，没有主体意识，没有生活和存在的方向。他既可能成为一位人们膜拜的神灵，也可以被视为怪物、灾祸的起源，甚至是村寨命运的煞星。他简直就是一个符号或者人类孤独的影子。进一步说，丙崽或许更像是一面镜子，他虽然不知道如何照见自己，却不断地警示世人，而且，他时时用无比简洁的语言和肢体语言，向人们发出疑问：我是谁？而且，你们又是谁？

丙崽一生只会说两句话，"爸爸爸"和"×妈妈"，但是，他可能正是要透过这两句话，猜透人性的天机。

必须注意到，丙崽娘是文本中一个重要的存在，她身上的尖锐、粗鲁、愚顽无意中传承给丙崽的同时，一股英豪气概，殉古殉道的勇气，同样不应该被忽略。她一只手几乎接生了整整一个山寨的人，自己却生养出一个旷世的怪物。但是，她能够坚忍、执着地坦然面对。德龙抛弃妻子，男性的缺失，反而使得丙崽娘陡生一股阳刚之气。实际上，她最后神秘地失踪，更像是选择了"出走"。人性中最绝望的选择，也许就是放弃。

仁宝这个人物，在以往的文本阐释中，被确认是"新生力量"的代表，实际上，他是一个最具两面性的人物。他丝毫没有秉承父亲仲满的善良、正直和刚烈，人性的狡黠，在他身上却有着充分的体现。游手好闲，欺辱弱者，巧言令色，哗众取宠，曲意逢迎。他虽经常去山寨之外的世界盘桓，也是伺机投机，不过是带回几个陌生的概念，而非联通山寨与外部世界；倡导"新思维"，仅只学来一些新生事物的皮毛而已。我们在作品中，也没有感觉到韩少功对这个人物较为明确的态度。

所以，我们看到了韩少功的可贵，他在20世纪80年代，就建立起自己与众不同的叙事伦理，在捕捉人与事物及其相互关系的诸多节点上，呈现事物并行相悖的"二律背反"样态，却不轻易地陟罚臧否人物的情感方式、精神向度和行为逻辑，而是兼容性地凸显世界的芜杂和动态之变。人性的复杂性、矛盾性在文本中自然流露出来，而非肆意地对人物做出某种规约、限定和判断。

特别是，我在读到丙崽失去母亲之后，茫然不知所向，一个人独自地行走和寻找，不由得产生一种巨大的苍凉感。这种苍凉甚至大于鸡头寨与鸡尾寨交锋、火拼失败后的悲壮。那仿佛是人类"原初民"的踉跄与蹒跚，也似乎像是苍生在寻找来路和归宿途中远去的背影，孑孓独行，沿着妈妈曾经为许多人接生时的道路，一路前行，喃喃自语中，他仿佛带走了人类身上那种永远似懂非懂的常态。丙崽发现了女尸，吮吸了母乳，依偎着柔软，双双沉沉睡去的时候，"寻根"的意味陡然浓厚起来。这个丙崽，可能是一个神明附体的"圣灵"，也可能就是生长在人类庞大躯体上的一胎"毒瘤"。

其实，在这里，作家何止是寻找文化之根，更是寻觅生命之根、存在之根。这个俗世的图像，或者说场景，状写出神话般的原始气息，与文本中通过德龙之口唱出的姜凉和刑天的形象，相互映射出对人类历史的钩沉。一个有关民族步履维艰、生生不息的隐喻，愈加地清晰起来。

在鸡头寨，时间仿佛是凝滞的，如同丙崽的身体和大脑。历史和时间，人物和空间，始终处于一种混沌、茫然和未知的状态。在一个几乎封闭、蒙昧的存在之境，一切都处于"未可知"的生态。"先民"自由、自在，没有启蒙，没有未来，却充满了生命的活力。奇怪的是，充溢着东方神秘主义的"祭祀谷神"和"占卜"吉凶，预测事件，祭祀打怨，图腾崇拜，竟然都选择丙崽这个"怪胎"来主宰整个村寨的命运。可见，一方面，传统的文化积淀的力量，统治和主宰着鸡头寨，它像是一个隐形的绳索，规约着山寨的生死轮回；另一方面，人性在一个极其封闭的生存世界里，处于一种自然、无序、野性、冲动、臆测和逼仄的状态。而最终，这个僵化、原始的结构，必将被发展、变化和文明所打破。在韩少功看来，即使没有外部世界的冲击，事物内部的结构性调整、催化和裂变，也会自然而然地到来。

三

我能在两个版本的比照阅读中，感受到韩少功的良苦用心，我也努力揣摩他在2006年的"心思"。也许，这就是作家由于一种下意识的"洁癖"，在重读文本时不由自主地修改，准确地讲，也许应该称为"修订"。但无论如何，我们在文本中，还是感受到了很大的差异。用日本学者加藤三由纪的话讲，"新版本与其说是旧版本的修订，还不如说是重新创作""新版本《爸爸爸》包含着21世纪的眼光"。至少，我们可以强烈地感受到，最初的版本，文字于简洁中渗透着混沌和粗粝，蕴含着民间故事般的轻快、平易和率性，叙述语言也颇带些口语的平实、机智，甚至油滑。叙述语言和人物之间的对话，文白相生，不拘小节，杂糅一处，浑然一体，类似一个不修边幅的说唱艺人，在茶楼酒肆的演绎，充满着"裸露感"。而修订版，则极其注重话语的修辞，令文风、语境、叙述节奏以及文字所营构的氛围，都有很大程度的改变。韩少功有意地在"摩挲"原有文字的"糙面"，刻意修饰，保持叙述话语与叙述对象的平衡度，又不失词语的整洁和清晰度。看上去，文字的细致，紧缩了最初版本的开放度，但是，语言的细密和精到，同样产生出庄严、凝重的语境。尤其格外地注重情节、细节的细部修辞。其中，大量叙述话语和人物对话，都有很细致的调整和"改良"。我更相信，之所以要这样做，实际上，也体现出韩少功对最初版本美学风格的进一步完善和充实。例如：初版的"寨子落在大山里，白云上，常常出门就一脚踏进云里"，在2006年修改版中改成"寨子落在大山里和白云上，人们常常出门就一脚踏进云里"；初版的"丙崽喜欢看人，尤其对陌生的人感兴趣。碰上匠人进寨来了，他都会迎上去喊'爸爸'。要是对方不计较，丙崽娘就会眉开眼笑，半是害羞，半是得意，还有对儿子又原谅又责怪地呵斥：'你乱喊什么？'"在修改版中调整为："丙崽对陌生人最感兴趣。碰见匠人或商贩进寨，他都会迎上去大喊一声'爸爸'，吓得对方惊慌不已。碰到这种情况，丙崽娘半是害羞，半是得意，对儿子又原谅又责怪地呵斥：'你乱喊什么？要死呵？'呵斥完了，她眉开眼笑。"

　　类似这样的例子，比比皆是。日本学者盐旗伸一郎曾对《爸爸爸》新旧版本做了细致考校，发现《人民文学》的首发版是22708字，修订版是28798字，也就是增加了六千字左右，而新旧版本不同的字数，则有10725字。在这里，细心的读者不会忽略其中一些重要的变化。我们不仅会看到作家叙述重心有所倾斜，增加了对丙崽、丙崽娘、仁宝和仲裁缝几个人物的描述，而且，主要是对叙述语言做了规范的调整，我们会意识到作家在修改版中强调话语的修辞，关键是，个别词语的变动，无形中增加了叙述方位、叙事视角的重大变化，原本叙述人"混迹"于文本"作者隐形叙述"之中，现在，基本上浮出了水面。无疑，调整了叙述角度，也就调整了文本的结构，这是小说的政治学。

一般地说，修辞被视为话语的技术层面要求。在炼字，遣词造句，搭建情节、细节和结构故事过程中，作家处心积虑，殚精竭虑，这是谋篇布局的心智体现。我想，在这样一个极为缜密的叙述结构里，修辞绝不仅仅只是一个技术层面的要求，更是一种在思想和精神上具有文化意味的选择。就像亚里士多德讲的那样，"只知道应当讲些什么是不够的，还须知道怎么讲"。就是说，当一个作家知道自己写什么的时候，他在一定程度上已经拟定或预设了叙事的空间维度，而发现应该聚焦的生活，洞悉其间或背后潜藏的价值体系，对历史、生活做出深刻判断，这可以视为从整体到细部最基本的文本编码。这里面就埋藏着"怎么讲"的倾向。修辞是一种发现，是一种能力，"细部修辞"，则是那种用心的发现，是很少整饬生活的独到选择和朴素的叙述策略，虽然细部无处不在，但是只有作为语言层面的问题来加以重视时，才会产生意想不到的效果。在《爸爸爸》的"修订"版本中，韩少功毫不掩饰地做了大量细部的调整，大量抽象、生涩的词语被替换掉，包括语气、语句、断句和分行，都重新做了协调，使沉郁、遒劲的叙事风格得到深入的强化，文本的整体意蕴也得到更趋精致完美的丰润。词语的调整和变化，使整个文本更加宽厚、从容和温婉，文体色彩也趋于柔软、雅致和舒畅，因此可以说，作家的修辞在叙述中是无处不在的，我想，只有当作家真正想扮演一个"角色"的时候，他的修辞才会有"独立性"和广泛的渗透性。看得出来，韩少功在叙述中继续保持着"中立"的姿态，叙述却延伸出更加宏阔的风貌。

2006年，写作《爸爸爸》这部小说之后，又过去了二十年，包括"全球化"风潮在内的世界格局，发生了令人意想不到的剧烈变化。作家韩少功，对他自己笔下的"鸡头寨"和丙崽们，有了新的理解和思索。文化所具有的强大的惯性，拖曳着在历史尘埃里走过的每一个人，这些人有时候身处存在的窘境之中，步履维艰，甚至是难以自拔的。无疑，韩少功比以往更加同情、包容他笔下的人物，因此最早版本中犀利的批判锋芒,渐渐衍化成善意的呈现,这也许是一位作家应有的胸襟。他十分清楚,他虽然无力改变大世界的风云变幻,却可以选择在自己虚构的世界里重新审视人类以及人性的变迁。因为,一个作家,完全可以用内心的善良和真诚,触摸人性的温度,与世界对视,判断人性和自然的神秘节律,掩埋愚昧和丑陋,让这个世界变得日益美好起来。

也许,这才是一个作家对于中国文化的理解和期待。

如何面对酿酒师和礼帽的飞行
——铁凝的《飞行酿酒师》和《伊琳娜的礼帽》

　　短篇小说的文体，毕竟由于基本字幅的限制以及结构的特性，它所蕴含的精神、具体的事物和人物世界，都是以"有限"拓展"无限"，它叙述的"长与短""轻与重"所产生的效果和价值意义，也可谓之是在做"四两拨千斤"的探求。但是，这并不意味着短篇小说之短，其内涵可以不必丰厚，气韵可以不丰沛，人物的复杂性也不需要更多呈现。相反，杰出的短篇小说，都具有"核能""核爆"的特性及品质，无论是细节还是对话，都可能在冰山一角中显示出无与伦比的精悍和力量。那么，对于短篇小说的结构，最重要的两个元素就是时间和空间，这是叙事中首先需要考虑和解决的问题。时间元素就像是文本中的幽灵，它既是叙述存在的基本维度，也包括故事的时间长度，它像河流，也像是游丝，无处不在又闪烁不定。在优秀的短篇小说中，我们会强烈地感觉到它不可忽视的存在，甚至时间本身就是文本中重要的角色之一。所以，时间就像是叙述的万有引力之虹，它可以为作家实现自己的美学理想，可以让叙述引领我们逆流而上，重构历史和往事；也可以复现当下，延展"进行时"的长度，构成文本叙述的语境和脉络。而空间元素，更是考验一位作家想象力和虚构力的魔法，正是它让小说的文字从平面走向立体。它是小说中人物和事物的"活动变人形"，它与时间形成文本的两翼，在行进中构成平衡的姿态。两者间，时间可以统治空间，空间也可以战胜时间，他们在"合谋"中帮助作家实现对生活的重构，完成事物在形而上和形而下两者之间的复活。因此，从一定的意义上说，作家对经验或素材的处理方式，取决于对时间和空间的把握和控制，这一点，也是考量一位作家叙述气度和美学格局的重要因素。尤其是短篇小说，时间和空间的辩证关系，直接影响到叙事的力度和价值。对于铁凝而言，相对于长篇小说和中篇小说的写作，她的短篇小说总量虽不算大，但几乎每一篇都给我们留下了深刻印象。她在小说中表现出的想象力、虚构力，以及叙述中细部修辞的力量和劲道，令人惊异和敬佩。从容不迫的叙事中，她的笔触常常潜入人性的深度层面，显示出对生活和人性，精神和灵魂的干预能力，对人心的介入和影响能力。生活的现场感，弥散在人物内心的风暴里，欲望、利益、虚荣、伦理的相互冲撞，被铁凝的叙述整合、铺展为具有强烈现实感、历史感和道德感的隐晦而复杂的情境。铁凝从不刻意去捕捉人物、事件和现实的隐喻关系，但结构的独特，在有限的时间和空间中，平静而理智地处理感性经验，直觉与事物之间的咬合、连接和延展，让我们意识到铁凝小说细节之轻中所折射出的灵魂之重。

在这里，我之所以把铁凝的《飞行酿酒师》和《伊琳娜的礼帽》放在一起来进行讨论，最初的想法，是因为这两个短篇不仅在精神情感层面呈现上的细腻和婉转，而且两者都是在时间和空间极其"逼仄"的状态下，仍然可以从容演绎，并在其中蕴含相当大的想象维度和经验沉积。两个小说中的人或事物，都是在"飞行"的状态下呈现其本体之"魅"的，我们从这两个短篇小说，能够强烈地感受到铁凝小说叙事的"腕力"，以及纵横捭阖的气度和力度。前者在时间上，还不足一顿饭的工夫，后者也就是一次长途飞行的航班的巡航时间。看上去，一个是在客厅，一个是在机舱内，逼仄的空间，加之短暂的故事时间长度，无形之中必然增加叙述的难度，尤其是，期待有一定容量和深度的叙事，就更加需要在时空维度上设计结构，控制平衡度。《飞行酿酒师》中的"飞行"，侧重并附着于人物的精神内里，飞行是虚，发掘灵魂形状是实；《伊琳娜的礼帽》的"飞行"，飞行也是虚，探索人性的褶皱是真，它试图通过算不上一次"空中艳遇"的邂逅，书写一次灵魂的短暂游离和失重，蕴含着飘忽与善良、宽厚和包容。

短篇小说《飞行酿酒师》，这个极具吸引力的小说题目，令人遐思涌动。酿酒师为何"飞行"？"飞行酿酒师"是何种生存状态？葡萄园的浪漫故事，还是葡萄"秋天里的愤怒"？或者，在生活里，葡萄酒如何构成了影响生活方式和思维走向的魔力？葡萄酒，又是如何让人性在一个社会时代里发生了不可思议的变异？我想，既然任何事物的存在都有其坚实的理由，那么，一种事物与另一种事物之间的潜在联系，只有在人的介入之后，才可能引申出各自的异端性，说不定就成为一种有机的串联，而每种事物各自的意义也许就在此产生，它们所引申出的生活深处的种种况味，就更引人深思熟虑。

应该是在20世纪90年代后期，葡萄酒如潮水般涌进大陆。很快，它就迅疾地进入了人们的日常生活。没有人会想到，这种红色或白色的液体，在此后近二十年的岁月里，在不同的生活情境中扮演着特殊的角色，甚至不可或缺。在一定程度上，它映射出生活的奢华和高贵，欲望和声色，满足了许多人的虚荣，有人在高脚杯的光晕里虚伪地重建自己的人格，装点着自己的人生；它一时形成了走火入魔般的时尚，它在一个漫长的时间段里悄然潜入餐桌，直到轰轰烈烈在各种场面和饭局大行其道，或者成为权力、富有和尊贵的象征，依靠金钱、价格和品质的魔力，与普通的生活形成强烈的反差，成为小部分人试探存在含金量的魔水。现在，我们从这个视角审视葡萄酒，并不是想玷污和亵渎这种美妙液体的尊严，因为，葡萄酒自有它不可替代的价值，与其他事物有所不同的是，它在现实的醒酒器里已经超越了事物本身的品性，正演绎着一个时代或社会的存在道德和伦理情势。

  无疑，铁凝深谙小说的艺术，也深知葡萄酒的魔力和个性，没有丰富葡萄酒知识和经验的人，根本无法这样透彻、灵动地捭阖这些元素在小说中的韵致、体量；而若没有对当代社会生活的深刻洞悉，也很难穿透生活的表象，发掘出生活和人性内在的幽微。在小说《飞行酿酒师》中，葡萄酒作为故事的叙事引线，和贯穿其间的生产物质和精神幻想的重要制剂，一方面，它像重金属，使人物沉迷其中，难以自拔；另一方面，酒精引爆内心的英雄本色，总会力拔千斤，拨云见日，成为撼动世道人心的一道闪电或一声惊雷；或者，作家可以让故事和人物的目光，在字里行间透射出奇异的神情，萌生出碎金般的迷乱，也就是说，小说家可以让葡萄酒在这里成为情节和人物性格、欲望的催化剂，也可以让它变成神秘、悬疑、危险的参数。一句话，这是一篇揭示葡萄酒如何映衬世道人心在种种物质诱惑面前，膨胀和消解的小说。

  这篇小说的主要人物是酿酒师和无名氏，还有会长和小司。想想看，这几个人物的名字都是随意杜撰的虚拟代称，如此看来，展示人物性格不像是作家竭尽努力的目标，而竭力地想澄清某种与理念、信仰、人性、道德密切相关的欲望，倒像是小说最渴望解决的问题。关键是，飞行酿酒，构成了一个极其尴尬且滑稽的意象能指，也构成一个荒诞的喜剧。看上去富于传奇性和魔术师的品性，实则擦去表象的污秽之后，立即彰显出精神深处令人不寒而栗的斑斑锈迹。面对眼前这位三年飞行一百多次库尔勒的酿酒师，大老板无名氏也是深感费解的：那么，酿酒师用什么时间去酿酒呢？这就成了一个问题。一个不在葡萄园里的酿酒师，是一个什么样的酿酒师？他飞来参加无名氏的饭局意欲何在？这一定不会只是单纯的有关葡萄酒的邀约，后来我们清楚了，故事的发生像是师出有名，实则暗流涌动的却是一起瞒天过海的骗局。而无名氏近年对葡萄酒的虔诚和投入，可谓是饱含深情，尽显自己的富有和对葡萄酒的执着，在京城胡同保护区内价值连城的四合院，挖了储酒量八千瓶的自动监控温度、湿度的酒窖，他身不由己又很惬意地卷进葡萄酒的潮流，在一些隆重或不隆重的场合，喝着"拉图""马高""奥比昂"和"罗曼尼康帝"，只是在别人高谈阔论葡萄酒的"圣经"时，为自己的酒龄尚浅而深感惭愧。因此，他对于所有与葡萄酒主题相关的饭局都异常兴奋，仿佛葡萄酒已经成为人们对生活的理解和享受，生命及其存在的最重要的衡量标准。"红酒的魔力，大地、阳光、空气、果实的迸裂、汁液，人无限地亲近这些怎么会不年轻呢！"会长这位在无名氏和酿酒师之间穿针引线的人，自己一点儿也不清楚，他在恍惚间正在试图竭力地促成一件自己根本并不知晓的"生意"。一场饭局因葡萄酒而起，也因葡萄酒而终，也可以说，其间呈现的波澜万状的人生百态，也因葡萄酒生成。终究，这个声称使用化学方法酿酒的冒牌酿酒师，其实就是一个骗子：他借红酒之名，虚拟和演绎的骗局很快就不攻自破，仓皇出局。一瓶被撕掉酒标的、绝好的名庄酒"拉兰女爵"，被他撕掉酒标后就成为他的"自酿酒"，炫耀这就是他在实验室勾兑而成，以此诱骗无名氏按着他的圈套去遥远的库尔勒一处荒野投资。很快，这个"构想"就如同餐桌上那道名菜"鸽包燕"一样，轻易就被挑破了。值得思考的是，生活的玄妙和机关，复杂的人际关系，事物的微妙互动，无形的人性的磁场，会不会真的就是隐藏在葡萄酒里？葡萄酒这个美好的事物，在多少场合和事件里被调制成非理性的动机？而且，酒文化所包含的意义悠远深厚，千百年如此，而借酒夸示豪华奢侈，亦不胜枚举。这流动的酒精液体，激发起无数人消费的激情，渐次在商场、官场和民间形成新的风俗，葡萄酒在很大程度上，甚至成为当代生活"现实与梦境的托词"。铁凝在此敏锐地洞见葡萄酒与世俗的幽微关系，她静观饮者如何看待和利用这一载体，如何勾兑和"混酿"情感、道德和伦理，如何五味杂陈地发酵人脉、钱脉，一则新的神话，又是如何在开放的经济浪潮中演绎灵魂的腾挪跌宕和人性的变异。

或者，在葡萄酒的风行之中，许多身体力行者、传布者，大行其道，竭力倡导的恐怕不只是酒精，还有酒经，进入自我渲染的幻觉，他们在刻意制造的幻觉里"酒不醉人人自醉"，醉心地穿行在愈发失真的生活里。

　　我注意到，这篇小说里，有两个细节，应该是作家别出心裁、颇具引申义的刻意设计：一是小司一口咬开"鸽包燕"的肚子；另一处是"酿酒师"用"帕萨特"的钥匙，"有意无意"地在无名氏轿跑车身的一划，其气急败坏之相，淋漓尽致，昭然若揭。酿酒师的品质和葡萄酒为他装点出的生活假象，尽显无遗，不难想到，人际交往的背后，竟然隐匿着无数不易察觉的扭结，而人性的撕裂，就像那瓶"裸酒"和那道清晰的划痕，品质和道德底线一目了然。看来，葡萄酒的酿造是一个复杂的过程，其中有着种种因素和玄机，酒体在饮用时的万千变化，显示出它无穷的魅力，证实着不同葡萄酒极富个性的品质，体现其自身特有的分子结构式。那么，生活的结构及其变化，也如同葡萄酒的氧化过程，是一种具有"化学变化"性质的生物活动。欲望和人性，"勾兑"出生活世界的林林总总，不一而足。也许，这就是生活的可能性表达，只有文学文本才可能在这样微茫的时空中，凸显出人的情感与自主性，纵浪大化的浩瀚，这些，源自蕴含和隐藏欲望的灵魂深处，通过作家创作的"潜文本"，实现符号化的呈现。铁凝在揭示人性的复杂性与现代生活价值体系的变化时，面对暗流涌动、玄机处处的生活情境，先是娓娓道出葡萄酒的迷津，含蓄地破解酒精中的难解之谜。从人物、情理和情节安排来看，无名氏的"沉迷"和隐忍，酿酒师的"轻浮"和心理局促，会长的"空"与小司的"虚"，以及饭局最后渐次实现的得体的"不欢而散"，都从容不迫。人与人智力博弈的直言无隐，入情入理，种种心态及其蜕变都被勾勒得严丝合缝。无名氏对葡萄酒的热切期待，最终被酿酒师的真实目的碾压殆尽，无名氏几近绝望的烦躁，悄然袭来，以至于他可能永远也无法拨通可以消解内心迷惘的那个电话。看得出来，小说的腕力，使得作家省去许多的"气力"，结构安排的机枢，显得尤为独到。应该说，这也是一篇"世情小说"，它通过描述生活之海中的"冰山一角"，向我们呈现了当代生活的浮世绘。也许，在一个作家看来，其所虚拟的小说的结构，就意味着这可能就是生活的原生态结构。或许，这同样也是某种不可颠覆的现实存在逻辑，因为在这个结构里面，潜藏的常常是人性晦暗的幽灵。

铁凝写于2008年的短篇小说《伊琳娜的礼帽》，仍不失为当代短篇小说的佳作。它将故事的背景置放于"空中"，一个心情有些沮丧的女性旅行者，搭乘一架破旧的T-154老式客机，从莫斯科飞往苏联远东城市——哈巴罗夫斯克。原本，飞行中的故事，本身就一定带有莫名的虚幻感，并且充满了悬浮又沉重的意味。故事刚刚展开时，没有丝毫的新奇感。无论怎样讲，一个带着男孩的年轻女人与一个陌生男人，在飞机上邂逅，继而迅速进入调情状态。这看上去可以是一种具有顺理成章成分的风流韵事，或节外生枝，或将计就计，纯粹属于游弋在伦理和道德边界的逢场作戏。而且，在情理上也不会令人觉得过于突兀。但是，这样的故事从来就没有太多的传奇性，作者讲述的方式和故事的结局，无论怎样都会让我们感到它的猎奇性质，因此，故事本身也极其容易落入俗套。就是说，写这类作品，对于一位小说家来讲，是一个十分危险的选择。这不免会让我们想起余华经常提及的，美国作家艾萨克辛格极其推崇的一句话"看法总是要陈旧过时，而事实永远不会陈旧过时"；另一句是古希腊人的话"命运的看法比我们更准确"。实质上，这两句意味深长的话，应该算是对作家莫大的提示和鼓舞。一个作家只有战胜自己在经验面前的自卑，发掘自己天才的想象力和虚构力，发现生活的可能性、真实性，发掘出世界的美妙、精彩和悬疑，古老的故事才可以在讲述中重获新生。关键在于，作家是否可能发现人物特殊的"命运"，唯此，那种意料之外的过程和结局，才可能呈现出人物石破天惊的生命风景。

  地毯已经很脏，花纹几近模糊，渗在上面的酒渍、汤渍和肉汁却顽强地清晰起来。偏胖的中年空姐动作迟缓地偶尔伸手助乘客一臂之力——帮助合上头顶的行李舱什么的，那溢出唇边的口红暴露了她们对自己的心不在焉，也好像给乘客一个信号：这是一架随随便便的飞机，你在上面随便干什么都没有关系。

  "这是一架随随便便的飞机"！我想，也许对于心存疑虑的旅客，也可能会非常犹疑地走下这架飞机，重新选择行旅。有谁敢于搭乘一架"随随便便"的飞机？至少，这样的机舱环境，会严重地影响旅行情绪，搅乱飞行的心情，这些，就是在强烈地预示：这是一次危险的令人忧虑的旅程。当然，这样的铺垫，也使我们感到，必然将会有令人意外的故事在这个临时性的"小社会"里发生。然而，接下来缓慢的叙述节奏，舒缓了我们开始阅读时的紧张，而对于人物行为细腻、略显冗长的描述，似乎也多少拉长了这次长途飞行的时间，仿佛作家这样做，是故意地让我们产生乏味和无聊的感受。在这里，文字则袒露出非常自然、很生活化的气息，带有雷蒙卡佛和契诃夫的双重印记：注重细部修辞的力量，游刃有余地让人物在细枝末节处呈现最具品质性的个性。

  时空是飞行的道场，确是一个特殊的存在时空。因为前面曾经提示，"这是一架随随便便的飞机"，它的情境很可能就是混浊、芜杂和无序的。那么，这架飞机上将要发生的一切，也许就会是一些"随随便便"的事情。先是一个莫斯科的新贵年轻人，用最新款式的手机，挑逗两个随行的浓妆少女开心，无视手机对飞行安全的影响。接着，作者不惜笔力让这位故事的主角——年轻的看上去并不风骚的女人和五岁的男孩出场。在这里，小说首先渲染了这个五岁男孩，

"这是一个麦色头发、表情懦弱""孩子显得忧郁,又仿佛这样的孩子个个都是老谋深算的哲学家",这看似轻描淡写一句话,实则是对于后来重要情节的有力的预设和铺垫。而年轻的女人,被同是女性叙述者的另一位人物,比拟为老一代人们年轻时的英雄偶像——苏联卫国战争时期的英雄卓娅,但是,这个少妇还是被叙述者称为伊琳娜。仔细想想,这完全是一个东方人的西方想象,包括小说中接下来发生的一切,其中的伦理观以及相关的价值观,也许,都与我们观念里的纹理、时序和秩序大相径庭。但是,难说这两者之间,到底有没有相近或相同的底色。

惊艳但不离奇的一幕幕渐次展开。瘦子帮助少妇在无助的状态下往行李舱里安放那个大礼帽盒子,这也是构成他勾引行动的绝佳契机。卑微却兴奋的瘦子得寸进尺,在讨好伊琳娜的儿子萨沙之后,他又迅疾地将座位调换到伊琳娜身边。随即,作者开始用相当长的篇幅,细致入微地描述两者极其漫长的"调情"。"我"——一位女性叙述者以其苛刻甚至窥探的目光和逻辑,洞穿或"逼视"了这次男女调情的所有细节。"她脑后的发髻在椅背的白色镂花靠巾上揉搓来揉搓去,一丝碎发掉下来,垂在耳侧,泄露着她的欲望。是的,她有欲望,我在心里撇着嘴说。那欲望的气息已经在我周围弥漫。不过我似乎又觉得那不是纯粹主观感觉中的气息,而是——前方真的飘来了有着物质属性的气息。"瘦子与伊琳娜的肢体语言和身体摩挲,心理起伏和性别欲望,就像是一场战争,他们的目光、手、腿、头,在角力着,风起云涌,仿佛是在平衡与失衡之间考量意志。这段空中调情,让我想到司汤达《红与黑》中于连和德瑞那夫人,他们最后的、最精彩的角力,也是两只手之间的战争,不同的是,伊琳娜和瘦子是由于短兵相接、顺水推舟的情色邀约,于连和德瑞那夫人之间更多是情爱、甚至充满尊严之争的成分;后者,于连是一个才华横溢的阴谋家,一个深思熟虑的情爱的攻击者,他的动作令德瑞那夫人猝不及防。想不到一个在书中微不足道的人物——德薇夫人，竟然给予连莫大的机会，于连握紧德瑞那夫人的手的时候，后者的恐惧，几乎令其心如冰霜。激动，不安，惶恐，都源于德瑞那夫人不能暴露这一切。比较而言，《伊琳娜的礼帽》中的男女仅限于调情，《红与黑》则是偷情，这里虽没有高贵和下贱之别，却有声色有否、虚无之意。司汤达在他的长篇小说中有充分的时间、空间，去继续延续和终结男女的纠结，而铁凝在有限的文本篇幅内，必须尽快向我们交代一个简单而无言的结局。然而，我们所等待的，却是一个令人错愕又令人感动不已的结局。

毫不夸张地说，在叙述的终端，萨沙，这个五岁的小男孩，几乎承担了这篇小说所有的重量。伊琳娜忘在了行李舱的礼帽盒子，经由瘦子和"我"，传递到正与接机的丈夫相拥的伊琳娜的手中时，前晚曾在飞机上目睹妈妈与瘦子调情的儿子萨沙，做出了低调的、惊人的、成熟的表现：

我所以没能马上脱身，是因为在这时萨沙对我做了一个动作：他朝我仰起脸，并举起右手，把他那根笋尖般细嫩的小小的食指竖在双唇中间。就像在示意我千万不要作声。可以看作这是一个威严的暗示。我和萨沙彼此都没有忘记昨晚我们之间那次心照不宣的对视。这也是一个不可辜负的手势，这手势让我感受到萨沙一种令人心碎的天真。而伊琳娜却仿佛一时失去了暗示我的能力，她也无法对我表示感激，更无法体现她起码的礼貌。就见她忽然松开丈夫的拥抱，开始解那帽盒上的丝带。也只有我能够感受到，她那解着丝带的双手，有着些微难以觉察的颤抖。她的丈夫在这时转过脸来，颇感意外地看着伊琳娜手中突然出现的帽盒。这是一个面善的中年人，他的脸实在是，实在是和戈尔巴乔夫十分相似。

令人心碎的天真！

我们惊叹作家选择了这样的结尾。望着一家人和美地相拥而去，走向那辆样式规矩的黑轿车的时候，我们也看到了铁凝内心的真诚，既有叙述的真诚，也是善良呈现美好的成熟。这是一个极其善良的超越道德层面的结尾，作家的悉心处理，或者说是果决的想象，使情节赫然急转直下，瞬间将悬浮飘荡、风情万种的迷思，收束到一个五岁孩子纤细的食指上，以"禁语"的暗示，消解这场午夜飞行的滥情。一个心神荡漾、携子旅行归来的少妇，尽管在飞行中，她的欲望曾经获得前所未有的新奇刺激和诱惑，一颗童心和"我"的默契配合和互衬，则有意无意间简化了性与道德间的对话关系，也避免了一次人的道德训诫和心理重负。伊琳娜最后机警、睿智地将给丈夫选购的男士礼帽"扣"在自己头上时，那种几乎吊诡式的幽默，姣好地维持了女性的自尊。这次旅途，就像是一曲生活交响中的短暂变奏，逾越性的不堪，欲望的锁链，最终被温情和谅解彻底解构。

仔细看，这两部短篇小说容量实在不算小，虽然故事本身的时间长度很短，《飞行酿酒师》仅仅是一顿饭的工夫，《伊琳娜的礼帽》应该是一次不足十小时的航段，空间维度也不大，后者只是机舱逼仄狭小的空间，但是，我们能感受到叙事背后巨大的心理空间和精神维度的拓展。两篇小说，各自表现了两个国度和民族生活的现在进行时态，人在社会和存在世界的微小人生。文字平淡隽永，即使偶见机锋，也是点到为止，绝不强做解人，作者尊重人在平凡生活中的生命即景，每一个属于自己的生命时刻，睹物观情，容纳俗世苍凉和浮生欲望，书写存在世界百态。因此，我们说，杰出的小说家，都是在方寸之间彰显大时代是如何进入个人生活，咏叹"花自飘零水自流"，让传奇和神奇褪尽，显示沧桑本色。

世界上唯有小说家无法"空缺"
——格非小说《迷舟》及其先锋性"考古"

一

格非是谁？小说家兼学者，或者是学者兼小说家。近三十年来，格非一直在叙述和讲授中游弋，在讲坛和文坛之间，难分主次。后来，格非曾被喧嚣的文坛誉为"中国的博尔赫斯"，这个称谓，让格非又被认为是一位最"接近"知识的小说家。因为对博尔赫斯叙述"迷宫"的精致模拟，也陡增了格非小说文本的神秘性色彩。但是，令人费解和疑惑的，可能是他在虚构自己的文本时，时常在经意或不经意间，颠覆他在课堂上向学生谈论、讲授的"小说叙事学"，演绎出颇具行为艺术的现实版"迷舟"。多年以来，我感到，格非似乎始终在叙述的深处徘徊和徜徉，尽管，他略显疲惫的神情，掩饰不住岁月的"青黄"带来的沉重，但是，像充满悬疑意味的《戒指花》，格非的写作，同样让我们猜不到他的未来。

1987年，这位二十三岁就发表了小说处女作《追忆乌攸先生》的格非，很快，在1988年，又迅速地写出了具有浓郁抒情风格的小说成名作《迷舟》。不同凡响的是，这个小说所讲述的故事，在叙述的最关键性的"节点"，竟然出现了逻辑性的"空缺"，极其霸道的

"中断",使得阅读发生了令人难以忍耐的迷茫。从叙事学的角度讲,可以说,这简直就是中国小说史上前所未有的一次"革命"和"起义"。一个原本极其写实、老实地讲述故事的小说,人物及其活动,在叙述的关键环节上突然消失了,故事虽然没有"死亡",可是,因为这个"空缺"的出现,叙述所本该抵达的目的无法实现,小说完成了一次自我性的虚无。一切,在苍茫云海间变得空空荡荡。

那么,在20世纪80年代末,为什么会出现这样一篇小说呢?就像《迷舟》这个小说的名字一样,年轻的格非,为什么执意要将我们引入不可思议的"迷舟"?此后,格非的一系列短篇小说的叙述,继续沿着这个惯性不断地向前推进,使得他的"先锋"气质,即使在"先锋群落"里也独具一格,而且,近三十余年经久不衰。骨子里的先锋精神,不断地在大量的中、短篇以及长篇小说文本里悠然重现,精致、优雅的叙述,宿命般地伴随着这位学者型小说家,滋生出舒缓、起伏的汉字的风韵,在经常性的细节的休止符间隙,偶尔就会令人柔肠寸断。我们从格非几十年的小说创作中,深刻体悟到了吴亮那句经典之语"真正的先锋一如既往"。

从写作发生学的角度看,回想那时的历史语境,其实,20世纪80年代的中后期,是最宜于文学的叙述的时代。那也是许多写作者和阅读者感慨系之的"黄金时代"。几十年来的文学"一体化"格局结束了,在一阵思想界对文学自觉的强力介入之后,在不可避免的浮躁和喧嚣消散后,文学开始渐渐以文学应有的发生、生产方式,用心地打量、思考和呈现这个世界,文学重新找到了出路。作家开始在冷静地思考世界的同时,也开始思考究竟要"写什么"和应该"怎么写"的问题。对于任何一位作家而言,作为写作主体,能真正地回到写作本身的审美轨道,都会欣喜若狂。所以,那个阶段的文学,出现了一大批"有意味的文本",以极端形式主义的呈现方式,开始了一场叙事学的革命。实际上,这场看似文学本体层面的革命,蕴含着更内在的社会、精神和心理价值成因。包括苏童、余华、格非、孙甘露、吕新、北村在内的一大批年轻的写作者，在20世纪80年代中后期"汹涌"而来，虽有复杂的外部现实的影响和"催生"，但是，更为主要的原因，恐怕还在于这些写作者内心的文学诉求和冲动。真正的文学"潮流"和运动，从根本上都不是被"组织的"，而是作家独立、自由开拓出的叙述空间和方式，确切地说，应该是写作者内心的需要。可以说，余华、苏童和格非们，创造了在当时文学接受状况下一个几乎"读不懂的空间"，这无疑是挑战了当时读者的阅读惯性，令人一时无法适应。仔细想想，从"先锋小说"的内部看，格非是其中在"先锋"性方面走得最远的作家。一开始，他就没有丝毫"迁就"读者的意思，这当然不是一个简单的阅读"滞后"问题，而是叙述者实在是走得太远。《迷舟》《褐色鸟群》《唿哨》和《青黄》，一路云雾弥漫，山重水复，柳暗花明，从容的叙述中隐匿着悬疑、紧张、冲动、期待，文本所演绎的存在世界，如同充满了感性生命的"如梦的行板"，其不乏清冷、神秘的"零度色调"，生命和时间的理性，在人物模糊的意识形态里，虚无缥缈，绰约可见。作家通过这样的叙述，究竟想呈示什么，解决什么，其中"蛰伏"着怎样的精神寓意？它试图抵达一个什么样的幽深境地？说到底，格非想让自己的叙述，将自己带到何方？格非小说叙述的"出发地"在哪里？"回返地"又在何处？"先锋"的内在含义，在当时的特殊语境，在奇崛的文本形态中若隐若现，险云山远，机关算尽，文字中不时地透射出叙事的玄妙和乖张。

  现在，回顾20世纪80年代的思想、文化氛围，我们就会慢慢地清楚格非、余华等人的写作初衷，主要是，他们出于对"启蒙"使命的警觉和放弃，而回到生命本体，回到文学本身之魅，以纯粹"复魅"的、富于科学品质的美学立场，专注于对存在、世界、历史的重新勘查。实际上，这是一种"我思故我在"的思考维度和观察维度，在文学叙述的价值取向及其"原则"上，宣告了线性思维逻辑、叙述"因果链"及其存在世界"本质化"的终结，这是对所谓世界"本质性"怀疑的开始，这也就直接导致了文本形态的一次彻底革命，也导致了历史叙述之虚无品性的出现，它是反抗传统叙事规范的开始。这些，在几位"先锋作家"的写作追求中都普遍存在，但是格非较其他各位尤甚。而且，他以自己的文本建立起"先锋"性的合理性，重新建立了叙事的逻辑，发现存在世界及其历史的非理性状态和盲目性的一面，而重新界定文学虚构的哲学边界。因此，从这个角度讲，格非的小说，在很大程度上改变了以往我们理解和判断历史的结构图式，显然，他在努力地寻找历史与现实的隐秘关系。同时，他还借助文本发出了充满理性的追问：历史理性究竟在哪里？由谁掌控？历史如何书写的问题，实质上是一个现实的问题，那么，究竟应该依靠什么理念或者依据来判断历史与存在的真实呢？依据个人经验判断事物、叙述历史，显然是可怕而愚蠢的选择，完全是自以为是的行为。从文学叙事学的角度看，存在世界和历史都具有很大的"审美间性"，为叙述提供了巨大的弹性和张力，但是也树立了一个难度或障碍。似乎，历史的意义和存在的重现，只能由这些似真似幻的故事来决定，而根本上的问题，却在于故事与历史之间造成的"误读"，这才是先锋文学叙述的内在追求。

"先锋写作"，构成一股文学潮流，让我想起余华关于1987年至1988年间他与《收获》之间联系的美好回忆。《收获》作为中国当代文学元老级人物巴金创办、主编的文学杂志，数十年始终坚守着独特的人文和艺术的品质。正是这种坚守，才使得20世纪80年代后期，一大批年轻作家激进的文学探索，能够在当时较为复杂的政治、文化环境下得以呈现出来。1987年和1988年连续推出的几期"先锋文学"专号，宣告和催生了一种新的美学原则和写作风格。可以不夸张地说，如果没有《收获》这样强力的倡导和力挺，就不会有"先锋写作"的创作实绩和经久不息的潮涌。从这个意义上讲，令余华、格非和苏童们所难忘的，不仅是自己写作过程中内心所感受的温暖，主要是写作的价值和意义，能够有可能被精英文化认可的机遇。

我之所以要努力厘清这样一个文学写作的语境，是因为这涉及一种新的叙事原则和形态的出现，以及存在的理由。唯有清楚这一点，我们才会明白，"先锋写作"作为一股潮流在几年后为什么会终结，而它的"先锋精神"却可以持续几十年不衰。可以肯定，作家的内在需求，在很大程度上决定着文学及其精神的走向。因此，我们现在看，《迷舟》这样一篇小说在当时出现的意义，不仅在于它打破了当代文学叙述的传统时空秩序，更重要的是，它在开启一场叙事学革命的同时，生发出了由叙事多元化所带来的新的历史审美观的变化。相比《迷舟》的写作，更早些时候，也就是20世纪70年代末、80年代初，有王蒙等作家有意地模仿西方的乔伊斯和伍尔夫，用"意识流"的写法，表现那个年代"忽如一夜春风来"的精神、心理感受，"旧瓶装新酒"式的艺术手法，对一个精神上正在复苏的民族心理给予了异样的呈现，着实也令人耳目一新。而格非的《迷舟》等一系列短篇小说，进一步突破了这个格局，将小说带进了叙述及其策略决定文本意义的文学时代。

二

从某种意义上讲，真正的写作，其实就是一种宿命。格非小说的叙事形态，来自自身的宿命和诉求，更来自文化的宿命和写作的愿景。已故评论家胡河清，对格非及其写作曾有过精到的分析和评价，我认为，这是迄今最为切近格非写作发生学意义的研究。胡河清借用《鬼谷子》和《鬼谷子命书》中关于"腾蛇"的比喻，来影射、揣摩和阐释格非的小说及其意象的生成。"腾蛇"为神蛇，"能兴云雨而游于其中，并能指示祸福。腾蛇所指，祸福立应，诚信不欺。蛇之明祸福者，鬼谋也；蛇之委曲屈伸者，人谋也。"[①]在胡河清

---

① 胡河清：《灵地的缅想》，第174页。

看来，喜欢蛇的格非，恰恰就是这样一条观察、写作和叙述的"神蛇"。因为格非的小说里有大量关于蛇的隐喻，其中，"蛇在我的背上咬了一口"，构成了格非小说的基本意念。"格非的蛇会咬人，而且极其狡诈，这说明他感兴趣的是术数文化中的诡秘学成分。也许正因为深藏着这一种关于蛇的意念，格非眼中的世界是诡秘的。"[①]这当然不失为一种独到的解读。"诡秘""诡谲""水蛇般缠绕在一起""因为生病每天都要吃一副蛇胆"，这些神秘的字眼，以及蛇的意象，密布于格非的小说之中，而且，我们在他的诡秘里感受到一种文化的神韵，至少，我们能够强烈地感知到格非努力洞悉世界和存在真相时，那双如同蛇一般的目光，包括这双眼睛对世界的探究欲望和解读策略。于是，胡河清将格非描述为"蛇精格非"。这虽是一种极具隐喻色彩的想象性概括和调侃，但我以为，这非常切近一个作家的本相，作家最渴望的，就是有一双与众不同的眼睛，不为已有的"框架"所束缚，就像所有人观察世界的时候，完全不受自己视网膜的影响，是一种直观，而不是反射。我们也由此体会到，像格非这样的小说家，宿命般地走上虚构的道路，而他却会为我们必然性地提供关于这个世界真实的基本图像。

  但是，即使有这样一双"鬼斧神工"般的眼睛，格非也依然无法清晰地看见一切事物的机枢，这不是一个作家自身的能力问题，这是人类认知所面临的局限和关隘。也许，只有小说这样的虚构文本，才可能大胆地肩负起猜想世界的使命。因此，就有了大量所谓"空缺"的存在。仔细想想，之所以有"隐秘"世界的存在，是由于事物整体性的不可知。不可判断和预知，这是一个本源性的问题，因此，可以说，格非的小说《迷舟》，带领我们从另一个路径进入了历史、进入存在世界，这不仅是小说叙事的革命，而且涉及美学、哲学和历史学与文学关系的深刻变革。它强调和重视的，是文学叙

[①] 胡河清：《灵地的缅想》，第174页。

事，终将无法"篡改"历史命运。

若想深入阐释《迷舟》这个小说，我们依然需要从文本的几个重要元素入手：时间、历史、回忆、人物、叙述、"空缺"和隐喻。

在这里，时间，是使这个文本充满个性化的基本元素。空间是一个容器，而时间也是一个容器。所以，时间不是线性的，往往是多维的空间吞没了时间，令时间被假象所遮蔽、所忽视。叙述现实，叙述历史，讲述人在现实和历史世界中的存在形态，却是在对时间和空间的想象和回忆中完成的。记忆，同样是一个复杂的容器，其中杂陈、积淀了无数事物的因子和元素，但时间本身无法唤醒和发酵它的存在价值和能量，只有"回忆"，才有可能揭示"时间的伪形"和历史假象的虚伪，发现既有"事实"的根本性缺陷，这样，在精致、超凡脱俗的回忆过程中，发现现实、历史以致存在间隐秘的时间、空间联系。时间在叙述的关键处发生了"断裂"，这是叙述的"症结"所在。无法接续的时间链条，被抛掷进时间的深渊。于是，小说的结构，成为对历史的解构和消解，成为对历史和真实进行重构、"还原"的基本过程。这也是《迷舟》能成为"先锋小说"杰出的代表性文本的重要原因。也可以说，《迷舟》是以自己的策略和哲学，直奔历史而去的，也是间接反思现实的。

谁能拆解开时间这个容器，谁就能打开历史和现实的真正隐秘，因为这个容器里面装的就是历史。这个容器之于小说而言，就是对一个新的、属于它的叙述方法的出现。《迷舟》这个小说为什么要如此布局？为何一定要如此这般地结撰叙事文本？我想，最大的原因，还在于思想、精神或者心理容量的溢涨，已经令原有的形式无法容纳和承载存在可能性这个历史摇篮，唯有破茧而出，才能重建文本畅达的隧道。也许，这就是艺术的辩证思维。

短篇小说《迷舟》，选择的是一个开放性的叙述人"冷峻"的视角，时间，成为文本中一个明显的存在。无疑，这是马尔克斯式的时间意识引入，如同"多年以后"这样的时间状语，在几乎所有先锋作家的文本里，一开始就主宰了叙事的秩序和格局。这些年来，人们大多愿意聚焦在"形式"的层面谈论这个小说先锋品质，认为这个如谜一样的小说，这个叙事的"迷宫"，是作家营构的"形式的迷宫"，历史的迷宫。其实，在这里，格非的文本叙事，在引入特殊的叙事策略的同时，却始终牢牢地遵循着中国诗学的一个美学情境：超逸之逸，并且是"冷逸"。其中蕴含着那种空灵清润的气息，覆盖着破败衰朽的悲凉之雾。这看上去像是一种文体色调，实际上弥散出叙事的语气、趣味和精神格调，旨意遥深。所以，在《迷舟》所裹挟的南方的氤氲之气中，始终渗透、弥漫着萧索、苍茫、荫翳，也不乏透出隐隐的杀气。这仿佛对逝去的历史有种莫名的恐惧。这种语境，暗合了文本对历史乖张的假设和构想。混沌之气，搅和着历史的烟云，徐徐升腾。

小说中的几个人物，在叙述中，也几乎都是处于虚无缥缈、朦胧、模糊的状态之中。有姓无名的"萧"，以及马三大婶、母亲、老道、杏、三顺，仔细感受和体悟，他们在这个故事里，仿佛都只是一个个符号而已。

那么，格非"如此"讲述"这样一个故事"的意义和目的是什么？是发现历史和时间的幽暗，感知个人与历史之间永远存在的、无法沟通的关系？若从本质上说，在这个文本里，历史也只不过是一个弱不禁风的框架，是一块早已风化的顽石而已。而"借尸还魂"永远是作家的拿手好戏，那么，历史之魂又在何处呢？一个作家，既不能肆意"俯视"历史，也不能刻意去净化历史，历史在文学叙事中可能是一种多维性的存在，只有具有清晰的叙事伦理和美学的品质，才能接近历史本身或者触及事物的可能性。

三

其实，《迷舟》里的"空缺"，就是历史的盲点和断裂之处，它也是我们在现实中回望历史时的盲点，是历史局部在我们判断中的

"本质性"缺失,也是历史叙事时逻辑起点的迷失。说到底,相对于"人"这个主体,这个"空缺",也就是存在的盲点。那么,是否可以这样理解,只有这样叙述历史的时候,小说家的谦卑也许才会尽显无遗,"全知全能"的叙事,再也无法在历史和"存在"面前大行其道。而且,在叙述中,作家已经隐藏起一个文学中至关重要的因素——情怀,像罗兰·巴特的"零度叙述",这样"主体困顿、风格忧郁"的文本,根本就不需要作家对历史"往事"有过多的热情。因此,在小说里,"萧"是一个冰冷的、几乎没有温度的人物,这是格非的一种刻意的处理,他像某种意念、理念的影子,跟随着自己模糊的意识,在自己家乡的村落和小河里漫游,任由自己本然的欲望,信马由缰,狼奔豕突。我想,"迷舟"之意,就是迷失,是一只迷途之船,是"迷失了的水上之船"。像是迷失在迷宫之中。这个整体的意象,或许就是在隐喻历史本身的飘忽性、不确定性,如同失衡在一片复杂的水域,处处遇到玄机。到最后,甚至连人物、故事和语言也会迷失在叙述里。在描绘这个历史主体"迷失"的过程中,凸显出历史的苍凉和羸弱,而历史的"能动"的必然,因为一种偶然性,一个人的"偏狭"走入茫然无际的"黑洞"。

  萧重新陷入了马三大婶早上突然来访所造成的迷惑中。他觉得马三大婶的话揭开了他心中隐藏多时的谜团,但它仿佛又成了另外一个更加深透的谜的谜面。他想象不出马三大婶怎会奇迹般地出现在鲜为人知的棋山指挥所里,她又是怎样猜出了他的心思。另外,杏是否去过那栋孤立的涟水河边的茅屋?在榆关的那个夏天的一幕又在他的意念深处重新困扰他。

  这天,萧像是梦游一般地走到了杏的红屋里去。

  三顺还没有回来。傍晚的时候,涟水河上突然刮起了大风。

萧的迷惑，既是格非叙述的迷惑，也是历史的迷惑。萧为现实所困惑，我们却为历史感到莫名的焦虑和惘然。历史前行的动力，在一个短篇小说的文本之中，遭受到了巨大的质疑。个人的欲望，竟会在不经意间替代了历史欲望的达成，抑或，个人的欲望，就是历史欲望的"原型"。而"空缺"到底是历史的必然，还是叙述的圈套，抑或两者的"合谋"？这的确又是一个最"本质性"的问题。显然，在这里，作家无力把握、决定这个人物的去向，不可能、也不想控制他的行动，这既是对历史的包容姿态，也是隐含悲观的对存在世界不可知的消解。萧在大战在即，部队采取重大行动之前，却突然遇到家事的变故，父亲意外身亡，他要去参加父亲的葬礼。而他的家乡，正是他们需要迅即占据的军事重镇，这个地域，也正是敌人蓄意占据、攻击的要塞。其实，萧的举动本身，就是一件极其荒谬和不可思议的事情，因为常识告诉我们，一个领命正在执行军事行动的军官，根本不应该有这样肆意的选择。萧完全沉入了一个非军人的情感纠葛的境遇之中，沉浸在与战争毫无关联的、日常生活的情境里，他似乎已经生活在一种幻觉里，同时，整个情势也为其生死蒙上了一层迷惑的阴影，此时，对于生死，萧已经在冥冥之中觉察到了周遭腐朽的气息。旧情萌动，萧与杏的私通在败露之后，致使他继续沿着"错误"的方向向前滑行。"就在他站起身准备离开父亲书房的瞬间，他意念深处滑过的一个极其微弱的念头使他又一次改变了自己的初衷"，他执意要去榆关。此时的榆关，正是两军交战的要地，萧的哥哥所率领的北伐军刚刚在榆关不战而胜，那么，萧去榆关究竟是探望被三顺阉割了的杏，还是与北伐军营中的兄长会晤？叙述就在这里中断了，也被叙述者"阉割"掉了。也许，无论萧去榆关做其中的哪一件事情，即使真的仅仅只是去看望遭受"阉割"的杏，萧都逃脱不掉被警卫员杀掉的命运。可见，历史处于每一个相关者的猜测和武断中，师长给看似不谙世事的警卫员的密令，也是对可能性的一种预设，偶然性转瞬之间成为一种必然的归宿。

马三大婶的角色，也令人深感吊诡和匪夷所思，她的行为诡异，她总是在时间的关键处翩然而至，她在整个叙述中不可或缺，她穿针引线地连缀起时间和记忆的缝隙，推动着萧游弋前行。三顺"阉割"杏的行为，似乎是凭借一种直觉或第六感之类的暗示，产生的强烈的现实冲动，却铸成了萧的选择。而老道的箴语，也早早铺垫、预示出历史的残酷性和神秘色彩。从这个角度看，这篇《迷舟》从整体上讲也是一部精致、严谨和结构感极强的杰出文本。

陈晓明教授更愿意使用"阉割"一词，直接地描述格非的"空缺"对历史做出的"武断性"处理。而格非在小说中，选择让三顺对杏实施的"阉割"，似乎就是一个明显的暗示。小说家还能做什么？对历史和往事最大的宽容，就是在"回忆"的途中"无籍因循，宁拘自责，挺然秀出"。格非就是要呈现历史的断裂，关键是这个断裂，竟然源于一个中级军官的极端个人的偶然性。简直不可思议，历史的盲目性，难道就始于个人的经历和经验的一意孤行？

现在看，小说《迷舟》所承载的内涵，已经远远地超出了一个短篇小说的容量。诚然，它不仅充满对历史驾轻就熟的自信，而且，"迷舟"这个意象，构成了历史和存在世界变局的隐喻。我感到，这个小说的写作，还使格非的历史观及其审美视角的选择，或多或少地积淀了悲观主义和浪漫主义的因子。这一点，不但延续到《褐色鸟群》《青黄》《雨季的感觉》《唿哨》《戒指花》等一系列作品，还不断地在此后的一系列长篇小说《敌人》《人面桃花》《山河入梦》和《春尽江南》中若隐若现。

这些文本里，依然不断有"空缺"出现，唯独不会缺失的，是一个小说家，一个叙述者对历史这个"灵地"无尽的缅想。

生命像聚在一头乱发中
——阿城的小说《棋王》

一

仔细地回想一下，20世纪80年代的小说，现在能够让我们记住的，实在是寥寥无几。其实，这其中的原委，并不十分复杂。关于20世纪七八十年代的文学发生，这些年已经有为数不少的研究文字，但大多还是喜欢从那时的中国政治、文化转型的视角，反思文学外部因素对于文学尤其是小说创作的影响，还依然沉浸在文学社会学研究方法的窠臼之中。这是一个很可悲的批评和研究现状。而事实上，"80年代"仅仅是一个历史的发生过程，它也仅仅是一个不可复制的时间段，近四十年的世道沧桑变化，足以让我们有勇气和能力重新审视这个已经逝去的时间和空间，包括发生在其间的一切。尤其是，在我们重读那个时代文学作品的时候，不应该忽略的，应该是一个作家写作的有限性和文本所蕴含的无限性、可能性。在任何时候，一个作家不可避免地要表现自己的、个人性的生活经验，以及他个人对生活总的观念和理解，因此，让他完全、完整而详尽地呈现整个世界和生活，显然是不真实的，这是对写作的一种误解。我越来越觉得，作家在面对一个时代和生活的时候，恰恰是因为对生活的充满个人性的理解和判断，恰恰是他的想象力和虚构、扭转生活的能力，得以使他超越了种种局限性，超越了对所处时代的浅薄的一般性认识，这样，文本才终至于能够避免"应景"，得以更久地存活下来。而且，我的看法是，对于个人经验愈发充分地珍视，并且能够呈现出个人情怀如何自然地沉入大历史的风云际会，叙事中的个人经验和家国记忆，才可能构成文本的真实编码和独特性。这样的作品，才会具有对时间和阅读的穿越性。无疑，我们对经典的期待由来已久，几乎成了真正写作者和阅读者挥之不去的情结。

我也常想，在不久的将来，对20世纪70年代末以来的中国当代文学如何重述，的确是一个难题。即使现在来看，已有的文学史描述，早已经显得局促和陈旧，令人难以信服和接受。这不仅是以往的社会学、政治学的标签化限制了对文学的美学界定，更主要的是，我们总是习惯将文本置于文学与现实的对应关系的层面，来考察所谓文本的历史、现实意义及其价值，而很少重视文本中所蕴含的生命本身的承载，忽略了作家在文本中寻找人生、生存意义的个人修辞方式。

像阿城的《棋王》《树王》和《孩子王》，还有，像韩少功的《爸爸爸》《归去来》这样的小说，自从被肆意划入"文化寻根小说"之后，不仅使得对它们的阐释出现了局限性，而且还将直接导致对它们的文学史定位的偏差。因此，我也日渐理解了"当代文学是否宜于写史"的质疑。

无疑，阿城的《棋王》是一篇奇特的小说，杰出的小说，是一部永远值得"重读"的篇章。这个关于生命的故事，既有自身无与伦比的传奇性，更具有超出一般文化层面的世俗品质。甚至，它在一定意义上，整理了我们以往关于小说的许多理解和观念。最关键的，是它产生的年代，令人瞠目，令人叫绝。它为何会产生在20世纪80年代初的中国？它更不是所谓"与时俱进"的小说，何必非要将其"划归"到"文化寻根"的序列？这部极其"形而下"的小说，缘何深藏着极其"形而上"的内涵？一个下棋和"吃的故事"为什么有如此大的张力和多义性？回顾与它同时期出现的"文革后"文学，《棋王》早已没有了"乌托邦"微言大义式的架构方式，淡化了历史、革命和变革的纠结和沉重感，也没有刻意将其叙述成寓言，更无对意识形态的即兴敷衍。阿城一上手，就底气十足，另辟蹊径，举重若轻，杂花生树，徐徐道来，直逼小说俗世品质的本意。自它1984年横空出世三十余年来，我数次重读，每每都爱不释手，总不厌倦。时至今日，我仍然愿意在这个文本世界里，体味一个人在一段岁月里的"艰难时世"，生命在时间之河中的影像和记忆。

二

　　这是一篇地道的中国当代的"世俗小说"。我想，正是因为它的写作，没有任何文学之外的负担，绝少启蒙叙事那样的功利，它只写人的"生"和"活"，"原生态"的时空表现，没有混沌的杂音，没有处心积虑的算计。因此，这是一篇极其纯粹的中国小说。

　　可以说，《棋王》的故事，是一个象棋的故事，一个饥饿的故事，一个知青的故事，一个世俗的故事，一个充满神性的故事，更是一个很"旧"、很扎实的故事，所以，就有了其他作品难以比拟的传奇性。同时，它写出了一个人的认真和倔强，一个人的执着和痴迷，一个人的散淡和率性，一个人的恐惧和洒脱，一个人的智慧和纠结，一个人的从容和沉重。也就是说，这既是一个人的生命哲学，又是每一个人的存在宿命。再者，它仿佛在棋道和吃相之间，一下子连通了清雅与俗世的关系，让俗世于不经意间飘逸地进入了一种非凡的境界。很难相信，这个故事有如此巨大的心理、精神和灵魂的容量；也很难想象，这个小说人物王一生，已经成为一个有顽强生命力的美学符号，他凸显了一个时代的凹凸，映射出一个时代的贫血，民风与官气，以及乱世偷生。另一方面，这个时代也因之更清楚"神"和"魔"的区别。在这个故事里,或者说,在讲述这个最纯粹的"中国故事"的时候,阿城同时把作为最雅致的文化象征物——棋,与最具世俗性的"民以食为天"的"吃",也就是精神和物质这两个既有区别又难以分割的层面,胶着一处,不露痕迹地演绎开来,使人读来手难释卷。最令人折服的是,阿城写出了两者之间妙不可言的辩证关系,写出了它们之间的"法度"。读这篇小说,必须放下架子,以地道的世俗经验和情感"浸淫"其中。实际上,阿城早已深谙中国传统小说之道,在随笔集《闲话闲说》中,他细腻而简洁地梳理了中国"世俗小说"这一路的来龙去脉,从《红楼梦》《老残游记》到"鸳鸯蝴蝶派",审视从清末至民国的世俗小说的鼎盛,可谓林林总总,气象万千,特别是,在对其精髓了然于心时,也方才体悟到世俗小说的真谛。我也正是在读到了这本《闲话闲说》之后,才猛然领会到阿城小说叙述的范本和根脉。原来,其中蕴含着阿城独特的"世俗"观,他的文字并不是肆意的敷衍成篇。后来,我又看到阿城的"小短篇"结集《遍地风流》,一下子就明白了为什么会有这样一个大气凛然的《棋王》。此前,阿城的功夫已经坚韧地修炼过,很是了得。哈佛王德威教授,曾精准地描述阿城的世俗观:"千言万语,阿城的世俗可以归纳到一个'自为的空间'。这是一个浮世的空间,容得下男耕女织,可想也难清除男盗女娼。这是一个花样百出空间。阿城认为世俗是文明的源头活水,总为礼乐教化提供额外的出路。"[①]这额外的出路是什么呢?想到了贾平凹当年的散文《丑石》,有"丑到极处,便是美到极处"之说。那么,通俗,就是通往"俗"之路,是否也可以这样理解和推导呢?"俗到极处,就是雅至极处"这样的说法是否成立呢?

了解了阿城的写作来路,自然就会慢慢清楚这个《棋王》为何

---

① 王德威:《当代小说二十家》,生活·读书·新知三联书店,2006年版,第307页。

引领当代短篇小说风骚三十年。而且，我坚信，它还会继续引领。一个作家，能有这样一篇作品永远存活于世，实在是足矣。

这个棋王——王一生，他的人性中附着无比阔大的神性，而他身上渐渐滋生的神性，被俗性丝丝缕缕地、渐渐地剥离着。在这里，人物的神性和俗性，都不玄虚，在王一生的身上充满了不懈的元气。如果从人物塑造的角度考察中国当代文学，那么，王一生这个人物形象，无疑是一个独特的存在，也是十分"稀有"的、能够让我们真正记住的形象之一。王一生的"知青"身份，在这个小说里，显然已经不作为叙述的一个噱头或者关注点，"知青"这个略带有政治感、使命感和历史感的命名，已经被充斥其间的强大的世俗氛围所笼罩和遮蔽了。取而代之的，则是体现在许多方面的"骨""气""慧"的文化气韵。从这里看，阿城在1984年，就已经走到了"先锋小说"和"文化寻根小说"的前面。

"棋"和"吃"，是阿城用来支撑这个小说的两大基石。前者绝对是文化的，有大的"道"在其中，意蕴深厚，千年如斯，峰回路转，曲径通幽；后者，大俗至简，吃喝拉撒，在人生的最基本面上，世间百态的况味，竟然是为谋生而吃到极处的绝唱。在文本里，棋和吃之间的微妙关系，已然融化成一体，相互缠绕，彼此促进，密不可分，相互拉动，故事和情节在浑然中衍变。在这个文本里，若想厘清这两者到底是谁"滋养"谁，实在是很难说得清楚。在以往对这个文本的阐释和解析中，大多更加关注"棋道"中所蕴含的文化之意，而较少研讨"吃"里所蕴藏的深意和玄机。

我们先来看看文本中几个有关"吃"的细节。写得确实令人叫绝，读罢，竟然会让我们产生无限的悲伤。

> 列车上给我们这几节知青车厢送饭时，他若心思不在下棋上，就稍稍有些不安。听见前面大家拿吃时铝盒的碰撞声，他常常闭上眼，嘴巴紧紧收着，倒好像有些恶心。

拿到饭后，马上就开始吃，吃得很快，喉结一缩一缩的，脸上绷满了筋。常常突然停下来，很小心地将嘴边或下巴的饭粒儿和汤水油花儿用整个儿食指抹进嘴里。若饭粒儿落在衣服上，就马上一按，拈进嘴里。若一个没按住，饭粒儿由衣服掉下地，他立刻双脚不再移动，转了上身找。这时候他若碰上我的目光，就放慢速度。吃完以后，他把两支筷子舔了，拿水把饭盒充满，先将上面的一层油花吸净，然后就带着安全抵岸的神色小口小口地呷。

他对吃是虔诚的，而且很精细。有时你会可怜那些饭被他吃得一个渣儿都不剩，真有点儿惨无人道。

王一生旁若无人、全神贯注的吃相，令我们瞠目。那是一个饥饿的年代，人对粮食的憧憬伴随着一种强烈的恐惧感。王一生在棋盘上是那种"无我""忘我"的状态，而他在"吃"上，也依然是"忘我"的，较之前者是有过之无不及的。特别让我们惊异的是，王一生在面对食物时的虔诚，那种娴熟的吃法，唤起的竟然是我们内心巨大的悲悯。在他这里，食物不是用来养生的、享受的，而是用来战胜对于饥饿的恐惧的。因为，王一生永远处于一种无法踏实的生命状态。"吃得很快，喉结一缩一缩的，脸上绷满了筋。常常突然停下来，很小心地将嘴边或下巴的饭粒儿和汤水油花儿用整个儿食指抹进嘴里。"在对王一生的一系列动作进行了细腻表现之后，阿城用了"惨无人道"四个字，来总结这种对待食物的饕餮之相。

有一次，他在下棋，左手轻轻地叩茶几。一粒干缩了的饭粒儿也轻轻跳着。他一下注意到了，就迅速将那个干饭粒儿放进嘴里，腮上立刻显出筋络。我知道这种干饭粒儿很容易嵌到槽牙里，巴在那儿，舌头是赶它不出的。果然，待了一会儿，他就伸手到嘴里去抠。终于嚼完和着一大股口水，咕地一声咽下去，喉结慢慢移下来，眼睛里有了泪花。

读到这里的时候，我的眼里也噙满了泪花。我相信阿城的描述一定具有真实的生活基础，否则断然不会有如此令人惊悸的场景。我实在是没有任何真正意义上的饥饿的经验，我想，我对于阿城描绘的王一生的饥饿体验，很难产生心理上的渗入肌理的感受。

余华极为推崇博尔赫斯小说里的一段话："我一连好几天没有找到水，毒辣的太阳，干渴，和对干渴的恐惧使日子长得难以忍受。"这句话表达的感受，与阿城小说所凸现的人物心理完全一样。这个句子令人赞叹的原因，就是因为在"干渴"的后面，博尔赫斯告诉我们还有更可怕的"对干渴的恐惧"。同样，王一生也绝对不仅仅是对一顿饭的期待和渴望，而是不知一顿饭的后面，下一顿饭在哪里，什么时候才能吃得到。所以，我们在文本里面，还看到了王一生对食物及其产生的热量的精确计算。那么，在这样的生命的艰难处境下，一个人如何消解这种忧愁和困顿？"何以解忧"？唯有象棋。于是，就在这个时候，与"吃"衔接和紧密呼应的，就是"棋"的出现。棋，从最原初的"苦中作乐"开始，扭转了一个人存在的精神境遇，也在平淡隽永的文字里重新整饬了生命的状态。

还有，王一生来"我"的农场访问时，在吃完蛇肉、下过棋之后，知青"脚卵"为了表示对王一生的敬意，又拿来六颗巧克力，半袋麦乳精，纸包的一斤精白挂面。"巧克力大家都一口咽了，来回舔着嘴唇。麦乳精冲成稀稀的六碗，喝得满屋喉咙响。王一生笑嘻嘻地说：'世界上还有这种东西，苦甜苦甜的'。"这次"盛宴"似乎是一次极大的享受，几碗稀稀的麦乳精，"喝得满屋喉咙响"，这种俗世之乐，除非出现在那样的年代，否则真正是惊奇猎艳的虚拟。

阿城的高明在于，他没有将"吃""民以食为天"引向所谓文化的范畴来考虑,而是将"吃"与生存统筹一处,陈述一个最平常的道理。我们终于想明白这样一个问题:未知吃,焉知生?

三

在《棋王》这个叙述极其老到的故事里,阿城既写出了一个历史阶段、一个畸形年代的喧嚣、浮躁与生命的飘零,写出了在一个逼仄的岁月里人的尊严和风骨,也描摹出一个特殊年代的存在之荒寒。虽然,这种荒寒之意,尽管浸入骨髓和肌肤,却因为一个"瘦小黑魂",一个人在"九局连环"中,独自与宇宙天地的非凡对话,庄严地唤起我们对生活的温存的向往。《棋王》是在写棋,又不仅仅是写棋,它写人物,又不仅仅是写人物,它似乎是写一个人的生命片段,却又是极写所有人的生存真谛。

王一生与象棋浑然一体,看上去像是王一生对尴尬人生和苦楚的挣脱,实际上,其中所隐藏的"大乐""大智",不是一个"智"能够概括,也绝不是一个"慧"就能阐释的。我觉得,阿城主要想凸显的,其实是那个年代最匮乏的"骨"。因为,骨、气相生,才可能有智,才可能有慧。阿城写"棋",也像写"吃"一样,仍然有声有色,不拘小节。如果说,他写"吃"是表现人生存的困窘,那么,写"棋"则是努力在帮助一个人渡过一种俗世"苦厄"。因此,所谓雅和俗的界限,在这里也就无关紧要。在棋里,可以"纵浪大化",在"吃"里,可以寸断柔肠。大雅的事物,原来照旧可以从俗入手;俗的事物,同样地叠加着不屈的志向。这还让我们从棋里看到了一份生命存在的气力,一个人在宇宙里存在的灵魂模样。阿城写尽了王一生的内宇宙,这文字中,呈现出许多阔大、厚实、醇厚的象与意。这些人文意象,身影幢幢,皆根植在世俗生活浓重的氛围里面,扎实,深沉,平淡,质朴。阿城曾说:"寻根文学撞开了一扇门,就是世俗之门。""世俗之气漫延开了,八九年前评家定义的'新写实文学',看来看去就是渐成气候的世俗小说景观。"[1]

那么,是否可以说,这种"世俗之气"在小说里的表现,自民国以来,到了当代的汪曾祺、苏童、阿城等人这里,达到了一个峻峭的高峰。而且,文学写作所蕴含的世俗品质,一样可以将现代意识充分地张扬出来。阿城笔下的王一生,就是从传统意义的"俗世"走向了具有现代感的"大道至境"。

王一生只要"一下棋,就什么都忘了。待在棋里舒服。就是没有棋盘、棋子儿,我在心里就能下,碍谁的事儿啦""你管天管地,还管我下棋""家传的棋,有厉害的。几代沉下的棋路,不可小看"。他谦逊地"跟天下人"学棋,他痴迷地沦陷在棋子本身的意境里,不能自拔。对于王一生,比赛,下棋,早已不再是输赢之间的博弈,而是生命中对一种事物的敬畏。王一生的棋,在沉实中充满机智和活力,飘逸洒脱,散淡中包含着谨严,自强不息。重要的是,他的卑微、谦逊和沉迷中透射着宽广和膂力。棋里面,裹挟着桀骜的风骨,是因为这个人物崇尚品行节操。"脚卵"为了能让他参加比赛,送给书记一副家传的名贵象棋,王一生立即敏感起来,坚决放弃比赛,因为"这样赛,被人戳脊梁骨"。散淡中荡漾着不灭的正气。

对于阿城小说中的"棋"道,已故评论家胡河清先生曾有精彩论述:"我认为王一生的棋并不仅仅是道家文化的体现,其中又含着现代的精神,是一种东西方精神互相交融渗透而成的'道'。""阿城的《棋王》表面上写棋,实质上则具有多层次的象征意义,表现着他对中国文化传统的历史评价和对中国文化进步的展望。"[2]在这里,胡河清将阿城的叙述,归结到人类对于精神文化创造的欲望的张扬,凝聚着"天行健,君子以自强不息"的精神气度。而且,他认为,

---

[1] 阿城:《闲话闲说》,作家出版社,1997年版,第169页。
[2] 胡河清:《灵地的缅想》,第155页。

阿城的写作，直抵东西方文化经纬的聚焦点。《棋王》的结尾，写王一生九局连环，车轮大战诸位棋手，超越了中国棋道自身的闭合，而体现出"奥林匹克"竞技体育的战斗精神，"阿城在这里暗示了一种深远的文化理想：一方面继承中国棋道的伟大传统，同时又使历来被称为'手谈'的清娱性质的棋道与西方奥林匹克精神在现代意义上结合起来，成为一种兼具独创性和开放性的新文化。"[①]

无疑，王一生对"棋道"的沉迷，已经超出古代棋道的消遣和"清娱"性质，高手对决，月白风清，数千人的棋场，竟又是万籁俱寂。王一生在棋盘上呼风唤雨，内心舒展开来，骤然间如水落石出，乾坤朗朗。

> 王一生的姿势没有变，仍旧是双手扶膝，眼平视着，像是望着极远极远的远处，又像是盯着极近极近的近处，瘦瘦的肩挑着宽大的衣服，土没拍干净，东一块儿，西一块儿，喉结许久才动一下。
>
> 王一生孤身一人坐在大屋子中央，瞪眼看着我们，双手支在膝上，铁铸一个细树桩，似无所见，似无所闻。高高的一盏电灯，暗暗地照在他脸上，眼睛深陷进去，黑黑的似俯视大千世界，茫茫宇宙。那生命像聚在一头乱发中，久久不散，又慢慢弥漫开来，灼得人脸热。
>
> 众人都呆了，都不说话。外面传了半天，眼前却是一个瘦小黑魂，静静地坐着，众人都不禁吸了一口凉气。

王一生，人棋一体的生命状态，熔道禅一炉，气贯阴阳，沉潜着骨、气、慧的光芒。"俯视大千世界，茫茫宇宙。那生命像聚在一头乱发中，久久不散"，这句话，一下子将这个人物的精神嵌入了浩

---

① 胡河清：《灵地的缅想》，第160页。

渺的天地宇宙，一头乱发中，一个生命就是一粒尘埃，一颗精魂，肆意在宇宙中旋舞。

即使，阿城仅仅为中国当代文学贡献了这一部《棋王》，写出了这个文学人物王一生，已经功德无量了。

富阳姑娘、日本佬和双黄蛋
——麦家的几部短篇小说

必须承认,许多年来,我一度与很多人一样,对麦家的小说及其写作有一种极大的误解,始终以为麦家是一个优秀的畅销书作家,是一个"类型作家",这样的作家,难以进入所谓"纯文学"之列,很难进入"文学史",最多可能成为如金庸、张恨水似的某种"类型"写作的后裔。现在很清楚,这种由来已久的误解,完全是来自某种文学理念上的趋向,也是长期的文学思维惯性使然。因此,这种错觉对一位作家造成的审美判断,顽固地占据着我的内心。当然,还有一个重要的原因,就是20世纪末,麦家在文坛出现后,他的一系列作品如《暗算》《解密》《风声》等,很快就被成功地改编成影视剧,并成为收视之王,形成一股麦家影视剧的狂潮。麦家迅疾成为"中国当代谍战剧之父",小说文本也开始成为畅销书,吸引大量读者蜂拥而来。这几本小说的印数和销量,更是长期位列图书排行榜之首,而且渐渐由热卖、畅销变为长销不衰。但可怕的是,其文本也就随即被归入畅销的"类型小说"之列,评论界、读书界开始对他"另眼相看"。另一方面,一旦书畅销,就意味着赚钱,所以,有些人对之嗤之以鼻,似乎麦家占了文学偌大的便宜,由此而来,就基本不太考虑他究竟写得怎么样,究竟是怎么写的。但凡是出自他之手的作品,一律按照"谍战小说"的模式来判断,即使他变换了其他题材写出的文本,也轻言或断言其写得不会成功。现在冷静想想,重新阅读和考量麦家的那几部畅销的长篇小说,到底是否应该划入"谍战小说"这一所谓"类型",确实需要我们用心去斟酌。这一点,我觉得,很大程度上,我们仍然是不自觉地在受"题材决定论"陈腐理论的影响。不错,麦家的《解密》《暗算》《风声》题材独特,传奇、神秘、悬疑、智力博弈、隐蔽战线等元素,无疑完全符合"谍战"的类型,但是,我们也大可不必过分纠缠其小说题材的大致相同,纠结或诟病麦家的写作洞开了一种风气,而应尽可从文本的品质入手,考察其审美策略和艺术表现力的程度如何。问题的关键在于,我们若不仅仅从题材以及相关文学元素考虑,重新审视麦家的文本,即纯然从文学写作的审美层面看,会体会到其叙述语言精致,叙述从容克制,文体结构和格局大气洒脱,情节、故事逻辑严谨;作品中人物形象的刻画,不仅个性鲜明,也实属当代文学人物画廊之鲜见;其文体的色彩格调优雅,全无任何"类型小说"的固化、粗鄙。而且,麦家的文本,绝不仅仅具有这些元素,他在文本中的主要叙事重心,如美学家桑塔耶纳所说的审美"第二项",实际上是直指政治、人性、命运、宿命、自我等等纯文学母题,呈现并探测人脑、智力、人自身和存在世界的深层隐秘。还有,麦家在写作上我行我素,没有考虑迎合读者口味,却广泛地"迎合"了大众,当然,他似乎也从没有考虑过评论家们的感受。而其文本的蕴义丰富,叙述意境和语境充满复杂的氤氲,如果不从"谍战"视角思考这几部小说,我们的审美视域和审美感受,是不是将会更加开阔和丰腴呢?最近,在阅读过麦家这些长篇小说,特别是读了他的许多短篇小说之后,我很惊异麦家的想象力和写实功力,他不仅大胆地处理人物的生死、俗世人生和伦理现实,并对当代历史中的细节进行细腻的"还原"式重构,而且,他还擅长以极其简洁的方式,讲述荒诞、吊诡的故事,探触生命最朴素实在、富有"落地"感的质地,既擅写悲情,虚构悲剧,更有返璞归真的叙事气魄。由此看来，我更加觉得，现在真的是到了该为麦家"正名"的时候了，对他的写作，终究应该有一个恰切的审美判断，辨析麦家写作中的变与不变，阐释他在写作中对于诸多文学元素的发挥余地，或者在文学史层面，梳理和审视麦家的叙事美学及其精神内涵、人物谱系。尽管，这些年来麦家只管写作，对这些并不太以为然，因为在他看来，文本写作意义和价值，从来都不是由自己的叙事动机决定的。几年前，麦家作品入选"企鹅经典"，无疑从世界文学出版的角度，证明其"纯文学"地位的"合法性"或"国际认证"。在许多人看来，麦家的名气，似乎多半得之于所谓"谍战小说"及其影视改编的风生水起，这不可否认，但他的才华绝不为"谍战小说"所限。包括前面提及的那些长篇在内，他的许多作品都能够突破悬疑、传奇、智力等元素的局限，写出了真正属于"纯文学"的艺术水平。我下面要细读的几部短篇小说，就足可以见出他的小说给予我的个人阅读感受。这几部小说都大道至简，张力十足，叙事虽不刻意求工，但绝不是粗枝大叶，由此，我们可以充分地认识到麦家驾驭短篇小说艺术的功力，同时窥见他把握生活的另一个路数和面向。那么，我们就会发现一个"不一样的麦家"，就会发现麦家是一位极懂小说的小说家，同时，可以真切地看到麦家文学叙述中的文化、文体创造性之权重。

像驾驭复杂的叙事结构一样轻松，麦家的短篇小说，文体文风依然自由洒脱，故事、结构简洁、朴素。就连小说的题目也是信手拈来，顺其自然，毫不纠结，《两位富阳姑娘》《日本佬》《双黄蛋》，都取其叙事中表现对象的特征、特性作为称谓，不做任何故弄玄虚的设计和冥想，更不会选择那些具有视觉冲击力的尖锐视角。我没有想到的是，短篇小说这种通常被认为可以直面现实，保持对于现实特殊敏感度的文体，麦家却不断选择它，并以此进入当代历史，讲述20世纪五六十年代的中国故事。想必他喜欢选择这种题材，喜欢这种"历史叙述"，这对于20世纪60年代中期出生的麦家，可能更容易产生拉开时空距离之后的想象和审美张力。

这三个短篇所表现的生活和人物，其骨子里着实还都是具有传奇性的人物，命运的叵测，暗合时代中人所遭遇的突发的转折。人生的道路并非线性，像《暗算》中的"701"人，极可能就是由一念间的偶然，被促成、被酿就危机，尤其前面提及的叙事的悲情、不可思议的悬念和结局，常常渗透着彻骨的森然之气。所以，历史、现实的畸变，人生的窘境，世事如烟中的偶然与必然，相倚相生。书写那种吊诡衍生出的传奇，甚至光怪陆离的个人历史，这样的文学元素或特质，或许正是麦家一直以来的制胜法宝。短篇小说《两位富阳姑娘》《双黄蛋》和《日本佬》并非都是十分"单纯"的小说，而是一种具有集体记忆和独特个人性经验的叙事文本。它对20世纪70年代的中国社会的政治、文化、道德、伦理和思维方式，都是一次深刻的触及和反省，或者说，是麦家在时隔多年以后，经过沉淀、回忆，重构并"打捞"出几个鲜有的、被生活和时间淹没了的小人物，以悠长的凝视直面人物的人生、命运，直面历史，重新整饬和回顾历史的幽谷，麦家搅扰着时间和记忆的细流，追讨着梦魇的延伸，再现历史消弭之后的传奇。也许这才是短篇小说的使命和责任，它简洁地横切了历史的断面，由此可见，短篇小说不仅仅是可以直面现实的，它更能够发掘历史的斑斑遗迹。这种叙事所产生的张力和修辞力量，正可以重现出那个年代底层人群的生死之契，乱世偷生。一个情节，一个细节，或者一个情境，看似是在给历史"做减法"，实则在实践一种重现荒谬的感伤美学，以此表现那个年代被湮没人群的疼痛。

确切地说，短篇小说《两位富阳姑娘》，初看上去是一个关于个人命运的残酷故事，是一个人在生存中所面临的困境，但也揭示了那个年代所倍加珍视的女性"贞操"的重大问题。说白了，就是"作风问题""道德问题"。"破鞋"，是那个年代里一切不"贞洁"女性的指代，这个极其通俗的名词，混杂着那个时代的政治、道德和伦理判断，这个词语，可以否定掉所有关于情感、婚姻、自由恋爱、隐私的自由选择。往现在看，一条"道德红线"就变得清晰可见，不同年代的"道德"变迁史，奇妙吊诡，因时而异，令人沉思，让人忍俊不禁，也让人感到沉重。这个小说呈现了一个初涉人生之路、一切都还没有开始的女孩子，刹那间就遭遇到人生的"畸变"，尚在懵懂之际命运就从浪峰直跌入谷底，这些构成特定历史时空里命运突如其来的无形的暴力。至今回顾，既而让人惴惴不安，对那个年代不胜唏嘘，沉痛难宁。小说叙写出那个年代从军入伍后的政审和体检，是那个年代（当然也包括现在，但女性入伍体检，似乎已经没有此项）普遍认定一个人是否值得信任，认定其贞操、忠诚的两个尺度，是必备的程序。这里要考察的，是人的最根本的政治属性：思想立场和道德标准，同样也涉及政治观念和伦理。这里，这两个层面构成了悖论和极大的反讽。小说中，这位淳朴、内向、懦弱而倔强的富阳姑娘，被"体检"出处女膜破裂，被立即遣返，送回原籍。在一个完全没有个人隐私的年代里，一个荒谬的逻辑，随时就可以摧毁任何尊严：处女膜在什么时候破裂，决定了对一个女性的道德判断；一个人的个人身体的"异常"，直接决定了对一个人的思想品质的判定。可见身体在禁欲主义时代是如此重要，政治赋予了身体一种特殊的能指，说明连身体也是由政审把握和控制的，这在一定意义上，毋宁说具有人格阉割的意味。"体检"在那个时代，也意味着由身体到道德、灵魂到政治的"人肉搜索"。难以预料的是，这个富阳姑娘入伍后被遣返的结果，立即使得这一家人的面子被彻底撕碎。恰恰这个"面子"，就是这一家人的现实存在的理由。最终，这个女性意识尚未觉醒的富阳姑娘，由沉默到爆发，在无法隐忍中引爆人物性格或品质中最深处的解脱执念，以死来建立起一个小人物的尊严。麦家不露声色地写出了她的绝望，让这种无法落地的绝望，缓缓地从父亲的暴力中滋生出来，并且，细腻地让我们目睹父亲是怎样捍卫他那强大的尊严——面子。那个传统的礼教般的道德感，让他在暴力的刀刃上行走，最后血刃了自己女儿。显然，父女两人属于两种倔强，但是，他们在尊严的道路上并驾齐驱。麦家在情节的处理上，既体现出他的想象力和爆发力，也施展出其设置"悬疑"的本领。也许真的没有人想到，新兵队伍里会有不老实的撒谎者，令富阳姑娘被"张冠李戴"，那个撒谎的恶人轻而易举就将厄运丢给这位无辜的富阳女，酿成一个无辜者的生死大祸。

看得出，麦家怀着悲悯之心，叙写这样一个懦弱乡村女子的自我控制力。我感到他是在用迟到的文字为她申冤，更是在潜心思考那个时代的政治、道德和伦理。这样的故事，也许是那个年代的一种常态，因为若干年来，类似这样的情境不知发生过多少。问题是，我们是否都还有这样的记忆？我们显然已经遗忘了，我们真该想一想，作家麦家为何在2003年还要写那个时代的往事？保持记忆，反抗遗忘，也许，只有文学才可能完整地留存那些卑微者的历史，就像是无字碑，即使是沉默的痕迹，也无法肆意抹去。

作家张炜曾说，一个短篇小说不繁荣的时代，必是浮躁的、走神的时代。而一个时代价值观的变化，则会直接影响到作家创作取向和审美判断。重建短篇小说叙事的尊严，在新的政治、文化和历史语境中，从新的美学向度出发，回到历史深处，"还原"艰难时世中的灰色图景，省察真相，向生活和存在世界发出新的质询和诘问，我想，对于作家，这是任何时代都需要的无畏的气魄。《两位富阳姑娘》要写出那个年代的渺小人物，因为另外一个人的"谎言"酿就的严酷悲剧，得出在特定历史环境中人的命运更加无常和脆弱的真谛，一切仿佛完全是一个不幸的偶然。通常，谎言说上一千遍就成了真理，可是，这里的一句谎言就结束一条无辜的生命，这既表明谎言的强大，也显示一个时代道德秩序的混乱。也正是这种撼人心魄的残酷叙述，造就短篇小说强大的"内爆力"。来自富阳的麦家，在世纪之交的时空维度，眷顾、回首故乡大地上的历史悲歌，在记忆深处淘洗时间的铅华，无疑是历史在作家的经历、经验、情感、时空感、艺术感受力，以及全部的虔诚与激情中的重新发酵。十一年之后，写于2014年的《日本佬》，可以看作是《两位富阳姑娘》的精神延续，只不过这种历史意绪的时间间隔，显得有些漫长，但是，这也让我们进一步感知，麦家对历史总是如此耿耿于怀，如此眷恋。

《日本佬》这个短篇，讲的是一个被称为"日本佬"的父亲的故事。说是"日本佬"，但写的并不是真正的日本佬，而是写一个普通中国人，抗战时，十五岁的父亲曾经被日本人抓了"壮丁"，当"挑夫"，有过在鬼子阵营里打杂干活的经历。小说讲述的仍然是小人物的历史，随时就可能被湮没的人物的个人生活史。当然，依据"只要给鬼子做事了，就是汉奸"这样的逻辑判断，"日本佬"的经历就成为一个极其敏感、极其"原则"也必须调查清楚的经历，那个年代里人的政治"清白"是最重要的做人原则，否则就可能被划入"黑五类"。问题的关键在于，"日本佬"父亲对自己的经历还有更大的隐瞒，这样的隐瞒就构成了叙事最有嚎头的"爆破点"。父亲在被抓"壮丁"、当"挑夫"期间，最大的隐秘，就是竟然救过一个掉到江里险些淹死的十岁日本孩子，他为了保护自己，多年来并没有向组织报告，隐藏并虚构了自己个人生活的历史，直到这个被救的长大成人的日本人前来寻找恩人，"日本佬"的这个历史隐秘才暴露出来。实际上，这就等于当年的日本男孩真正害了"日本佬"。事实上，当时还存在着另一种情形和可能，那就是，如果父亲"日本佬"，不救上这个与他一起去江边给狼狗洗澡的日本男孩，父亲也难辞其咎，必然会被日本人杀掉。当然，这里的情理和逻辑自难辩说，重心还在于要写出一个人处境的两难，小说就是要将人的逼仄处写出来。所以说，这篇小说不仅仅是想写一个普通人骨子里的善良情怀，说重了，也许还有他天性中与生俱来的人类的悲悯和良知，还有一个人选择的无奈，然而，从另一方面看，这又关涉到民族大义与人性之间的一个悖论。在抗战年代里救一个日本人的命，无论是成人还是十岁的孩子，在任何时候评判，可能都是"天大的罪"。这算不算是一个人在个人生命危急时刻,选择了自己的偷生和苟活?或者,就是一个人存在本能和"个人无意识"?小说叙事,显然试图要将人性置于历史、民族、伦理的锋刃之上进行考量,特别是,刻意将这样的尖锐的问题,置于"敌我二元对立"的场域来审视。因此,这个小说叙事的背后,隐藏着一个家国、民族和人性之间的深刻主题,也是一个有关民族大义的大伦理。与《两位富阳姑娘》相比,这篇小说,似乎可以归结为有关"政治贞洁"或"民族立场"贞洁与否的小说。也就是说,这依然是一个有关"政审"、有关"纯洁"的故事。这一次,麦家把故事背景依然置放于20世纪60年代中后期,也许,对于这样具有传奇色彩的故事,发生在这个历史时段,才可以将人物、故事和叙述推向极致。

父亲——"日本佬",这样的叙事称谓,本身就隐含历史的玄机和继承关系。在某种意义上,这段历史也是"家世"或"家史"。这与历史的"大叙事"逻辑形成了对照。"日本佬"这个人物形象,也有十足的象征意义。"日本佬"说是一个绰号,在中国现当代汉语词汇中实则是一个具有特殊意义的词语,它凝结了历史的激烈、沉重和乖张。但父亲这个"日本佬"所负载的,原本就是"抗战"史中构不成传奇和悲壮的一段往事,却在60年代演绎成一场新的"人性的战争"。麦家从一个极其伦理的视角——"儿子"的视角,来观照"父亲"的历史,而且,小说叙述了包括爷爷在内的三代人,同时直面"父亲"这段"极不光彩"、理应"遭到严惩"的历史。家族的小伦理套在国族的大伦理之中,麦家耿耿于怀地反刍历史中小人物的命运,看似纠结于个人与历史的错位,实属是对"抗战"和"文化大革命"双重历史记忆的摩挲与思辨。进一步说,任何时期都不存在所谓"绝对正确的人道主义",这就可能让我们深入思考下去:在什么样的情况下,才可能逾越人类社会人道主义的道义底线?文学叙事的历史张力和现实诉求,都体现出当代人所应有的超越性,以及对历史逻辑演绎的推陈出新。

有趣的是，这一次，麦家没有让当事人"日本佬"选择"自绝于人民"，而是"爷爷"无法忍受，对父亲"日本佬"的行径愤怒、气恼至极，为保持家族和个人的尊严，喝了农药要服毒自尽。麦家在叙事中始终让"我"保持一个中性的姿态和立场，让三代人共同走进历史的现场，人物的性格、心理、精神以及伦理，多种元素在文本中呈现，张力十足，举重若轻。看上去，这个小说整体叙事上轻松、诙谐，充满夸张和调侃的语气，鼓荡着那个时代的特有的生活氛围和政治气息，但叙述中人物、故事和环境的凝重感显而易见，最后，"祖辈"喧闹的悲剧性的结尾颇具隐喻性，足以体现那个年代的政治、道德、人性的伦理，展示了啼笑皆非的遭遇和种种不堪。历史的风车，犹如《堂吉诃德》一般，生命个体的存在，在大历史的了无理性中充满自我解嘲的玄机。

在前面的叙述里，我还始终在想，麦家为何在2003年还要写早已属于往事的《两位富阳姑娘》这样的小说，2009年，他写出了《汉泉耶稣》，在2014年，又写出《日本佬》。现在，写于2018年的这篇《双黄蛋》，再一次令我感受到麦家所具有的进入当代史的冲动、欲望和勇气，以及他自觉而强烈的时间观念和历史感。可见，麦家愿意将自己深陷在历史的幽谷里，勘探、爬梳历史激流中人性裂变的可能性或者"极端状态"，不断地在重现大时代中小人物离奇的悲剧时，书写出历史和人性的"异端性"。也许，一个好作家遍布文本间的情绪，或激越，或冷静，或从容，或调侃幽默，从不矫情，既显得异峰突起，也必然顺理成章，从容道来。可以想见，作家隔着时空，遥望前尘往事，虽一己境遇与之无关，仍会体现为一种责任，一种历史的担当和仗义豪迈。无法湮灭的前尘往事，俗世里小人物的命运沉浮，孰是孰非，今天又该如何面对，无论以什么样的方式，历史终究会有一个可以揭开的谜底。幽灵般的历史，隐藏着个人命运的苍凉和无奈，都是实实在在的存在，令人难以置之度外。作为有良知的作家，麦家一定牢记约翰·多恩的那句"任何人的死亡都将使我蒙受损失，因为我包蕴在人类之中。所以，不要打听丧钟为谁而鸣，它为你敲响。"也许，作家最基本的良知，就在于发掘历史和现实烟云中弱小生灵的呼吸和呐喊，幽沉柔韧，甚至紊乱苍凉，一己悲欢。

也许，《双黄蛋》是一篇关于历史烟云中小人物俗中有奇的故事。这个故事同样暗含着巨大的历史隐喻。从一定意义上讲，这也是一篇以个人性悲剧演绎时代、历史悲剧的文本。至此，我们可以猜测，麦家正逐步建立通过短篇进入"革命"历史的文学叙述谱系。也许，我们可以将这个"谱系"与《暗算》《解密》《风声》联系在一起，梳理出麦家进入中国现代历史的基本脉络，洞察他的历史观和叙事美学理想。

描写出生于20世纪50年代，活跃于60年代中后期的"双胞胎"——"双黄蛋"兄弟俩毕文和毕武，其实就是想以此隐喻一种历史的多幅面孔，毕文、毕武，——"必文必武"，不仅隐喻"文攻武卫"的历史暴力，也隐喻"文化大革命"历史的"疯癫诸相"，以及在"革命"厮杀中所展示出来的残酷人性。选择"双胞胎"作为主要叙述对象，也暗示一种历史的宿命和那些惊人的相似。不错，这依然是隐匿在历史深处的不可忽视的吊诡，在"小镇笃定是小的，里镇的小又是过于小了"这样一个"邮票大小的地方"，竟然还会有这么多"浩浩荡荡的样貌"。在这里，麦家又开始试探历史的深度和人性的畸变，再次将人置于特殊境遇下，寻找暴力与人性的辩证。不仅探讨个人主体性的根源，而且在不经意间深度质询历史进程中"集体无意识"和教育、成长、革命的诸多母题，以扎实贴地的写实，展开历史的细部和幽微之处。无疑，麦家要在一个看似短篇小说不可能承载的体量里，进行"四两拨千斤"的叙事实验。

小说中的人物及其关系格外简单——一个母亲和两个双胞胎儿子，还有一个叫作"王八蛋"的坏人。故事情节也不复杂——主要是一场"复仇"之战，兄弟俩为蒙羞的母亲登门报复被称为"王八蛋"的"仇家"，结果酿成杀身之祸。小说肆意铺排的主要情节，也就是两兄弟得知母亲遭受了"王八蛋"的侮辱和威胁之后，如同走火入魔一般，与"王八蛋"进行的一场"肉搏"。凶险、残酷、狼藉、流血，小说几乎用掉三分之一的篇幅来细致地描述这场恶战及其结局，写真这场厮杀，那场景肆无忌惮、残酷荒谬，"王八蛋"和这兄弟俩都如发疯的巨兽，一脉对恶，可谓杀气即景，暴力奇观。为什么双胞胎兄弟俩视"命"如儿戏？很简单，不仅在于他们是"顽童"，更是因为正在发生着"革命"。整个小小的里镇，就是一个"武斗"竞技场，在这里，"眼看着，好人一个个变坏，'坏人'一个个被抓挨打"。仔细分析这场"报复"之战的因果关系和逻辑链条，主要有两个因素：先是近乎无知的母亲勾结"王八蛋"，盗取试卷，因此引发出被胁迫形成的"偷情"交易，这是一桩罪恶的开始；继而，在大揭发中反目成仇，扭曲、变态的"革命"成为极端暴力的渊薮。麦家有意无意间，在这篇小说里控诉和反思着暴力的起源和人性中的盲目和悯然。

对于一个人来讲，如果对一件事走火入魔，奋不顾身，穷凶极恶，那一定是魔由心生，实质上最大的问题是，兄弟俩的"魔"从何而来？现在看问题已经变得十分简单，这就完全回到了事物的根本——教育，或者说，成人的示范。母亲就是一位教师，在整个小说中的叙述称谓就是"张老师"，在这样一个荒诞的故事里，这是一个荒唐、讽刺而滑稽的指代，她作为一个地理教师，竟然"国内，不知道洱海是个湖；国外，不知道新加坡的首都"。从身教、"家教"到学校教育，这位"张老师"，都是那个时代畸形社会政治和文化病态的体现者、践行者，是孩子走向暴力和罪恶的教唆者。在一定意义上，这个母亲就是两个魔鬼孩子的魔鬼教父。她怂恿和支持两个儿子去找"王八蛋"报复，"母亲立在门口目送他们走远"，而两兄弟受令出门时，"心里没有半丝杂念，是满当当的信心，胜券在握的从容"。这其实是一幅多么可怕的图景！首先我们喟叹的是，天下竟然会有这样的母亲吗？简直是不可理喻。以至于两个懵懂的孩子，全然不知政治风云和俗世利害，他们沿着一条"疯癫"的道路疾驰而去。因为，整个时代疯癫了，充满臆想的欲望，尤其令人不寒而栗。在小说里，对孪生兄弟不称"双胞胎"而称"双黄蛋"，学校教务处那个"半个流氓"——根本就没有名字，文中索性直呼其"王八蛋"，这似乎是叙事中一种刻意的设计。整个小镇，仿佛是一个"牛鬼蛇神"魑魅魍魉的世界，"镇上最臭的是人，地主、富农、反革命、坏蛋分子、破鞋、流氓、臭老九，都臭气熏天的：比烂的尸体要臭"。在特定历史时期，这又是怎样的一片人的狼藉之地？

然而，暴力之中潜隐着不可名状的宿命。麦家没有忘记小说的叙事"噱头"——"双黄蛋"双胞胎的命运，孪生兄弟生理、心理和身体惊人的一致性，催生出叙事中新的暴力和悬念。父亲在小说中一出现，就是立即去充当另一个儿子的替死鬼。由于这个"双黄蛋"同体同心，惊人一致，他们生来所接受的一切都别无二致，因此，没有人会怀疑其命运的同构性。那么，可以借此推断："双黄蛋"中的一个，在暴力搏斗中毙命了，另一个的性命该如何安妥？"双黄蛋"归根结底是一个蛋，这个"双胞胎"，实际是喻指一个时代悲剧无尽的循环的影射，在这里，既是一种嘲讽，也蕴含着一种刻薄的辛酸。这部小说在整体上，写得亦庄亦谐，令人忍俊不禁，陡生含泪的苦涩，也再次显示出麦家丰富的叙事风貌，以及风格变化的多元。

我们看到，这三个短篇小说，都各自以一个生命的终结——死亡作为结尾，而它发生的时间则是"文化大革命"的背景，以及这个背景之下全民"集体无意识"般的疯狂和暴力魔魇。麦家先后写出那个年代里三种离奇而暴力的死法，这种死亡，彻底突破了人性和道德的底线，令人惊诧。那么，我们现在是否可以这样诘责：终究是死亡暴力构成了"终结"暴力的暴力，还是无法"终结"暴力的暴力还在"延异"？这一切并非语焉不详的荒谬，而是在一定情境和时间坐标上的历史变动和宿命，是一种完全没有任何理性逻辑可寻的"罪与罚"，也是一种无法救赎自己和他人的"罪与罚"。它组合成一个不断延宕的死亡谱系。虽然，死亡丝毫不能消解或救赎一切，人性只能在那个不可思议的时代，像是遭遇了凌迟而不断抽搐。在长篇小说《暗算》里，麦家写了在特定时空里天才阿炳和黄依依之死，看似某种偶然与荒诞，可他们又何尝不是死于某种"暴力"？现在，麦家在几个短篇里，继续书写这些普通人的命运危急、内心风暴，以及生命在惊涛骇浪之后的死寂。生也有涯，死亦有涯，我感到，麦家正在历史的尘埃里找寻令人惊悚和震撼的一丝苍凉，而这苍凉在字里行间，渗透着丝丝缕缕的无限忧伤。

小说的佛道
——叶弥的两部短篇小说

一

1997年，叶弥发表了中篇小说《成长如蜕》，那一年，她三十三岁。她一上手，就显示出与同辈作家不同的小说意识、精神取向和美学气度。她生于20世纪60年代中期，但是，她的写作形态和路数，既不与"60后"作家相近，也与"70后"作家风格迥异。即使从"性别"视角看，她小说叙事的体貌和格局，也呈现出卓尔不群的独特性：女性作家的细腻和轻柔，男性作家的宽广和力度，有机地、复合地融会于她大气、洒脱的叙述之中。重要的是，她此后二十年的写作，愈益坚实、丰厚，她对小说艺术的理解力、感受力和表现力，使得她成为始终保持自己一定写作高度的当代最重要的小说家之一。

叶弥最早的一批中篇小说，几乎都与"成长"有关。成长是一个痛苦的蜕变过程，叶弥竭力呈现着这个艰难而复杂的过程，这是她对生命和世界的一种理解角度和方式。我感到，叶弥无疑也正是通过她的一系列"成长小说"，表达在20世纪中国复杂的社会语境下，生活和时代，以及人的命运、精神和灵魂的颤动轨迹，对人物的生命在特殊年代和历史情景中的自我纠结、错位和骚动，做出了超越旧有价值观念的内心体悟和审视。我们能够确切地意识到，这些故事和人物的真实性，人的精神和灵魂的蜕变、衍化过程，在叶弥的笔下，楚楚动人，生机无限。她执着地选择这类题材开始她的小说写作，写法上又另有蹊径，显然有着必然的深味。叶弥似乎与生俱来具有小说家的天分，她早期的这批小说，《成长如蜕》《耶稣的圣光》《两世悲伤》《粉红夜》等，根本看不出"少作"的痕迹，她自身的写作，从生长期到成熟期，几乎看不出经历了怎样激烈的蜕变过程。其文风格调、文字的气韵、叙述的视角，自然而朴素，与20世纪八九十年代的种种潮流，若即若离，我行我素。若将其划定在女性主义讨论范畴，显然是粗糙和草率的；如果简单地将叶弥的大量小说仅仅归结为"成长小说"，也同样是一种有局限的界定。我认为，难以被"归类"，是一个成熟小说家的标志。从叙事美学的层面考虑，她的小说中似有一种清雅、古典的味道，朴拙而不事技巧，俗世的沧桑之美中还透逸出轻灵。这样的叙述，其中是暗含哪一脉流风遗韵，至今我还未能真正地梳理明白。很久以来，我都在想，其中一定有某种秘不示人的"玄机"，只是她不会在文本的字里行间轻易地袒露出来。因为，叶弥丝毫不屑那种异样情调的浅淡，在素雅之色中，她对自己的内心总是怀有丰厚的期许。

质朴的品质，则是叶弥其人其文一贯坚持的精神面貌。也许，正是对这种品质自觉或不自觉的追求和保持，使得她更加善于在日常生活的场域里，过滤掉粗鄙和痛感，怀着虔诚之心、敬畏之意，让她的宁静的文字生出清澈如练、回味无穷的气韵。

其实，叶弥的小说写作，能够一直保持这种从容的姿态和"初心"，我想主要是源于她有一颗"佛心"。而我最初发现、感知叶弥的"佛心"，并不是在她的小说文本里，而是与她近些年的交往中。其中，一件小事总是令我难忘。

2013年4月初，《当代作家评论》和《作家》两家杂志，在宜兴举办"中国当代短篇小说高端论坛"。参加这次会议的,有当代几位短篇小说大家和评论家,包括苏童、刘庆邦、格非、范小青、宗仁发、张新颖、王手等,当然也有叶弥。第一天会议报到,叶弥准时来了。这次会议的日程安排有些与众不同。报到的第二天,先是在当地参观考察,第三天才是会议主题发言和讨论。而叶弥第二天却放弃了参观考察,急急忙忙驱车赶回苏州家里,说第三天开会时一定再赶回宜兴。她为何这么不怕麻烦地折腾呢?原因竟然是她家里刚刚收养的一只流浪猫。那只猫没有几颗牙,难以进食,需要人工喂饲。许多人不解,为了一只伤残的流浪猫,驱车往返四百公里,值吗?后来我听说,她家里收养了大量被遗失或被主人丢弃的流浪猫和流浪狗,与她园子里那些已有的鸡鸭鹅狗,组成了一个庞大的动物家族。因此,从那时起,我开始重新打量作家叶弥。一位存有这样善良之心的作家,她的作品,终将会是一个怎样的格局和气度?她会以一种什么样的视角和心态,审视人性和这个复杂多变的世界?我开始对叶弥有更大的期待,因为我从她人格的另一面,体会到她内心柔软的质地,也就是她的"佛心"。

二

叶弥的小说其实很有"道行"。这个"道",是人道,是佛道,也是小说之道。简言之,这个道,是叶弥写作小说最内在的精神或灵魂的驱动力——小说的佛道。当然,这种道,源于她的佛心。正是这样的佛心,使她的小说经常与众不同地改变既往的叙述方向和惯性,从而沿着"佛性"的思绪和思想攀缘。小说怎么写,没有定法。而想在一个短篇小说里找到某种灵魂的承载,是非常困难的。写一个短故事的理由是什么?写一个人物的命运和存在方式,对一个作家及其文本究竟意味着什么?也就是,一个短篇小说的容量大小到底该如何理解?短篇小说自有短篇小说的格局,长篇小说自有长篇小说的规模。无论格局还是规模，价值容量的大小，才是文本的意义所在。那么，叶弥小说的佛道，会给短篇小说这种文体，增加多大的价值容量呢？当然，小说无定法，每个作家都各自有熟悉或喜爱的套路，甚至，每一篇小说都有独特的章法，有独立的精神，一篇小说的原动力是什么？推动力又是什么？在每一位作家，每一个文本那里都是大不相同的。小说家的道行，实际上就是小说家以自己的方式，去表达对任何人与事物的看法，处理人与世界、他人以及一切事物之间的关系，也是对生活或者事物的一种求证。贾平凹对此有这样的表述："物象作为客观事物而存在着，存在的本质意义是以它们的有用性显现的。当写作以整体来作为意象而处理时，则需要用具体的物事，也就是生活的流程来完成。生活有它自我流动的规律，日子一日复一日地过下去，顺利或困难都要过去，这就是生活的本身，所以它混沌又鲜活，如此越写得实，越生活化，越是虚，越具有意象。"[1]那么，我觉得，叶弥的小说，就是发现了物象和存在的"有用性"，而在表现生活具体物事和流程的时候，她凭借小说家自己的判断，呈现生活流动的规律和有用性。也许，这就构成了生活的佛道。只有当作家梳理清楚生活的某种"佛道"，也才有可能带着物事和生活，进入小说的佛道。

其实，叶弥小说的每一个"个案"文本，都耐人细读。我感到，其中最令人难以忘怀的，还是那些与佛、道、禅接近或有关的篇章。而在她几种文体的小说中，我最喜欢的，自然是她的短篇，短篇小说中，我又最喜欢《明月寺》和新近发表的《雪花禅》。加之以前读过的《消失在布达拉宫的一头鹰》《独自升起》等，我感觉叶弥的小说，经常在有意无意地探寻着"出世""入世"之间的"灵魂地带"，总是想在俗世的疏朗中撷取空灵和超越的可能。这种超越，其实是作家通过作品对自身的超越。关于写作的目的或动机，叶弥在很早

---

[1] 贾平凹：《关于小说》，生活·读书·新知三联书店，2015年版，第115页。

时候就曾说过:"我承认我写作的动机就是这么简单:活不下去了。写作以后也继续有活不下去的感觉。我不愿丢弃这样的感觉,它让我在感觉良好的时候突然沉静,它不会让我得意很久,时刻看住我的腿,让我不敢深涉污泥或浊水,它也过滤我要的名利,使我不能都要。"[1]那么,发誓为了活下去写作,过滤掉名利,以这样情怀和信念写作,植根于叶弥小说中的理性和感性、虚与实、张扬与节制,都应该会控制得比较好,也就会与众不同。

《明月寺》这个短篇写于2003年。记得当时读罢这个小说,首先想到的,竟是汪曾祺老先生发表在20世纪80年代的一个短篇《受戒》。《明月寺》中,在明月寺做住持的一对老夫妇罗师傅和薄师傅,一下子就让我想起《受戒》里的明子和小英子。不同的是,《受戒》写的是一对少年男女,由于人物年龄和阅历的关系,两代小说家的表达各有千秋:前者《受戒》叙述的基调是明亮的,后者尤为压抑和沉郁;前者气息丰沛,人性美、活力与单纯共生,后者气韵低回,命运与复杂纠缠;前者清晰,后者则模糊暧昧。前者《受戒》,被学者孙郁誉为"清澈、纯情、童心所在,俗谛渐远,性灵渐近,人间美意,生活丽影,在无声之中悠然托出。此种手笔,百年之中,不过寥寥数人耳"[2]。孙郁对汪曾祺的评价,不可谓不高,却极为契合汪曾祺的创作。但是后者《明月寺》,虽然出自女性之手,没有前者叙述得老辣,故事却讲得纯熟老到,情境自然、随和,人物描绘拿捏适度,从容舒缓,亦不失大气。禅风禅骨,同样寓于俗世的风气之中,人生的冷峻,世态的炎凉,入木三分。可见,两者都是写佛道场域中的俗世之美。有所不同的是,《明月寺》的文字里,潜隐着

---

[1] 叶弥:《会走路的梦》,《江苏作家研究·叶弥卷》,复旦大学出版社,2009年版,第21页。

[2] 孙郁:《革命时代的士大夫:汪曾祺闲录》,生活·读书·新知三联书店,2014年版,第164页。

淡淡的苦涩，正是这种苦涩，渗透出隐隐的悲伤和痛楚，将一对普通人的寺中生活蒙上一层层清冷的诗情。我还在猜想和揣摩，那对老夫妇，会否就是明子和小英子的明天，抑或，曾是他们的前世今生？这也许是我不经意间，将这两篇作品联系在一起的理由。

其实，小说整体叙事和结构中，充满了巨大的悬念，充满了对人生以及世间复杂、神秘时空的想象和蕴义，也充满了叙事的空白和张力。原是一对俗家的普通夫妻，何以选择一个普普通通的小寺庙，一住就是三十年？女主人公为什么常常是"喜悦之色在脸上一掠而过，代之以淡淡的悲戚"？他们无限地热爱俗世平凡普通的生活，淡然坦然，简单明朗，但又为何会几十年如一日地身居小寺，似想宁静地终老一生？这对夫妻曾经有过怎样的秘密？三十年前，他们曾经受了怎样重大的人生变故？他们是与众不同的、神秘的"出家人"，从不与人说及自己身世，他们内心具有多大的隐痛，使他们决绝地选择在寺庙里度过自己的一生？究竟是一种解脱，还是一种放弃？表面上看，他们与佛的"关系"似乎不即不离，命运，宿命，在文本中好似埋藏着巨大的玄机，蛰伏在两个人的心头。短暂的交往，就已经使"我"与这对夫妇没有心理上的距离，因为单纯和真实，成为他们之间的一座桥梁。而"我"的追问，几乎将这对夫妇的心理、精神和神经残酷地逼近痛楚的深渊。

  我记得当时我问了一句："什么样的事，才算是错事？"
  问话以后，屋子里突然陷入一片沉默，突如其来的沉默，合乎情理的沉默，我想是这样的。因为我们都觉得相逢有缘，太想说些什么了，我们三个人进入一个奇怪的境地：就在刚过去不久的一刹那，我们互相眷恋了。
  但是我们面面相觑，却什么也没有说。前尘旧梦就在这时候如惊鸿一瞥，一掠而过。
  我冲着他们说了一句："薄师傅，人家说，你们是七〇年春天来的。来了三十多年了,从来没有人来看过你们。"

薄师傅连忙去看罗师傅,罗师傅拉了她慌忙进了屋子,急急地拴上了门。这一切都在我一错眼之间发生的,电光火石,等我回过神来,他们已经关上屋门了。我站在走廊上,十分无趣,也感到内疚。

不知到了什么时候,我睡得不太踏实的身体被一样声音唤醒。我张开眼睛,窗子外面,月光如水,亮如白昼。风止了,满山的树木花丛静如人立。我恐惧地伸长耳朵,仔细聆听来自什么地方的声音。我听见了细如蚕丝的哭泣声……没错,是哭泣声,来自薄师傅和罗师傅的房间。

这是令人无法不生的疑惑,也许,就像叶弥在文本中写的那样:猜测,是阴暗的。一个热爱生活,渴望并执意地寻找生活的年轻的女性,在一个朴素愿望的驱使下,原本只想走进花卉的世界,却没有想到不经意间踏入一个隐秘的生命空间。罗、薄这对夫妇,相依为命地踯躅在佛、俗两界,人鸟低飞,活在佛道里,不释放,不执着;却又不超离世俗,有牵挂,有人间情怀,知世俗冷暖,叹生命,尊灵魂,不卑不亢。也许,这才是人能够以一种平和心态,摆脱、释放掉既往的绝望,进入自由天地的最好抉择。但是,我没有想到,叶弥让这个悬念一"悬"到底。直到"我"几个月后重访明月寺,薄师傅不幸病逝,罗师傅去到另一个寺庙正式出家,罗、薄夫妇的身世之谜也没有揭开。在叶弥看来,这对夫妇的历史似乎已并不重要,疑窦重生的如烟往事,已经被现实遮蔽,她在文本中试图做到的,是展现主人公如何在隐忍和从容中对命运的等待和承载。

我在想,在人性、人心的大海里,不管曾经忍受多么大的不幸,但只要现在仍能感知美好事物的存在,就能做到哀而不怨、伤而不怒,生命依旧会有奇妙的闪光。叶弥在"打捞"凡庸生活和历史的碎片时,努力在整合小人物灵魂的破碎性、完整性,还原他们真实的存在状态。

  我觉得，这篇小说最重要的地方，就是在叙述中，对小人物的个人存在史、命运史，以及社会生活"大历史"的整体性"留白"。实际上，这是一种举重若轻的方法，人在年轻时，在社会时代的风云际会中所遭遇的不幸或龃龉，竟然需要三十年的时光来修补或者救赎吗？人生的沉重，尤其历史的沉重，真的能放在三十年的岁月里才能承受？大历史如何深刻地卷入一个人的生活之内，一个人的内心又如何构成历史的深度？那个时代究竟发生了什么？不该发生什么？会否被后人取笑？叶弥仿佛是在写一个梦，两个普通人的噩梦。但是她不写这个梦的发生，而是从"结果"展开个人存在的巨大隐痛，捕捉到人物在漫长岁月的一两个瞬间。这两个不能安妥的灵魂，即使将身体置放在寺庙的道场里，也依然难以摆脱历史沉积、俗世之心的纠结和烦扰，他们，始终生活在别处。

  小说的结构，不是一个圆弧，而像是一个向四周布满道路的放射状的椭圆形广场，这也暗示着人物命运选择的无所适从。这篇小说的叙事，始终保持在一个平衡、节制的维度，从下层社会人的日常存在状况，暗示大历史的讳莫如深，折射出人应有的生命力量，对人性中的坚忍、温暖和善良充分地肯定，而不是粗糙地采取漠视的目光，轻薄地处理人的精神与生存环境的复杂关系，而是在细部、细节的流动中，带我们体悟历史与世事的苍茫。但是，可能由于叙事视角存在的局限性，人物之间关系的过于简化，会使文本想象的空间显得逼仄，势必会影响和限制文本应有的更大张力，这也许就是短篇小说这种文体自身难以克服的悖论。

三

  在我看来，《雪花禅》是我迄今读到的叶弥最好的短篇小说之一，完全可以被视为叶弥小说叙事中具有浓郁"佛道"意味和"法度"的代表性作品。

我们首先会面对这样一个基本的问题：当战争氛围笼罩，狼烟四起，敌人兵临城下准备围城的时候，一个终生喜欢自由快乐、风花雪月的"纨绔"，能够或者应该做些什么？何文涧，这个在地方上举足轻重的大人物选择了准备逃亡。也许，我们还会进一步地追问：叶弥写这样一个战争来临之际，将"生"看得比什么都重要的"大闲人"究竟是为什么？因此，分析这个人物，读解这篇小说，的确令我无限向往。

一个实在不好使用某种观念来肆意界定的文学人物，是否正是一篇小说成功的开始？可不可以说，何文涧在很大程度上，是一个有古典情韵、"士大夫"之心的大俗人呢？一个"好人"在战争这个特殊情境下的生命形态，该如何表现和判断？

无疑，何文涧自有自己的"顽固"的哲学，其实，这也无须争议。性格即命运，这句话用在他身上，最合适不过。他本能地选择逃离，似乎已经有违家国的大义。在战争的背景下，写一个人短暂的日常生活状况，其实是难以把握的。烽烟滚滚之中，谁还能保持自己的生命本色？怎样才算保持自己的节操？其实，如果依中国传统文化审查人格的标准来看，何文涧的"骨""气"还都是很充盈的，只是"慧"呈现出某种"拙"态。那么，我们到底应该以怎样的眼光看待这个文学人物呢？

我们在这篇小说所描述的风声鹤唳、草木皆兵的冰冷世界里，感受到丝丝缕缕的温暖，乱世的荒寒之中，竟然透射出一股力量。这就是这部小说所具有的温暖性。叶弥显然选择了温暖的、宽柔的目光，她对人性的理解和包容，在努力试图抵达"佛家"的层面，因此，小说的叙述，才会呈现出存在的真实性、可能性情境。通常，考量何文涧这一人物的品性，可以如此概括并描述：何文涧不想自己有悲惨至极的遭遇，不想凄凉，不愿意绝望，更不愿站在风口浪尖，他只想随遇而安，风来草倒，雨泻泥下。这也是无可非议的。

面对战争的剧变，这个乐善好施、热爱自由和风花雪月的文人，完全无法适应和接受这样的现实。以往的生活行将结束，远离战争就可以存活，他可以怒，可以哭，可以逃避，可以处乱不惊，从容应对。只是他不甘寂寞，哪怕是苦中作乐，麻醉自我未尝不是一种快活。他似乎不敢做太多的精神思考，因为只要思考就会痛苦起来，他在短短的时间内，努力将自己的神经不断地拉回到自我的感觉、幻觉里，试图在"禅踪"里寻找自己的安之若命。"他不禁如此想，历史的长河中，他，何文涧，不过是一只偷生蝼蚁，人畜无害，怎么会有人大动干戈取他性命？"于是，在逃离战争的炮火硝烟之前，他去了念念寺，在雪地里坐禅，在"心斋"里"坐忘"，可见，自小养成的自由快乐的心性，铸就了他一生无法更改的追求。

念念寺，让他在一场虚空的法度里找到片刻的安宁和回旋。很多人的思维被囚禁的时候，有的人选择顺从，有的人选择反抗，有的人选择变节，为了不同的生命诉求而改变灵魂的取向。何文涧清楚，逆行必苦，或有杀身之祸。"无为"，成为他应变的哲学。无为，可以自卫，可以自尊，可以自信，是一种自我保持，一种耐性和必要的忍耐，又包含着"义"的成分，这仍不失为一种处世逻辑，一种生命境界状态。这是何文涧的聪明、智慧之处，是一种少见的情思。说到底，这里面想表达的，就是处世之道。大道至简，何文涧的处世之道似乎还有些幽默的成分，他善于将现实的苦涩和冷峻，衍化成轻描淡写就获得的片刻欢喜，同时还伴随着清明和沉稳，难得糊涂般的放达。他有维持自己心理平衡的方法，以往，他也是依据此法活得游刃有余，自由自在。他的爱心，是他心性的核心；他有私欲，热爱生命，眷顾人生，不想有大起大落、危机灾祸；又不愿逆来顺受或沦为汉奸，这也是天然之心、平常之事。人不过是过客，帝力甚大，人力甚微，何文涧唯想返回自己的内心，所以他要坐禅求道，沉浸其中不愿自拔。人是社会的动物，人的好坏，难以简单划分。叶弥笔下的这个何文涧，是一个很复杂的存在，正是在消解了任何神圣、任何意识形态的东西之后，叶弥的叙述，才会变得如此轻松，文字里徜徉着柔软的气息。

仔细想，何文涧的选择，的确是令我们极度纠结的。但他终究是一个小人物，他不能书写历史，却可以保有操守，留下自己的灵魂的根须。我想，他最起码能够做到的，应该是"士可杀不可辱"。我们无法要求他走上战场，因为他无缚鸡之力。不苟且，不变节，选择逃离，如果说这是应变、活命哲学也好，苟全性命于乱世，不求闻达，独善其身也好，是否可以说，这也是一个人在危及性命时的无奈之举呢？还是，我们今天对于人的理解采取了异化的心态？我们究竟是应该理解他，同情他，还是像他的学生潘新北那样，极力强迫他走上战场？在这里，也许，潘新北永远都无法理解，他的老师其实有着强大的自我和自觉。

实际上，在现在这个时候，我们想重新描述一个业已消逝的时代是十分困难的，因为在一个价值观纷繁零乱、众声喧哗的时期，历史变得愈益模糊起来。那么，再现这样一个小人物的人生，目的何在？似乎是不言而喻的。究竟是重温一个普通人的个人生活史，还是为了重新查勘、回顾那个时代的灵魂状况，以审视我们今天的存在意义和价值？叶弥的文本，给我们留下了巨大的可阐释的空间。

吾道不孤，现在，叶弥似乎是在用佛道或禅的意识，来替何文涧解释其对生命的态度和选择。在文本中，她对于人物的臧否，是一种不做任何价值判断的判断，因为对于人来说，不是唯崇高和渺小就可以一言以蔽之的。看得出，叶弥写这个人物和故事时，感情是控制的，尽量含蓄，又不流溢自己的感情，以一种非道德化的写法，进行人性化的审美渗透，寻觅人世间最为真实、本色的东西。虽然，这其中，有亮色的，也有晦暗的，也暗示善恶与美丑，但这些，都会轻轻地在超越世俗的层面从容地展开。在叶弥的理解空间里，何文涧的"禅"，是"雪花禅"，是他的"住心"之处或方式，他的"不坚执"，是佛道禅心的牵引和驱使，是一种"寂定"。但这些，只能在一定程度的心境中进行，在其喜爱的市井中完成，就是说，何文涧是在俗世与"持"的边缘处挣扎着，却往往不能够自已。这是因为他总是要活在一种属于自己的生命状态里。对于个人选择与时代之间关系而言，必然构成悖论和无法避免的纠结。可见，在阅读叶弥小说的时候，我们总是会想到很多很多小说之外的事物。

这时，我们也许还会想，一个短篇小说的叙述和容量，是受什么力量支配和规约的？还有，埋藏在叙述中间的气息、色调、感觉和氛围，如何能枝蔓丛生，杂花生树？而且，人物主宰了叙述的进程和节奏，让真实的烟火气、痛感，都幻化在叙述的缝隙间，缓缓流溢。这不是简单的技术层面的要求可以达成，必定是对短篇这种文体有深刻的体悟，而且，对生活的热爱，对任何生命的尊重，都不可或缺。

因此，我也就明白，叶弥的小说为什么没有丝毫装模作样的俗气。我相信，写作，对于她来说，一定是一种快乐、严谨、崇高的职业。天行健，当自强不息；地势坤，以厚德载物。也许，正是这种从善如流、热爱文字的心态，真正地成就了叶弥。

我听说，叶弥住在苏州近郊的太湖边上。她有一个颇大的乡村风格的"田园"，花草树木、蔬菜水果、鸡鸭鹅狗猫，千姿百态，包罗万象。叶弥每天劳碌而快活地与这些生命相处，她把以往的和现在的种种体验平淡地过滤着，她对俗世生活、人间万物的理解，抒情又冷峻，诗意而智慧，具秀慧于中的内敛，又不时眷顾历史的尘埃。并且，她总能发现新的叙述视角，表现内在的诉求。她的叙述，试图入俗又脱俗，平淡中有复杂，轻逸中蕴含沉郁，朴素中谋求清雅之美，又含俗世之味。说到底，无论在生活中，还是于文字里，她都要舒展一种天大的自在。

我想，这些，都是她渴望抵达并且一定能够抵达的境界。

第三辑

世纪写作和荒寒美学

贾平凹的"世纪写作"

一

在一个时代,或者不同时期,一位重要作家的创作及其变化,常常与这个时代的审美方式、想象方式之间存在着密切的关系,甚至会影响一个时代的审美方向,同时,它也一定呼应着这个时代特定的生活方式,精神、语境和心理状态。对一个时代有影响的作家,才是杰出的作家,有可能对后世产生重要影响的作家,才是伟大的作家。我们期待并相信,贾平凹就是这样的作家。

如果梳理贾平凹四十余年的写作史,我想,在这里姑且可以将他的写作划分成三个阶段:以《废都》为界,可以称之为"前《废都》时期"的写作,《废都》到《秦腔》之前,可以称之"后《废都》时期"的写作,而自《秦腔》《古炉》到《带灯》和《老生》,完全可以视为贾平凹创作新的"爆发期"和转型期。若执意要为这个阶段"命名"的话,我觉得不妨称作贾平凹写作的"后《秦腔》时期"。而他在这几个不同阶段之间的变化和腾挪,不仅构成贾平凹自身写作的发展史,而且构成了中国当代小说创作的"风向标"和转捩点。这也正是二十多年来,贾平凹成为中国当代文学主干话题的重要原因。

2014年出版的长篇小说《老生》，是他的第十五部长篇，我们能够在这部作品的文字里，明显感受到其间贾平凹叙述上新的变化。文本里沉淀着古老中国近百年社会生活、时代所发生的重大变化，尤其是，我们更能体味到贾平凹在文字中丝丝缕缕渗透出的一个个时代的波澜万状。无疑，从《带灯》开始，到这部《老生》，我觉得贾平凹的写作，或者说叙述，已经达到了非常高、非常自由、纵横捭阖的文本境界，我觉得这是他创作的一个最为重要的时期。虽然，我非常喜欢扎实、朴素而富于变化、灵动的《带灯》的叙述，但更喜欢这部简洁、干净、平易而厚重的《老生》。虽然面对一百年的历史，但贾平凹这一次好像是真正地松了一口气，释然而洒脱，无论是表现历史还是切入当代现实，他叙述以及结构文本的心态，更加从容、纯熟、老到，更加朴素、旷达和空灵，也更加忠厚；他将苦涩、忧愤和沉重淡化，弥散在机敏、幽默和寓言里。可以说，在这个充分自足的文本里，他创造了一个新的语境，一种历尽沧桑的"老生"的叙事情境，在几个时代游走的唱"阴歌"的老生，以沉郁而悠远的语气和从容、宽厚的气度，呈现世间的苍生。"不问鬼神问苍生"，苍生，以及"问苍生"，这是一个何其旷远的视界，其中，需要怎样的胸怀、情怀才能包容藏污纳垢的世间之万物？看得出，在这里贾平凹就是要用心来讲一个有关生命、命运和死亡的故事。可以说，贾平凹的创作，真的跃出了既往略有"野狐禅"式的绵密而空灵的叙事，呈现性情内敛之后创作主体的文体自觉，他开始与历史和现实中的灵魂对话。不夸张地说，贾平凹的写作，的确正逐渐达到那种炉火纯青、自由而悠远的叙事境界。这个时候，我甚至还会有些疑虑：他源源不断的创作力，他想象力的神奇，写实的功力，是否已成为中国当代文学的一个神话？我猜想，也许，写到《老生》，贾平凹的内心，是否正涌动着一种旷世的"世纪情怀"？

我之所以要梳理贾平凹创作的这几个阶段，而且，切入《老生》这部长篇，是因为我觉得在这条轨迹里面，我看到了贾平凹创作的清晰的文学地形图。其实，从《废都》开始，他前瞻般地将20世纪90年代初中国当代知识分子和中国文化那种颓败感和衰颓表现得淋漓尽致，这是他对90年代初社会转型和变化非常有力量的一次透视。此后的《高老庄》《土门》和《怀念狼》则处在一个相对平稳、摸索、滑行的状态，但是到了《秦腔》，一切都不一样了，拿起这部长篇，读到四五十页的时候已经令我无法放手。我们猛然意识到贾平凹要做什么了——他真切地发现了中国传统的乡土世界在当代的破碎。在写作《废都》的时代，在20世纪90年代的社会转型期，他一下子抓住了文化在历史节点上的动荡，知识分子在转型过程中，在各种社会情势下，各种文化力量的相互挤压和冲突，他们的灵魂的骚动不宁和无法安妥。贾平凹在《废都》的后记里，曾用《如何安妥我破碎的灵魂？》来表达他写作这部长篇时复杂的心态。现在看过去，90年代初，可以说是一个"废都时代"，也许文学最能准确地概述和描述一个时代的特征。那么，21世纪初始的几年，则可以称为"秦腔时代"，在贾平凹那种散文似的笔法，神韵埋藏的字里行间，中国当代的乡土世界的生活，就像是很难切断的生活流，汩汩流淌。这时，贾平凹又发现了这个时代所发生的重大变化，这种变化非常令人恐惧——中国传统乡土社会的瓦解和破碎，以及纠缠在其间的文化、人性的被消解，被掩抑。当所有的现代性扑面而来时，人在这个时代里感到巨大的眩晕。而贾平凹回到他熟悉的生活，回到乡土，他写的是那些他所熟悉的生活，把它们很细腻地呈现出来，这种细腻，可能就是大音希声、大道至简、大象无形的表达。

接下来的长篇《古炉》基本上是《秦腔》叙述的延续，整部作品的叙事极其自由，开阔有度。六年前的那部《秦腔》写当代、当下中国乡村的裂变，敏感、敏锐地洞悉了中国社会整体性、实质性的转变，《古炉》则选择追溯到20世纪60年代的中国乡村，回到当代史最激烈、最残酷、最令人惊悚的那段历史。这一次，从叙述方式上讲，与《秦腔》没有更大的不同，但这一次，我感觉作家更像是从自己内心出发来写历史、写记忆、写自己、写命运。说到底，作家写作最重要的动力和初衷，就是源于对自己所经历和面对的世界的不满意，他要以自己的文字建立起自己的世界和图像。《古炉》就是通过回到历史、回到另一个时间的原点，书写贾平凹记忆的经验，表现一种大到民族国家，小到渺小的个人的命运。我感到，《古炉》所要表达的，是中国人的命运。这是一部表达命运的最杰出的作品。贾平凹想找到或想找回的是"世道人心"。他的文字，依然细致、精细，像流水般一样，是流淌出来的。半个世纪前的中国形象、民族形象，在一个古老村落的形态变迁中，淋漓尽致地被呈现出来。贾平凹刻意地写"众生相"，写出"世心"的变化，写人的存在生态的变化。最初，古炉村与所有的地方一样，都保有一种很好的生态，完全是有秩序的存在形态，恪守三纲五常，最基本的伦理、道德，千百年来在帮助统治阶级，帮助各种体制，针对人心做着一个基本的规范，维持、支撑着起码的秩序。这部小说写出了乡村最基本的、亘古不变的东西，无论历史怎样动荡，人心深处，都应该有这种不变的伦常。这可能是整个人类的积淀，或者是人类文明的支撑点。但是，"文化大革命"政治的外力，改变了这里的一切，社会政治、无事生非的阴谋，改变了人生活和生存的本质的、基本的格局。准确地说，"文化大革命"的动荡，剧烈地改变了天地的灵魂——世心。于是，一代人，一个民族，在这个时段里，宿命般地改变了命运，改变了一切。人心的正气、惯性、常态，都突然坍塌了。能够维持世道的人心变形、扭曲了，脱轨了，人心肆意地扭曲，并且被逐渐颠覆，良心不在，人成为一种符号或傀儡。

而贾平凹在《古炉》封面上使用英文CHINA的寓意，像古炉村的瓷器一样，一个民族、国家最重要的、最美好的东西，恰恰也是最容易破碎的东西。所以，《古炉》的目的或叙事野心，根本就不是所谓一段"文化大革命"记忆，而是一部中国人命运、人心的变迁史和巨大隐喻。他写的也不只是历史，而是今天中国的现在进行时态。我们今天的中国，世心，也就是精神、心理、伦理、道德，在今天已经跌到历史的冰点。无疑，《古炉》是中国当下生活的一面镜子。它也是关于中国的一个大的隐喻。

我们看到，贾平凹已将叙述推向了20世纪60年代。这时，他已经衍生出"清理""整饬""盘点"一个世纪中国百年沧桑的叙事雄心和耐性。"《废都》是斜着翅膀飞翔的"[①]，《秦腔》《古炉》，却依然是贴着地在飞，他要逆风飞翔。在《秦腔》和《古炉》里，有许许多多的细部令人难忘。特别是《秦腔》的细部，写到了一条街、一个村庄的生活状貌，细腻地、不厌其烦地叙述一年中日复一日琐碎的日子，有许许多多对引生、丁霸槽、武林、陈亮等弱小人物的描绘，有对清风街生老病死、婚嫁"还原式"的记叙。生活细节的洪流和溪水都尽收眼底。没有高潮，没有结局，没有主要人物，无须情节推动叙事，只有若干大大小小的情节、细节呈现，繁杂而黏稠，张弛自然，有条不紊，严丝合缝，逼真、还原、"延宕"，越来越少人工雕饰。我认为，贾平凹在这个时候，已经彻底地建立起自己新的话语修辞学或叙述美学。

二

但是，贾平凹没有忘记现实，他在进入历史之后，又不断重新回到当下现实。在《古炉》之后，他渐渐触摸到一个叫樱镇的地方，开始写一个叫带灯的女性，开始审视到一个具体的，中国社会最基层、最普通的女性在社会变革年代的内心镜像。

初读这部作品的时候，我最担心的，是《带灯》的题材和叙事如此逼近现实，贾平凹的叙述，或许会被当代现实的破碎、臃肿和零乱所吞没。但他采取直面当下的叙事姿态，创作主体统摄的谋篇

[①] 贾平凹：《关于小说》，生活·读书·新知三联书店，2015年版，第144页。

布局,"流水般"地自然复现现实的动态流程和全景式的叙事视角,并以彻头彻尾的貌似非虚构的"真实",对抗虚构,对抗想象。那么,这些究竟能够在多大程度上梳理清楚生活本身的结构和品质呢?这是否会被一种压迫式的真实所限制,从而丧失由无边的想象所带来的、富于超越感的另一种虚伪的"真实"。从根本上讲,文学叙事的最大效率和弹性张力,来自想象留下的空间和距离所产生的猜想、悬疑以及存在可能性。以文人的才情和奇诡的想象见长的贾平凹,不遗余力地让自己陷入无边无际、遍布迷津的生活大泽,会否写出的只是一部当代中国乡村的"上访总汇""病象报告"或者"乡村民情备忘录"?在这里,"写实"的确是考察作家铺排敷陈生活能力的重要因素。但是,担心是多余的,贾平凹不会顾忌理论上的种种考虑和规约,他一头扎进生活的泥土,踩着泥泞出发,这些已经成为他叙述最大的自信和勇气。这部《带灯》的写作发生和写作动力,似乎也与以往大有不同,他没有像以往那样,独自将叙述肆意地抛给读者,恍兮惚兮,奇异纷呈地荡漾开来,而是小心翼翼地呈现,没有任何隔膜、虚幻、矫情的描摹,而是超越意识形态的惯性,坚执地表达现实的宿命、无奈和命运的归属,以及现实的冷峻和人性的危机。

贾平凹似乎已经将地球视为一个村落,或者,他就将这个"樱镇"当成了当代乡村生活、乡村社会的缩影,坦然地将这些村镇聚焦为苍穹下的一幅影像。这幅影像,是一个时显喧嚣热闹,时现寂寞荒寒的存在体,这个巨大的存在体之内,有世俗文化的怪影,有人性的冲撞,有生存空间里人们的不幸和暗影。这部《带灯》,直面现实,原生态地透视现实,可以肯定,贾平凹没有像以往那样乐于沉浸在乡村灰色的记忆里,而是返身走进潜伏着种种危机的现实。早些年我在读贾平凹的时候,在《鸡窝洼的人家》《小月前本》《白夜》《商州》,甚至《废都》里,我都会感觉到贾平凹的字里行间有一种野气,多少有点儿"野狐禅"的味道,叙述自顾自般地行文抛句，起伏不定，无拘无束。那时，我猜测贾氏即便没有沿袭民国的遗韵，也定然从野史、笔记和稗抄、小品类的文体中，吸纳了不少的养分和精华，粗茶淡饭，乡情故里，在乡土、乡村的厚实和粗鄙的两面性中，与无数人的灵魂默默地交流着。文体和面貌，颇显乖舛、荒蛮，甚至有些晦暗和暮气沉沉。但是，近年来，我持续地读到《秦腔》《高兴》和《古炉》，他的格局开始更加阔大，行文更是洒脱不羁，人物个性、谋篇布局，肆意挥洒，不再一味沉浸在自己的乡土"幻象"之中。尤其是，无论切入当下现实，还是发掘并不久远的"文化大革命"历史，在文本的背后都凝聚着一种深厚的目光，这目光似乎要穿透沉郁的迷茫，洞悉艰涩、混沌的存在，每当我们感到他的叙述贴近地面的时候，随即又会体会到它已经开始超越和飞翔。就是说，整体气韵和笔势的风貌，已经挡不住面对现实时所产生的精神气度和巨大冲击力。而与以往的《秦腔》和《古炉》更加不同，这部《带灯》似乎向现实的内里扎得更深，地气仿佛不断地从大地上的庄稼，草木和房屋中丝丝缕缕渗出来，与人的呼吸相应和。渐渐地脱离了对乡村的"幻象"的迷恋之后，贾平凹已经卸下了所有的包袱，彻底剥离了乡村社会的非自然性质的"苔衣"，而以"凛然"的不折不扣的现实主义精神，照亮这里的山川草木、乡土风情和生命存在实况。带灯，同样也是贾平凹寄寓乡村理想、理想人格和期待温润人性的载体。进一步讲，《带灯》，承载着贾平凹新的叙事理想和文化诉求。贾平凹开始从现实的视角，或者，从现实本身，思考中国的文化和现实困境与出路。我感觉到，贾平凹在这里真的是要"表达出自己对社会人生的一份态度，这态度不仅是自己的，也表达了更多的人乃至人类的东西"[①]。

只要仔细回顾贾平凹的写作，就会发现他真正是一位当代从未离开过书写中国现实的作家，也许，正是因为他对自己所深嵌其中

[①] 贾平凹：《五十大话》，人民文学出版社，2008年版，第145页。

的乡土太过殷实，他对中国乡村生活和文化的体验和呈现，都富有沉郁、细腻和寥廓之感。怎样有力量地表现出一个时代生活的鲜活一面，怎样表达一个民族的"世纪情结"？需要作家精确地把握和呈现细部。一般地说，用文字来描绘具体的形象以及形象性场面，已经很不容易，要靠它来表现抽象的情绪和情感就会更加困难。好的真正的形象性文字，就要打破、超越文字既有的逻辑组织关系，打破日常性、约定俗成的明确限定，运用理智将最初的感受、朦胧的意念具体化为细节、细部的场面和人物。当然，这也是最需要一个作家内功的时候。这里，也最需要作家一种强烈的、勇敢的、大的担当。

还有一个问题，足以令我们认真地思索。中国当代作家和现代作家创作的整体水平和个体水平处在一个什么层面上？我们的精神内涵，我们的技术，我们的叙述能力，我们的发问能力，我们把历史和生活经验转化成文字、变成符号般的情感模式的时候，这个水准相差究竟有多少？中国现代一辈作家与当代作家的历史感、使命感究竟有什么不同？

那么，我们还需要回到《老生》。

读过《老生》之后的人都会感受到，其中的叙述者背后是贾平凹对历史的诠释勇气和信心。他穿行在这些生灵亡魂，游走在峡谷缝隙当中，所有人间的欲望、人性，扭曲的、端正的、正的、邪的，在一个历史的陀螺里旋转，然后逐渐消失，文字中有无数灵魂的呼号。

"为天地立心，为生民立命，为往圣继绝学，为万世开太平"，贾平凹在更大的胸襟和气度里，想寻找的是个人和历史之间的关系，这个民族在一个世纪里的尘埃。几个小村落，并不庞大的人群，看似简单的叙事结构，是一种对历史的钩沉，它是一个立体的、一个家国的、一个时代的。其实历史是一个怪兽，历史这个怪兽所制造的阴影，使《山海经》能够和文本互相呼应，这种呼应并不是说哪一段对应哪一段，其实它是对历史时空的一个梳理和把握。他要写出众生相，写出一个世纪的叙述。历史和人性，必然和偶然，逻辑和无序，简洁与浩瀚，悖论与诡谲，都交织在文字里。关键是贾平凹在叙述的时候举重若轻，又灵动，又纠缠。可以不夸张地说，《老生》是贾平凹"世纪写作"的提纲挈领。

在《老生》里，贾平凹无意解构中国现代史，如果认为是解构，那就将贾平凹的写作简单化了。他的写作初衷是试问苍生的寻根之旅，包括叙事中呈现的暴力，他用激进撞击腐朽，用脆弱挤压黑暗，他把历史所有的力量和各种因素纠缠在一起，这就是举重若轻。历史是怎么长出来的，在小说里有着含蓄、悠远的表达。所以，当历史和生活的必然性表现得异常复杂的时候，一切要么分崩离析，要么筋疲力尽，要么重现生机。所以，贾平凹是在用最简单的东西对付复杂，复杂自然就变得不复杂了。面对历史的怪兽，贾平凹是举重若轻，这种文学叙述主要是表现人类心理状态，演绎人的精神、灵魂图像。

在当代，很少有人像贾平凹这样，以"我有使命不敢怠，站高山兮深谷行"的谦卑姿态，来整理历史这个幽灵，再现历史的两难。历史是什么？文学怎么表现历史？这个惯常又普通的问题对于作家来讲是一个很纠结的问题，也就是说文学的逻辑、文学的叙述要不要对历史负责？包括如何诠释历史？所以我觉得《老生》它不是一个戏说的问题。在这个长篇里，作为一个杰出的作家，他不会拘泥于一时一处的纠缠，也不会轻易否定存在的合理性，包括人的原始欲望，原始冲动，包括人的苟活。那些生灵，一朵花，一根草，一只小狗都是一个鲜活的生命，所以战争、暴力、死亡、饥馑、贫穷，包括政治运动和阶级斗争等那些人为的变故，在自然面前、在《山海经》面前都显得不可理喻、拘谨和无奈。贾平凹依然试图发掘善的力量，呈现历史的流程和潜在动力。他觉得历史是一条河，贾平凹恪守的是"与天为徒"。其实做"天徒"是心高气傲的一种姿态，可以说，想做一个好的作家一定是想做一个"天徒"。无疑，《老生》对近一个世纪的历史做了一次很好的整理。他在整理自己的时候，也整理了中国20世纪的风风雨雨。我觉得他仍然一直在往前面"顶"，让时间在文本的河床里逆流而上。

三

每一位杰出作家都有自己与世界、与生活、与文字建立一种默契关系的方式和途径。平凹的方式和途径，与其他作家有相似的地方，也有更多不同之处。一个作家选择什么样的方式介入生活，他拥有多少属于自己的写作秘密，似乎也是一种命运，"命运决定了我们是这样的文学品种"。

20世纪70年代，贾平凹从自己土生土长的故乡——商洛的丹凤棣花镇出发，从自己生活了十九年的老宅出发，开始他至今长达几十年的文学叙述之旅。对于平凹来说，他此后的千百万文字的作品，无一不有故乡商洛的影子和痕迹。就是说，他一踏上写作的路途，就从未忘却和遗失回家的路。这不仅是出自他生命和个性的本能，更是他愿将其视为文学立身之全部的选择。早年的《山地笔记》《商州三录》和《浮躁》，后来的《废都》《妊娠》《高老庄》《怀念狼》，以及《秦腔》《高兴》《古炉》《带灯》《老生》，还有刚刚写就和发表的《极花》，十几部长篇小说，还有大量的中、短篇小说，散文、随笔，几乎全部是文学的商洛。这也不奇怪，莫言的几乎大部分作品，也是离不开"高密东北乡"的；苏童的叙述，看上去千变万化，但永远是环绕着他从小就熟悉的江南苏州"城北地带""香椿树街"和那条古老运河；余华的故事里，虽然常常有意遮蔽许多外在的环境形态和地域风貌，但是，我们依然很容易就辨别出，他的叙述里弥漫的是江南小镇荫翳而潮湿的气息，无疑，他的文学白日梦，是从他熟悉的小镇延伸出来的。也许，世上就有这样的一类作家，他们的写作和文学的呼吸，都是依靠故乡所给予的神示来供养的。难道这就是所谓"凤楼常近日，鹤梦不离云"吗？

近年来，我曾遍访阿来、苏童和贾平凹这三位中国当代作家的写作"出发地"，或者说是写作"出发地""发生地"，这些，都让我更加深入地意识到，他们写作的精神起源和物质"原型"之间，都存在一个无法分割的精神"气场"。苏童笔下的苏州，还有那个"城北地带"和"香椿树街"，阿来的阿坝州马尔康的"梭磨河"，贾平凹的商洛丹凤的"棣花镇"，它们尽管在文本中只是一个叙事的背景，或者虚拟的叙述平台，但凡是有过这种体验的人，都会觉得这个实际的存在与文本之间，存有一种"神以知来，智以藏往"的默契和神光。我感觉，一个杰出作家的写作，一定是有一个"原点"的，这个"原点"，决定着他想象的半径大小，而他们不同于常人的个性和"异秉"，则使他们对历史或现实可能获得重要的精神解码。苏童仰仗江南诗意、诡谲的氤氲，温湿的气息，生发出神秘的幽暗和飘忽；阿来的马尔康，那条整日整夜奔腾不息的"梭磨河"，源头是苍莽的雪域高原，旷世的险峻，滋生出的雄浑，依然透射出浩渺的气息。那么，贾平凹的商洛呢？并不高耸但奇崛的秦岭，有股扑面而来的鬼斧神工之妙，而几十年来，贯穿贾平凹文字里的"势"，游弋其间，山岭上的奇石怪坡，培育了他行文的奇崛和沉郁，面对贫瘠和荒寒的时候，他表达出的，却是另一种沉重和沧桑。所以，一个作家早年生活的环境，会令作家的写作"无可救药"地伴随他的一生。地域环境与相应的人文状况，构成了作家挥之不去的独特气息，潜移默化地渗透在文字里，与写作者的志趣浑然一体，也就铸就了文本的个性和独特风貌。我十分赞同早逝的天才评论家胡河清以"全息"论的思维，审视作家的写作和对文本的阐释。他当年所倡导的以"全息主义"视角阐释作家文本的文化学密码，现在看来，是颇有道理的。特定的写作发生的场域，或者作家很长时期的叙述背景，在很大程度上，决定着一个作家进入、深化文学对于人类生命景观的描述能力。从全息的角度感知生命，可以扫除某些附丽于生命本体之外的虚假表象，而直接接近人性、人的灵魂的核心层次。我们这样来揣度写作的发生，并不是要将作家的写作局限在"地域决定论"的樊篱之中，而是为了强调因地域性因素而生成的，作家感悟生活和透视生命心史及其秘景的能力，中国作家的这种感悟，显然具有东方神秘主义的通灵性质。也许，好作家、杰出作家，都是通灵的，他一定是以一颗少有世故、没有功利和没有算计的心，体验、辑录并呈现生活及其存在世界的可能性。进入历史时的轻逸，把握历史时的沉郁和智慧。说白了，作家在文本里面所呈现的世界，也许就是在生活中与他的"貌离神合"之处。对于贾平凹，这就是宿命般的选择和必然。

有一点我坚信，很少有人像贾平凹那样，在离开生活了十九年的商洛去了西安之后，还曾若干次大规模地游历陕西各县，几乎走遍所有大小村镇，而商洛，更是在此后几十年，每年仍多次往返不断。"自从去了西安，有了西安的角度，我更了解和理解了商洛，而始终站在商洛这个点上，去观察和认知着中国，这就是我人生的秘密，也就是我文学的秘密。"[1]也就是说，贾平凹写作的"出发地"和"回返地"，都是商洛。他说，"我是商洛的一棵草木，一块石头，一只鸟，一只兔，一个萝卜，一个红薯，是商洛的品种，是商洛制造。"[2]看得出来，在平凹的小说文本中，所有的原始具象都来自商洛。但是，贾平凹从故乡所汲取的，不是简单的历史记忆，不是"现实景观"，更不是叙述背景，而是深陷其中所获得的生命体悟，是潜隐在文字深处的灵魂的包浆。他小说中每一个故事，每一个人

---

[1] 贾平凹：《站在商洛观察和认知中国是我文学的秘密》，2014年11月6日在"贾平凹与中国当代文学"学术研讨会上的发言。

[2] 贾平凹：《站在商洛观察和认知中国是我文学的秘密》，2014年11月6日在"贾平凹与中国当代文学"学术研讨会上的发言。

物，每一个场景，以及一部作品的结构形态，都被故乡的雨水淋湿过，都被秦腔的韵律撞击过心灵，也许，还曾像幽灵一样，飘荡在八百里秦川。从一定角度讲，莫言、苏童、余华这几位作家，更愿意或倾向于"以虚入实"的表现方式，而平凹更喜爱和迷恋直面经验，耐心发酵历史与现实，"以实务虚"，在个人经验的丛林中删繁就简，重新整饬现实和生活，最终，文本和叙述，以神示的意蕴，敷衍着表象，进而叙述在悄然生变中超越现实，在历史的间隙，也能峰回路转，绝处逢生。这一切，看上去，竟然是那样举重若轻。

在商洛的棣花镇，在凛冽的朔风中，作家贾平凹在前面疾走的时候，我感觉，他正是在他自己文字的密林里踽踽独行。他从一个小小的村落走出去，又不断地一次次走回来，以小见大，感知大地的苍凉与浩荡，人世间有血有肉、纷纷扰扰、酣畅淋漓的万象，在他的穷形尽相的叙述中，毫发毕现。他对历史、现实、人性的叙述充满了张力，逻辑与无序，悖论与诡谲，简洁与浩瀚，偶然与必然，都从他小说的结构和故事里，呈现或隐逸着。而商洛、丹凤和棣花，就像是贾平凹写作的母体，他一刻也离不开这个母体，也一刻不曾离开这个母体。在这个巨大的"母体"里，他自己也像一个孕妇，不断地孕育出孩子般的作品。棣花，如同是贾平凹写作的坐标或中轴线，当年这里的每一个人，每一个物象，都与他的文本发生了新的关联，滋生出新的生机与活气。他说过，"人和物进入作品都是符号化的，通过象，阐述一种非人物的东西。但具体的物象是毫无意义的，现实生活中琐琐碎碎的事情都是毫无意义的。这样一切都成了符号，只有经过符号化才能象征，才能变成象。"[①]如此说来，在贾平凹的记忆深处，已经有许多符号般的物存在着，但都处于一种没有"场"的静物存在状态，这些，一旦进入贾平凹的审视视域，一

---

① 贾平凹、韩鲁华：《关于小说创作的问答》，《当代作家评论》，1993年第1期。

切就都变得富有生命力了。所谓"仰观象于玄表，俯察式于群形"，对于写作而言，就是一个作家选择一个什么样的角度，重新看待生命、生活和存在世界的意思。"整合"生活和记忆，重新注解生活世界和人心世界的隐秘而复杂的关系，是作家创造新的世界结构的途径和方式。贾平凹一口气写了四十多年，我坚信，像《秦腔》《古炉》《商州》以及《黑氏》《人极》《油月亮》这类作品，倘若不是他这种对生活有过切身体验的作家，是无法写出来的。也可以从另一个角度说，许许多多曾经有过这种体验的人，因为缺乏这种特别的想象力，也无法将这种体验转换到陌生的文本领域，重新构建丰富的细节和生活的结构。这个结构，是文本的结构，是历史的结构，是一个世纪的结构，也许，还是叙述所产生的新的世界的存在秩序。贾平凹的写作，之所以能够始终保持长盛不衰的状态，主要是因为他在构建一种人伦关系的时候，既不背离生活本身的逻辑，不随波逐流，同时又不忘记在写作中反思人的处境，人性的变化。尤其是，他对于人性、欲望在社会发生变革时，对于其间发生的裂变和错位，所做出的超越社会学、政治学和文化的思索。

现在，贾平凹又在写作一部叫作《秦岭志》的新的长篇小说，这部长篇小说，已经将叙述的时间向前推至20世纪二三十年代。由此，我们越来越清楚，贾平凹的"世纪写作"所试探和勘查的，原来是这个民族一百年的秘史，其中的民族兴衰，时间轮转，人性变异，沧桑岁月。

那么，究竟谁又是那位见证了历史风云的"老生"呢？

苍茫"北中国"的乡土美学
——迟子建文学叙事的"乡愁"重考

一

事实上,中外文学史上的许多作家,他们的写作往往都是从自己的故乡和童年出发的,我相信,他们的写作发生,永远难以离开自身"生命的乡土"。在这里,我所谓"生命的乡土",对于作家而言,就是其出生地、出发地,这是其生活之根,写作之源。任何在想象的天空翱翔的文学的羽翼,都无法离开大地的滋养和孕育。具体说,作家的文本叙事所呈现、所承载、所潜心其间的,一定是"生于兹长于兹"的人生"血地",这不仅仅是一个地域性的元素,还是作家写作主体与从细小到宏大事物之间的精神互动。而且,这个"出发地"同时也是作家最终的"回返地",这种出发、回返对于文学叙事来说,是作家在生活、存在乃至宇宙无限的对照下思考生死、自然、道德、伦理的心灵回响。

几年前,我在从整体上描述迟子建小说创作的时候,曾提出迟子建的"东北叙事"就是一部百年东北史的看法。只不过,这部文学的百年"东北史",在迟子建的文本里充满个性、灵性、智性以及多重的可能性。

三十余年以来，她写作出绵绵五六百万言的小说、散文等叙事性作品，字里行间，深入历史与现实，重绘时间与空间地图，再现世俗人生，柔肠百结。她描摹群山之巅、白雪乌鸦，钩沉沧桑巨变，测试冷硬荒寒。沉实的叙述，细部的修辞，可谓抽丝剥茧，探幽入微，白山黑水，波澜万状。其中，有旷世变局，有乾坤扭转；有道义，有情怀，有格局，有"江湖"；有生命之经纬，有命运之沉浮。我感到，从迟子建的笔端流淌出来的，其实更像是一部刻满万丈豪情、洒脱无羁的情感史、精神史、文化史。这些"东北故事""东北经验"以独特的结构和存在方式，无限地延展着文本自身持久的美学张力，成为中国当代文学中不可忽视的独特存在。面对迟子建的文学写作及其充满个性化的"乡愁"、情愫，我更愿谓之"文学东北"。其实，迟子建的小说，于我这样一个同样生于斯、长于斯的"东北佬"而言，从题材和地域的层面看，并无太多异质性的感性经验和"陌生化"现实语境令我惊异，但其对大历史的书写和小人物悲欢的演绎，早已超越了个人经验的告白和情感诉求，蕴蓄其间的万千情愫，常常让我感慨，反思，沉浸，心有戚戚焉。在迟子建的文本里，百年东北的历史，就仿佛一部流淌的文化变迁史。在这里，这种"文化"的蕴蓄，承载着这幅文学版图之内的政治、经济、军事、宗教、伦理和民俗，它呈现着东北的天地万物、人间秩序、道德场域还有人性的褶皱、生命的肌理，让我们看到"大历史"如何进入一个作家的内心，构成宏阔历史的深度。而历史、现实和时代，人性、人与自然，在迟子建的文学想象和叙事中，呈现出东北叙事的雄浑和开阔。我更愿意将其置于一个精神价值系统，乡土小说新视界从感性的体悟到理性的沉思，考量、揣度迟子建小说渗透和辐射给我们的灵魂气息。[1]

而王德威则从中国现当代文学整体视域的角度，阐释东北文学和迟子建的创作："40年代萧红写下《生死场》，60年代聂绀弩写下《北荒草》，新世纪迟子建写下《世界上所有的夜晚》。这些文学暴露东北作为群体或个体所经历的挫折与困惑，而有了鲁迅所谓'自在暗中，看一切暗'的警醒与自觉。东北故事不再追求表象的五光十色，而致力发现潜藏的现实暗流，错过的历史机遇，还有更重要的，'豹变虎跃'的关键时刻。"[2]很显然，王德威强调从萧红到迟子建"文学暴露东北作为群体或个体所经历的挫折与困惑"，可以理解为作家主体直面存在世界时灵魂的一次次苏醒、警醒。这也恰恰应和着迟子建的"当我们欣赏所谓壮美时，有看不见的生灵在呻吟。当该被怜惜的生命出现时，因藏在深处，俗眼已不察，这无疑应该引起我们的警醒"[3]，实际上，这种"苏醒""警醒"，都是缘于对乡土的恋情和挚爱。作家面对自我，在"乡恋""乡愁"的多重情愫中，必然蕴藏着生命个体冲决挫折与困惑的苦涩反省、沉思。在这里，我想以迟子建早期文本为中心，探讨在她写作中绵延不绝的灵魂"乡愁"，及其文学叙事的灵魂和形式之间，内心和外部世界之间如何建构她自己"小说的兴起"。

尽管我不很愿意将萧红和迟子建这两位生活在不同时代的写作者做出任何比照，但是，她们各自诉诸这片土地的情感既迥然有别，又久远得像恍如隔世的遥相回响，或许，后者还不断地催生并唤醒着跨

---

[1] 张学昕：《迟子建的"文学东北"》，《当代文坛》，2019年第3期。
[2] 王德威：《文学东北与中国现代性——"东北学"研究刍议》，《小说评论》，2020年第1期。
[3] 迟子建：《是谁在遥望乡土时还会满含热泪》，《小说评论》，2023年第2期。

时空的精神对话。我们早已意识到,萧红的乡愁里有着一种用力过度的"决断",她在与乡土的"纠缠"中显示出自我与"他者"进行切割的"矛盾体"。而迟子建对故乡的深情凝视,则表现出沉实的自信,踌躇满志的精神气度流溢其间,而且,文字里不乏她对前代作家致敬的哀婉的幽思。可以说,乡愁的基调,在几十年的文字里从未消失过。明显地,她们的出发点不在一处,她们寻梦的道路判然有别,她们的文本又都有各自的文化因素和审美元素。虽然,她们可以存在相近、共通的情感、精神基点,都对生活、命运、人性之弱饱含悲悯,但是我觉得迟子建较之萧红,拥有着更多的想拥抱世界的善良和爱意。

当然,不同时代的作家,对自己所处的时代都有自己的感受、认知、判断和表达。对于东北这片土地,20世纪三四十年代的萧红,在《呼兰河传》《生死场》的字里行间沉淀出"北中国"枯草般的沧桑、遒劲的苍凉。她不仅写出了"北中国"民生的悲欢苦恼,爱恨情仇,蓝天下血迹模糊的大地,而且涉及苦难、死亡、对生命极限和重负的不能承受之轻。文本叙事对于"生的坚强和死的挣扎"的充满隐逸的诗性表达,开阔的生活的视界,对人物命运深入肌理的呈现,张扬着叙事主体内在的抒情气质。《生死场》的"场",整体性地弥散在文本叙事的时间、空间维度之上,饱含个体的蝼蚁般的生死,女性的肉体与精神苦痛,与萧红一生的"漂泊"状态相呼应。而迟子建的书写状态迥异于萧红,她更多的是喜欢从现实的情境里去寻觅故乡或往事的真实原生状态,充满对自然、朴素、天真、感伤、和谐的"古典"气息的向往和追忆。

我感觉,最初,迟子建《北极村童话》《北国一片苍茫》《白雪的墓园》,在一定程度上潜在地、部分地延续了萧红叙事的美学传统和精神趋向。但是,二十一岁的迟子建,似乎一上手就体现出自己鲜明的个人秉性和趣味,自觉或不自觉地渐渐形成自我独特的叙事法则。《北极村童话》所呈现的神异而美丽的心象,正是在迟子建年轻的内心历经了记忆、回忆的"幻化"发酵,"幻的美好"就转化成

"真",沉郁的审美直觉让"童年"真切地融入文字,浓郁到极致的乡情、乡土、乡音的书写,令人恍若置身梦境之中。这最早出现在迟子建文字里的"北中国"乡土美学形态,无疑就是迟子建永远不会丢失的纯真的"初心"和"乡愁"。那种情感让童年记忆变得更加丰富而具有张力,不仅没有失去原来的纯度,而且生长出大于原初的强劲有力。"乡愁"柔软地转化为超越时间之上的对故乡的眺望,无论是乡土的背影还是侧影,她在描摹它的时候,总是有种度尽劫波的醒悟,同时解决了个体经验的偏颇和忧虑,进而构成一次次写作灵感的再生。我相信迟子建是一位深切理解小说的品质和诗性的作家,拥有叙事的柔韧性、文字的辨识度、结构的结实性。同时她的故事常常打破现实的逻辑,又不失对生活的深刻感受,流露出个人生活体验的特质。

直到《世界上所有的夜晚》的问世,迟子建似乎完成了"自叙传"叙事模式的构建、转型和深化。而"乡愁"已然成为其个体记忆中与人生、人性热度的不可分割的抒写方式之一。无疑,生命中的情感是需要更多的人生阅历和体验来滋养,以此生发出对世界、对人性、对生命的关注和感叹。如果说,萧红的叙事,是诗性地表达极其自我的自觉经验和体悟,呈示出她对土地、村庄、人物、动物等一切事物的情感,揭示人物的命运和遭遇,那么,迟子建早期的作品,以及后来的文本,呈现出的大都不是"芬芳的记忆",而是令她既备感温暖但又不乏苦涩、苍凉味道的往事感怀和回归性想象。时下似乎流行的一种说法:当前我们所面对的"故乡",早已经是一个回不去的乡土社会了。但是,从另一个角度看,"正是这样沉沦的'故乡'和乡土,为我们提供了更加广阔的创作契机和批评空间,我们坚信,正是在这样巨大的沉沦与转型中,中国乡土小说才具有了巨大的文学史意义、思想史意义和艺术史意义"[①]。就是说,当代的

---

① 丁帆、贺仲明:《乡土小说新视界·主持人语》,《小说评论》,2022年第1期。

乡土、乡情、乡愁形态，给作家提出了更高的审美、叙事要求。我感到，迟子建的写作，始终没有离开过对于"故乡"的回眸与眺望，她的书写里绝少沉沦、失意，虽然有关于世界冰冷的悲诉和人性、俗世的喟叹，但总有强烈的温暖气流游弋在字里行间，播散出无数希望的种子和无穷的力量。尽管用来描述"北中国"的词语大多是"冷硬""荒寒""苍茫""萧瑟"等，但我们在迟子建的文字里，总是能够强烈地体悟到具有充沛人格美的"骨力""骨气""底蕴""沉郁"的智慧与道德力量的存在。亦可谓"洞烛世情之幽微"且诗化地再现仁爱、宽厚、温暖的情感和玄思。就是说，迟子建直面人生，解析人性，展现人物性格，探求命运的机变，其灵魂叙事令"乡愁"从"沉沦"的乡土里，获得另一种审美存在的形式。

二

我坚持认为，一位作家的"处女作"或成名作，常常就是这位作家一生写作的精神起点和叙事源头，沿此深入发掘下去，会清晰地勘察到他们日后写作的诸多端倪或延展。或者说，"处女作""成名作"，在很大程度上构成作家一生文本写作的"总纲"。《狂人日记》，无疑就是鲁迅文学创作的"总纲"，在这篇小说里，蕴含着鲁迅后来小说、散文、散文诗以及杂文的总主题。其创作自始至终鲜明地呈现出"启蒙""为人生""改良这人生""改造民族灵魂"的文学主旨。鲁迅几乎所有的叙事声音都紧紧地围绕着这个核心命题，从容、沉实地展开。当代作家亦如此。与迟子建同时代的同辈作家苏童的《桑园留念》、余华的《十八岁出门远行》、格非的《褐色鸟群》等处女作，都在一定程度上成为他们后来创作的起点。这些文本呈现的基本母题、故事"原型"、叙事策略等，都"深埋"在作家此后一系列文本里，不断地延展下去。而《北极村童话》的深层意蕴及美学含义，无疑构成迟子建写作的心理、精神引线和美学基点。

那个叫"迎灯"的小女孩,现在,不由得让我们恍然回味到这篇小说"元叙事"和"非虚构"的意味。我们也不免猜想迟子建的个人经历与经验即两个"迎灯"的"重叠"与交织。迟子建在二十岁时对童年、家乡的审美回忆,看上去像是一个天真孩子的独语,却充满神圣感,叙事背后隐约渗透出整个社会生活的政治、文化氛围与东北地域氛围、基调。小女孩在与"姥姥"和"奶奶"之间,内心激荡着超越了伦理、血缘的情感。她多少有些内倾的性格,让我们洞悉身处"极地"的女孩的快乐与忧伤。"姥姥家"和"奶奶家",就仿佛鲁迅笔下的"三味书屋"和"百草园"。虽然,她还不能思考所谓人生哲学层面的问题,但是,对于成人世界的善恶、美丑,已经有许多幽微的认识和判断,当然,这并不是简单化思维,而是一种心智上的单纯或纯粹。像这样对日常生活率真、自由的漫思,也成为迟子建后来叙事潜在的情感形态、心理脉象,并构成乡土、乡愁的叙事伦理主线。

算起来,迟子建的写作历程不可谓不漫长。但可以说,迟子建在《北极村童话》《白雪的墓园》《北国一片苍茫》等最早几篇文字里,就已经建立起她最初"东北往事""东北记事"的叙事"情感结构"。这种"情感结构",深藏着作家内心的以乡愁为纲并衍生成刻骨铭心的叙事冲动的记忆链条。无疑,乡愁聚集了包括地域性在内的个人生命体验和认知的情怀,它支撑着作家通过语言文字复活生命的力量,就是说,作家让自己也让阅读者重新"生活在语言中"。而且,它是一个精神整体而不是记忆碎片。因此,乡愁的呈现,是一种有伦理感、有情怀、有责任感的叙事,绝不是"往事"的复制。那么,作家早年的这种偏重个人情感倾向的叙事,与"历史叙事"相比,其中必然存在着某种精神上、心理上和文化相通的"隐秘结构"。正是因为这种"隐秘结构"的存在,令小说文本显示出"超现实"的独特的精神品质。其中,它必然隐含着作家对世界洞察的真切的目光,揭开了个人、情感和事物的另一种隐秘的本质,这是一种文学经验,也是独特的、值得珍视的生命经验和永远不会失去的灵魂积淀。迟子建就是在这种有情怀、有生命质感的叙事中,建构起她破解和描述属于东北的精神、文化、人性的"隐秘结构",而这个"结构"的内核则是无尽的乡愁。或者说,乡愁,在作家所面临的加速奔跑的时光、岁月里透射出历史、现实和生活难言的缺憾。尽管,在叙事中这种"缺憾"不是刻意的、迷惘的"还原",而是一种不经意间的省察。她让历历在目的生活、时光里的自然磨损,承载了一代人的生命体验。换言之,迟子建是否也相信"在清醒中运用梦的因素是辩证思想的教科书"呢?

我们认为,《北极村童话》《北国一片苍茫》《白雪的墓园》等篇章,无疑已经形成迟子建乡土叙事的美学基调。"苍茫的林海,土地上的庄稼,陪伴我们的生灵——牛马猪羊、风霜雨雪、民俗风情、神话传说、历史掌故,就像能让生命体屹立的骨骼一样,让我的作品是血肉之躯,虽然它们有缺点,但那粗重的呼吸,喑哑的咳嗽,深沉的叹息,也都是作品免于贫血的要素。一个作家命定的乡土可能只有一小块,但深耕好它,你会获得文学的广阔天地。无论你走到哪儿,这一小块乡土,就像你名字的徽章,不会被岁月抹去印痕。"[①]在迟子建这里,对故乡、乡土的凝视,无不饱含着无尽的敬畏。以文本书写的方式对故乡的每一次回眸,也都是自我情感的净化和超拔。那些"艰难的美""平易的美"甚至"残酷的美",其中无论隐逸多少虚幻的、难以捉摸的东西,迟子建都能够写出它们内在的质地,捕捉、升华出浪漫的情致,发掘出生活本身的神秘之魅、含蓄之美、哲理之美和灵魂之美。在这里,迟子建并非简单地诠释生活,一味地传递情感,而是寻找精神的源头、命运的苍茫和生命的凝聚,细细地咀嚼灵魂深处的阵痛。《北国一片苍茫》,描述一位青春少女离开家乡在外地求学时期的往事追怀。这篇文字,应该算

---

① 迟子建:《是谁在遥望乡土时还会满含热泪》,《小说评论》,2023年第2期。

是对乡土现实的一次深刻反省、反思，对父母一辈充满诘问的审视，试图以"子一代"的视角破译中国乡土文化的密码，捕捉、揭示人性中深不可测的黑洞。《北国一片苍茫》，深沉地呈现出乡土世界边缘生活地带的呼吸和叹息，粗重和喑哑，文本通过对几个人物的命运及其不合乎日常逻辑的民间、民俗文化心理描述，解析乡土人生、生存理念和方式在动荡年代里难以自新的困境。芦花、母亲和继父，包括那个流亡逃难的"外来者"，他们之间的亲情、遭遇和生活信念，人物之间畸形的生离死别，呈示出文化批判与生命体验的深层联系。芦花的母亲，曾有被逼入绝境、为了保持生命尊严复仇杀人的经历，当然，母亲这样的隐忍直至爆发、出逃，正可谓她所吟唱的"四处无路走天涯"。继父作为猎人本身那种不羁、粗粝，生命样态的自由、奔放，潜藏的柔软、炽热，都被冷冰冰的现实生活所遮蔽。狩猎生活的凶险，也积蓄起他对情感、生死的淡漠。这些，就令母亲和继父的情感生活难免渐趋畸变的状态。从这篇小说，我们看到中国乡土生活边缘性的多棱柱状态，也发现了美好、自然、纯净乡土世界的孤独和愚顽的悖论性。就是说，迟子建从容、克制地写出了"北中国"边地生活的温情、冷硬、荒寒、沉重，甚至粗鄙。我感到，迟子建以近乎泼墨的笔致，将大森林的苍茫、雄浑，设置为人物生命状态及命运的背景，凸显出"北国一片苍茫的"的深邃命意。从精神内蕴的呈现角度来看，仿佛涂抹着虚幻的、温暖的烟雾，于是，人物形象就从那种普通的线条勾勒中解放出来，表现出自然、本色、洒脱，人物、故事和情境都在叙述中获得一种极其自由、灵动而朴素的情致。

　　天非常寒冷，我站在火炉旁不停地往里面添柴。炉盖有烧红的地方了，可室内的墙角还挂着白霜。我的脸被炉火烤得发烫。我握着炉钩子不住地捅火，火苗像一群金发小矮人一样甩着胳膊有力地踏脚跳舞，好像它们生活在一个原始部落中一样,而火星则像蜜蜂一样嗡嗡地在炉壁周围飞旋。炉火燃烧的声音使我非常怀念父亲。我不愿意离开火炉,我非常恐惧到外面去,那些在苍白的寒气中晃来晃去的人影大多是紧张忙年的人们,碰上他们满面喜气该怎么办呢?

迟子建悉心地描摹着北方乡村的炉火,这样诗意的、浓烈的乡土气息的场景和氛围,以此反衬出主人公内心失去父亲的悲凉心境。"父亲睡在墓园里,现在那里是白雪的墓园。"这是"她"小时候进山最害怕去的地方,那里总会令"她"有种莫名的忧伤,现在那里竟然成为收留自己亲人的地方。"死亡竟是这般盛气凌人",有关墓园的情境和回忆,使女孩梦魂萦绕,试图彻悟这生命和死亡对峙的尘世。对于"她",炉火像镜子一样直视"她"的忧伤,"她"只需要炉火温暖的陪伴,驱走苍凉和荒寒,让生活重新温暖起来。而眼前的炉火与记忆的墓园,成为烤灼忧伤的烈焰。"白雪的墓园"成为一种生死隐喻和象征,极写"北中国"之寒,通过透彻心肺的悲伤,竭力地表达出人与现实、人与自然、人的情感世界相互之间的无法兼容。情感的灌注和象征的力量,在小说叙事挥之不去的诗性、诗意里激荡。客观上讲,迟子建的大量文本,叙写俗世的留恋、怀念、忧伤、感伤,情感的深度植入,已经成为迟子建凝视世界的方式,也是其文本具有强烈乡土意蕴之乡愁的热烈的目光。她让一切思念、幸福、向往与乡愁一起寄寓心灵,或者战栗,或者歌唱,或者哭泣,或者从对故乡的回望里增蓄力量。

其实,迟子建抒发的乡愁与其他作家相比,自身的异质性显而易见。她在青年时期写就的文字里一次次精神返乡,为当代文坛奉献出了"私人定制"的写作资源,"北中国"俨然已成为迟子建乡土叙事的精神"灵地"。可以说,迟子建的每一次书写,都表现出与萧红的艺术追求"惊人的相似"。只是前者的题材资源、审美风格等方面更具飘逸之感。在这里,有关童年、少年的自我启蒙,在这些文字里已经有充分的表达和凸现。

此外,我还非常看重迟子建的"激情"与"沧桑"。那么,迟子建的小说是如何沉浸乡土,在乡愁的表达中"如何激情,如何沧桑"的呢?当然,我们能够深切感受到她的文字里"在场"的"沧桑感"。她的每一篇文字都像"素朴的诗""感伤的歌",让我们真切地体验了生死对照、善恶臧否。细细地考量其中的人物和故事,无论少年还是老年,男人还是女人,仿佛都被凛冽、料峭的岁月寒风暴击过,人生的苦难、荒寒和温暖,都从人物内心的褶皱中被挤压、渗透出来。迟子建始终保持着作为一个优秀小说家特有的敏锐、诚实,也始终没有失去继续下去的热情和勇气。尽管现实有时候会以一种非理性的、缺失逻辑、善意和真诚的方式在涤荡心灵,但她积极向上,怀揣挚诚,不断回过头来深情地回眸、打量故乡,审视、展现她的广袤的"北中国"的土地和人民。她小心翼翼、精心地将记忆的碎片重新聚集起来,结撰成新的语境,由此,记忆被重新编码,人物、故事和细部,共同体现出对自然、人生和谐的向往。正如苏童所言,"迟子建小说的构想几乎不依赖故事,很大程度上它是由个人的内心感受折叠而来,一只温度适宜的气温表常年挂在迟子建心中,因此她的小说有一种非常宜人的体温"[1]。"体温",在我看来,是凝结并代表着迟子建心灵方向和精神内核的一个情感"坐标",正是这个恰切的"体温",使她对于外部世界感受的惊悸、隔膜、焦虑和疑惑,都从容而神奇地转换为大气磅礴、包容万象的宽厚和热情。一位作家,唯有这样的对生活、生命的温度感,才会对世间万物、斗转星移、天地变化、草木人生以及人类困境心怀万端感慨之情,才会产生内在的纠结、质疑、反思,也才会有撕裂感、疼痛感,才会萌生出"为天地立心,为生民立命,为往圣继绝学,

---

[1] 苏童:《关于迟子建》,《当代作家评论》,2005年第1期。

为万世开太平"的信念。即真诚地投入情感，悉心地对待自己的文字，也才会从人性的微光里生发出为人、为文的大境界。或许，这就是所谓的沧桑感吧。从另一个角度讲，它是对人类生存处境的深切关怀，它不断地从不同的时代变局中，以地域性的、世俗民间的视角描摹世道人心。让写作成为萦绕于怀的有关生命、命运的"心事"，又不乏浪漫的情怀，实际上，这是一个作家最难修炼的境界，也是一个作家的叙事之魂。显然，几十年来，迟子建始终在朝着这个方向不懈地努力着。这样，激情、沧桑感、温度，在生活和文字面前，转化为不竭的勇气、力量和宽柔的灵魂质地，也构成了迟子建小说最内在的心理机制、叙述格局和美学气韵。正是这样一种气魄和胸怀，使得迟子建的写作绵长而畅达，悠远而深邃。我们常常会谈及作家早期写作与后来若干年创作的关系，辨析其变与不变，以此探究作家的美学追求及其价值。我认为，迟子建写作的变化，就是这样渐渐走出"童话"的情绪、情感和浪漫的世界，而开始直面芸芸众生的盘根错节、俗世人生的生死疲劳。

三

不容置疑，20世纪90年代之后，迟子建小说文本的美学风貌日趋圆融。一方面，迟子建所呈现个人生命的乡愁，充满悲凉、伤感和柔软，当然，也满含眷恋、眷顾、珍重和勇敢；另一方面，乡愁也是她与故乡的一次次神遇，以及这种"神遇"激荡起的催人泪下、催人奋进的回响。以此，"乡愁"这个词语，在迟子建的小说里充满了力量。它也是一种自然挥发出来的沉郁的情感凝聚，因此，有关乡愁的呈现，如《北极村童话》这样的文体，就像寓言一样含蓄而纯净，如同一首具有超验性的抒情诗，虽然没有情感的理想和自觉，却是"根情"的主动发声。因为，倚重、倾情语言和诗性的表达，才能体现出一位作家理解、形塑世界和心灵的能力。

重新打量乡土，你会看见震颤中的裂缝，当然也看见这裂缝中的生机。那片土地曾给了我文学的力量，让我在作品中能为一个中年亡故的人堆土豆坟，让一个愚痴的女孩能把火红的浆果穿成项链来戴，让一匹老马至死不渝地忠诚于善良的主人，让风雪弥漫的腊八夜人人都有一碗热粥，让上岸后流着眼泪的鱼又能回到水里，让一坛猪油里埋藏着一个深沉的爱情故事。没有这片乡土，这样的故事不可能在我笔下生长。所以当我走上文学之路后，哪怕是进城了，这片乡土依然像影子一样跟着我，让我倾心拾取它的光辉。①

对于迟子建来说，"震颤中的裂缝，当然也看见这裂缝中的生机"，这种"生机"不断地催发迟子建的写作灵感和写作发生。故乡、乡愁，最终不仅仅是作家的一部"地理志"，更是念兹在兹的灵魂依托。我坚信，作家的写作，一定要选择那种类似精神原乡似的所在。在此，我不免想到另一位杰出的当代作家阿来的写作。阿来曾经遇到过一位老者的诘问："为什么非要故事发生在真正发生的地方？"也许，写作就是一个思乡之梦、还乡之梦？那么，对于作家来说，难道故乡、曾经的乡土真的是梦吗？梦可以从这里开始，也可以从这里结束，更可以从这里延伸开去。那么现在，我们也许会想清楚了，为什么许多作家的故事偏偏都"发生"在故乡，或者，类似故乡的一个永恒般的精神性所在。故乡作为精神、情感之根，或者，它早已经成为一个作家审美判断的出发点，甚至成为诠释现实生活和存在，确立自己文学叙事伦理的关键所在。它是故事、叙述的逻辑起点，也是情感、伦理的起点。

---

① 迟子建：《是谁在遥望乡土时还会满含热泪》，《小说评论》，2023年第2期。

综观迟子建的小说写作,她的大量文本的叙事背景、审美观照视野或视角,往往都不乏大历史的宏阔和开放性。无论是长篇小说还是中篇小说、短篇小说,迟子建都无法摆脱向大历史深度开掘的叙事冲动。长篇《伪满洲国》《额尔古纳河右岸》《白雪乌鸦》《群山之巅》,中短篇《候鸟的勇敢》《炖马靴》《喝汤的声音》等等,一方面体现出关切大历史的襟怀,其主题框架潜在地发散出对历史的认识和理解,并且,在看似不经意间将叙事含蓄地拉升至大历史的维度;另一方面,这些小说又包含对遥远的历史或当代现实和生活中小人物的日常书写。就是说,对大历史的包容度,在一定程度上直接影响着迟子建小说对各种人物日常生活及其情感最个性化、私人化的呈现。因此,我们不妨说迟子建的叙事,大都是以情感为"轴心"或坐标的彰显精神、心理世界的话语结构。对于迟子建小说的精神结构、叙事形态、美学气质,我更愿意将其文本视为"俗世"叙事对历史、现实和情感的描摹和超越。正是由于迟子建尤其擅长稳健地把握、驾驭人性、情感和日常经验,所以她总是能够在文本里不断地独辟蹊径,凝聚力量并"助力"人物摆脱精神、心理和情感层面的种种困境和创伤,显露出爱与诗性的光芒,充分表达出超越时代性经验的个体生命存在的价值和意义。也就是前文我们提及的情感、灵魂深处"震颤中的裂缝,当然也看见这裂缝中的生机"。当然,迟子建并不会赋予生活、现实更沉郁的理想化、浪漫化的诗意想象,她只是为乡土、乡情、乡愁这些最神圣的叙事激情和动力驱使,去呈现自己心中的"神圣空间"原貌。从迟子建的小说文本,我们也能感受到她与乡土、乡情、乡愁之间存有丝丝缕缕的"乡愿"和"乡怨",后者或许就是所谓的"震颤中的裂缝"。但是,无论怎样直面"北中国"大地上精神、情感的"裂缝",迟子建的文字从未流露焦虑,也不曾陷入无奈和惘然,她更愿意不断重返历史,重回故乡,在乡土、乡情、乡愁中咀嚼那刚毅而悲凉的骨气。

近些年,我特别专注于思考迟子建小说美学的变与不变,感受纯然属于她自己的"迟子建元素"。无疑，处理、调动、写好故事和人物，始终是迟子建能够从容把握的叙事路径，使它们与乡土、故乡这个庞大的客体形成完整的小说修辞弥散方式。无数细节、情节的河流，与人心、人性、欲望及其道德、伦理的波涛一起，一次次激荡出俗世间生命和命运的浪花。可以说，迟子建小说叙事的地理坐标，始终没有离开东北，确切地说，从未离开过黑龙江、松花江、额尔古纳河、大兴安岭、北极村。包括以城市作为背景的小说，不仅有中、短篇《黄鸡白酒》《起舞》《晚安玫瑰》，还有长篇《白雪乌鸦》和《烟火漫卷》，我们可以将其视为其文学"乡土"向着城市的延展。最早的《北极村童话》，更以其浓烈的地域性和独特的抒情性、清冷、光洁和静美的语境和风格，展开她的叙事美学。此后多年，迟子建置身这个浑厚、冷峻的历史、现实的空间，悉心耕耘，叙写东北故事。许多当代作家的写作，都无法摆脱明显的地理标记和充满"隐逸性"的自传色彩，迟子建也概莫能外。一个作家所选择的叙述背景，一定是宿命般的、几乎不可选择的情势，因为它是一种灵魂的栖居，是作家与一块土地的精神、心理不可分割的血脉相融，在一定意义上，成为作家的写作"血地"。这方面最典型的就是福克纳，他选择"一个邮票大小的地方"作为写作背景，耕作一生，名满天下。这种现象在中国作家里似乎更普遍，莫言的"高密东北乡"，苏童的"枫杨树乡村"和"香椿树街"，贾平凹的"商州"，阿来的"机村"，阎连科的"耙耧山脉"……已经成为他们各自创造的文学世界的"地标"式寄寓和依托，无疑是他们每个人赖以进行叙述的"风水宝地"，同时，这些文学的地标，也支撑起一个作家的写作地貌和叙事格局。

在写作《北极村童话》《北国一片苍茫》时，迟子建面对生活的深层"冻土"，有时也许是因为那时涉世不深，没有经历过太多的磨难，而是率真而执意地将现实或记忆视为生活道路上顽皮的石子。其中，少有遭遇惊世骇俗的人生动荡和命运的背叛，而是将其当作理解世事的审美镜像。现在，我们重新考量这些充满"伤怀之美"的叙事话语，其开阔、宽柔、沉郁的情怀令人无限感动。我以为，它已然成为迟子建几十年写作的不可更改的情感坐标，我曾将她这种恒久的情感坐标，定位为独属于迟子建文学叙事的"美学罗盘"。在《北极村童话》中，作家仅仅通过一个北方小女孩置身其间的世界，写出在"雪国"的自然环境和人文氛围里人物的情感波澜和心理处境。"迎灯"对亲情、伦理和善恶的困扰、觉悟，对现实的挣脱和"归顺"，都在与成人世界的对话中发生碰撞。我们在这个文本里，意识到有一种强烈的乡愁，萦绕在迟子建的这篇成名作或处女作里。这里不乏主人公自我探索的人生入门和"被启蒙"的欢乐与忧伤。仔细品味，这里似乎只有淡淡的苦涩，并没有太多童真的甜蜜，小女孩试图减轻自己孤弱和微小的恐惧，还有些许沉浸在童年自由、无所羁绊的幻影的洒脱，当然，她更希望能够得到魔法般的呵护。我们可以想象，一个奔跑在北中国雪地上的精灵，竭力地挣脱姥姥的束缚，而扑向一位陌生的异国奶奶的怀抱，这需要何等的勇气和自信。而小女孩对俄罗斯老奶奶的亲情，蕴藏着一种跨越文化、种族、国别、年龄的颇具感染力的纯粹，她们的交往、相互牵挂和相互信赖，像是一曲自然神秘、感伤忧郁而又明快悠远的协奏曲，充满了复调的多维与多义。"迎灯"在姥姥家度过了夏、秋、冬三个季节，与姥姥、姥爷一家人的相处永远难以忘怀，但在春天离开"北极村"。我认为促使迟子建如此叙事安排的情感动力，是她对于童年的生命时间和自然交融的强烈意识。没有任何成人世界的复杂的吊诡，只有趣味、天真、好奇、困惑，以及介入生活时所遭遇的成长的烦恼，这是极其微妙的体验，在时间和大自然的风景画中，童年不仅镌刻在大木刻楞房子里，而且永驻在跨时空的追忆中。同时我们深切体验到，在辽阔的"北中国"边域，一个小女孩对生老病死、离情别意的感知和细腻体悟，渴望早早地越过懵懂的"萌"和"惑"的边界，直抵自觉或不自觉的智性存在的境界。此后，我感到,这个"北中国"小女孩的身影,仿佛一只炫舞的精灵,似乎一刻也不曾离开过迟子建的文字和叙述,她轻盈的身姿、清澈而好奇的目光,在迟子建数百万字的文本里,若隐若现。不夸张地讲,《北极村童话》的写作,奠定了迟子建此后叙事的根基,确立了其自我精神成长的风向标和审美价值取向。余华说:"我觉得一个人成长的经历会决定其一生的方向。世界最基本的图像就是这时候来到一个人的内心深处,如同复印机似的,一幅又一幅地复印在一个人的成长里。在其长大成人以后,不管是成功,还是失败;不管是伟大,还是平庸;其所作所为都只是对这个最基本图像的局部修改,图像的整体是不会被更改的。当然,有些人修改得多一些,有些人修改得少一些。"[1]我们可否这样来理解作家余华这段话的含义:无论是从一位作家的个人经历、经验,还是从其最初的文本结构、形态、审美选择、叙事伦理考量作家的写作发生及其写作史,作家的写作的"初心"难违,任何叙事语境、故事或人物的变化,都无法影响作家深藏于内心的精神、心理、灵魂诉求。那么,我们是否可以说,《北极村童话》《北国一片苍茫》《白雪的墓园》等篇章,构成迟子建最基本的文学叙事图像,而后面的大量文本中有关乡土、乡愁的呈现,无不是沿着故乡的道路不断地向着无限的"伤怀之美"延展,并且记载、演绎那些超验的"回家"的感受和铭刻于内心的生死眷恋。

归结起来说,《北极村童话》,以及稍后写作的《北国一片苍茫》《白雪的墓园》,则叙写了乡愁里的灵魂之"苦涩"。《北国一片苍茫》里,那冉冉升腾起来的焚烧木屋和母亲的火焰,绝对不是关于重生、涅槃的抒情,而是对东北文化滥觞的文化质询和申诉。在这里,"苍茫"已构成迟子建乡土美学的最基本的叙事风格之一,成为文本的底色,也让她拥有了超越寻常女性作家的叙事格局与高度。迟子建

---

[1] 余华:《我们生活在巨大的差距里》,北京十月文艺出版社,2015年版,第3页。

完全是一位靠自我生长、成长、强大起来的作家,其实,那个美丽的"童话"始终在时间的前面等着她。二十岁时,命运就早早地安排她在"青春写作"的韶华岁月里去描摹、发掘、抒写一个忧郁、善感、美好的童年。迟子建牢牢地抓住了记忆的风筝,将"北极村"和"童年"结构成纯净、坚实的"北中国"的乡土镜像。在《额尔古纳河右岸》《白雪乌鸦》《雾月牛栏》《格里格海的细雨黄昏》《亲亲土豆》里,我们同样能感受到这些文本所呈现出的浓郁的沧桑感,绵延在文字和叙事中,挥之不去的乡愁,不断地溢出抒情的边界,走向生命、命运和"北中国"的浩渺、阔大。这一点,我们在班宇等新一代东北作家的身上也清晰地看到了传承:"作为小说叙事背景,努力沉淀出东北之味、东北之'心',这是具有匠心的话语选择。虽然冷峻、荒寒、肃杀,但是潜隐在文字背后的却是干净、动人、温暖的内心和善良的情怀。"[1]进一步说,迟子建的"北中国",与莫言的高密乡、贾平凹的商州秦岭、苏童的"枫杨树乡村"一样,已成为这一代作家成长于其间的深层精神文化土壤。乡土所给予他们的养分早已融入他们的血脉,成为他们创作的源头,并将持续影响他们的一生。从出生到成熟,他们的灵魂里浸透着土地所赋予他们的宽厚和智慧,同时,他们也在自己的乡土上一次次见证社会的巨大变革。这些新鲜事物裹挟着土地上的人们艰难前行,又冲撞着固有的观念和秩序,种种冲突在作家的笔下还不可避免地洋溢出浪漫的现实主义,或者说现实的浪漫主义。我们也注意到,迟子建的很多作品透露出对现代性的批判与质疑,其乡愁的"愁",除了对故乡风土人情美好的眷恋之外,同时流露出对于城市文化已然入侵记忆中美好乡村生活的担忧与惆怅。迟子建曾在《是谁扼杀了哀愁》中写道:

---

[1] 张学昕:《班宇东北叙事的"荒寒美学"》,《扬子江文学评论》,2022年第2期。

人的怜悯之心是裹挟在哀愁之中的，而缺乏了怜悯的艺术是不会有生命力的。……生活似乎在日新月异发生着变化，新信息纷至沓来，几达爆炸的程度，人们生怕被扣上落伍和守旧的帽子，疲于认知新事物，应付新潮流。于是，我们的脚步在不断拔起的摩天大楼的玻璃幕墙间变得机械和迟缓，我们的目光在形形色色的庆典的焰火中变得干涩和贫乏，我们的心灵在第一时间获知了发生在世界任何一个角落的新闻时却变得茫然和焦渴。

在这里，迟子建的乡愁，无疑还有对大自然、生灵、世事怀有悲天悯人的大情怀。随着现代社会的发展，现代性的强力渗透，我们的物质生活已达到前所未有的富足，诸多愿望、欲望似乎都得到满足，而唯独缺少了乡愁。而失去了乡愁的情感，人们的情绪似乎变得愈发极端和脆弱，甚至冷漠，自我、本色、本心几乎被封闭在机械、信息的牢笼中。现代影视、娱乐科技所拼接的虚幻世界固然很美，但是炫美得已没有了哀愁、乡愁而更多呈现出病态的美，从而无法激发起渴望守护乡土的情感。面对美好事物的被毁损，我们也将消失掉任何内在的痛楚。富足的生活，将会令我们无法抬头仰望星空，在自然中寻求心灵的共振。所以，我们在迟子建后来的作品中，就看到她在不断地在寻求当代城市、乡村的未来出路。《群山之巅》中龙盏镇的建设开发，《候鸟的勇敢》中对于"候鸟人"与"留守人"的探讨，都进一步展现出在现代都市文明冲击下，乡村试图抵抗却最终不得不妥协、以折中方式融入现代性潮涌的现实。尽管这些文字里充溢着悲怆，迟子建却满怀执着。因此，在迟子建的许多作品中，常常会看到一双真诚、清澈的眼眸，能够瞭望到俗世内外的情感地平线。程德培评价迟子建时曾这样说，小说家"关键在于，能否在善举中寻觅恶的踪迹，在恶行中寻觅善的留痕，小说家不仅要有敏锐的眼光,还要懂得借助'夜视仪'在黑暗中见到常人难以见到的东西"[1]。不仅如此,我们更深切地感到迟子建始终在抒写既属于地域、自然、传统,也属于世道人心的生命诗章,令我们体会到直面人生的旷达情怀的张扬,以及超越性的价值取舍和审美判断。也就是,面对"北中国"的苍茫,迟子建以自己深刻的人生经验作为基础,没有囿于自我人生困境的狭窄格局,而是借此作为拷问自我、生命、人性、命运、灵魂的依凭。她守护着乡土的命脉,对乡土世界做出整体的、具有新的美学意义的观照,让文字里涌动着至上的感悟,以及爱与创造力的源流。这些文字,渐渐地由平远转化为深邃、彻悟,进而传达出一位作家与乡土、乡愁、自然、生命的深刻、深情对话。

---

[1] 程德培:《黎明时分的拾荒者》,作家出版社,2019年版,第319页。

余华小说的"细部修辞"

一

"很久以来,我始终有一个十分固执的想法,我觉得一个人成长的经历会决定其一生的方向。世界最基本的图像就是这时候来到一个人的内心深处,如同复印机似的,一幅又一幅地复印在一个人的成长里。在其长大成人之后,不管是成功,还是失败;不管是伟大,还是平庸;其所作所为都只是对这个基本图像的局部修改,图像的整体是不会被更改的。当然,有些人修改的多一些,有些人修改的少一些。"我们相信,余华在讲这些话的时候,他实际上是在思考和整理自己的写作经验及其个人生命经验、记忆和虚构之间的内在关系。其实,这也是一个写作发生学的问题。一般地说,人们似乎更愿意谈论一个作家的童年经验,对作家在后来写作历程中至关重要的作用和意义,认为童年经验就已经决定了一个作家写作的方向,它是作家的精神、心理、美学选择的一个决定性因素。不错,"一个人成长的经历会决定其一生的方向。世界最基本的图像就是这时候来到一个人的内心深处""其所作所为都只是对这个基本图像的局部修改,图像的整体是不会被更改的。"也就是说,在余华看来,这个图像一旦建立起来,就难以被此后的生活、经验所覆盖。因此,他就将在他"此后"的写作中，自觉或不自觉地受到其生命最基本图像的影响，即使对"基本图像"在做局部的调整和叙述时，他也必然会小心翼翼，谨慎地处理现实、想象和虚构的关系。

那么，"此后"的生活、经验该如何具体地传达呢？也就是，作家如何通过自己的文本实现自己的文学叙事？无疑，它首先必须依靠一个完整的叙述，实现作为一个作家对其所感受到的存在世界的认知、判断和描绘。而这个有一定长度的叙述，则是由具体的故事、人物、情节、细节组成，或者说，通过若干对存在世界细部的描摹和叙述才能使得文本的呈现枝蔓横生，寓意充盈。可以说，细部是作家艺术思维和创作中不可或缺的重要环节和主要内容之一，也是作家调整自己的人生、世界基本图像的重要依据、方式和途径。

余华曾谈及几位对他最初写作时有着重要影响的中外作家，特别是鲁迅和川端康成。而这位日本作家川端康成，恰恰是极为重视文本细部的杰出作家。"川端康成对我的帮助仍然是至关重要的。在川端康成做我导师的五六年里，我学会了如何去表现细部，而且是用一种感受的方式去表现。感受，这非常重要，这样的方式会使细部异常丰厚。川端康成是一个非常细腻的作家。就像是练书法先练正楷一样，那个五六年的时间我打下了一个坚实的写作基础，就是对细部的关注。现在不管我小说的节奏有多快，我都不会忘了细部。"在这里，余华坦然地道出了他最早的文学训练，来自对川端康成的学习和模仿。无疑，一个作家与另一个作家相遇也是一种不解之缘，应该说就是某种"神遇"。显然，余华将川端康成视为自己的"出道"师傅，并深刻地领悟了川端康成作品的精髓：细部是叙述之母，只有精彩的、有力量的细部，才可能支撑起小说文本的结构和内在精神价值，因为，他已经意识到细部描写、细部表现的爆发力和深邃度。在他的长篇小说《活着》中，就有一个极其经典的细部描述，令人过目难忘：福贵的儿子有庆为学校校长输血，生生被庸医抽血过度死后，福贵担心病中的妻子伤心，瞒着妻子家珍将有庆埋在一棵树下。掩埋儿子之后,他哭着站起来,这时,他看到那条通往城里的熟悉的小路,想到有庆生前每天都在这条小路上奔跑着去学校的情形。后来,福贵陪着家珍去有庆的坟前,再次看到这条月光下的小路。写到这里的时候,作家余华感到他必须要写出此时福贵内心最真实和最细腻的感受。他反复斟酌这个细小的感受究竟应该怎样表现出来。最后,他选择了一个意象——盐。"我看着那条弯曲着通向城里的小路,听不到我儿子赤脚跑来的声音,月光照在路上,像是撒满了盐。"余华充分地意识到,他必须写出这种感受,这是一个优秀作家的责任。一个人,当自己的亲人离去,那种难以控制的思念和伤痛该怎样表现,仔细想想,这其实并不是一个可以轻易摆脱俗套的细节。在这里,余华没有刻意地造势和矫情地张扬,也没有选择一个很大的动作加以渲染、煽情,而只是给这种情感、情绪选择了一个"单纯"的意象,它立刻就攫住了人的心,一个我们再熟悉不过的普通的事物——盐,它却呈现、构成了一个具有震撼力的细部。失去亲人的巨大的伤痛,挥之不去之时,心上又撒了一把盐,即使是美丽、姣好的月光,也如同粗粝的盐渍,令人心如刀割。在这里,实在是难以找到、捕捉到一个更好的比喻或象征,或者,哪怕是一个细致的心理描写能够取代这个短小、简洁的叙述。这个细部,体现出余华的敏感和敏锐,灵感和才情,它从小说的整体叙述中突然溢出,耀眼明亮,闪着光泽,照亮了小说全部的叙述:《活着》所承载的,是不能承受之轻。一位父亲,在艰苦的生存状态中,如何忍受生命赋予的责任?这是余华以一个作家巨大的同情心,从人物内心的情感出发所做的细部的修辞。它可以产生悲天悯人的力量,会以它的动人软化人的心灵。

　　余华小说中另一个经典的描绘生活细部的例子,就是其长篇小说《许三观卖血记》中的一个片段。这部小说叙写中国20世纪六七十年代普通中国人的日常生活,因为当时物质匮乏,许三观的三个正处于成长期的孩子经常吃不饱饭,缺乏营养,甚至饥饿难耐。为了缓解孩子们的饥饿，许三观竟然发明出一种近似"望梅止渴"的缓解方法。

  这天晚上，一家人躺在床上时，许三观对儿子们说："我知道你们心里最想的是什么，就是吃，你们想吃米饭，想吃用油炒出来的菜，想吃鱼啊肉啊的。今天我过生日，你们都跟着享福了，连糖都吃到了，可我知道你们心里还想吃，还想吃什么？看在我过生日的份上，今天我就辛苦一下，我用嘴给你们每人炒一道菜，你们就用耳朵听着吃了，你们别用嘴，用嘴连个屁都吃不到，都把耳朵竖起来，我马上就要炒菜了。想吃什么，你们自己点。一个一个来，先从三乐开始。三乐，你想吃什么？"

  三乐说："我想吃肉。"

  "三乐想吃肉，"许三观说，"我就给三乐做一个红烧肉。肉肥有瘦，红烧肉的话，最好是肥瘦各一半，而且还要带上肉皮，我先把肉切成一片一片的，有手指那么粗，半个手掌那么大，我给三乐切三片。"

  三乐说："爹，给我切四片肉……"

  "我给三乐切四片肉。"

  许三观听到了吞口水的声音。"揭开锅盖，一股肉香是扑鼻而来，拿起筷子，夹一片放到嘴里一咬……"

在这里，许三绘声绘色地用嘴分别给大乐、二乐、三乐极其详尽地描述烹制红烧肉、清炖鲫鱼、爆炒猪肝三道菜的整个过程。他让三个孩子闭紧眼睛，在想象中陶醉其中，"享受"从处理食材，到整个烹饪过程，直到在想象中"入口"，以获得巨大的心理、生理的满足。而且，余华没有在作品中站出来借人物之口进行任何说教，也没有选择惊心动魄的大场面，而是通过这样一场用嘴描述出的

"非视觉"盛宴,写出三个孩子对食物的渴望,并状写、升华、渲染出一个时代的贫困和生存艰难,描述人们在走投无路、无可奈何中寻找新的生存的可能性。他选择这样一个令人忍俊不禁的细部,呈示出普通人在那个时代,或者那个时代普通人的艰辛生活,叙述幽默又调侃,酸楚又沉重。当读到"屋子里吞口水的声音这时又响成一片"时,我们突然意识到,余华所呈现出的那个时代生活中的细部,实在是太残酷了,仿佛有一股隐痛遍及我们的周身。这种情境,也许随着往昔的岁月远逝,在今天早已被生活淹没了,却留给我们许多我们难以承载的疼痛。余华的一个细节,或者说,一个细部,几乎浓缩了一个时代的生活形态和实际样貌,它成为时代生活的某种难以磨灭的记忆。

在他另一部长篇小说《兄弟》中,五十六碗三鲜面所产生的天堂般感觉,李光头和宋钢两兄弟对大白兔奶糖的贪婪痴迷的吃相,少年宋刚分别用酱油和盐拌的两次米饭,都是余华小说中令人难以忘记的经典细部,读罢忍俊不禁,感慨万千。

在谈到为何写作时,余华说,他要"写出中国的疼痛,也写下自己的疼痛,因为中国的疼痛也是我个人的疼痛。可以说,从我写长篇小说开始,我就一直想写人的疼痛和一个国家的疼痛"。可以说,余华写出了这种双重的疼痛。

二

我们相信,小说虽然不会轻易地就从细部捕捉到一鳞半爪的所谓生活意义和本质,但生活的内在质地一定会潜隐在细枝末节中,在作家的想象、沉思和虚构中重组并发酵。这样,作家在他的写作中就可能产生新的图景、情境和新的叙事美学。也许,我们还会进一步思考,一个作家在感受生活和叙述生活的时候,是否可曾想到,若干年之后,我们即使没有记住小说文本中的有关精神、思想和意识形态等诸多层面的东西，但我们可能牢牢地记住了一个情节，一个细节，一个永远也忘不掉的存在世界或人的细部。这些细节、细部的镜像，构成了一种记忆，总是不断地使人们在回忆中产生无尽的况味。恰如保罗·策兰所说："我们从坚果中剥出时间并教它行走：时间却退回壳中。"这个细部，就像是一个坚果，它可以让我们重返记忆的道路，让我们思索个人生活与历史演进中最微妙与深奥的问题，甚至可能会彻底地照亮我们略感黯淡的心理和现实生活，生发出强有力的光芒。

我们常常会想，并且期待我们的作家，能否在更多的时候暂时放下那种向上的姿势和高昂的口气，伏下身来，触摸一下生活的糙面和事物的毛细血管，能够耐心、细心地观察一些细部和细小的存在。看似无关大局、无关紧要的细节和细部的存在，可能恰恰透射或隐藏着关键的信息。珍视细部，也是珍视个性，珍视生命本身，而不要凌驾于人性和生活之上，把它们当作粗糙的材料进行加工改造，那可能会成为可怜的杜撰，也是以高调形式表现出来的致命的平庸。

当一个作家知道自己写什么的时候，他在一定程度上就已经拟定或预设了叙事的空间维度，并且发现了应该聚焦的生活，洞悉其间或背后潜藏的价值体系，对时代生活做出深刻判断。这完全可以视为作家创造的从整体到细部最基本的文本编码。这里面，就涉及"怎样呈现"的问题。任何修辞都是一种发现，更是一种能力或创造。"细部修辞"则是那种更为用心的发现，是很少整饬生活的独到选择和朴素的叙述策略，虽然文本叙述的细部可能无处不在，但它不只是作为语言层面的问题来加以讨论的。因此，作家的修辞，在生活面前并不是可以轻易获得的，那些经意或不经意的遗漏和空缺，那些需要深入精神、心理和灵魂肌理的探查，往往就可能是最重要的细部修辞。

《现实一种》是余华"先锋时期"最具代表性的中篇小说，它与

《河边的错误》《一九八六》等作品，成为余华最结实的几个中篇。《现实一种》是一部非常奇特的小说，无论在20世纪80年代，还是在今天，他的叙事伦理都显得特立独行，虽然它写于三十余年前的1987年9月。这是余华大胆地进入并呈现人性的细部，直逼人性之乖张，发掘人性中暴力根性的一部寓言式小说文本。我认为，《现实一种》可以视为是中国当代小说史上，第一篇表现人性暴力和彻底颠覆人性伦理的最具叙述强度和审美冲击力的"伦理叙事"文本。小说的叙述伴随着死亡在亲情之间的接二连三的密集地演进，令人惊悚的现实一下子撕开了人性中虚伪的面纱，令我们洞悉到伦理的脆弱，也让我们立即看到人性内部难以想象的另一幅图景。

如果要对小说"破题"的话，《现实一种》则透射出无尽的深意。首先可以理解为，这是现实的真实存在之一种，或仅仅是一种而已，此外还尚有种种。但"这一种"足以让我们看见人性的真实状态，以及最阴暗、最混沌的非理性和非人道的层面。皮皮似乎在不经意间，就将自己的襁褓中的堂弟扔到地上，脑浆溢出。

> 接着他看到堂弟头部的水泥地上有一小摊血。他俯下身去察看，发现血是从脑袋里流出来的，流在地上像一朵花似的在慢吞吞开放着。而后他看到有几只蚂蚁绕过血而爬到了他的头发上。沿着几根被血凝固的头发一直爬进了堂弟的脑袋，从那往外流血的地方爬了进去。他这时才站起来，茫然地朝四周望望，然后走回屋中。

皮皮在极其冷漠的、不以为然的状态里，结束了堂弟的生命，还要好奇地观察堂弟死后的情形。接下来，就发生了山峰踢飞了皮皮，山岗将兄弟山峰置于死地。这种"连环杀人""连环生死"，竟然发生在亲兄弟两个家庭之间，抑或就是一家人之间。亲情的伦理，血缘的伦理，在这里形同虚设，中国传统文化和历史中，最引以为骄傲的温情脉脉的纲常、礼仪、孝悌，在这里被一丝丝无情地碾压、粉碎，成为神话的齑粉，荡然无存。我们能够感受到，余华正努力地沿着鲁迅的道路大胆前行。余华选择这样一种人伦关系，来考量血缘的可靠性，甄别人性异变的种种可能性。他将人与人之间最可靠的人伦关系毁损了给你看。而且，这就是现实，而不是虚幻，这是充斥着血色的实存。我们禁不住要问，余华为什么呈现出如此不可理喻的亲情之间的相互残杀？亲情尚且如此，况且另一种人伦？文本采取"中性"叙事的语气，呈现生死瞬间的细部景象，给我们释放出极大的阅读、想象空间。这幅在冷漠中呈现出人性断裂的图景，区分了寓言世界和现实世界这两个层面的对立与重叠，以及两者之间不可思议的转化。

《现实一种》中，母亲的漠然更加令人惊诧。一开始就是她的情绪、心理，或者说是她的存在形态，笼罩了整个家庭。这原本是一个聚集在一起的、有血缘关系的家族结构，但这个结构又似乎是虚拟的。糜烂、陈腐、衰朽、冰冷、死亡的气息，弥漫在这个家庭的每一个角落。母亲不时地抱怨："骨头发霉""体内有筷子折断的声音""胃里好像长出青苔来""你把我的骨头都摇断了""腐烂的肠子"。她对死亡的感觉被书写得格外特别和细腻。两个孙子的生死，仿佛与她无关，历史的、血缘的、本源性的人性的"根部"发生了断裂，出现溃烂不堪的绿苔，寓意直指人性的本源性之恶。因此，我们说余华叙述的细部，是对人的感官、神经、心理和灵魂的多重的冲击。

"山岗看见儿子像一块布一样飞起来，然后迅速地摔在了地上"。山岗与妻子对话时，谈到儿子的死，竟然异常冷静与淡漠，难以想象即使是死去了孩子的母亲，也在眩晕中异常冷漠。无疑，冷硬与荒寒，嚣张与怪诞，沉郁和压抑，构成了这部小说的整体美感特征。在这里，非理性似乎成为存在世界的一种常态，无意识或有意识的杀人、暴力、死亡，一切似乎又都是自然而然要发生的事情。一个动作接着一个动作，这期间，所有的人物都没有任何感情波澜和理性的自省或自我约束。我们不能不惊叹余华超凡的想象力和对存在世相惊人的表现力、概括力。细节、细部，都显示出余华惊人的想象力。这种书写，无疑是一场艺术变革。奇异而独特的感觉世界。全新的美学意识，放弃典型化原则，令想象力变得如此自由。

如果进一步深究小说细节、细部及叙述背后的哲学意味，就会发现伦理秩序、血缘连锁，均被颠覆。那么，如何来理解和阐释余华这部小说的深层意蕴呢？这部小说的写作逻辑起点是什么？我们不能不慨叹世情的虚幻化和存在的不确定性，以及叙述中没有启蒙诉求的细部描述。在这里，自我与人物的祛魅或符号化，情感的中性化，对暴力、死亡、逃亡等行动的极端表现，都利用错位和意外构造成细部的演绎。胡塞尔"现象学"强调"还原"，这种主观化的意图，纯粹的主观性就是纯粹的客观性，胡塞尔在抹去了主客观的区别时，其实是抹去了客观性。与"新写实"的叙述姿态非常近似，《现实一种》的叙述是直抵事物的"原生态"的"零度写作"，感觉余华在一定程度上受到了罗兰巴特《写作的零度》影响。而且，在这种"零度"的叙述状态下，我们感受到文本细部所发散出的人物和事物的温度。

所谓"转型"，是作家在另一个精神和向度上的继续寻找和探索，是对世界和存在的另一种方式的触摸。我们看到，一个写过《活着》和《许三观卖血记》的作家，余华此后又写出了一部当代"现世"的亡灵书——《第七天》。我们感觉，这是对他有关这个世界图像的继续演绎和局部的调整，余华依然不会放弃对细部的发掘和呈现。

他写的这部《第七天》，其实也完全可以叫作《死后》。小说表现了当下社会的某些乱象，所以，使得余华的叙述具有强烈批判的锋芒。贫富悬殊，暴力拆迁，食品安全，事故瞒报，警民冲突，维稳，小三，器官买卖，在这里，中国人现在最关心的问题几乎全部记录在案。所以，这部小说曾经被一些人认为是什么"新闻串烧"。其实，余华所描述的这些生活乱象及其细部，早已不是新闻，而是那一段日子里人们的日常生活，而小说的文献功能就在于此。应该说，这部小说，是一部诗化的批判现实主义小说。它细致地写出了中国人存在、生存的艰难。确切地说，这里所呈现的，是人的生存境遇，而不仅仅是生活本身。穷人、弱者、普通人，许多人死得都很惨很冤，甚至"死也死不起""死无葬身之地"，仿佛鲁迅那章著名的散文诗《影的告别》。这里的人们死后都彷徨于无地，这里也仿佛就有那么一个地方叫作"无地"。仔细想，余华写的这一切，其实已经不是新闻了，这些已然是中国人的日常生活。人在生活中是无能为力的，仿佛他们自己就是一个幽灵。看上去，余华的语言诗性、沉郁，没有力量，其实，这不仅仅是语言显得没有力量，余华就是要通过这样的叙述语言，写出主人公杨飞就是一个没有力量的人。

浓雾弥漫之时，我走出了出租屋，在空虚混沌的城市里孑孑而行。我要去的地方名叫殡仪馆，这是它现在的名字，它过去的名字叫火葬场。我得到一个通知，让我早晨九点之前赶到殡仪馆，我的火化时间预约在九点半。

我出门时浓雾锁住了这个城市的容貌，这个城市失去了白昼和黑夜，失去了早晨和晚上。我走向公交车站，一些人影在我面前倏忽出现，又倏忽消失。我小心翼翼走了一段路程，一个像是站牌的东西挡住了我，仿佛从地里突然生长出来。

这样，细腻的叙述很形象地把一个正常人在当代社会里的那种无力感、无可奈何感，很柔软地表达出来。同时，余华也写出了历史、时代和生活的沧桑。"火葬场"和"殡仪馆"，"宾馆"和"招待所"，"浓雾"和"雾霾"，在词语的细微变化中，人在时代的变动不羁中的茫然跃然纸上。可以说，这是余华对一个时代的深刻感受。

余华是一位非常成熟的小说家。他小说的语言，一贯的干净和诗化，情节、细节、细部都显得单纯、精粹、细腻，语言蕴含着巨大的张力，人物关系、人物性格和心理的变化，交替推动着叙述的推进。在《第七天》中，仍然保持着余华对事物的实质性感知，表现出其敏锐和细致。余华对词语也极其敏感，他将现实和非现实，通过特殊的叙事视角和细部呈现出来，显示出叙述的力量。看得出，余华在写作中不断地在探索和挑战文学叙述的传统，而我们则要改变以往的许多有关"纯文学"的观念了。

三

小说《黄昏里的男孩》，可谓余华的一部杰出短篇小说。

其实，这篇小说只写了两个人物，一个是已经年过五十，花白头发，眼睛常常眯起来的、卖水果的摊主孙福；另一个是有着黑亮的眼睛，黑乎乎脏兮兮的手，衣衫褴褛的乞丐男孩。也许，我们很难想象他们之间会发生什么故事，会产生什么样的人性冲撞和人心对峙？

> 这一次男孩没有站在孙福的对面，而是站在一旁，他黑亮的眼睛注视着孙福的苹果和香蕉。他对孙福说："我饿了。"孙福看着他没有说话，男孩继续说："我饿了。"孙福听到了清脆的声音，他看着这个很脏的男孩，皱着眉说："走开。"男孩身体似乎抖动了一下，孙福响亮地说："走开。"

孙福是一个曾经遭遇过重大的人生变故的中年人。他的儿子在五岁生机勃勃的时候，不幸沉入池塘溺水而亡，妻子在几年之后，与一个剃头匠私奔。一个原本幸福的家庭在不经意间土崩瓦解。这样的生活变故和人生转折也许曾经发生在很多人身上，只是时间各异罢了，有的人早一些，有的人晚一些，其中有种种诱因，都难以说清。生活中存在大量的谜，往往都是我们难以破解的。孙福的遭遇，也可以说是个人生活的磨难，就在他最好的年龄、身体最结实、最容易产生幸福感的时候发生了。这些，余华在叙述到最后的时候，才帮助孙福进行了一个短暂而平静的回忆，这种回忆虽然轻描淡写，但是深意盎然。或许，我们能够想象出来，一个成年人在遭遇了丧子丢妻的生活罹患之后，性格、人性、精神、心理可能会发生一些什么样的变化吗？余华将关于孙福的这些"背景"交代，留在了叙述的末尾，而让一幅凶狠、残暴的面孔率先登场。我们在孙福最初的形象中始终认定他的一个缺失人性善良的恶人，我们无法猜想他曾有过这样一个幸福的家庭和还算得意的早年。一个少年，不是一个职业的乞讨者，也可能是因为家庭的变故，流落在街头，这个比孙福溺死的儿子小不了多少的孩子，俨然终于成为孙福的一只期盼已久的猎物。饥饿覆盖了这个少年的真实面孔，饿得发昏，已然有些恍惚状态的时候，他抓走了孙福果摊上的一个苹果。从此，余华的叙述开始了漫长的、令人喘不上气的细节、细部的铺排，开始展示一个人和另一个人之间都属于最低的存在起点。无疑，文学的记忆，其实往往是一种感官记忆，味道、声音、色彩、气味、细碎的场景和细节，悠长地凝聚着生命在种种存在缝隙中的真实。20世纪末以来，看上去，我们仿佛生活在一个几乎没有细节的时代，意识形态化、商业化和娱乐化正在从人们的生活中删除细节，而没有细节就没有记忆，细节恰恰又是极端个人化的沉淀，是与人的感官密切相连的。只是那些完全属于个性化的、具有可感性的生动的细节，才能构成我们所说的历史和存在的质感。余华在《黄昏里的男孩》里，通过极其个性化的细节，将人的所有尊严带入了某种绝境，或者说，余华在一种"内心之死"般的绝境中，把一种被称为尊严的生命形态和存在品质、一种人区别于其他动物的存在理由，毫不虚饰地进行了割裂。让我们面对人生最绝望、最可怕、最无奈的境地，让我们在精神心理上，承受那种躲在黑暗中的无情和凶残，最后，让我们的内心走向崩溃。

于是，像是陀思妥耶夫斯基在《罪与罚》中，用长达几页的篇幅描写拉斯科尔尼科夫杀人的细节和场面，余华也在不断有意地延长叙述中的孙福的暴力。孙福拼命地追上偷走了他一只苹果并且咬了一口在嘴里的男孩，他苛刻、无情地打掉男孩手里的苹果，一只手抓住男孩的衣领，另一只手去卡他的脖子，向他疯狂地喊叫："吐出来！吐出来！"

> 孙福抓住他右手的手腕，另一只手将他的中指捏住。
>
> 接着孙福两只手一使劲，咔的一声扭断了男孩右手的中指。男孩发出了尖叫，声音就像匕首一样锋利。然后男孩看到自己右手的中指断了，耷拉到了后背上。男孩一下子就倒在了地上。
>
> 孙福对周围的人说："对小偷就要这样，不打断他一条胳膊，也要扭断他的一根手指。"
>
> 说着伸手把男孩提了起来，他看到男孩因为疼痛而紧闭着眼睛，就向他喊："睁开来，把眼睛睁开来。"男孩睁开了眼睛，可是疼痛还在继续，他的嘴就歪了过去。孙福踢了踢他的腿。

余华让孙福迅速地进入疯狂的状态。余华的叙述几乎都是由近景或特写组成，细腻地呈现这残忍的一幕。而且，他让叙事者叙述的时候，好像心如止水，冷静异常，不露声色地让孙福继续残忍下去，扭曲下去，将他的疯狂继续舒缓被拉长。而我们此时的感受已经是毛骨悚然，不寒而栗。孙福在得意中娴熟地从事这一切，享受着这一切。而好奇的人们都在认真、贪婪地目睹着，心满意足的看客，将这些当成趣味横生的风景。余华让他们与孙福一起创造一个人世间的奇观：一只苹果约等于一只中指，这是一个非理性、非逻辑的一种比附。也许，我们会理智清醒地以为，这是在我们时代发生的一个荒诞不经的新游戏。故事如果就此收场，余华恐怕还不能算是"残酷"的作家，也谈不上残忍，所以，余华就让男孩继续遭受孙福的折磨，肆意扩展着叙述的长度，使男孩所遭受的羞辱达到了极致。"孙福捏住男孩的衣领，推着男孩走到自己的水果摊前。他从纸箱里找出了一根绳子，将男孩绑了起来，绑在他的水果摊前。"

他看到有几个人跟了过来，就对男孩说："你喊叫，你就叫'我是小偷'。"

男孩看看孙福，没有喊叫。孙福一把抓起了他的左手，捏住他左手的中指，男孩立刻喊叫了："我是小偷。"孙福说："声音轻了，响一点儿。"

男孩看看孙福，然后将头向前伸去，使足了劲喊叫了："我是小偷！"

孙福看到男孩的血管在脖子上挺了出来，他点点头说："就这样，你就这样喊叫。"

这天下午，秋天的阳光照耀着这个男孩，他的双手被反绑到了身后，绳子从他的脖子上勒过去，使他没法低下头去，他只能仰着头看着前面的路。

只要有人过来，就是顺路走过，孙福都要他喊叫："我是小偷。"

对此，我们竟无法不深刻地同情这个因饥饿而偷了一只苹果的小偷。灵魂、道德的天平，让我们向着小男孩无限地倾斜下去。我们在字里行间已经闻到了秋日黄昏里血和泥土混在一起之后，所产生的那股"猩红"的气息。余华让这种人性最粗糙、最野蛮的状态，在一个秋日的黄昏，泛滥成一场疯癫的悲剧。余华这位对自己极其苛刻的作家，这一次，对人物的表达简直是苛刻到极点。他在对人性最低劣品质的表达，显示出他对人性、人的精神心理现状的高度警觉。说到底，余华通过存在世界很小的细部，挖掘出隐匿在人性深处的卑劣现实，在这里，人内心最黑暗的部分尽显无遗。同时，也表现出余华极大的悲观，"男孩走进黄昏"或"黄昏里的男孩"，无疑是一个沉重、沉痛的意象，男孩在沉默和悲凉中的隐忍，是否也可以视为一种"反抗绝望"？读到这里，我们又恍惚看到了鲁迅的身影，眼前的文字变得令人难以卒读。余华这个虚构的故事，是对人性所做的一次尖锐的写作，这对于一个作家来说，依然是需要一种特别的勇气。我们感到，就在这短小、细碎的描述中，一种具有震撼力的事物正在从低处向高处攀缘，直抵我们的内心。

可见，细节、细部是文学叙事的精要所在，它是触动心灵的切实要素或原点。好的文学叙述，它的精华之处，一定在细部。任何一部杰出、伟大的作品，无不是无数精彩细部浑然天成的组合，细部所产生和具有的力量，一定会远远覆盖人物、故事、结构本身，而且，它所提供的生活经验、生命体验和艺术含量，既诉诸了作家的美学理想和写作抱负，也能体现一个作家的哲学、内在精神向度和生活信仰。平凡、平实、平淡、朴素、诚挚、充满情怀，才是一部作品熠熠生辉的根本和底色。唯有从最基本、最普通、最细致，而非有深刻命意和内在深度的生活着眼，表现最实在的生活，不故弄玄虚、掩人耳目地制造悬疑的叙述才会更加耐人咀嚼。这样的文学，才会有绵延不绝的艺术力量。余华的小说做到了。

为何会有"描述旧时代的古怪的激情"
——苏童《妻妾成群》重考

一

三十三年前,二十六岁的苏童写出了著名的中篇小说《妻妾成群》。这篇小说可谓让苏童一夜成名,誉满天下。随后,张艺谋将其改编为电影《大红灯笼高高挂》,使得苏童迅即成为20世纪90年代初家喻户晓的小说家。这部小说文本,如今已经在世间"相处流传"三十三年了,它似乎也开始充盈着些许历史的沧桑感,个中的种种阅读接受体悟,想必也是各异其趣。现在回想在80年代末的文学语境下,《妻妾成群》这部小说的出现,的确令人无比惊异。很快,这部小说就被"确认"为是苏童的代表作、成名作,直至今天也是谈论苏童近四十年创作无法绕过的重要话题。而我最初阅读和后来伴随这部中篇的一些感受、经历,可能会在一定程度上显示出这部作品在接受美学层面上的与众不同。

我清晰地记得,1989年12月,一个雪后的上午,在中国人民大学硕士研究生英语精读课开始之前,我们中文系、法律系和新闻系的同学正在闲聊。讲授这门课的刚刚留美归来的王敏老师走进来,她先将背包放在讲台上,从里面拿出一本杂志,径直来到我们中文系几位同学的座位旁。她展开1989年第6期《收获》杂志，首篇是中篇小说《妻妾成群》。王敏老师问我们："这篇小说你们读过吗？这位老作家你们熟悉吗？"我已经不记得当时是怎样回答这位喜欢阅读小说的英文女教师的。因为那个时候，我也仅仅知道苏童是一位年轻作家，刚刚在文坛崭露头角。而当时牢牢地占据我们有关80年代文学记忆的，还是王蒙、高晓声、陆文夫、汪曾祺、贾平凹、莫言、马原、张贤亮、史铁生、王安忆、张承志、韩少功等人的名字及其作品。但是，像王敏对《妻妾成群》阅读时，对作家年龄"误判"所产生的错位式"误读"，却不由得会让我们思索苏童的写作发生学，以及揣摩二十六岁的苏童，是如何将20世纪二三十年代的情境携带进入80年代的当代文化语境的。无疑，这是一个极其有趣的征象。也许，当我们今天面对《妻妾成群》这部中篇小说时，首先，要更多地将其还原到90年代的语境中去，发掘写作主体的文本写作过程和"初心"：

> 我从9月份开始在搞我的家族史——《一九三四年的逃亡》，要把我的诸多可爱不可爱的亲人写进去，但也许因为太认真太紧张，竟然不能像写短篇那样顺，写起来真是痛苦得要发神经的样子，但也许真情流露只此一回，所以我揣着现有的两万字像揣着一个妖魔。3月底以前肯定忙完了，先寄你试试看。《青石与河流》发出后好多人似乎是一下子认识了我，使我面部表情一阵抽搐。[①]

我们从这段话里，能够感受到苏童写完《青石与河流》之后的写作状态。那种"痛苦得要发神经的样子"，表明苏童的写作切入与家族史相关的题材时，个人情感在叙述中的高度渗入。这时，"纯虚

---

① 程永新：《一个人的文学史》，上海文艺出版社，2018年版，第18页。

构"中携带着浓厚的"非虚构"情感因素。应该说,写《青石与河流》时,苏童虽然也已经确立了写作主体的某种"自信",但是他仍未找到叙事的根本方向,尚且处于那种茫然的状态。在《青石与河流》与《一九三四年的逃亡》写作之间,苏童显然经历了一次"历史"叙事造成的阵痛。这或许是每一位作家都可能遭遇的"写作之痒"。程永新深知苏童的写作"机杼",在苏童的"发轫期",就给予了极高的评价。

美国作家福克纳的老师舍伍德·安德森曾经告诫他的学生要始终坚持描写邮票般大小的一块地方。福克纳那些堪称经典的小说,大部分都是以虚拟的美国南方约克纳帕塔法县为背景的。苏童则给自己出了很大的难题,因为一上来他就如泉喷涌,使出了十八般武艺。他不仅以枫杨树、香椿街为轴心,辐射出世界两侧——乡村和城市两大系列的小说天地,他还在时间这根经线上随心所欲地游动驰骋,一会儿是荒诞不经的《我的帝王生涯》,一会儿是缠绵悱恻的《红粉》《妇女生活》,追忆童年往事的有如《桑园留念》,关注当下生活的有如《离婚指南》,苏童在长篇、中篇、短篇各种体制中,几乎都为我们提供了脍炙人口、别人所无法替代的极品佳作。可以说从一开始,苏童的创作就是齐头并进的,三十出头的年岁俨然拉开了一个大作家的架势。他小说中的某些篇什,即便列入世界文库也毫不逊色。也许苏童将自己暴露得太多,现代读者既挑剔又苛刻,他们观望着苏童的每一次变招,他们期待着苏童一次次地超越自己。苏童异常清醒。他为此感到激奋。他这样写道:"小说是一座巨大的迷宫,我和所有同时代的作家一样小心翼翼地摸索,所有的努力似乎就是在黑暗中寻找一根灯绳,企望有灿烂的光明在刹那间照亮你的小说以及整个生命……必须有勇气走进小说迷宫的每一个黑暗的空间。从自己的身边绕过去。从迷宫中走出去。试一试能否寻找那些隐蔽的灯绳。"这是苏童在说话吗?那一神秘的瞬间,难道不是神依附在苏童身上凭借他的口教诲着我们吗?[1]

从苏童和程永新的书信、随笔,我们既可想见苏童写作最初的"青涩"状,也真切地看到其写作本身巨大的张力和个人天赋。而程永新所言"三十出头的年岁俨然拉开了一个大作家的架势。他小说中的某些篇什,即便列入世界文库也毫不逊色""《青石与河流》在苏童的小说中也许不算最出色的,但也足以显露苏童的才情,我很高兴能够及时地发表了它",像这样的评价,对于刚刚企稳的苏童来说,无疑是巨大的鼓舞和激励。再联系前面提到的阅读者王敏对苏童做出的"老作家"的感受和判断,尽管我们知道这是文学阅读接受中的"误读",但是,仍会意识到苏童一上手的写作就具有极强的"成熟度"、叙述的练达和不可替代性。我以为,苏童写作之初就能够呈现如此气势、格局和状态,主要还是源于苏童杰出的想象力和语言表现力,这是一个作家从容叙事的关键因素,也是好作家成功的充分必要条件。正因如此,苏童才会迅捷地摆脱"青涩","老到"起来。问题在于,苏童的老到,其文本丰厚的指向和内蕴,体现在《妻妾成群》《红粉》和《园艺》等几个中篇里,竟然是如此令人惊叹。另一方面,"苏童将自己暴露得太多,现代读者既挑剔又苛刻,他们观望着苏童的每一次变招,他们期待着苏童一次次地超越自己",就是说,苏童成名之后所面临的已经不仅仅是激情,还有很大的"成长"的压力。

不消说,苏童是一位对语词极其敏感的人。他自身对《妻妾成

---

[1] 程永新:《一个人的文学史》,上海文艺出版社,2018年版,第20页。

群》这部小说的写作冲动和构思,有几个原因早已经成为苏童最坚执的解释。其中,最直接的就是西安诗人丁当的那几句诗"男人都有一个隐秘的梦想,嫔妃三千,妻妾成群"。也许,正是"妻妾成群"这四个字直接诱发了苏童的灵感突现,并引发苏童去写作这样一个"意味深长"的老故事——在"旧瓶"里装进了醇厚绵长的"新酒"。也可将其理解为苏童最初对"旧"世界的想象和书写冲动,或者"对旧时代一种古怪的激情"。而这种对"旧"世界的想象和冲动,主要源自苏童对古典叙事姿态的觉醒与憧憬。

《妻妾成群》和《红粉》这两个中篇小说,它的故事和人物都是很白描的写法,都是非常线性的一种东西,那么它借助的东西可能没有那么玄妙,也无法靠一个旅途回忆来完成。《妻妾成群》这篇小说的发生也是多种意义上的,不是由任何一个方面的因素单独决定的。我记得写这篇小说有着多重原因的启发。一个是因为马原,我当时在《钟山》做编辑,在通信过程中他的一句话对我的启发是相当大的。我现在回忆起来,当时他说的是他对古典叙述的看法。我理解他所说的古典叙述是什么意思,因为当时1989年前后正是新潮小说盛行、恣意汪洋的时期,很少有人去谈论古典的叙述、白描的叙述,而马原却在那封信中跟我认真讨论这个问题。我觉得蛮有启发的。我觉得在那个时代,当时我才二十几岁,对于小说叙事的敏感,对于小说技巧的迷恋,自然是有时代特征和年龄特征的。但他这封信给我一个突然的启发是在于,以我当时写作的热情和写作姿态,我想自己应该变一下,他在信中和我探讨的所谓古典叙述,我觉得对我是非常有诱惑力的。但是我要写什么我还并不知道。但是所谓的"古典叙述姿态"这样一个词汇，在我脑子里却产生了一定的影响。①

  有些人以为，作家的创作谈之类大不可信，作家不会轻易"袒露"写作的玄机，文字里却常常充满"云山雾罩"的障眼法。但我相信，苏童任何的"创作谈"都是真实可信的，他绝少作秀或自我沉醉。实质上，从《青石与河流》《一九三四年的逃亡》《罂粟之家》《飞越我的枫杨树故乡》《祭奠红马》《蓝白染坊》《仪式的完成》这一批作品，到《妻妾成群》，苏童的写作，完成了一次历史性、根本性的转变。马原的"回到古典"的"提醒"，让苏童在所谓"先锋"的道路上渐悟到叙述的"形式与内容"关系的真谛。"古典叙事姿态"是一种什么样的姿态呢？在苏童看来，就是还原、重现出具体的历史情境，在一种新的"讲述"中，历史、个人在鲜活的情境中或发生断裂、终结，或呈现"风干"状态。就是说，这种"讲述"，其实潜藏着较之文本表象、表层结构更为复杂的隐含意义。最重要的是，《妻妾成群》这种"貌似"写实的风格，既赋予文本十分结实的质地，也打开了文本潜在的开放性空间。

  那么，现在我们不妨再次回到20世纪90年代，回顾一些批评对彼时小说文本分析的具体的理论语境，以及阐释的情形。其中，陈晓明对苏童、余华、格非、孙甘露"先锋作家"群体的写作发生和文本阐释，堪称独特的经典解读。在陈晓明看来，这个被称为"先锋"的群体是"新时期"后期崛起的"晚生代"，他们在前几代作家写作的"余威"甚至是遮蔽里，开始走上文坛，开始直面几个写作群体所"剩余的想象"。当然，任何时代、任何作家的写作，都不可能被阻隔写作的道路，他们一定会"杀出重围"。

  较早时候，摩罗和侍春生认为："对于《南方的堕落》《园艺》

---

① 苏童、张学昕：《回忆想象·叙述·写作的发生》，《当代作家评论》，2005年第6期。

《舒家兄弟》《罂粟之家》的作者来说，他之选择这样一种题材，这样一种美学风格，其内在的心理助力，很大部分来自逃遁的需要。"① 我感觉，摩罗在此所理解的苏童的"逃遁"有着两方面的含义。一方面是苏童写作之初，其所处的政治、经济、文化以及文学生态环境，正在发生巨大的变化，与前辈几代作家相比较，苏童、余华、格非、孙甘露等人，小说题材和主题的选择大有不同。而且，他们在接受中国古典文学和欧美现代文学双重滋养的同时，文本写作的内在精神走向之一，便是"逃遁"至浓烈的意识形态和政治理想之外，避免叙事对历史和现实的"一次成像"，寻求叙事美学层面的突围；另一方面，由于精神层面选择的趋向性，"叙述"，也不再像1949年以来相当长一段时间内中国当代小说的文本结构方式——"自我闭环""内循环"的叙事形态，刻意地遵循线性的思维方式和线性的叙事结构，而是充分地展开对历史、现实的放射性"重构"。所谓"重构"并非是"消解"历史和现实的整体性，而是在表层叙事内建立具有多元叙事品质的潜结构。这个"潜结构"不受任何预设主题规约，它所依赖的是叙述主体对存在世界的"通约"，话语越过主体的边界，扩展开来，使文本具有很大符号性，叙述也更具有功能性。从这个角度看，这种"逃遁"，极大地解放了作家的想象力和虚构力。或许，从这种意义上讲，苏童写作《妻妾成群》既是对"先锋"形式的彻底逃离，也是对自己渐成叙事窠臼的结构策略的自我剥离，是"潜文本"对"前文本"进行的深刻革命。

同样都是回到历史，回到人，与前辈、前代作家相比，苏童们叙述的历史则是"二次成像"，更像是一个拟像的世界，仿佛是不受规约的存在。对于苏童个人的写作而言，是始终有自己坚定的理念：

---

① 摩罗、侍春生：《逃遁与陷落——苏童论》，《当代作家评论》，1998年第2期。

一个作家若想获得叙述能量，除了需要有伟大的灵魂和深厚的思想，虚构必须成为其认知事物的一种重要手段。苏童强调，"虚构不仅是幻象，更重要的是一种把握，一种超越理念束缚的把握""虚构在成为写作技术的同时又成为血液，它为个人有限的思想提供了新的增长点，它为个人有限的视野和目光提供了更广阔的空间，它使文字涉及的历史同时也成为个人心灵的历史。"①那么，是否可以说，想象和虚构，加之苏童独有的写作姿态所产生的写作张力，令其个人心理和精神的历史越出封闭的边界，不断地走向开阔？即哪怕是一个词、一个意象都可能神秘地激发出写作冲动，激发出一个未知的故事，这些令苏童的写作力无限贲张，由此勃发出"对旧时代一种古怪的激情"，酝酿出像《妻妾成群》这样"旧瓶装新酒"的奇妙文本。我以为，这可能恰恰是苏童借此做出的个人性写作突围，从而构成写作的"拐点"。现在回想起来，那时中国文坛的生态，其实还是极为复杂的。从20世纪70年代末期到80年代末期这十余年间，作家的写作不经意间就可能被"潮流化""格式化"。虽然并无门派林立，但是差不多每一位中国作家，都可能被即时性地归类、分档。苏童在短短的七八年里，就曾经先后或同时被"置放"进"先锋小说""新生代""新写实主义""新历史主义"等几个"文学箩筐"之中。如果作家自身没有相当的"定力"，就很容易陷入迷蒙、恍惚的写作状态，走不稳自己的路。应该说，在80年代中后期，中国作家能够坚定走出狭小的"文学圈"，并形成自己的独特风貌，让文本至今仍保持可观的、可信赖的认可度，是十分困难的。倒不是说苏童有意地摆脱什么，但是他一定是在醉心地投入属于自己的状态，试探新的写作可能性。我觉得《妻妾成群》《红粉》《园艺》《妇女生活》这一组文本的写作，让他找到了属于自己的路径。

---

① 苏童：《虚构的热情》，《小说选刊》，1998年第11期。

二

在重述《妻妾成群》之前，我想有必要考察、梳理这部中篇小说出现前后苏童叙事观念上的一些具体变化，上溯、找寻这部"描述旧时代的古怪激情"的文本的源头及所经历的过程。

首先，必须提及的是短篇小说《桑园留念》，这是苏童极其重要的作品，也是真正的"处女作"。苏童早期小说的"成长意味"是极其浓厚的，20世纪60年代人的青涩、迷茫、稚气和单纯，在他笔下尽显无遗。从最早的短篇小说成名作《桑园留念》开始，或再向前推延到他的短篇习作《第八个是铜像》，苏童的文字也像河流一样，流过了四十余年的旅程。一如《妻妾成群》，更早些时候的这些"老"文本中的故事、人物和情境，则记录了一代人的生命影像，凝固成"苍老的浮云"，渐渐次第幻化成包括作家在内的80年代的"青芒"镜像。或者，所有的叙事，都是"记事"和"纪事"，业已成为时间和历史的"铜像"。我认为，苏童的叙事，并不像陀思妥耶夫斯基所说的那种"用彻底的现实主义，在人身上发现人"的文本叙事姿态，他属于更注重、偏向浓厚美学趣味的作家，即自觉地追求修辞品质，将特定时间内的感觉建造成空间里的形象，或是由极好艺术感觉、感受力牵引出叙述的结构、节奏和凸显出的画面。当然，苏童很早就已经充分意识到存在世界、人性和事物的"迷宫"性质，因此，他始终在寻找文字、意象、隐喻、情感、意绪、叙事氛围、话语语境与个人记忆、想象之间的隐秘"关系"。就是说，几十年来，苏童在写作中更为注重小说叙事理念的调整和反思。在艺术和精神两个层面，他也在竭力摆脱童年、记忆、历史、南方、少年、女性、意象和唯美叙述的惯性和"套路"，避免被"标签化""符号化"。固然，"唯美""南方想象"是苏童小说整体艺术形态的重要特性之一，但绝非苏童写作以及后来对苏童研究的唯一主题与风格路径。那么是否可以说，"唯美"，在苏童的叙事里并不是什么"主义"或"类别"，而是沉淀于文字内里的基本美学特性？苏童叙事美学的特性，在其中显露出来，让我们感受到，从写作初期开始，在他的身上最基本的生活覆盖层、情绪、情感、激情，借其本源的自身主宰力量，对直觉、知觉、想象力的构成发挥着不可小觑的力量。因此，面对苏童迄今仍处于进行时的写作史，我始终在寻找苏童长期写作中内在的精神延续或"衔接点"，尤其是小说结构内部不易察觉的叙事推动力，并梳理、发掘文本在时间之流里连绵延续的魅力之源，勘察能够长期主宰他持续写作的真正"圭臬"。那么，我们探寻的"主宰"性力量究竟是什么？也就是，在一定程度上真正能决定苏童小说写作的"上帝之手"到底在哪里呢？他是如何一步步走向"古怪的激情"的呢？

毋庸置疑，从《桑园留念》到《青石与河流》，苏童在叙事感觉和话语品质层面发生了第一次微妙的转变。

一般地说，构成苏童最初写作"基调"和经验转换的可能性事物，是记忆、回忆和朦胧的图像。而想象力让这些经验记忆，在叙事文本里呈现出不同的亮度和强度，使得苏童成为一个有力量、有高度自由度及非凡虚构力的叙述者。我之所以将《青石与河流》视为苏童早期最重要的作品之一，主要是因为这篇小说较早体现出苏童的历史观和美学趣味，包括叙事的话语方式和节奏，都张扬着富于某种意志或力量的向历史、人性深处掘进的气度。不能不说，苏童在这篇小说里使用的是一种"蛮力"，他常常在情节里插入一种"声音"来"压迫"人物。所谓"蛮力"，我指的是苏童虚拟、虚构世界的强大能力，它扭转了作家以往惯性的审美策略，要求作家的形象思维具有丰富的、想象的完整性和独特性。如前文所强调，作家的生活覆盖层、激情、情绪、文本诉求，借助想象和存在本源的主宰力对叙事的构成发挥作用。这是一种真正自由的创作力量。苏童在文本里，将自我直接置入空旷的"历史"，生命主体嵌入人性的河流和历史的岩层。

从《青石与河流》到《一九三四年的逃亡》《飞越我的枫杨树故乡》《罂粟之家》，是一次"叙事惯性"上的纵深或拉升。苏童在对个人史、家族史、国族史具有"元叙事"和传奇色彩的虚构中，实现了文本之于历史变迁和情感呈现的一次叙述实践。《罂粟之家》里"那种暴力、欲望、穿行过艳丽的自然奇观，反倒散发出一种华糜的气息，那种清俊舒畅的叙述，引领着故事走向凄艳的结局。毫无疑问，这篇小说包含了异常丰富的小说元素。"[①]这部中篇像一则历史的寓言，而其中的抒情意味和颓废感，则明显延宕至《妻妾成群》和《红粉》等后来几部文本之中。我们能够感觉到在《一九三四年的逃亡》《飞越我的枫杨树故乡》《罂粟之家》里，苏童无非是借用"历史"的框架和时间、空间的位移，还人性、欲望、革命、暴力的"原生态"之魂。在这几部作品里，回忆实则是一次次重构，以此体现出一种穿透历史的力量。虽然，从题材和表现范畴看，《妻妾成群》和《红粉》，退至家族、性和个人欲望层面，但是，家族权力、体制都暗示和影射着人性对抗中的心理、灵魂变奏，凸显出不可抗拒的生态压力。尤其是前者，想象力发挥着极其重要的、决定性的作用，这是《妻妾成群》和《红粉》得以引人瞩目的关键。

这期间，苏童还有两个短篇《蓝白染坊》和《仪式的完成》，可以说，这是苏童最早写出的充满了象征寓意的深刻之作。《蓝白染坊》写三个男孩在寻找一只无缘无故失踪的黄狸猫时的所见所闻。"在霏霏雨丝中他们走过湿漉漉的城市，看见环城河的水位涨了好几寸，城南低洼的老街上有水汩汩地蔓延，那水是浊黄的，以前从来没见过。""他们发现城北到处在挖防空洞，许多隆起的土堆在雨中倾圮，火山般喷发出冰冷的黄泥浆，流着淌着，画出一条巨大的黄龙。"三个男孩嘀咕，是不是要打仗了呢？而在染坊主人绍兴奶奶看

[①] 陈晓明：《论〈罂粟之家〉——苏童创作中的历史感与美学意味》，《文艺争鸣》，2007年第6期。

来:"浊黄不是好颜色。"浊流涌进蓝白染坊,接下来,三个男孩又在水泥墙上发现了奇特的红布带子。最终,蓝白染坊因为挖建"防空洞"而被拆毁,成为废墟,"防空洞和染坊和染坊一家人都消失不见了",而"故事中的三个男孩怀着渴望和茫然的心情等待着世界发生什么大事。但在很长一段历史中他们没有等到,在等待中他们过着平静的生活""多年前丢失的黄狸猫是永远没有踪影了"。实际上,这篇小说的"故事"再也简单不过,我们却能够在苏童特别凸显的色彩变化中,勘察出从浊黄到蓝白,再到红所彰显的"血光"之灾的浸入、蔓延。"挖建防空洞""战争""水和浊黄的泥浆"、古老宁静的"蓝白染坊"的消失,这些意象,构成情境的图像,苏童将一场"可能发生"的战争与人们"完全悟出整个梅雨季节的不同寻常",描述为一场预兆或演示。而那只永远消失的黄狸猫,就像一个幽灵。在这里,我之所以对《蓝白染坊》做出如此细读,表现出与其他几部作品解读力量的不均衡,是因为我从这个文本里,深深地意识到苏童对叙事中隐喻义和寓言品质的高度重视。

很难想象,苏童早期文本何以透射出如此深邃的极富象征、隐喻义的内涵。他自觉或不自觉的写作意识里,频频迸发出大量不可思议的"觉悟"和灵气。我们猜测,那时苏童对神秘主义诗学的理解,也许并没有十分清晰和自觉。对此,已故评论家胡河清认为:"他的小说只是一种文化寓言。苏童的真实意图大概在于希望读者避免具体历史背景的比附,而进入一种中立的审美观照状态,对存在于中国古老历史中的超理性力量产生洞察。"[1]在这里,胡河清一语道破了苏童写作中的冥冥之中的潜意识,即对人和事物及其宿命、命运的本然的感悟力和本能认知。

王德威在论及苏童小说时,特别强调短篇小说《仪式的完成》之于苏童的意义,他阐发苏童的南方想象与民族志学的关系,以及

---

[1] 胡河清:《灵地的缅想》,学林出版社,1994年版,第179—180页。

苏童小说在表现南方、死亡与诱惑时的独特方式："苏童的南方阴气弥漫，人鬼不分。他的地方故事，鬼话连篇。……苏童的写作仪式仍然没有完成，人鬼的喊喊召唤，依旧从字里行间传来。"①现在，我们在重温《仪式的完成》时，则明显体会到《妻妾成群》的死亡的森然和"鬼气"之魅的由来。只不过，写作《仪式的完成》和《蓝白染坊》时的苏童，尚处于"先锋岁月"的"青春期"，他描述生活纹理和临摹往事还缺乏对于现象、事物本源意蕴的感受和感悟，作为叙事主体，与事物之间有着"间隔""疏离"，虽然其寓言性浓厚，但"失真"感使得叙述难将主客体融为一体。而到了《妻妾成群》则开始大为改变，恰恰在此，苏童描述、重现"旧时代的古怪激情"的表达，发挥得愈发纯熟、老到。

三

我以为，在当代写"颓废"最娴熟、最"到位"的作家有三位：苏童、贾平凹和王朔。这里所谓的"颓废"，并不是惯常意义上"唯美主义"层面上的"颓"，而主要是指作家表现故事、人物、感受事物时那种"向下"倾斜，意义重心的倾颓之气，消颓之息。其他两位的文本之"颓"，我在此不做赘述。我感到，苏童的文本之"颓"，更多体现在对家族、性和人性纠结层面的深描上，这些，又都是文字、叙述对"旧""拟旧"和"衰朽"的营构。

苏童与余华、格非、孙甘露在叙事特征上的主要区别，就在于抒情性在文本内部的"扩张"程度。这是导致苏童小说叙事情境"拟旧"、表象化与内里的距离和抽象化诗意产生的重要元素之一。那么，如何拟旧？"拟旧"是否是要对"旧"的环境、氛围、格调做

---

① 王德威：《当代小说二十家》，生活·读书·新知三联书店，2006年版，第124—125页。

扎实的"细部"的修辞呈现？格非曾经与李洱谈起《妻妾成群》。格非认为，这部小说无疑是一篇当代相当棒的小说，但他特别提到苏童为什么不详细写道具，对江南旧家庭的器物描写闪烁其词。他举了《红楼梦》的例子。说林黛玉进贾府的时候，老太太坐的那个椅子，古旧的程度是什么样子曹雪芹都写出来了。所以，格非提出，苏童写《妻妾成群》的时候，他就很难写出这些。他觉得苏童对20世纪二三十年代真的不熟悉，那把椅子是什么样子的，颂莲跳下去的那口古井是什么样子的，包括那时候女人穿的旗袍，他都没有写"透"它们。可见，苏童都是格外小心或"避开"。对此，我在2008年与苏童的一次文学对话里，专门向他提及这个问题。苏童则坚定地认为，即便是对自己极其不熟悉的事物也是可以写的。例如，写特定时代的服装，你拿一本关于那个年代服饰的书仔细去钻研就可以了，其实并不是什么难事。我们应该意识到，苏童主要关注的则是另一个问题，他的真实的用意，并不只是记录某个时代。苏童说，"我认为不重要的元素我就可以回避。比如《妻妾成群》，写一个十八岁的女孩子，闯入进一个她无法应对的世界里，这完全是一个关于女人的故事，女人的色彩是最丰富的，详细地写她们穿什么衣服也都可以写得很清楚，每个人都可以做到。我觉得并不难。况且主要的问题在于，我不是要写30年代的女人，而是要写女人在30年代，这是最大的问题。"[1]可以看出，格非和苏童之间对文本描述"器物"的理解，观点产生"分歧"的原因在于，格非强调曹雪芹"敢于"写贾府内的器物之旧，是因为曹雪芹出生于"大户人家""名门望族"，熟悉、了解器物之旧的"现实"；苏童"飞越枫杨树故乡"走进20世纪二三十年代，文本细部的修辞，似乎也应该是叙述的重要元素。但苏童并非对"器物"轻看，而是更愿意通过"叙述"本

---

[1] 苏童、张学昕：《回忆想象·叙述·写作的发生》，《当代作家评论》，2005年第6期。

身来构置情境及其"真实度""紧适度",外在的"毛边"则不足以影响、撼动文本整体的坚实。

由此可见,这里面还是涉及文本叙事、文体和"潜文本"的问题。显然,苏童所重视的不仅是叙事情境的营构,而更是偏重人物的感知。可以想象,在20世纪80年代末,当代小说叙事已经发展到很高的自觉程度,作家对于审美"第二项",即"叙述"的故事之外寓意的重视和实践令人叹服。可以这样讲,《妻妾成群》是当代较早一篇超越了单纯"道德寓意"的小说叙事文本,它超越了以往诸多的"禁忌",直指人性和历史的结构内里,聚焦事物的"原生态"样貌,在貌似舒缓、沉静的叙事语态里,掀动起人物内心的波澜万状。不夸张地说,苏童实际上在叙写一种"别样"的世间残酷。

其实,《妻妾成群》这篇小说在具体写作过程中,并不是一蹴而就的,它可能是一个慢慢地谋篇布局和滋生、酝酿的过程。陈晓明认为,它有着来自《红楼梦》或《家》《春》《秋》的篇章格局的启示。显然,这是苏童自觉或不自觉地向中国古典叙事传统的一次致敬。令人意外惊喜的是,这篇小说的出现,无疑唤起了文学界对"先锋文学"写作路径的深刻内省。因此,随即而来的是,余华写出了《活着》《许三观卖血记》,格非写出了《欲望的旗帜》,苏童又写出了《米》。他们似乎不约而同地各自改变了叙事的路径。前面曾提及,苏童自觉的写作意识或"意外"因素所导致的灵感触发,成就了这篇小说的"意外"诞生。而且,苏童也不期然地从"颓废"的美学维度,在叙述性与"性"之间呈现一种非常"黏"的人际纠缠,并以超越道德律令的视角、话语方式进行叙述。那么,在这里,苏童在讲述四个女人和一个老男人的老故事时,既发掘出了小说叙事若干新的美学元素,又将叙事触角聚焦到人与人的复杂关系层面。男人与女人,女人与女人,或者女性与社会之间的种种惨烈对抗,被一种极其压抑的、压迫的"暗箱"般的氛围和语境所笼罩。苏童遵循的是少见的、极其反常的作家叙事伦理。他竭力地隐藏所谓

"正义"或同情心，拷问人性、人心和人与人本能的心理博弈。显然，这种叙述扩展了小说细部肌理和叙事内涵的范畴，也重新梳理了曾经拥有的自足的小说叙事维度。我觉得，更为重要的是，这篇小说堪称当代文学近几十年来最重要的表现"颓废"的小说，书写出平中见奇的气韵。小说在呈现这个封建旧式家庭的腐朽与衰微时，将正处于破落的家族里人物关系的错位，人性在压抑状态下歇斯底里的疯癫，都"水落石出"般地涨溢、凸现出来。叙述既表达出由性、罪恶、死亡、欲望等构成的家族、人性、存在的颓败与悲凉，也自然地暗示、折射出整个家族、历史、人性的颓败之象。可以说，小说张扬出的所谓"性"象，实则引申出生存之象、历史之象。"性"象的颓败喻示着生存、历史之象的倾颓和消殒。而颂莲这个敏感、内倾型的知识女性，在深宅大院里的孤独和绝望，将生存世界的阴森、恐惧、枉然和垂死之态演绎得淋漓尽致。

倘若我们从欲望、性的角度来解释少女颂莲所面对的欲望世界中的人物，不考虑作为生存模式中的家庭、家族的政治结构的话，那么完全可以将其界定为一群行走的欲望者。而欲望的基础是原始欲望，也就是身体与性的欲望。如果超越"道德寓言"的框架，审视《妻妾成群》中的所有人物，几乎看不到出于叙事本身对美或善的感动，或出自生命需要的爱的自我、自觉意识，也看不到从生存的欲望向具有内在生命激情的爱之欲望的升华。因此，小说中人物由性引起的人与人的角斗、人性的狂躁与绝望才显得如此膨胀、无端和疯狂，几乎没有任何理性的内在规约，这里用一个"蛮"字，似可以形容其间的理性缺失。这篇小说，在一定意义上可以说是一个由欲望引发的"恐惧和痛苦"的故事。有女人的痛苦，也有男人的沮丧，自暴自弃，缺乏生命欲力，蜷缩至可怖的阴森老宅。小说最后叙写陈佐千和飞浦父子俩的性无能，揭示他们生存中那些令人惊悸的瞬间，刻意呈现给我们的是生命之力的日趋衰颓。

苏童凭着他叙事的直觉和虚构天分，潜越了传统经典现实主义、自然主义的美学规范，以接近象征、寓言的方式，获得了一种新型的现代汉语语言经验，创造出极其主观化、个人性的话语情境。而这篇小说在叙事上的古典性，欲望表达方面的抒情性，使这个"性"颓败的故事，散发着那种无可挽救的末世情调和忧伤、苍凉的气息。这种性颓废，既可以看作是纯粹美学上的具有唯美品性的颓废，也可视为对历史、家族、人性的沦落、沉溺、凄清、悲苦的生存基调中飘荡着的孤魂的"拟旧"、想象。这一点，"苏童多少承继了中国传统古典叙事中体现出的传统文人的颓废气质。我觉得，苏童小说所弥漫出的颓废感，对人被压抑的品性的揭示，更是一种颇具唯美意蕴的表达。其实，唯美与颓废都是一个现代主义的美学问题。多年以来，中国现代主义美学之所以没能建立起来，形成自己的独立品格，主要是它往往被自我、个性解放道德、伦理等一系列意识形态的现实问题、功利性审美所支配和消解。"[1]因此，多年以来，虽然不断有人在小说中大量描写性的场景和情境，但大多脱不开对人性的社会学、历史学叙事动机的缠绕，而苏童的一系列小说则彻底打破了过去的美学谱系的窠臼，在一种新的叙事立场和修辞策略中对既定的艺术经验进行了强有力的超越。无论是颂莲、飞浦，还是陈佐千及其妻妾们，"性"象的颓靡并不呈现任何生存的本质或存在的终极性意义，只隐现"性"的错位制造的人性变异。这也是苏童以"零度写作"姿态对在文本与现实之间重建一种新型关系的尝试。裸露真相并解构存在真相，摆脱意识形态"监控"，无疑使小说叙事从另一侧面打开了当代叙事文学的别样思维和想象维度。小说的母题也由此以一种极其曲折的方式传达出来。

进一步讲，苏童在《妻妾成群》里所竭力想"见证"的，是性的张扬与无端的颓废之象。虽然，包括家族遗传基因在内，陈氏家族一脉相传的"性无能"，并不具有任何意识形态的规约、限定，似

---

[1] 张学昕：《南方想象的诗学》，复旦大学出版社，2009年版，第10页。

乎也与"权贵""权力"无关，但它的"衰颓"，则可以视为某种社会存在盛衰演变和精神无序的纷杂乱象。陈佐千的儿子飞浦感慨"老天惩罚我，陈家世代男人都好色，轮到我不行了"，可见，思淫欲的气力，宿命般跌至冰点。性之衰颓，喻示着家族已生机殆尽，无可避免地走向堕落和腐朽。无疑，性是人的本能、要害"部位"，因能给予人带来的巨大快感而潜隐着相当大的危险性，加之欲望的随机性、非常规性，它的神秘和虚耗必然导致人性歇斯底里的疯狂。或许可以这样推测，一切社会统治、权力机构可能都会对"身体"充满警觉，部署禁忌，因为人们在疯狂地追逐生理快感的同时，极有可能会对一切既有的存在秩序构成冲撞，甚至冒犯，从而建立起令"结构""体系"惊悚的威胁。但《妻妾成群》中的陈佐千的性，显然不具有这一特性，除了维持性的生殖功能外，性享乐几乎是其唯一不可遏制的欲望。这一点对于他，已经不构成生命、存在的可贮备能量，而陈佐千与儿子飞浦之间似乎还隐含着因果报应的主题。颂莲在这场家族"争宠"角逐中，也没有真正彰显自我主体的"革命性"冲动和震撼，个性的彰显之后，也无奈地陷入孤寂无援的"深井"。苏童正是通过这样烦闷的、颓丧的消极景观，来突出"颓"和"败"的欲望美学气息。细读起来，这的确是一篇写得很"细"、很"活"的小说，我们甚至可以隐隐地闻到那眼"死人井"口所散发出的青苔气息，可以闻到每个夜晚陈佐千的身体散发出的糜烂味道，还可以隐约触摸到颂莲、梅珊们内心无法抚平的无边的灵魂褶皱。无疑，苏童的叙述，并没有简单地停留在事物、人物的表层和肖像，而是在"性"象的衰亡、暧昧中牵出人性、存在世界的困顿、崩溃和无望，那是一种无法承受的生命之"轻"。从这个层面考量，苏童是以自己的叙事理念、文本叙事方式，形象生动地地回答了格非的质疑和忧虑。所以，与"古怪的怀旧激情"相洽和的语言细部修辞与不见策略的策略，让《妻妾成群》处处散发出由内至外的"怀旧"调性与情境、氛围。

进一步讲，杰出的小说，包括其他叙事性文本，细部修辞的日臻完美是体现作家审美水准的重要方面。苏童在《妻妾成群》里，无论是炼意、炼字和叙事的细部，都表现出杰出作家的特出品质和才华。正是因为这些"细部修辞"，才使得苏童的"少作"显示出"僭越"成熟作家的扎实功力。《妻妾成群》从一出生就充满多义与张力，如今读来，仍是生命喻象、情感寓言、颓败诗意的淬炼，其阐释的枝丫仍在不断地"旁逸斜出"。也可以说，它是一个特别"耐旧"的文本。我感觉，这种"耐旧"性的形成，与苏童叙事语言、叙事策略、文本结构的练达和超强的"成熟度"都有着直接的关系。像这种语言的"细部修辞"，就充分体现出苏童充分释放、发掘汉语内蕴力量的才华：

> 四太太颂莲被抬进陈家花园的时候十九岁，她是傍晚时分由四个乡下轿夫抬进花园西侧后门的。仆人们正在井边洗旧毛线，看见那顶轿子悄悄地从月亮门里挤进来，下来一个白衣黑裙的女学生。仆人们以为是在北平读书的大小姐回家了，迎上去一看不是，是一个满脸尘土疲惫不堪的女学生。

"悄悄地从月亮门里挤进来"，是一个太经典的意象和情景。一个"挤"字，一下子彰显出颂莲进入陈府的孤寂、尴尬和逼仄，也预示了颂莲未来的命运和窘状。"四个乡下轿夫"与颂莲的"满脸尘土疲惫不堪"，也呈示着凄苦命运的开始。

> 颂莲没再理睬梅珊，她兀自躺到床上去，用被子把头蒙住，她听见自己的心怦然狂跳。她不知道自己的心对那一剪刀负不负责任，反正谁都应该相信，她是无意的。这时候她听见梅珊隔着被子对她说话，梅珊说，卓云是慈善面孔蝎子心，她的心眼点子比谁都多。梅珊又说，我自知

不是她对手，没准你能跟她斗一斗，这一点我头一次看见你就猜到了。颂莲在被子里动弹了一下，听见梅珊出乎意料地打开了话匣子。梅珊说你想知道我和她生孩子的事情吗？梅珊说我跟卓云差不多一起怀孕的我三个月的时候她差人在我的煎药里放了泻胎药结果我命大胎儿没掉下来后来我们差不多同时临盆她又想先生孩子就花很多钱打外国催产针把阴道都撑破了结果还是我命大我先生了飞澜是个男的她竹篮打水一场空生了忆容不过是个小贱货还比飞澜晚了三个钟头呢。

梅珊对颂莲"倾诉"的这段话，苏童省略掉所有标点符号，将梅珊的感喟、激愤、仇恨一泄而出。这种叙述和构思，回归到古汉语的"句读"，生成强烈的表现力和文本"形式感"，这对于20世纪80年代的写作时机和小说叙事文本而言，不啻是文学语言层面的一次革命，耐人寻味。梅珊与颂莲同病相怜，都是悲叹命运的笼中鸟，永远逃不出被某种神秘力量"预设"的深宅的囚笼。无疑，没有"断句"的叙述，形成了无羁的"语言流"对心理和灵魂的强劲冲击力。

确切地说，苏童《妻妾成群》的叙事，有着不见策略的策略。这一点，《妻妾成群》《红粉》和早期《一九三四年的逃亡》《飞越我的枫杨树故乡》《青石与河流》《蓝白染坊》完全不同。实质上，在一开始的所谓"先锋期"，苏童与孙甘露、余华、格非的叙述语言就有很大差异。"余华还是信任他的感觉以至他的幻觉，而在格非那里，一切存在都变得可疑，都不值得信任""孙甘露对幻觉的迷恋构成了他所有叙述的出发点。孙甘露凭着他诗意的笔触和游方术士般的想象把幻觉和梦境叙述得无比奇异而美妙"[①]，由此，其"叙述的

[①] 陈晓明：《无边的挑战—中国先锋文学的后现代性》，广西师范大学出版社，2004年版，第98—99页。

幻觉瓦解了话语的实在性，话语与叙述之间的对立消失了，遗留下话语追踪叙述提示的虚构轨迹"。[1]而苏童写到《妻妾成群》时，他"已经偏离先锋派的实验性倾向，那种抒情风格不再是实验性技巧或狂乱的语法句式表达的结果它是故事中呈现的情境"[2]。就是说，苏童"搁置"了所谓具有先锋气质的"抒情性"，开始执着于迷恋老到醇熟的写实话语。而对于想象性情境的呈现，则给这种叙述语言提供了更为广阔的话语空间。这无疑得自西方、拉美现代小说语式和中国古典白描语言的双重影响，异域语调或"翻译语体"与白描式语言神韵的交相杂糅，直觉、意识流动、隐喻魔幻等语言表达方式激活了汉语的光芒，形成了苏童所特有的"现代文人话语"风格。诸如隽永、沉郁、华丽、婉约、神秘、轻曼、柔和的语句、语式风格，还有从容的叙述节奏，或曰，"旧的词汇，新的句法"，作为一种文学修辞，业已成为苏童小说语言与众不同的个性特性。我们还看到，他的大部分小说在行文中取消人物对话中标点符号的使用，小说人物语言与叙述融为一体，相互制约相互辅助，在阅读和感官体味上更为流畅。充满文人浓郁、浪漫怀旧意绪的故事内容被优美地讲述、推演和铺张。这种独创性叙述话语，制造出文学表现中"暧昧""迷蒙"的美学格调，将具体的、历史的、道德的形而下内容引入一种文化意义上的超验性体悟。这样，文学的写作与接受都进入了一种中立性的审美观照状态。加之苏童小说的叙事语言，本然具有沉溺、忧郁和独特的节律，彰显出语言的暗示性，尤其是小说的文本开放性结构，让我们对这种话语拥有更大阐释意蕴的空间和维度，也让我们的阅读获得更大的审美自由度。

---

[1] 陈晓明：《无边的挑战——中国先锋文学的后现代性》，广西师范大学出版社，2004年版，第211页。

[2] 陈晓明：《无边的挑战——中国先锋文学的后现代性》，广西师范大学出版社，2004年版，第142页。

所以，文本问世三十年后，我们重新面对《妻妾成群》这个文本时，或许还将会引发更复杂的思考。无论从文本阐释、接受美学、文学史角度，还是从个人性写作、写作发生学、作家学的层面，重新揣摩苏童三十几年前的写作心态，探寻他早期和当下写作的变与不变，都是非常有意义的事情。不可回避的问题还有，苏童"人到中年"之后的写作，究竟发生了多大的"变异"和"转向"？写作的"中年特征"的命题，曾一度在诗歌界引发过辩论，涉及写作曾有的方式、以往的文本形态向当下的过渡，包括抒情立场的转变，构成一种"现象"。中年苏童的写作，因为其内心所盘踞的叙写和想象的纯粹、抒情性，具有其他作家很少具备的灵动，所以，继《妻妾成群》《红粉》这一批文本之后的若干年来，苏童的文笔，既没有显现出丝毫的"老迈"，也没有刻意向"现实"靠拢的"当下性"。即使苏童此后的一些文本不乏沧桑感，却并不意味着作家叙述姿态的犹疑和倦怠。苏童文本尤其语言调性在早期写作中的牢固建立，使其始终保持着对事物、对生命朴素的语言感知力。这种特定的语言方式，让苏童在写作中继续成为一个"灵光捕手"，使文本永远带有新鲜的质感，无论是直面"新时代"还是描摹"旧时代"，他的创作都会让读者产生像阅读卡佛小说那样的感觉：读卡佛读的不是大朵大朵的云，是云后面一动不动的山峰。读苏童，读的也是我们一代中国人的心情。也就是说，苏童的写作，终将可能成为未来时间和世间永远的沉淀。我相信，"老"苏童仍然能不断营构丰饶、斑斓的人间故事，写作将变得更加深邃。与其他因素有所不同，只要不与现实的语境发生情感的"断层"，想象力和激情仍然可以继续影响、决定着文本的场景、意义层和经验的转换水准，书写出具有宽广度、深度、美和真的可信赖的文本。

我们可以相信，苏童永远都会拥有呈现历史和现实的不竭的叙述激情。

阿来的植物学

阿来曾在《成都物候记之十六：栀子》中，仔细地描述过他微醺后轻步在院子里感受栀子花的感觉："朦胧灯光中，真的无风，园中池塘，有几声蛙鸣，香气再次猛然袭来……我笑，笑花香该是闻见的，却偏偏真的听见，脚步做了一个听的姿态，这些光影中盈动暗香的，轻盈、缥缈而来的是今年最早开放的栀子花"。读到此，我立刻感觉到，阿来对植物和自然的感受力来得是如此真切、细腻、敏感和饱满。他的"听香"，如同"观音"，通感的神秘艺术体验，让阿来对自然的阅读，在美学层面和充满禅味的境界上徜徉。我知道，阿来的写作，曾经从音乐上得到过很大的启发，他极其醉心于贝多芬、阿赫玛尼诺夫的音乐。我们在阿来的哪怕是一些极其朴素的文字里，都能感受到叙述、呈现中富于音乐感的回旋和咏叹。我开始好奇，多年以来，阿来的写作灵感是否也与这些植物的色、香、形、神有着某种神秘的联系。也许，阿来小说写作的"第六感"，就是因植物而变得灵动和切实起来的。他散见于刊物和博客上的《成都物候记》，文字清雅、醇厚，又不乏灵动，他自己所配发的摄影图片，清新隽永，无论是木本植物还是草本植物，紫荆、丁香、迎春、芙蓉、泡桐等等，在阿来的笔下和镜头之下，都成为成都这座城市季节轮转和自然的风致。但是，阿来的"植物"情结和志趣似乎并不如此简单，他对植物的一次次凝视中总是饱含着难以言传的、对事物的默契，或者说，这就是他用心感知天地的一种方式。我总觉得，阿来是一位可以通过文字或影像通天地万物的作家，他兼具古典和浪漫艺术的品质，而植物极有可能是给他带来写作好运的重要事物之一。

阿来是什么时候开始迷恋摄影的，我不是很清楚。近几年来，每一次与他见面，或一起参加文学活动，他那只装有相机和四个镜头的旅行背包总是跟随着他。后来，我很快意识到，阿来更主要的是迷恋上了植物。或者说，是因为迷恋植物而喜欢上摄影，也许，正是因为爱上摄影而对植物发生了极大的兴趣。看到他电脑和记忆卡里储存的数万张植物图片，你就仿佛进入一个丰饶而神奇的世界。这里，景深凸显出的，不仅是有着极细微区别的色彩，层次变化的画面，还有泥土和种子诱人的气息。他可以辨认并说出一千种以上植物的名字或习性，有时，为了认识一种刚刚拍到的植物名称，他需要查找资料，对照《植物志》等进行仔细确认，而这常常需要花掉一个上午的时间。

我感到，阿来以一种宽柔、仁慈而智慧的眼神，与无数种植物发生着神奇而微妙的对话。在他洞烛幽微的镜头下，常常被我们所忽略、忽视的植物都可能获得体面而庄重的再现，一种意想不到的美突然就会绽放在你的眼前。去年在大巴山，尚未完全开发的宣汉"百里峡"深处，依然有一些比较"原始"的生态环境和景致，给我们的视觉带来许多的惊喜和振奋。阿来在峡谷中逡巡着拍摄植物和花卉，我一直跟在他身后，观察他所关注的种种植物。晚上回到驻地后，我们在他的电脑上浏览的图片中，竟有十几种我毫无任何印象的花朵，我不知道他是在什么时候拍下的。原来，阿来的微距镜头下，将夏枯草、溲疏等许多很弱小、"不起眼"的植物也尽收眼底。这些，都被我漏掉和忽视了。他的镜头，放大并收藏了许多静默的、孤独存在，而阿来的寻找和捕捉，总是显得意味无穷。也许，画家也好，作家、诗人也好，他们所把握住的美妙，一定有许多都是从我们的疏忽、蒙昧、粗鄙的心灵间轻易滑过的。细致入微，入情入理，这是一个作家的责任。

我注意到，阿来以及他的镜头在面对所有植物时，阿来身体的姿态异常丰富：仰视、平视、俯视，有时，竟然还有"卧式"，沿着目光或镜头的方向，他尽情在镜头后面触摸、感知种种大地精华的韵味和底蕴。我相信，阿来对植物具有一种格外的感受力和亲和力。美总是在独特性中发生，如果没有独特性的话，感受美的机会就会降低。在某种意义上说，很多花朵和一些植物的独特性是很难看到的，因为他们是如此便宜和无处不在。美的事物，未必都是依靠理性或实用或珍稀来提炼的，它就长存于能够包容万物、藏污纳垢的天地之间。

其实，在阿来大量的文字中，有关植物、生态、自然的话题和描述，早已有之。只不过这些文字大多都是作为地理背景和民族风情的衬托。那部长篇散文《大地的阶梯》，就是循着地理的面貌勘察人文足迹的一幅历史、文化地形图。在这些文字中，我们会不断地体会到阿来在大自然中无比沉醉的情绪和感怀："就是这样，我从尘土飞扬的灼热的夏天进入了山上明丽的春天。身前身后，草丛中，树林里，鸟儿们歌唱得多么欢快啊！我就是这样，一次一次，感谢命运如此轻易地就体会到了无边的幸福""在我久居都市的日常生活中，很多时候，我会打开一本又一本青藏高原的植物图谱，识得了许多认识却叫不出名来的花朵的名字。今天，我又在这里与它们重逢了"[1]。鲜红的野草莓、紫色的马先蒿、蓝色的鸢尾，生机处处；白桦、红桦、杉树、松树、柏树，蓊郁如海。阿来在那次漫长悠远的行旅中，似乎在无数植物茂密的植被下，玄想、推断出在这样的环境里曾有多少鲜为人知的秘密，那些土司家族的宿命，政治、经济、环境与文明的崛起和衰落。大地上所发生的一切，是否就如同

---

[1] 阿来：《大地的阶梯》，南海出版公司，2008年版，第120页。

在纯生物繁衍意义上，一种家族的基因和血统，历经几百上千年的风霜雨雪，终于因为穿越得越来越疲惫，而失去最后一点动力。而整个人类社会的里程，就像大地的阶梯，在无数的阶梯上面，零零散散的村落，宛若那些有名字或叫不出名字的小小花朵，映现、记载着大千世界的四季流转，风云变幻的轮回，与存在世界对视的不仅仅是人的面孔，还有摇曳在大自然中植物的生命力。那么，人的力量和美好，就体现在向上攀登的行旅之中，体现在人与自然美轮美奂的呼应之中，正所谓"同声相应，同气相求"，乃至天人合一的境界，才是人与自然相互的赋予、相互的求证。而植物对人和大地清凉的绿色笼罩，照亮了我们的双眼，呈现出了宽阔和自由。就像阿来在自己的一本散文随笔集中所表述的那样：世界，就应该这样日益丰盈。

谁愿意在残花中瞭望破败晚秋的降临呢？对于自然而言，大地的枯谢和绿色的堙没并不可怕，可怕的是生机的毁损，成熟像伤疤般长出了锈迹。人类在一个多世纪时间里的干涉和放纵，消弭和切割了多少自然的生物链条。我们既不愿意看到开败的"残花"，更不愿意看见地貌上的任何一种生物随风飘散般消逝，香消玉殒。风吹来的种子，又被风裹挟而去，是格外凄清和伤感的事情。这样，人将会付出怎样的代价？每一个种子，都把整体作为生命的未来及其可能性，包藏在自己的体内，它将尚处于胚芽状态的神性的逻辑植入大地，我们还有什么理由，不小心翼翼地敬畏和服侍我们脚下的土壤呢？其实，对于人与自然的关系而言，这里，根本就不存在任何意志上的悖论，春暖花开，斗转星移，不能为了满足一时一己奢侈的消费欲望而破坏生态。一种植物的消失，早已不是这种植物个体的消失，而是整个生物链条毁损的开始。这个时候，人类真的需要慢下来，再慢下来，给自然争得一个片刻的缓解和休憩。

我开始猜想，一个作家的写作，以及他的审美视阈，究竟与对自然、生态的体验之间，存在着怎样神秘的联系？我也渐渐明白，阿来在始终略显急促的脚步中寻找着什么。可以肯定，他的精神世界的深处，一定有一个巨大的隐秘，这个隐秘也可能来自一种巨大的隐忧。或许，那就是他期待文字之外，存在着一个没有因时代的过度递进和变迁的人的安详、坦然和平静。尤其当阿来无数次穿越峡谷、群山、荒野和川流的时候，他所渴望的，一定是生机处处的美丽的植物的冠冕，而不是被现代挖掘机械践踏过的、被无序补缀过的人工丘陵。

明显地，我们这个时代与自然的进程相比，已经呈现出格调和色泽上极大的不一致。生态系统并非静态，它们随着时间以一种有序的、可以预测的变化而发展，甚至，很多时候，这个变化系列是由植物和动物自身所更改的环境而导出的。我们在与其他物种，包括植物和动物打交道的时候，总是过于自信和高傲，甚至不乏毫无理由的嚣张，即使是那种想象上代表着高于自然力量的某种驯化能力，也被我们自己大大地夸张了。更多的时候，我们应该能够从植物本身所发出的信息中感知，或者在审视它们在四季中的性格时耐心思考，这样也许可以看出，它们其实根本就不想与人类做什么交易。

六卷本长篇小说《空山》，是阿来在将近六年的时间里完成的重要作品。其中，阿来在各卷布置了"随风飘散""天火""轻雷"和"空山"等无不是隐含深意的重要意象，风、火、雷和空山，既是物质性的也是精神性的暗喻。在最后一卷，当大量的森林和植物被人类的利斧砍削之后，孤独的村庄、孤独人性的人类，裸露出不可思议的残疾心理和病症。这时，我们看见，阿来从《尘埃落定》的罂粟的猩红色中游离出来，表现出从未有过的焦虑和困惑。

无疑，阿来恐惧孤零零、光秃秃的地貌，忧虑人类今天的喧嚣和繁荣会变成明天的"空山"。谁也不会相信，那些空荡荡的荒山秃岭曾经是一个繁荣世界开花结果的地方，人竟然可能会消失得无影无踪，这一片片土地也失去了它应有的效力。人类活动对环境的影响越来越大。这源于人类的贪婪、无度的开发和对自然的肆意挥霍。对人类社会来说，想逃脱自己活动所带来的后果愈来愈困难了。自然、生态日益变得苍白、局促，这种变形，改变着大地的生机与活力，也使人的价值伦理体系落入歧途。人的精神衰落、式微前的迷狂、不可理喻的欲望，必将会改变、扭转文明的格局和平衡的生态。

"我只感到世界扑面而来"，这是阿来在一所大学演讲的题目。我想，世界在这里不仅是现实的状态，还有历史已有的样貌，有大自然的神奇造化，更有一种人的莫名紧张。究竟什么是真正的现代文明或人类文明？这些年来，这样的问题纠缠着每一位有良知的人文学者。具体说，文明其实绝不是一个简单的名词或形容词，它确是生命主体在处理与自然的关系时，两者相互发出的一种十分具体而和谐的声音。阿来喜欢这种自然、质朴、平和的声音。所以，前面我们看到的阿来自述"听香"的文字，就是阿来敬畏这种"天籁"之音的精妙记录。

从一定意义上讲，宗教感对一个作家是必不可少的一种精神、心理背景或者依托。在这个精神平台之上，世俗的一切，才有可能被作家所包容或宽恕。实际上，对于阿来来说，一个有着藏族身份、娴熟地使用现代汉语写作的作家，他在思考和写作的时候，已然忘记了他的个人身份，也早已放弃了对语言的雕琢。他更多的是进入了一种自然的状态。在这里，作家的善良和寻找美好的天性，连同每一个大地上的生灵，不仅会在他的文字里熠熠闪光，还会通过他的镜头，透射出新颖、鲜活的画面。

如此说来，阿来的植物学情结，实质上是关于人、自然、生态和一切事物的写照和韧性追踪的愿望。

《有生》的意义

一

我们都会注意到,《有生》发表后将近两年来,获得评论界、读者的持续好评和广泛关注,说实话,这一点也再次印证了我早年对胡学文写作的判断以及更大的阅读期待:他是一位厚积薄发的作家,必将会有优秀的作品问世。毫无疑问,《有生》确实是一部极其厚重的当代长篇小说,它无疑是一部关于人生、生命、命运和百年中国历史的沉甸甸的小说叙事文本。最初读这部长篇时,曾让我找回了2005年读贾平凹《秦腔》、2018年读《山本》、2019年读东西《篡改的命》,甚至更早些时候阅读陈忠实《白鹿原》、张炜《九月寓言》等作品的阅读感觉和审美体验。这部《有生》,我在读了二十几页的时候,就已经不忍放手。也就是说,最开始的阅读,直觉就已经让我预感到这部书的分量和价值。我曾在短时间内读完这部将近六十万字的长篇小说,并非源自我的阅读耐心,而在于作品本身所具有的力量,它牢牢地抓住并震撼了我的内心。

可以说,《有生》的精神意蕴厚重,文本结构结实,修辞老到,文字优雅,叙述从容,有着恰当的紧适度,饱含忧郁而奔放的诗意。深不可测的爱恨情仇、生活实景以及生命秘史,被呈现得不拘一格,天地浑成。同时，能够感到整部作品，没有任何噱头和叙事的"小摆设"，没有刻意为之的悬疑和桥段，不造作，不奇崛，而是博大与细腻共存，是情感四溢、命运浮沉的激情演绎。在这样一个比较长的阅读时间段里，我深深地感受到这部作品格局的恢宏和叙事情怀的博大、悠远，那种阴柔、阳刚兼具的史诗风格。胡学文其实是借笔以悟天地、岁月和生死，他的叙事绵密，充满对历史、人生无尽的缅想。另外，这部《有生》还让我意识到，这是一部无法轻易被"归类"的小说。它迥异于以往所谓的"新历史小说"，叙事形态独异，既有传奇性，也兼有大历史气度，就如阿来的《尘埃落定》。从题材范畴考虑，《有生》似乎与"家族""历史""命运"都有着密切关联，更是以"百年历史"的时间长度，坦然地"加入""遥指"到"百年叙事"的时间、历史之谜的偈语之中。而文本所极力彰显的是对生命本身的敬畏、致敬，芸芸众生的情感的探秘，还有人在历史烟云中命运的浮沉。它不仅是一个人的传记，也是现代乡土社会的"史记"；它叙写的是生命和俗世的"日常"，也是足以撼动人心的个体生命"创世纪"。

二

毋庸讳言，这部《有生》确实是近年长篇小说创作中不多见的，它是展示生命景观的朴拙之书，也是一次对于生命、命运和人性的思辨之书，是一部沉重的"隐之书"。其实，在这里，我更愿意将这部小说称为一部"生命小说""人生小说""命运小说"。它是一部从"家族史""乡村史"的视角切入生命、人生和命运的小说。表面上看，它是以建构"百年史"的方式，书写个人的生命史，书写这位被誉为"祖奶"的乡村女性乔大梅的一生。这位接生婆的故事，在这片土地上相处流传，人们忘记了她的名字，她被奉为一尊神。对于这部小说整体的把握、界定和判断，许多论者愿意将文本置于

"百年"或世纪的时空维度上发掘、阐释。其实，从另一个角度讲，我们可否不必动辄以"百年"叙事的概念或模式，进入对文本、历史和人性的考量，甚至也不必以"史诗性"的观念来厘定、评价作品价值和意义的大小。实际上，这就是一部中国乡村生活的生存史、苦难史、情感史和生死书。它完全以个人史维度，来状写、描摹历史、现实和个人生命的隐秘，极写人之强大的生命力和隐忍力。也就是说，在这里胡学文试图写出在百年风云变幻的大时代，大历史是如何进入一个作家的内心，它又怎样经由作家对个人性经验的沉淀和过滤，在一个作家所发现、所创造的文本结构里重新发酵和生成个人的"小写历史"，形成心灵史、灵魂史的精神、情感、心理、灵魂的真实模态。可以说，《有生》就是通过一个人的"声音"，充分、细腻、精微地呈现出社会、生活和大历史的种种细部。在这里，我们不妨说，这也是一部极力"向内转"的小说。它在直接进入"祖奶"内心和灵魂深处的每一瞬间，都在深描、开掘生命本身的"原生态"和可能性。我认为，胡学文的创作初衷应该是，将人和人性置于俗世的最根部，呈现人生——"有生"的终极主题，诠释生命过程的起承转合。而从叙事学的层面看，《有生》的确是一部独特的文本，也是一种别样的个人命运的"口述史"。这部"口述史"，从"个人"、个体生命的视角，牵扯出现当代大历史的进程，从"个人记忆"直抵"集体记忆"。胡学文的叙事，让文本中的主人公在追忆和现实的撞击中，并行不悖，叙事中祖奶的"主观性"与灵魂记忆的"重构"，相辅相成，彼此呼应，交织相契。可以说，《有生》牢牢地建立起兼具个人性和"公共"性的记忆"档案"。更为有趣的是，文本在一个"已然"世界和正在发生的可持续话语空间维度，形成一种叙事的自觉。但同时，我们能透过文字，感受到潜隐在叙述里灵魂的不安和骚动。也许，文本内在的矛盾性及其扩张正是叙事的动力。胡学文没有将文本命名为《祖奶传》或《乔大梅传》，而将叙事带入纯粹个人性视角，突出"有生"这一情感、生命价值和意义层面，也让个人历史或记忆，直抵家族史、民族史的纵深处。实质上，从一定意义上讲，记忆是对现实强有力的挑战。个人与大历史之间，总是存在着多元化的共生性和差异性。作家试图让祖奶在每一次现实与记忆的"相遇"中，都能滋生出再生性的力量，获得对乡土世界的反思和缅想。在这里，我们或许会体味到"天行健，君子以自强不息"的深层意味。与人性的刚柔、雌雄相对应的"气"，在祖奶这个人物身上，体现出一种天道，或某种生之法则。

　　《有生》文本叙事的起点及其整部文本叙述，作家选择的是主人公祖奶于"老态龙钟"静卧床榻的晚年之际，让这位自嘲"老不死"的"老之将至"的乡村世界的人物，平静地、自然地在追忆、倾听、鼻息的状态里，继续从容而持续地唤醒、激活着她自己"有生"的现实。同时，她也无法拒绝无数晚辈、后生对她的顶礼膜拜、倾诉、求助和祈福。显然，祖奶已经被"叙述"图腾化，祖奶的荣誉与光环，来自其助力、迎接无数新生命到来的"有生"力量、自身的人格魅力和善良、隐忍精神。作为接生婆，她将万千生命接来人间俗世，对于"生"及其后的"活"，她身体力行，并见证着"生"，见证着"活"。胡学文说，《有生》是一本教人"怎么生，如何活，如何走出人生困境"的小说，"我写的是生和活，生是开端，活是过程"。祖奶就是"有生"的符号、也是"有生"的见证者。她在老迈之际常想"终结"自己的生命，虽命若游丝，但总有缕缕神奇"香气"的滋养，身躯都因她无尽的功德依然生发出不竭的力量。因而人们内心的朝圣般的敬畏，让她的灵魂在"动"与"静"之间，持续地反思个人的生命史，以及俗世和人性的微茫。显然，胡学文深谙中国传统美学如何平衡人物性格"动"和"静"之间的辩证关系。"声"令"生"之生生不息，"生"又让"声"构成祖奶强大的气场。在这里，祖奶自我构筑了一个强大的气场。"气"构成了祖奶生命的内在律动。这里的"气"是静的、沉着的，又是动的、生生不息的。因此，卧榻之上的祖奶，始终在自我纠结和自我博弈中，保持生命内在的精神、情感的律动。并且，凭借她所拥有的那股强大的灵魂气息，支撑起人生的信念和"有情""有生"的生命状态。尽管那只不时隐现的蚂蚁在祖奶的体外流窜，经常打破祖奶的思绪和内心的宁静，甚至偶尔还可能制造出祖奶的幻觉，但祖奶基本上保持着"活跃"的思维状态。文本是由两个叙事视角交叉转换，推进叙述。一个是内敛的"无限视角"，祖奶"我"作为叙事主体，这是预设的祖奶对自身个人生命史的追忆，但是，这个视角是开放的，不受任何时空的限制；另一个是"有限视角"，它局限于祖奶的居室环境之内，完全是祖奶的"当下"所见所闻。很难说清，究竟是前者拉动后者，还是后者推动前者，抑或是彼此相互切换，相互推动，构成动静一体的叙述场域。

小说整体上并没有刻意地去彰显、放大或铺展现实的背景，我感觉，它对历史、时代的氛围是有意淡化的。我想，它可能更多的是要聚焦生命本身以及人性的、情感的细部冲突。我们会想，胡学文洋洋洒洒将近六十万字，究竟是靠什么东西支撑起来这样一个文本？我想，在这里最主要是扎实的"写实主义"，这是对个人性、个性化经验的重视，在于他在叙事方面的"细部修辞"的力度、密度和厚度。应该说，他的叙事是沉实的，丝毫也不虚空的。尤其是我们能够感受到这部长篇小说的"细部修辞"的美学力量。实际上，对于任何一部优秀的文本，在很大程度上，叙述都是通过细节、细部实现文本意义表现的最大值。可以这样讲，当作家清醒地意识到自己写什么的时候，那么，他一定程度上就已经拟定或预设了叙事的时间和空间维度，而发现应该聚焦的人或事物，并且深入洞悉其间或背后潜藏的深层价值体系，这无疑是他对时代生活所做出的审美判断。而对"细部"的审美判断和呈现，完全可以视为作家的文本从整体到细部最基本的精神编码。这里面，其实就埋藏着"怎样讲"的倾向。具体说，细部修辞就是一种发现，是一种勘察和表现生活的能力。它也是那种用心地发现人与事物的幽微，重新艺术地整饬生活的独到选择和叙事策略,虽然,文本的细部无处不在,却不只是作为语言层面的问题来加以讨论的。因此,作家的修辞,在生活面前并不是无处不在的,经意或不经意的遗漏和空缺,往往也可能是最重要的细部修辞。在《有生》中,细部无处不在。祖奶在往昔的追忆和现实联想里,时时唤醒往事,"重构"现实。像"蚂蚁在窜"这个细部的反复呈现,已然成为一个经典的细部或隐喻。而且这个细部,一直贯穿整个文本被不断展开、延宕。我感到,这个蚂蚁意象具有强烈的现代意味。在祖奶小时候与父母一起逃荒去谋生的途中,母亲难产大出血,无数的蚂蚁密密麻麻奔扑过来,在已经死去的母亲身上嗜血不止,给年幼的祖奶的心灵以惊悚的刺激和震颤。后来在逃荒的路上,父亲与蚂蚁曾有过一次偶然的遭遇和对峙,父亲在追逐蚂蚁逃进蚂蚁洞穴时,竟然无意间顿悟:"哪里能活往哪里走。"这句话成为这部小说里的箴言,预示出命运的某种偶然性和必然性之间的神秘联系。在这里,我产生的强烈的感受是,我想到了张爱玲的一句话:"生命是一袭华美的袍,上面爬满了虱子",胡学文一定从这里受到启示,"生"如蝼蚁,"生"中也爬满了蚂蚁,与"蚂蚁"争夺"生"的权力,与"蚂蚁"对抗。由此,我们可以感到胡学文细部修辞的现代意味和强大的美学冲击力。在《有生》里,人物的命运呈现,都依赖小说的细节、细部来实现,在细部中展现人物内心世界的真实状态,理解生命、命运及其存在的意义。我想,这也是成就一部优秀作品的关键。

三

前文提及,一部真正见出功力的作品,它终究还是要依赖写实的力量。近些年,一度曾有这样一种观念,认为作家在当代复杂的、诡异的现实面前,想象力受到了严峻的挑战,作家的历史书写、现实书写,日渐变得乏力,作家的文本想象力,几乎难以超越历史和现实本身的魅力。也许，正是我们的经验和想象，在很大程度上还没有触摸到生活本身的奇诡和丰富、复杂。我们说，《有生》是一部出色的写实主义作品，就在于它发掘出了生活和人自身的丰富和奇诡，生命自身的力量。它通过若干人物的生存状态，充分地展开了个体生命最"原生态"的存在状态、人生形态。从叙事伦理维度上看，它几乎没有受任何某种特定意识形态的规约和暗示，而凭借的是作家的"仁者之心""天地之心""为生民请命"之心，即对生命的敬畏。整部作品，从祖奶的个人命运史，她平凡又传奇的生命历程，充分地引申、延展出一个村庄的秘史，一部现当代乡土中国的"清明上河图"。文本所叙述的"接生"，深描万千生命来到人间的不同情形和方式，而在"生""有生"的道路上，作家如何才能表现出几代人的存在状态，特别是，通过祖奶的"想""看"和"听"，追忆逝水年华，纵览人生的艰辛岁月，让一切生活的"原生态"在缅想和憧憬中实现再现，需要作家建立起强大的结构力和包容力。历史和现实，在作家超现实的想象力面前，复现出朴素而奇崛的力量。

无疑，《有生》的写实，是依靠具有绝对真实性的个人经验和想象力。我非常惊异于胡学文对于乡村生活经验的熟悉，以及与此相关的乡土社会各种生活、情感经验的精细把握。从胡学文的写作，我感觉到，真正的"经验"是无须怎样过度地"处理"的，只需要依据作家的叙事伦理重新结构生活，就能够创造新的文本价值和意义。"写实主义"与"现实主义"的最大区别，就是前者更相信生活本身的魔力、魅力。当然，在这里，我们也深深体会到胡学文的叙事自信。他已经找到了或者说发现了，思考和呈现人的生命品质和命运的审美途径。这就是对于生死、灵魂的彻悟。

显然，小说《有生》的叙事容量非常大。它从容而充分地展开来状写人间百态，沉浸到五味杂陈的俗世人生之中。尤其是在写人物方面，《有生》有着恰切的"紧适度"。小说中的如花、麦香、宋慧、毛根、李二妮、罗包，都是很有个性的人物形象，这些人物大多具备非凡的个性和韧性，都保有对生命的热爱和期盼。特别是，《有生》写了这位百岁老人，一个接生婆——祖奶，这个独特的形象，为当代文学人物画廊增添了新的元素。文本赋予了这个人物丰厚的精神特质。这个人物既是叙事者，也是使作品具有诗性品质的最佳视角。这个人物从出场到最后，既是一个安静的倾听者，也是一位深情的回忆者。她与所有人都用听觉进行交流，同时，生命主体也始终在自主地进行自我反省、反思，这就显得颇具有玄思的意味。显然，在文本诸多的叙事视角里，这是一个具有无限"超越性"的视角，作家可以赋予其特殊的叙事功能，并且通过她的自我"陈述"，传递出那种善良、隐忍和朴素的力量。正是因为有她的存在，才使俗世的生活充满了世俗性和神性之共存。而且，以"祖奶"为叙事核心、圆心的视角，也打通了百年历史和现实之间人与人的联系的通道。她以生面对生，以生面对死，在生死之间，她以自身的经历，开拓出一条人世间"往"与"来"的路径，纵览了芸芸众生的生死歌哭，以及他们生命的隐忍和恪守、苦难、生死、心理畸变。或者说，那种新的有意义的生命形态正在过去、现在与未来的交织、缅想中获得涅槃和重生。在一定程度上，这部《有生》的叙事，还具有神秘主义诗学的意味和特征。前面提及小说里写的那只蚂蚁，那只乌鸦，我觉得，似乎都是作家在某种我们的认知难以企及的层面，探寻、揭示人与世界更深的隐秘关系。祖奶那永不衰朽的身体和容颜，也在暗示存在世界里某种永恒事物的存在。《有生》的文本结构，也打破生死的因果逻辑，将"有生"引向"永生"的理想主义、浪漫主义的想象层面。"有生"，成为一个极其富于生命力量的词语，它是对命运、宿命的强烈撞击，它构成了一种精神和灵魂的力量，相信这样的旨意，对于我们每一个人都可能获得朴素尚志、修身正己的人格力量。同时，我们也在含义隽永的"有生"中，体味到无尽的对于"苍生"的眷顾。

另外，这部小说具有强烈的形式感和文体追求。在上部，我感觉每一个章节都可以独立成篇，甚至都可以作为一个独立的中篇小说来读。这显示出这部小说丰富的多义性和多项的可阐释性。其实，即使取消章节的名称，仅用数字标注，也依然脉络清晰，浑然一体。以祖奶为叙事核心或叙事圆周为故事的半径，花瓣样播散展开。我们可以清晰地看到两条叙事线索或脉络——过去和现实。两者交织推进，衍生成一支雄浑跌宕的命运交响曲。

吴义勤认为，《有生》体现出"一种文学的大气象，一种艺术的大营造，它捍卫了长篇小说这一伟大文体的尊严"。邱华栋这样评价《有生》："对历史和现实的有效凝望，对生与死的从容思考。小说气象正大，是百年中国的立心之作。"完全可以说，胡学文的《有生》，以足够的耐心，在对庞大和细小的人生书写中，深描出的是一部百年中国的乡土世界的恢宏长卷，也构成一部心灵史的生动图卷。它必将成为我们民族度尽劫波、繁衍不息的历史丰碑，从而，为我们这个时代立德、立心和立志。

灵魂交响与叙事变奏
——读鲁敏的《金色河流》

一

大约十年前,我曾经读过鲁敏的长篇小说《六人晚餐》,这部小说给我留下深刻印象。无疑,这部小说的叙事目的,就是试图捕捉到一直处于转型期的当代社会现实中那些被裹挟与压制的现代人的欲望、精神、灵魂与情感,并且努力呈现小人物在命运面前内心的荒原图景。在这里,小说叙事的趋向,就是要充分地肯定爱的价值与意义,描摹出人在特殊境遇里精神的突围和抵抗宿命的现实可能性。小说中有两个人物令我难忘。其中一位是主人公晓蓝,她在历经人生及其命运的抗争之后,虽然实现了世俗意义上的所谓理想生活,却也终于体味到精神的虚妄和存在的虚无。另一个人物丁成功,不断地牺牲自己并且竭力地维护着那种并不平等、默契的爱情。在情感、爱情和精神层面,以其隐忍和坚守,抵御着似乎永不可违的宿命。让我触动最深的是晓蓝,在历经人生磨砺和煎熬之后豁然醒悟,从而开始对生活重新考量、体悟和定义。可以感到,鲁敏格外注重在文本中呈现在一个意义最容易缺失的时代人性的变异,发掘、破译生命的玄机。在社会巨变的时代,一切事物的发生似乎都显得异常突兀，生命个体的乏力、无力感，常常令人焦虑，灵魂亦无归属感，孤独流浪于荒原之上。那么，作家如何在一部作品里，呈现个体生命的性格、内心、灵魂的状态，凸现人的主体力量以及他的强大、韧性或无奈、柔弱，就显得特别重要。我记得在《六人晚餐》的结尾，鲁敏曾引用里尔克的一段话："我们的人生就是一个被艰难包裹的人生，对于这个人生，回避是不行的，暗嘲和堕落也是不行的，学会生活，学会爱，就是要承担着人生中最艰难的一切，然后从中寻觅出美和友爱的存在，从一条狭窄的小径上寻找到通往整个世界的道路"①，就是说，鲁敏的写作，始终将自己的心力用于对人的存在状态和人性、灵魂的深度挖掘并极力去呈现人如何承担"人生最艰难的一切"，在对"美"和"爱"中抵达全世界。这一方面的趋向在后面的写作中日益明显。

可以说，鲁敏是一位个人生活体验和审美感受力极强的作家。除了女性作家的细腻、敏感、柔性之外，她审视生活和存在世界的洞察力也特别深刻。"他们在苦熬，如同吃土豆的家人，围坐在一起，沉默地吞咽他们的艰涩与饥饿，忍让着彼此的自暴自弃，晦暗中相互取暖，并痴心向往着光明的高尚的生活。"这是《六人晚餐》封面的腰封上的一段文字。画家凡·高的《吃土豆的人》，描绘在异常灰暗的油灯下围坐于餐桌旁吃土豆的一家人。他们个个形容憔悴，瘦骨嶙峋，在阴冷的晚上，相互地谦让着，共同进行着单调、没有滋味的晚餐。就是这样一个刹那被定格的静穆的情境，或者说这个画幅所营构的底层俗世生活氛围，孕育、构成了鲁敏这部小说的写作发生学。鲁敏文本所流溢出的经验、生活刺激出的极富想象力、创造力的生活情境，刻骨铭心的体验，也成为她近些年小说创作一直追求、坚守的尺度和叙事构成。所以，以感受、情感为引线或燃爆点展开构思，已然成为鲁敏小说叙事基本的启动方式。在谈到

---

① 里尔克：引自鲁敏《六人晚餐》，《人民文学》，2012年第3期。

《六人晚餐》的创作时,鲁敏深情地描述她的内心感受:"多年来,我一直默默惦记着这幅画。每次走到画面里,就好像到一个不太熟悉的远方表亲家做客,乏善可陈的房间,有点冷的灯光,土豆冒出的热气,互相探寻着那些变形的脸。我从第一眼就喜欢这画,它像是多年来我一直在竭力寻找的,是值得信赖的调子。我总不安,盲目地想,应当为它写个小说。"①鲁敏历时三年创作的长篇小说《六人晚餐》与凡·高的《吃土豆的人》一样,她所要表现的就是在想象与现实之间的那种激情且激烈的对撞,不同情感相互交融、共生的角度,对存在可能性的缅想,一起形成"值得信赖的调子",正是这个"调子"决定了鲁敏叙事的格局,气象渐显。这个"调子",也是诉诸文本之中人与人灵魂交响的精神基调。作家唯有找到自己叙述的腔调,才有可能演绎出最接近生活原生态和存在本相的真实。鲁敏就是要让自己的艺术个性,在对存在世相的发现中实现文本与灵魂深刻而内在的精神契合。

我之所以在此回溯最初阅读《六人晚餐》的感受,主要是想表述我对鲁敏创作"初心"的揣摩和审视,包括她的叙事,她的写作发生和她处理生活、经验的冲动等对于文本形态形成的作用,进而想进一步梳理、延宕、过渡至我对这部长篇小说《金色河流》的理解和阐释。读罢这部长篇小说,我相信,这是鲁敏最为用力的一部长篇,因为我看到其中诸多写作元素和风格的延续,都在新的叙事文本里获得了有力的扩张和延展。

二

《金色河流》讲述的是一个关于财富的故事,也是一个有关精神、人性和灵魂的故事。其中,悬疑、家族矛盾、死亡、爱情、性、

---

① 鲁敏:《与〈六人晚餐〉有关的几件小事》,《文艺报》,2012年5月14日。

财产继承等一系列叙事元素，都构成这个文本不折不扣的"吸睛"亮点。但是，鲁敏并没有将这些元素拼接成一个有关豪门恩怨的庸俗故事，也没有"肆意"讲述所谓金钱导致人性异化的"警世通言"，而是从20世纪80年代第一批私企创业者身上，审视财富本身的价值和意义，由此，以镜像的方式，映射出四十年来中国社会的惊人变化。鲁敏在谈到《金色河流》的写作缘起时曾说，最初是一位在宜兴做通信配件的小老板给了她创作的灵感："宜兴小老板当时那个表情，这么些年过去了，却越来越清晰，总让我一直有种不断加强的抱愧与压力感，我能感知到，他快要离场了，他和他的生意伙伴们，那些斑驳的冒犯式的来路，饱浸金钱气味的大胆思路，左手物、右手贝的利来利往，身体力行、千山万水所推动起的商业齿轮与高速轨道……他们这一代人正成为时间里的背影，创造者们离去了，但留下了巨大的物质与财富，万流归一，汇入大江大海，滋润着子子孙孙，无穷匮也。作为一个间接的，其实也是直接的受惠者，作为此时此在、目力可达的同代人，我觉得应当写点什么，伸张些什么，为所有这样的创造者及其所创造的。"[1]正是基于这样的写作缘起，鲁敏将财富作为贯穿文本的叙事动力，当然，其中也蕴含着深层的象征意蕴。文本在"题记"中引用罗素的话为小说题目"金色河流"破题："人的一生就应该像一条河，开始时涓涓细流，被狭窄的河岸所束缚，然后，它激烈地奔过巨石，冲越瀑布。渐渐地，河流变宽了，两边的堤岸也远去，河水流动得更加平静。最后，它自然地融入了大海。"从涓涓细流到汹涌奔腾，再到趋于平静，最终复归大海，不就是我们每个人出生、成长、高潮、回归的人生路径吗？这是具有普世性的自然规律，也是社会发展的规律，实际上，财富的创造过程亦是如此。可见，鲁敏将"河流"赋予"金色"，正

---

[1] 《金色河流：以流金岁月的温暖光影，致敬激流勇进的当代"人世间"》，《文汇报》，2022年4月19日。

形成对财富人生的隐喻。

毋庸置疑,在大多数人的认知视域里,财富似乎仅仅是物质王国的宠儿,可一旦进入精神通道,便会呈现出完全不同的质地和样貌。中国传统社会中,"君子喻于义,小人喻于利"的贵义贱利论,早已隐形地搭建起两个互不干涉的平行向度。一方面,肯定财富富国强民的社会价值取向,尧对舜说过"四海困穷,无禄永终",把民众的贫困看作是决定一个王朝生死存亡的关键,由此可见对富国、富民的重视;另一方面,中国传统文化普遍将财富与人的精神品格紧紧捆绑到一起,认为"利"是破坏人纯净心灵的罪魁祸首,会导致庄子所说的"纯白不备",在伦理维度将物质财富与高尚人格划清了界线。这一观念,千百年来似乎已经沉淀于人们的思想深处,成为一种"集体无意识"。至于追求金钱财富,更是走向了美好品格的反面,"利欲熏心""物欲横流""拜金主义""纸醉金迷""利令智昏"……所有这些与物质利益相关的词语,无不充斥着贬义。即便在现代社会,尽管日常生活生层面,财富是地位与荣耀的象征,但在文学创作中,依然很少歌颂物质财富。在文学世界里,人们眼中的金钱和欲望就像孪生兄弟,手拉着手奔向的是人性异化的深渊。

从这个角度看,鲁敏无疑做出了一次大胆的精神突围。她不仅在物质层面肯定财富的价值,还要在精神领域为财富"立言"。当然,"立言"并非单刀直入地赞誉,而是通过一个个悬念和反转,在千回百转中让我们看到财富的精神价值。文本的主人公穆有衡,被人们称为"有总",他是20世纪80年代白手起家的第一批创业者,"是斩草劈蛇的开路先锋,也是乱中取胜的野路子,三四十年冲杀下来,固然是吃了很多苦头、流了不少血汗,但毫无疑问,最肥厚的那一勺猪油都给挖到他们碗里了,有的碗大,有的碗小而已"[①]。在开篇第一章"红皮本子"中,鲁敏便通过有总"幕僚"谢老师的视

---

① 鲁敏:《金色河流》,译林出版社,2022年版,第217页。

角,向我们展示有总的财富:良渚玉、老玉、紫檀、蜜蜡、鼻烟壶、佛造像、珊瑚、潦河奇石、潮州老雕、紫水晶隔断等文玩收藏,还有两只硕大的藏有重要票证珠宝细软之类的笨重保险箱,令人目眩。不仅固定资产数量庞大,有总的花销也是一掷千金,注射号称能够年轻十岁的六十万一次的"乌克兰针",花费三十八万克隆一只狗……然而,与这些璀璨的财富形成鲜明反差的是,斜躺在夕阳下,两腮挂着泪水的有总。此时的他已经是一个中风偏瘫的老人。面对如此对比度强烈的画面,不由得引发我们的好奇:有总是怎样发家的?他有着怎样的奋斗史?鲁敏为什么要避开有总人生中的大好拼搏时光,将目光聚焦到他垂暮的病榻上?

可以说,鲁敏正是站在河流入海口,回溯这条财富之流的走向,静观这条河奔流入海的方式。这似乎是一个"盖棺论定"般的视角,由此也注定了《金色河流》书写的不是一部创业者的奋斗史、发家史,而是一部对近四十年中国社会财富来龙去脉进行思考的沉思录。从财富的起点来看,有总的发家史并不十分光彩,夹杂着丑陋的贪婪和私欲。朋友何吉祥可以说是他的人生导师,在何吉祥的多次引导下,他踏上了创业之旅。然而,他的第一单生意就发生了意外,何吉祥阴错阳差代替他去签合同,路上发生车祸。何吉祥在大出血的情况下,将自己的财产和盘托出,并嘱托有总如果自己死去,要将财产交给他未出生的孩子。面对巨额财产,有总内心隐藏的贪婪魔鬼出动了,他在心中暗暗祈祷何吉祥死去,甚至动了罪恶的念头,"我瞟瞟何吉祥身上那一大嘟噜的玩意儿,输血的,输液的,给氧的,监测心电图的,也许扯下哪一个,就不行了。"[①]很难说,有总是不是导致何吉祥死亡的直接凶手,他故意出去拖延时间,而内心"更加迫切,更加虔诚,更加坚定:何吉祥真还不如死了的好""他再不死的话,活该我永远翻不了身,不仅一辈子要做他的小弟,还

---

① 鲁敏:《金色河流》,译林出版社,2022年版,第425页。

要一辈子做牛做马报这一份大恩"①。正是他在外逗留的时间里,何吉祥突发呕吐,窒息死亡。虽然医院为推卸责任,声称窒息不是死因,而是死于滞后性脑部大出血。但何吉祥真实的死因到底是什么,这个"致命"的细节,不仅成为永远的谜团,也如"原罪"的幽灵般紧紧缠绕着有总。

　　读到这里,我不由得想起梁晓声《人世间》讲述的贫民窟光字片儿里的故事。周秉昆身边的一帮穷哥们儿,虽然也古道热肠,但他们之间的帮衬仅限于"穷"这个"共同体"内部,一旦有人超越了这个"共同体"之上,妒忌就会如影随形,甚至心生仇视。所以,可以断定,这是贫穷导致的心灵扭曲和变形,也是贫民的劣根性,所谓"穷山恶水出刁民",贫困是滋生恶的一块土壤。尚未发迹的有总也是如此。在何吉祥帮他创业前,他陷于极度困顿的生活窘境,儿子有病,老婆跳楼,厂子倒闭,面对这几乎令人窒息的生存境遇,有总的内心实际上是极其不平衡的。他怨恨老天对他的不公,长期积压的愤懑遮蔽了他内心的善良,兄弟伦理、知恩图报等人伦道德,屈服于生存的压力,暴露出人性的丑恶。然而,当有总摆脱贫困获得财富后,他看到了高处的风景,心胸变得宽广起来,内心中的柔软和善良开始苏醒,忏悔自己的罪孽。他找到何吉祥的女儿河山,想要满足河山的一切愿望,他要用金钱换回良心的安宁。必须承认,在有总从贫穷走向富裕的人生历程中,我们看到的不是人性堕落,而是在自我救赎中唤起的对亲情的依恋,财富在一定意义上成为亲情、友情、爱情的催化剂,正如有总在生命最后渴望看到一张全家福,或许,这才是财富应该抵达的最终归宿。著名经济学理论先驱理查德·坎蒂隆说,财富的本质是能满足人的欲求。人的欲望包括四个层次:生存欲望,群体依恋欲望,自我实现欲望和精神欲望。可见,财富可以帮助我们实现精神追求和亲情关怀,关键在于,我

---

① 鲁敏:《金色河流》,译林出版社,2022年版,第426页。

们必须把财富作为手段,而不是终极目的。或许正是意识到了这一点,有总在生命的终点完成了他人生中的最后一单"生意",他虽然以财富为起点,但最终通向的却是被财富唤醒的爱。

如果说,有总的财富之路是原罪与救赎,那么,有总的孩子在争取财富的过程中,则获得了爱的能力和家的温馨。大儿子穆沧是自闭症患者,每日像儿童一样按部就班地生活在自己的世界里,身心皆无传宗接代的能力;二儿子王桑,是家庭的叛逆者,对规划他人生的父亲充满敌意,拒绝父亲给他安排的"仕途经济",沉迷昆曲,做起毫无"用处"的艺术展览。特别是对父亲给他安排的婚姻也极为抵触,结婚多年尚未生子。所以,濒临死亡的有总,不得不面对"无种"、无后的危机,他人生的最后一单生意,就是要打破穆家"有钱而无后的不幸笑话",以财产为诱饵,逼迫两个儿子生育。他宣布两个儿子唯有在他死前生下儿女,才可以继承穆家的财产,否则,他就要将财产悉数捐献。从表面上来看,这份遗嘱充斥了铜臭气,将人完全商品化、物化,这背后却潜藏着有总的良苦用心,同时,也彰显出作为手段的财富的力量。

面对财富即将流失的家庭危机,有总的孩子们妥协了。王桑重新回到世俗的链条中,与妻子丁宁经历了漫长而极尽屈辱性的备孕。他们俩像两个木偶一样,被医学程序毫无尊严地操纵着,俨然一台生育机器。但人格的屈辱也让他们感受到生活的艰辛和不易,他们隐忍、坚持,最终不仅换来备孕成功,还意外重整了两人的感情。在丁宁生育前,王桑俯在丁宁的肚子上真切地感受到了婴儿的心跳,伴随着生命的律动,他与妻子完成了婚后第一次真正的做爱。血缘的亲情不但恢复了他爱的能力,也让他变得更加宽容。在听完父亲的录音后,他由衷感慨:父亲是懂得爱情的人。继而,他对自己多年一意孤行的叛逆进行反思,"想起自己多少年来的轻商不言利,一根筋地蔑视穆有衡和他身后那堆砌的真金白银,对那过程中的冷酷、污秽与杀戮,有着精神高地式的不肯原宥。'人非经事不得熟',时至今日，反复刷洗中，他才慢慢想明白一点他早该知道的道理。应当公正地看待金钱，像看待阳光和水。应当爱慕商业，崇拜经济规律，像爱慕春种秋收，崇拜季节流转。由此他与父亲达成了完全的和解，他觉得这是一种觉悟。他从没像现在这样，理解和敬重父亲。……他们都是前仆后继创造财富的人啊，是了不起的"①。王桑正是在争取财富的过程中，真正理解了财富的社会价值，也理解了人与财富之间的关系。可见，财富一旦被作为正当的手段，不仅不会导致人性的堕落，相反，还有可能帮助人抵达更高的精神境界。

　　至于穆沧，尽管他在身心上都已不具备生育条件，但有总还是为他做出安排：他要让河山嫁给穆沧。这桩婚事表面上看起来极其荒诞，完全是一场交易，似乎是有总对自己多年的付出在索取回报。然而，这场"交易"却让我们看到了意想不到的结局。穆沧的自闭症表现为一种社交恐惧，他无法与人沟通和交往，但他的这一病态，也恰恰为他提供了一种保护，使他保持着天然的纯真。看到穆沧第一眼的时候，河山就在想，"他就是个无知无邪的大天使吧，那笑嘻嘻的样子，让你惭愧，也有点儿安慰，又好像要挺起身来，全心全意地去守卫他的纯真世界"②。从小在福利院野蛮生长的河山，早已历练得刀枪不入、铁血无情，她相信物物交换的等价原则，亲情的温暖对她几乎是陌生的。所以，她坦然接受有总的捐赠，也大胆提出自己的各种要求，因为她知道她接受的所有馈赠都是要回报的。在她看来，穆老爹"就跟养猪崽似的，慢慢把你喂大养肥，就等着哪天洗洗涮涮一口'啊呜'下去"③。是穆沧的纯净无瑕唤醒了她内心对善良美好的信任，而在与王桑、穆沧共同努力的"财产保卫战"中的齐心协力、相互关怀帮助中，她感受到亲情的温暖，有了家的

---

① 鲁敏：《金色河流》，译林出版社，2022年版，第521—522页。
② 鲁敏：《金色河流》，译林出版社，2022年版，第122页。
③ 鲁敏：《金色河流》，译林出版社，2022年版，第119页。

感觉，将"沧桑兄弟"看作家人，最终在穆沧那里找到最终的情感归宿。

可以说，有总用财富换取子嗣的最后一单"生意"获得了完胜。他为奋斗一生所获的财富，找到了"入海口"，成就了家庭的和睦、伦理亲情的复苏，也完成了自我的心灵救赎。财富与子嗣，尽管是交换，但并非物物交换，其中，蕴藏着有总对爱的理解，对亲情温暖的渴望。实际上，绵延子嗣、继承财产和捍卫亲情早已以整体的方式进入到有总的策划中。从他得知丁宁无法生育的时刻起，就一再劝慰她："别多想了。会有孩子的，我相信""会有孩子的，你也要相信。"这看似宽慰的话语，实则包含着胸有成竹的策划。同样，他对于河山那些貌似荒唐行为的宽宥，或许潜隐着原罪的动机，但是，他要将原本属于河山的财富归还给她。他清楚自己的身体状况，料想儿女们不可能在他死前生下孩子，所以，在他最后录音中，他将他所有的财产交付给河山，让她创建"吉祥"互助会机构。河山是吃百家饭长大的，他要让河山用这笔财富造福于社会。有总把财富作为他最后一单生意的筹码，"把他那货真价实的一生，幻化成无影无形的生产力，沉重往事化作春风扑面，原罪与救赎并作花朵枝头乱摇"[①]。就这样，在《金色河流》中，鲁敏直面财富和物质，让故事、人物、情节发生叙事变奏，即让物质与灵魂相互交错，进而让其在精神领域占据一席之地。穆有衡这个白手起家的创业者形象，以"圆形"饱满的丰富内涵，扭转了传统的财富观，让人认识到其精神价值的维度：我们不能把人性异化、灵魂飘浮或其他的丑恶现象都追加到财富本身，而忽略财富带给我们的诸多精神、心灵慰藉。从这个意义上看，《金色河流》无疑勾勒出一个关于财富的新的思维图示，也让我们看到了一代创业者的灵魂旅程。

---

① 鲁敏：《金色河流》，译林出版社，2022年版，第514页。

三

捷克作家米兰·昆德拉曾经将小说"叙事"分为三个层次来解析：一是讲述一个故事，二是叙述一个故事，三是思考一个故事。在鲁敏的《金色河流》中，我们十分清晰地看到这样三个层次在文本中的存在。显然，鲁敏的思路十分清晰，她在接受澎湃新闻采访时谈道："但在《金色河流》里，我在写有总的物质财富创造之外，更想写的是一个人如何看待自己的一生，如何确立自己的价值，这是我的一大潜在主题。所以这次的小切口基于两点，一是我即使做了那么多功课，它们也不足以涵盖四十年，采用'断年史'的写法非常笨重且不够有创造力；二是有总这一年十个月的回望更具有叙事策略和文学性，又能够服务于我的潜在主题。这个选择其实也回答了：在完成素材搜集之后，你如何尽可能把它变成一个好的文学文本。"这种对文本深层意蕴的发掘，正暗合了乔治·桑塔耶纳关于审美表现的时候所讲到了对审美的"第一项"和"第二项"问题的认识："在一切表现中，我们可以区别出两项：第一项是实际呈现出的事物，一个字，一个形象，或一件富于表现力的东西；第二项是所暗示的事物，更深远的思想、感情，或被唤起的形象、被表现的东西。"[1]我们意识到，这部长篇小说文本的表层结构之后，就隐含着一个与之相对应的"隐形结构"。"讲述""叙述""思考"三个层面，形成审美的"第一项"和"第二项"，并且有机地蕴藏其间。

就是说，鲁敏《金色河流》的写作，其"内在隐形结构"里，深刻地隐含着写作主体有关当代人灵魂真实状态的考证，特别显示出人性探索的深度和锋利，"点击"到的社会、现实、存在的隐痛和"穴位"。在这里，从作家写作主体方面看，我们必须要认真地思考

---

[1] 乔治·桑塔耶纳：《美感》，中国社会科学出版社，1982年版，第132页。

作家的写作、审美及其道德感的关系问题。桑塔格说:"一位坚守文学岗位的小说家必然是一个思考道德问题的人:思考什么是公正和不公正,什么是更好或更坏,什么是令人讨厌和令人赞许的。这并不是说需要在任何直接或粗鲁的意义上进行道德说教。严肃的小说作家是实实在在地思考道德问题的。他们讲故事。他们叙述。他们在我们可以认同的叙述作品中唤起我们的共同人性,尽管那些生命可能远离我们自己的生命。他们刺激我们的想象力。他们讲的故事扩大并复杂化——因此也改善——我们的同情。他们培养我们的道德判断力。"[1]可以肯定地讲,鲁敏就是这样一位具有出色道德判断力,并倾心用叙述培养我们的道德判断力的"坚守文学岗位的小说家"。在兢兢业业地写作中,道德感一直在激发或刺激着鲁敏"持续性写作"的韧性和不竭的想象力,它始终推动着叙述的前行。作家究竟为什么写作?叙事者为什么会如此信赖文学以及充满自信的传达?这沉潜其间的灵魂、精神守成意味着什么?我敢肯定,这一定是鲁敏的写作与她的灵魂结合得极为紧密的缘故。余华认为,作家的写作是源于自身与现实的某种紧张关系。这固然是作家叙事的动力之一,但是,这对于鲁敏来说,或许并非如此。我想,从她的大量文本表现形态看,她很少感到自身的焦虑,而是智慧地将内心的冲突,转化成对存在世界和人性的包容与情感承载。正是这样的内心状态,决定了鲁敏选择小说叙事的方向,也决定其直面存在真相的勇气、气度和处理经验的尺度。在一定意义上讲,作家如何在"生活"和现实之间,重建超越"道德幽微性"的生命伦理、灵魂敬畏和对于命运的认知逻辑,是衡量一个作家叙事深度的重要标尺。因为,它是作家整饬生活、把握世界和结构故事的才华外现,以及由此带来的思想方式、审美方式、自觉书写发生不断变化之关键。

---

[1] 桑塔格:《同时:小说家与道德考量》,上海译文出版社,2009年版,第218—219页。

我感到，这部《金色河流》鲁敏越写越温馨，越写越温润，强烈的伦理感和道德感，将充满传奇色彩的故事、个性迥异的人物、无数异象的生活细节、芸芸众生的世相，都描摹得意味横生，沉淀出深广的意蕴。我感到，贯穿这部小说整体的精神内蕴和叙事走向，在很大程度上都是被一束道德红线牵动和统摄。实际上，最终决定一部作品层次高低的因素，早已不再是技术问题，而是取决于作家的精神的层次、心理的结构、灵魂的高度和崇尚美好、善良而真实的情怀。而鲁敏试图解决现实、存在和人性悖论的勇气尤其令人触动与赞叹。

如何状写一个时代，或者一个生命存在及其个人历史、人性的真实状况，如何考量每个人的"生之荣辱"和生命个体的尊严，业已成为当代文学叙事不可回避的责任。我相信，鲁敏充分地意识到时代的精神缺失和灵魂权重的大幅度降低，她深知我们的生活和存在需要有灵魂的重构。面对这样的叙事诉求，便需要作家让文本生成审美化的语境，以真切地呈现现实的情境。我认为，这里的"看"和"被看"的叙事，是鲁敏"主动"的叙事策略选择。在这里，这种选择决定了整部小说的叙事情境、格局和气象。若从细处着眼，无论是遍布穆沧居所的摄像头，还是"爱心驿站"的魏妈妈送给河山的各样镜子，成为人与人相互展开观照的"利器"。而"镜像"这个词语，也在鲁敏这部小说里衍生成折射、洞穿个人与时代关系的核心意象。它是一种自我和"他者"之间灵魂博弈的表征："我有个独门秘方儿，不妨告诉你。其实你刚才也看到的，就是照镜子——你使劲儿盯着自己看，往镜子深处看，你会看到的：你愿意活成什么样儿，你应该活成什么样儿，而绝不可能是别的什么样儿。真的，镜子会照出你来。"而谢老师的那个"红皮本子"，更是贯穿叙事始终。媒体记者出身的谢老师，作为有总的"近侍"，对有总的个人史始终怀有虚构和"非虚构"书写的冲动，时时刻刻搜寻和"猎取"素材，设计传记文本的大纲，试图真实地记录有总的一生。

这也是谢老师想以自己的方式"看"有总——穆有衡一生的角度。谢老师想"叙述"的冲动、初衷和夙愿，随着对有总的内心剥洋葱式的发掘，让他意识到一个人的真实影像实质上就是尚显模糊的"映像"，所有溢出灵魂边界的编撰都必定都是虚幻的、自以为是的人事浮云。而谢老师、河山、王桑、丁宁、木良、穆沧，他们每一个人都有自己的内生性维度，都具有人性的多重性。他们都竭力在一个极度同质化的存在世界，追寻着属于自己的异质性多重空间。这个空间，必然充满了悖论性的存在，也一定超越了自我指涉的封闭性，并且向着生活纵深处不断延展，让自我融入其间。

有总一生最后的念想是什么？他究竟是什么时候开始对世界和人高度警觉起来？对于这些，前文已经有过一些考量。值得注意的是，有总在文本叙事中甫一"出场"，就因中风而卧于病榻之上，直至离世也从未独自站起过。他感知现实生活和传达思想的主要途径或手段，都是借助摄像头和录音笔。可以说，这是有总一生与现实、时代和亲人们最后的尴尬和错位。图像和声音，成为他与世界交流的全部物质载体。也可以说，这是人的最无奈的"交流"方式，因此，在这里我们也可以意识到录音笔之于有总的意义。虽然，摄像头和录音笔，对"原生态"的"现场"已经构成某种"转场"的意味，但这完全可以视为作家探勘生活本质的另一个路径。

可以说，当一位作家进入写作状态时，他实际上已经进入叙事的多种可能性选择过程之中。这也是一个将叙事对象人格化的过程。无疑，作家试图利用"叙事者""隐含叙事者""作家写作本体"等层面获得表现丰富的存在世界的自由，同时，也获得在一定程度上把存在对象自我化、心灵化的自由，放大作家叙述的"能指"功能，使存在时空衍化为多重的叙事维度、阅读时空和文化时空。就是说，只要作家决定选择一种视角，就等于放弃了其他若干个可能性视角。而叙述就成为具有一定限制性的"镣铐"意味的叙述，即叙述排斥或拒绝了对存在其他可能性的某种选择。鲁敏在《金色河流》里，刻意调动不同的叙事视角，目的就在于要立体化地审视人，尽可能地避免叙事中的生活、事物与人物出现"死角"和盲点。这样的多维视角，破除了单一视角的局限性，避免了"全知全能"的上帝视角的武断和粗粝。

穆沧作为一个阿斯伯格综合征患者，他很难和他人发生"强交流"，逻辑、认知、心理、神经等诸多系统都无法与常人同处于一个频道。这就需要一个家庭摄像头对其进行"窥视"，让他和人们一道进入故事。这就构成一种"看与被看"的状态和异常的空间维度。而录音笔和摄像头一样，都是最具有当下时代特征的"器物"，都是由现代科技建立起来的既日常又直接的"物证技术"。它们几乎覆盖了我们生活的最大广角。

河山从小在爱心救助站长大，很难找到一个特别信任的人分享心事。"第二人称"这个视角说来容易，鲁敏让河山与一个影影绰绰的镜中自己展开对话。心理学上的一个理论，也验证了这个面对镜子倾诉的视角：河山对着镜中河山诉说自己，同时也是让镜中河山陪伴自己，审视自己，评判自己。这是孤儿或孤僻者常见的自我相处。①

在这里，我体悟到鲁敏对人物的把握，以及叙事结构、细部修辞的近于谨严的设计，洋洋几十万言，叙述毫不枯涩，行文灵动，充满智慧。坚实的叙述框架，几个不同的叙事视角，相互交叉，形成一种"对话"的状态。不同的声音制造出的回响，恰如某种隐喻装置，对应着时代生活的内在结构和形态。我感到，鲁敏的叙述，就是在悉心寻找或建立某种结构，它由时间和空间、记忆和联想等过滤、沉淀出灵魂深处真实的原生状态，从表象中穿透实质。"《金色河流》让我意识到，我好像成了一个时间中的写作者。就是作为

---

① 澎湃新闻专访：鲁敏《金色河流》——做个时间中的写作者，2022年7月27日。

一个经过这些岁月的人,你可以写一个东西证明你和它共同生活过,共同成长过。在某种意义上,这个作品让我努力把眼光打开,超乎我个人的经验,去展现一些人如何在时间的长河里搏击与奔走,如何在更大的世界中确立个体的价值。"[1]的确,我在文本中看到穆沧的"沙漏"时,立刻会不知不觉涌动起有关时间的联想。所以,从另一个角度讲,这部作品更是一部关于生命、命运、记忆的时间之书,也是一部公众史、心态史和"口述史",呈现出社会、时代的"集体记忆"及其精神形态。它极写俗世人生中的喜怒哀乐、生老病死、传宗接代,而这背后潜隐着当代社会生活发生渐变、剧变的政治、经济、文化的深层意蕴。

> 坦白说,有总的经验世界和我自己的相差甚远,所以我要花很长的时间去做功课,那为什么我还是有勇气和信心写它?因为我也真真实实地活了三四十年,耳闻目睹了那么多物质生活的蓬勃发展,效率、速度、娱乐、建筑、产业,一件件新事物接连诞生,这些都在无形中刺激了我。一个人一定对外部世界的变化是有反应的。我甚至觉得我到五十了,再不写就白活了这么多年。

这段话,无疑道出了鲁敏写作的初心,让我们体会到鲁敏的叙事的雄心和勇气,以及她的坦诚和无限感慨,当然,更让我们对于她未来的写作怀有更大的期待。

---

[1] 澎湃新闻专访:鲁敏《金色河流》——做个时间中的写作者,2022年7月27日。

无法"篡改"的叙述
——东西小说论

一

认识东西好多年，读过东西的许多作品。直到遇见他的第三部长篇小说《篡改的命》，我才真正地相信东西是我们这个时代最重要的作家之一，也是这些年来被我们的评论界和研究界所忽略的作家。他的长篇小说《篡改的命》，直面现实的勇气和充满力量的审美化，以及深刻的道德意识和勇于担当的情怀，狠狠地撞击着我的灵魂，将我拖曳进现实，并叩问自我和生存价值。东西笔力矫健，叙述站在严谨、冷峻、体恤、伦理的维度，揭示当代现实的种种矛盾，描摹个人道德的困惑、"灵魂的叹息"。

就是这部作品，让我重新相信现实主义、批判现实主义文学应有的震撼力和崇高，形而下的叙述凝聚着强大的思想和批判的力量。我想，东西写这部长篇的时候，一定克服了很大的现实的压力，也自觉地放弃掉许多功利性的考虑，相信他是已经满怀"真正的经典都曾是九死一生"的叙事雄心和胆魄。东西的这部长篇小说，让我联想起另一位当代作家余华写于20世纪90年代末的《活着》。倘若两相比较，它们有着大致相近的文本诉求趋向，都试图进入现实生活和生命状态的最底部。它们都是关于人的命运的故事，但在展示人生、命运和人性的层面，两者的叙事驱动力和所依照的结构"原型"有很大的不同。《活着》的叙述似乎让想象距离事实更远，作家努力地超越生活本身的"虚拟性"，在有限的生活材料和经验里发掘出生命和存在的寓言，依赖想象和细部修辞的力量，洞察人与外部世界及内心的相互联系。实际上，这是极其容易走向虚妄的一个方向，但最终余华凭借虚构和"扭转"生活的力量，很"空灵"地完成叙述对人物和存在世相的灵魂涅槃。看得出，余华是四两拨千斤式地处理题材和表现生活的路径。《篡改的命》，是作家沿着自身个人性的精神价值取向，直接参与到对现实细部的勘察，彻底放下作家的身段，不规避现实的新闻品质，也不过于计较叙述本身的技术性，率性地直面现实，对战生活，逼视生活，提炼、概括、整饬发散性的"碎片化"的生活，在悲怆的事实层面发掘存在世界的精神性缺失。应该说，东西《篡改的命》将现实、命运和人性一起置入存在价值、意义的罗盘，沉淀着作家的智慧和痛苦，在叙述中重建作家的审美理想和道德规约。因此，批判现实主义在当代中国文学的源流、发展和命运，在这样的时间节点上，就由这部小说沉潜、接续上来，并产生强烈的震荡力。

在这里，我并不是说余华和东西的文本，在本质上是等同的，或是存在相近的审美根性的，而是重在强调作家审视世界和事物采取不同叙事视点时，不约而同地试图打破旧有的故事模式，各自在已有的故事结构中渗透出新的元素。这些新的元素，包括审美取向、语言形式、叙事方式、想象力、虚构力在内的作家的创作个性和小说修辞学。作家是否忠实于自己所感知的世界，忠实于内心对现实、事物的微妙感受和发现，更取决于对现实的伦理担当。那么，在建立一个文本叙事结构的时候，作家就会不断地打破既定的"预设"故事结构，超越那个已经游离的、既定的"故事"，使得文本产生本然的、独特的审美活力和"审美间性"魅力。此前，我曾比较过余华《活着》和东西的中篇小说《没有语言的生活》,这两个文本所具有的寓言性品质是异常相近的。余华和东西,都是擅于把握现实的作家,他们处理现实的方法尤其值得我们关注。这一点,还可以将余华的长篇小说《第七天》和东西的《篡改的命》相对照,我们会看到两者特有的默契之处。它们都是要表现人在生存困境中的抵抗力量及其平衡的状况,考量这个民族的心理素质和道德选择、伦理情感。两部小说写于相近的年份——"改革开放"三十余年之后当代中国最复杂的时期。显然,余华的《第七天》试图将沉重的现实虚无化,进行虚拟的、"诗化"的处理。可以想见,一个写过《活着》和《许三观卖血记》的作家,现在,又写出了一部当代"现世"的亡灵书,我感觉这是对他有关这个世界图像的继续演绎和拓展,而这部《第七天》也完全可以叫作"死后",它在骨子里接续了鲁迅的批判现实主义气脉。小说表现了当下社会的乱象,

　　具有强烈的批判锋芒。贫富悬殊,暴力拆迁,食品安全,事故瞒报,警民冲突,维稳,小三,器官买卖,中国人最关心的问题几乎全部记录在案。因此,这部小说一度被一些人认为是"新闻串烧"。其实,这恰恰体现出小说不可忽视的记录时代的文献功能。我认为,这部小说,是诗化的批判现实主义小说,它写出了中国人存在、生存的艰难,它叙述的是当代人的生存情景,不是生活。穷人、弱者、普通人,所谓"底层",都生活在一种逼仄的状态。他们甚至"死也死不起""死无葬身之地",仿佛鲁迅《影的告别》所呈现的"彷徨于无地"。仔细想,余华写的这一切,其实已经不是新闻了,它正在衍生成中国人的日常生活。在一个奇怪的年代里,人人都显得无能为力,仿佛自己就是一个轻浮的幽灵。有人说余华的语言没有力量,其实不仅是叙述语言柔软而没有力量,主人公整个人就没有力量,杨飞就是一个没有力量的人物。我们在现实中可能遇到各种没有力量的人。余华通过杨飞,很形象地把一个正常人在当代社会里的那种无力感、无可奈何感,很柔软地表达出来了,这是余华

对一个时代的深刻感受。而余华作为一位非常成熟的小说家，其小说语言的干净、诗化、单纯、精粹、细致，构成叙述更为巨大的张力。东西《篡改的命》则有着一个非常结实的文本叙事结构，现实生活、世道人心和人性、欲望，在东西这部小说里如同囚笼中的"困兽"，在这里，人人都充满了不可思议的力量和欲望、冲动。但是，这种力量最终都被强大的现实所毁损、销蚀掉，而人性的粗粝和乖张，无法控制住对于命运的激愤；灵魂中激烈的自我矛盾和冲动，抵御着精神的、心理的、肉体的深重磨难的力量，在谋求"幸福""尊严"的道路上屡屡受挫，不堪重负。东西凭借坚韧的勇气和自信，潜入当代人的灵魂深处，探寻命运之魔缘何给人造成如此痛苦的境遇。

可以说，余华写了一个正常人变成幽灵之后寻找尊严的状态，叙事在虚拟的时空中完成，空灵而高蹈；东西则写出了人为了摆脱贫困、为了建立尊严，如何变成疯魔和幽灵，充满剧烈的隐痛。故事的结局，都是无常、无端、无告和无望的，都是无奈、苍凉。东西将叙事伦理建立在传统儒家文化的根基和肌理之上，也兼顾石破天惊的、关乎人格尊严的男性气概、"江湖"气节。汪槐、汪长尺父子俩，因为笃信"读书可以改变命运"，可以使人富有并建立自我和尊严，因此他们坚定地认为"金榜题名"是乡村后代的唯一出路。而"进城去"，便会改变"出身"，改造"身份"，为此不惜付出几代人的人生。最初他们父子要讨一个说法的执着，让汪槐付出了坠楼而残疾的代价，复读后第二次参加高考落榜，也让汪长尺几近绝望。随即汪长尺"进城"又重燃一家人的希望之火，十几年的遭际，却又造成几代人的身心憔悴、遍体鳞伤，父子两辈硬汉虽忍辱负重，终究难免心理扭曲，灵魂变异。我们看到，汪长尺是一个想用自身的奋斗改变命运的人，他最初的尊严和傲骨，慢慢被强大的现实消解掉。他曾经坚持，宁可自己一身"黑"，也要让父母、妻儿干干净净，可是他做不到，只好向现实妥协、低头。那么，我们不难看到贺小文、汪长尺、汪槐、大志一家人生存的逻辑起点在哪里，几代人的现实与梦想被20世纪80年代初的理想主义、浪漫主义唤醒和点燃，及至改革开放的潮涌，在物质层面催生人们不顾一切地去追逐财富，对奢华生活的向往和冲动，让许多人渴望走上"致富""暴富"的"拜金主义"之路。在这里，我们既能看到一切事物的两面，也能判断出东西所叙述的人性两极无法平衡的纠结状态，这些人为一种从"形而上"到"形而下"的欲望和虚荣，付出了心理、精神和灵魂的沉重代价。东西描写汪氏父子选择对"乡土"的逃离，不惜一切代价"篡改"农民的身份，改变"草根"的命运，宁愿远离家园，"生活在别处"，也体现出东西揭示80年代城乡之间的巨大落差时，内心的隐忧。

东西坚持"写实主义"的手法，"贴着人物"写下来，人性、欲望、尊严、道德和伦理之间激烈的冲突，毫发毕现。东西对生活没有做太多艺术变形的处理，只是竭力表现现实自身的扭曲。

史铁生在评价洪峰时说："我看洪峰这人主要不是想写小说，主要是借纸笔以悟死生，以看清人的处境，以不断追问那个俗而又俗万古难灭的问题——生之意义。"[①]"悟死生""生之意义"的问题，断然不能说属于"俗"的范畴，重要的是写作者是否以身心的直觉经验，去揣度生死，冷静地审视欲望，面对苦难。东西的小说具有其他作家少有的沉郁和沉重，而且他永远也不会"冷静"地与现实之间保持距离，淡然处之。东西深怀忧患和悲悯，对现实不仅有所"悟"，更有所痛，更有所发。实际上，一部文本的"现实性"力量如何能够"大于"一己的经验，并在叙述中生长出超越"寓言性"的审美冲击力和文本纵深度，直接体现着作家对现实的本质性追问的深广度。这是我们把握东西写作现实性和理想性之间关系的重要侧面，也是认识东西作品审美价值、精神取向"先进性"程度的参

[①] 胡河清：《灵地的缅想》，学林出版社，1994年版，第1页。

照。20世纪80年代以来的中国当代作家,特别是进入90年代之后,他们所面对的当代现实太过于复杂,它已建立起令人惊叹的比拼高度,这就需要中国作家具有较高的精神段位,需要作家能沉得住气,不辜负这个时代。在今天这个诱惑繁多、精神极端焦虑的状态下,没有什么比发现这个时代的病症、寻找人性的出路更为迫切和困难。我同意王安忆"艺术家同时就是工匠,都是做活"①的说法,但绝不认为"工匠就是要做一个东西,这个东西好像和他自身没什么关系"②。无论作家、艺术家是否是一位天才,除了技术层面的才华之外,个人心灵、情怀、情感和信仰这些因素,必然主导他能否创造出高于生活、高于现实的独特的艺术世界。"我依然坚持'跟着人物走'的写法,让自己与作品中的人物同呼吸共命运,写到汪长尺我就是汪长尺,写到贺小文我就是贺小文。以前,我只跟着主要人物走,但这一次连过路人物我也紧跟,争取让每一个出场的人物都准确,尽量设法让读者能够把他们记住。一路跟下来,跟到最后,我竟失声痛哭。"③一个作家唯有与自己笔下的人物发生灵魂的共振,休戚相关,才可能将叙事演绎成坚实的艺术文本。东西在处理人物时的自觉性,深受沈从文和汪曾祺的影响,我想东西的"贴",一定是贴近人物的灵魂而非以自己的内心取代人物,但是必然会在人物的内心嵌入了自己的体温和情怀。东西的这种深度介入现实、融入人物的写作姿态,让我们想起日本作家三岛由纪夫。三岛由纪夫的写作,最后就是混淆了写作和生活的界线,将写作与生活彻底重叠到了一起,连自己都无法分清。东西是清醒的,他站在了直面现实的良知、道德和正义的边界内。

余华和东西这一代作家,许多人都在他们写作的"盛年"写出

---

① 王安忆、张新颖:《谈话录》,广西师范大学出版社,2008年版,第44页。
② 王安忆、张新颖:《谈话录》,广西师范大学出版社,2008年版,第45页。
③ 东西:《叙述的走神》,上海文艺出版社,2016年版,第113页。

这样扎实的作品，显示出各自先天的禀赋。他们积三十余年的写作经验，终于练就应对和"打理"现实和经验的本领。他们以自己的文学文本，描摹、建构出现实生活的镜像，表达出对一个时代心理、精神、灵魂状况的真实理解和富有个性化的判断。我相信，好作家都会克服自己懦弱的天性，直面现实，去书写时代的隐痛，而不是"明察秋毫"之后的隔岸观火。

无疑，"从20世纪80年代至今，中国人的生活发生了剧变，我们有幸置身于这个剧变的时代，既看到了坚定不移的特色，也看到了灵活多变的市场经济，还看到了声色犬马和人心渐变。我们从关心政治到关心生活，从狂热到冷静，从集体到个体，从禁忌到放荡，从贫穷到富有，从平均到差别，从羞于谈钱到金钱万能……每一点滴的改变都曾让我们的身心紧缩，仿佛瞬间经历冰火。中国在短短的几十年时间里，经历了西方几百年的历程，那种如'龟步蟹行'的心灵变化在此忽然提速，人心的跨度和拉扯度几乎超出了力学的限度，现实像拨弄琵琶一样无时不在拨弄着我们的心弦，刺激我们的神经。一个剧变的时代，给文学提供了足够的养分，我们理应写出更多伟大的文学作品。然而，遗憾的是，我们分明坐在文学的富矿之上，却鲜有与优质材料对等的佳作，特别是直面现实的佳作"①。可见，东西对中国当代的社会现实，对当代文学的现状，有着清醒而敏锐的意识，对自己的责任和使命也必将有所担当。因此，东西的叙述、文字所表现出的稳健和厚实，他的观察力、感受力、想象力和虚构力体现出东西对生活及其多种叙述可能性的自觉探索。可以说，东西是一位坚守自己创作原则和底线的作家，数年来，他保持自己宁静的写作心态，不断地尝试着以更准确、更细腻的方式来表达灵魂深处的真切感受。他相信，写作最终依赖的是作家的毅力和耐性，不急不躁，从容坦然，体现出一个有远大抱负的作家叙述

---

① 东西：《篡改的命·序》，上海文艺出版社，2016年版，第1页。

的耐心和虔诚。所以，对于坚实的叙述结构的寻找，对存在世界和人的灵魂的深度探索，成为东西这些年写作的不懈追求。他的长篇小说《耳光响亮》《后悔录》《篡改的命》及大量的中、短篇小说也特别令人喜爱、令人着迷。他的《没有语言的生活》《我为什么没有小蜜》《救命》《我们的父亲》《私了》等文本，对中国当代社会生活和人性的复杂性、善与恶、焦虑和无奈的命运，做出了深刻的反省和精神性整饬。写作这些中、短篇小说时，正是东西从事文学叙述以来最重要的一个时期。其实，这是一次并不短暂的精神磨砺。我相信在这些文本的背后，埋藏着东西内心的惆怅和感伤，也蕴含着他不断自我砥砺的激情，而20世纪90年代至21世纪初这段时期，正是中国当代社会和中华民族谋求新的伟大复兴的关键的危急时刻。

  我感觉，从《篡改的命》进入对作家东西的分析，在他写作的"横断面"及他趋于成熟的时间节点上，爬梳其文本价值和迄今整个文学创作的意义，是一件非常有意义的事情。"一个人的命运以及疾病，其实早就由基因决定，也就是命中注定。""也许潜意识就是写作的悟性。大凡及格的写作者，都晓得小说藏在什么地方，并且掌握获取它的方法。"[①]一部作品的诞生，也是作家"命中注定"的事情。贾平凹说："对于一个作家来说，不是刻意地去找故事，而是有一个故事一直在那里等你。"东西在这个时候写出《篡改的命》，也是一种"命"，这个就发生在我们周围的故事，已经等他很久了。所以说，在作家的写作与现实之间蕴藏着无尽的玄机。对于这个"玄机"，我们也许会难以启齿，羞愧难当；它可能俯拾即是，有时清晰，有时混沌。在面对惊悚现实的时候，作家可以拍案而起，也可能长久地保持缄默。

[①] 东西：《叙述的走神》，上海文艺出版社，2016年版，第123页。

二

实际上，最早为东西赢得声誉的，是他写作的若干中、短篇小说。东西称得上是一位短篇、中篇和长篇及散文、随笔都擅长的作家。他曾几度"触电"，写作多部电影、电视剧本，庆幸的是，他终于没有"写坏"手里的小说之笔，这足见东西坚定的文学信念。《没有语言的生活》《我为什么没有小蜜》《私了》《请勿谈论庄天海》《蹲下时看到了什么》是东西最重要的几部中、短篇小说。从这几篇小说中，我们可以看到东西写作的现实担当和勇气，他竭力透过生活本身的表象捕捉人性的善与恶的"存在之虞"，以及去寻找民族心理结构中的"凛然之气"；从他的叙述里可以发掘出我们时代最隐痛、令人惊悸、也最需要反思的诸多问题。现在，我重读东西这类小说的时候，依然无法摆脱后来阅读《后悔录》和《篡改的命》时所感受到的灵魂冲击力。我甚至隐约地意识到这些"故事"并非他虚构出来的，仿佛前不久某一份晚报登载过的"事实"。我猛然想到，"篡改""私了""小蜜""没有语言"这些特定的概念，会否成为几十年之后人们谈论东西的小说和我们时代时需要使用的关键词。也许，文学所记录的现实中发生的一切，包括在某一个时代"可能发生的事情"，都将成为保持记忆、反抗遗忘的"记事簿"。因为，任何一位有良知的作家都无法斩断与生活千丝万缕的联系和共振的心弦。这样的作家都是从"现实"中走来，再经由自己的文本回到现实中去。格非在评论霍桑的小说《韦克菲尔德》时，对于作家写作中的取材有过质疑，他认为霍桑叙述的故事的"本事"，乃是出于作者的杜撰，并非霍桑自己所说的取自某一个媒体的新闻写作。[①]格非做出此判断的理由，是因为霍桑不断地将与此类似的故事或细节，

---

① 格非：《文学的邀约》，清华大学出版社，2010年版，第74页。

频繁地改头换面写入自己的其他文本之中。从这个"文案"可以看出，作家有时会在"现实""故事""虚构"几者之间颇费踌躇。其实，生活本身的传奇性有时会大于作家的虚构力量，问题的关键是作家处理"事实"的逻辑底线在哪里。任何离奇的巧合，都无法摆脱作家叙事的伦理起点，都会被作家手中那根照亮现实的"灯绳"牵引。所谓"诗比历史更永久"强调的，无非就是现实或"事实"被虚构、被"扭转"之后作家"重构"世界和生活可能性的价值及其意义。也就是说，一位好作家的功德尽在于对现实的超越，进而发现存在世界的内在玄机。许多小说家是实实在在地讲故事，东西则是演绎并发掘存在世相的玄机。读罢东西的大量小说之后，我体味着"篡改"这个词语具有强大的颠覆性力量，它体现为人的精神、心理、欲望聚合后的乖张和秩序"重组"。在一定程度上，这个词语的隐喻意义和引申义有"指鹿为马"的意思，它能够将历史、现实、人性、欲望、意识都融入日常生活的或存在的所有可能性之中。而在可能性和现实性之间，总会有一个重要的"机关"或"环节"，令现实发生神秘莫测、不可思议的变化。这一点，也非常像格非小说的"空缺"。面对存在世界的现实，作家的叙事就像是科学家寻找或证实宇宙"黑洞"的存在及其物质能量，需要试探无数的可能性、不确定性、能量、质量、引力和压力，对此我们无法规避。我们的现实生活，在叙事性文本中就由作家的想象力和判断力聚合成人的"外宇宙""内宇宙"图像，成为对生活真实的记叙。叙述的"空白"其实是生活给我们留下的难题。

　　短篇小说《私了》，堪称近年少有的当代短篇小说的佳作，也是东西最重要的作品之一。这篇简洁、精致、引人深思又令人不胜唏嘘的小说，揭示着一种负载着巨大的难言之隐的现实之痛。小说埋藏着一个可能让人的精神、心理或意志坍塌的结局，一个足以令人不寒而栗的结局，几乎可以"焊死"存在的希望。所以，它是一个将文学的叙述、语言、感觉和个人的独特经验推到极致的经典文本。

这篇小说讲述男主人公如何谨小慎微、如履薄冰地对妻子虚构、隐藏儿子不幸身亡的真相,细致地摹写这对夫妇如何面对一场家庭灾难,描述其漫长的、共同煎熬的、隐忍的心理过程。整篇小说充满着无数精神、心理悬疑,充满苍凉和纠结。父亲究竟向自己妻子隐藏了什么样的真相?他为什么要隐瞒真相?最终真相如何大白?这是一个什么样的故事?故事的后面还有什么?"后面"还将发生什么?这一切,可知又不可知。年轻的、极其普通的农民的儿子李堂在外地打工,在一场轮渡倾覆的事故中丧生,父亲被通知到现场处理后事,带着一张存有"巨款"的存折回来。丧子的父亲如何面对妻子?如何克服自身巨大的隐痛来消解妻子的悲痛,向妻子交代,这是一个难以想象的难题。也许,在日常现实生活中,这应该算是一个"正常"的意外或惯常性的悲剧,但是,由于这个文本叙述的内在精神和思考起点的独到,使这个"极其"现实主义的文本,生长出与众不同的隐喻性和寓言性。看得出来,东西在讲述它的时候,内心充满隐痛和悲怆。这是来自现实的灵魂困扰,也是社会和时代的病症之一。因为叙述紧紧地"压"着现实的乖张和蹉跎,甚至让人生发出害怕生活和存在的勇气,小说极力想在故事层面之外凸显出更多的心理、灵魂寓意、悬疑。近些年,真正将现实、时代事件带入小说并使其成为故事推动力和支点的文本并不多见。我们反复倡导和呼唤直面现实、切入现实、发掘时代精神的书写,可是,我们越来越难以看到这种呈现时代与揭示现实、人性和心理深层的暗哑的、隐秘的叙述。《私了》采取一种缓慢的甚至是有意滞涩的叙述语调和速度,让人物始终在质疑性的对话中渐渐地越出基本的故事层面,沉浸于深层思考。阅读这篇小说,需要强大的心理承受力,作家东西在这里更像是一位沉静的心理学家。尽管叙述是在一条线性的轨道上舒缓地前行,而其间的惊心动魄令人掩卷沉思。夫妻俩貌似平静实则紧张的话语"暗博弈",形成了故事具有强大吸引力的爆破点,常常令阅读者感到无所适从。孩子的父亲——丈夫李三层,先将一张崭新的存折置放在孩子的母亲——妻子面前，从这里开始，丈夫就开始不断地延缓、推迟妻子对他的语言和行为判断的时间，他让妻子不间断地进行着无厘头的"猜测"，在"猜谜"中尽力将时间拉长，以至于妻子猜上了瘾。这种"磨砺"，可能会消解终极结果所将带来的一个人绝望的"峰值"。崭新的存折上的巨款究竟是哪里来的？儿子李堂十五天来为什么总是关机？李三层不断地"延宕"回答妻子的忧虑、惶惑的质问。我们很清楚，其最终的目的就是拖延、减缓那个巨大痛苦的来临，并消弭痛苦的程度和悲伤。吊诡的是，妻子所能够猜测的，竟然都是当代现实生活中诸多的事实性存在，这些猜测只不过是一件件印证现实的镜像。猜测到最后，丈夫已经无法、无力再延续自己的谎言。

《私了》是一个没有结局的小说，可是，看上去一切似乎都已经"了结"。轮渡公司选择了一种"了结"方式，丈夫也选择了类似的方式，让妻子接受这个残酷的现实：私了。"私了"构成一种无法不认同和不接受的默契，尽管它是一种无奈，或是一场安抚亲人的"骗局"，是一种蓄意的"篡改"。甚至是凌驾于伦理、道德、亲情之上的肆意指认。我们在日常生活中，经常会听到"了结"这个词语，可是又有多少事情能够真正地"了结"呢？在这里，我看到了东西内心深处的痛楚，直击生活现实的时候，他像抽丝剥茧一样，凌迟般描摹出人性的抽搐。

我曾在另一篇关于东西的小说论中，分析过短篇小说《请勿谈论庄天海》。这确实是一篇非常奇特的小说。这个"庄天海"，就像一个幽灵，时刻都游弋、存在于我们的日常生活中。大家总是不约而同、小心翼翼地提及"他"。至于"他"是谁，究竟是一个男人还是女人，是一个事物还是一种传说，到底有谁见过他，都无从知晓。虽然，可能谁也没有见过庄天海，但你就是不能"深度"地谈论他。否则，不幸、不快、不知所措、不可思议、无中生有的事情必将会接踵而至。恋爱中的孟泥和王小尚，两人在一起随意地谈起他们俩是怎样相识的,孟泥不过是提出"那别人为什么说我俩是庄天海介绍的"的质疑,并"骂那个吹牛不要脸的庄天海",不料第二天王小尚就"不辞而别""不翼而飞",远离孟泥而去,人间蒸发般消失。另一个名曰汪网的女孩,想请孟泥帮自己找到庄天海帮个忙,孟泥的一句"那你就去找他吧。反正我不认识这个王八蛋",结果当晚孟泥的住所被盗,手提电脑、数码相机丢失。接下来,孟泥的裸照又被莫名其妙传到网上;帮孟泥找回电脑的陆警察,出了孟泥的家门就平地跌倒摔成骨折。被另一个"官二代"女孩骗了的前男友王小尚,想与孟泥重归于好,其间说到了"官二代"庄敏,"也许她是庄天海派来报复我们的",被孟泥斥责后刚出孟泥家门就车祸身亡。最令人惊悸的是,孟泥与陆警察结婚生下的男孩,应该咿呀学语时却不会说话,终于能开口讲话时说出的竟然是"庄、庄、庄爷爷"。小说叙述,在这个时候,明显已经脱离了故事的层面,向着隐喻和寓言转化。在这里,"庄天海是一个巨大的、魔咒般的、隐喻性存在。它无处不在,是敌人也是朋友,是现实也是虚幻,是他人也是自身,是话语存在也是捕风者的影像,是贼喊捉贼,也是庸人自扰。它成也萧何,败也萧何,它有时就像是鬼魂附体,充斥于人们吊诡的生活。当然,它是我们顽固的思维惯性,一次次对我们自信心的瓦解,也是让我们痴人说梦、杞人忧天般的自我放逐。在生活、存在的世界里,人的最大对手其实就是自己。小说中的孟泥、王小尚、陆警察和汪网,都在疑似道听途说的恍惚状态里生活,不断地在纷扰的现实生活中分裂自我,求证谎言。所以,我们透过故事的表层,看到了令我们触目惊心的现实中的自我。这里,小说文本的寓言品质,早已呼之欲出"①。无疑,这期间充满了无数肆意的、有意无意的"篡改"和"私了"。在不可思议的、荒诞的、逼仄的现实面前,人们不得不一次次修正、"勘误"自己,进行自我"了断",以逢迎俗

---

① 张学昕:《小说是如何变成寓言的》,《长城》,2019年第5期。

世的强大和顽固。在这里，东西既写出了人物的复杂性，也凸显出现实的残酷性、荒诞性。

可见，东西小说直面现实和历史的执拗，还表现在他不断地深入人物心理、精神、意识和灵魂的不同层面。其实，这是对作家想象力更大的考验。在一部作品里勘察人性、心理的结构性形态，超越以往对人物的常识性认识，重视、聚焦事物的经验特殊性，不仅是对人的精神性分析，而且是发掘个体生命自我纠结的本源性冲突。当代现实前所未有的复杂性，给作家提出新的课题，即小说叙事如何摆脱信息浪潮的强大冲击力，冷静地处理我们时代与人的内在迷失、自我分裂的状态。这是关于人的认识和解析的难题，对于个人存在的价值和意义探索，直接与历史总体性建立起神秘幽深的具体性联系。扑面而来的、猝不及防的现实的、经验世界的裂变，使我们在审视自身分析力、判断力的时候，必须考虑所有社会关系和伦理秩序、心理承受力的分化。

东西发表于1996年的短篇小说《我们的感情》，是一篇很奇特的小说。它通过两个男女同事的一次因公出差旅行，极写在两者之间发生的奇妙感受，包括感觉、幻觉、错觉和意识"变形"。男主角延安和女主角肖文，在一个办公室面对面坐了七年，熟悉又陌生的"七年之痒"，在这次旅途中呈现出令人匪夷所思的情景。延安和肖文彼此似乎在一场调侃、捉弄、戏谑、不信任中完成感情的颠覆和相互"篡改"。两者之间的应有的信任、诚实、真实的欲望，都陷入双方彼此的深度猜测、狐疑、错觉、迷乱之中。他们的"幽会"就像是梦境、梦游，以及意识、潜意识、下意识，自我、原我、本我都纠缠一体，任何心理学和精神分析的个案都无法与这样的叙述相类比。明明是有切肤之感的缠绵悱恻，仿佛永远是梦中醒来的怅然若失。整个现实和梦境之间，由延安和肖文的幻觉、幻想、臆测链接一处，恍惚缥缈，莫衷一是。肖文昔日的同学蒋宏水热情款待他们时，倾情诉说当年对肖文的暗恋及其生动、具体细节，肖文对那段让人动情的"往事"竟全然失忆。最后,仍然是在恍惚中,延安、肖文和蒋宏水郊外打猎时,延安举起猎枪,扣动扳机,打倒肖文时仍然无法断定正在发生的一切,无法辨别自己所面对的一切,到底是现实还是虚幻。这是可怕的"混淆"和迷惘,现实给予延安和肖文的都是不可思议、不可理喻的错愕。世界上的一切关系,都在一种"不确定性"中徘徊和犹疑。现实总是留下袒露的"漏洞",现实成为某种"心理表象",一切都处于迷蒙之中,偶尔会被"惊醒",但依然都在惯性中难以挣脱游戏的枷锁。现实变得没有逻辑,也没有秩序,构成无限的循环。无论"在场"还是"不在场",都是焦灼的,真实本身更无法界定。它既不符合任何常理和人之常情,也无法洞穿,无法指证,无法修改。"延安看见蒋宏水手执猎枪朝他飞奔而来。延安说他叫我吃早餐干吗拿着枪?看来这不是做梦,看来我真的把肖文杀死了!"我们注意到,这时的延安依然没有任何战栗和恐惧,因为无法判断何谓真相,叙述的意义再一次被锁定在"篡改"的结构之中。其实,东西所发出的惊诧的声音就是:我能否相信自己?

其实,《篡改的命》的结尾,写的也是一次"私了"。而且,这个"私了"更是一次更大的灵魂的、伦理的"篡改"。这就是汪大志——林方生从警察学校毕业后,建功立业心切,查阅案件卷宗,在对自己身世尚不知情的情况下,发现了汪长尺坠江身亡的疑点,独自侦查,他不仅追踪到数年前冒名顶替汪长尺上大学的"篡改者",还在深入汪长尺家乡时,发现汪长尺正是自己的亲生父亲,面对他的竟然就是他的祖父和祖母。这时,东西再一次将人性、伦理的"颜值",推向了人性的死角:汪大志从爷爷奶奶的老宅,窃回了能够证明自己身份的童年照片,连同那份生父汪长尺的卷宗,一起扔进生父为"换取"他幸福而投江自尽的江水之中。这真正是一次"名副其实"的个人性"私了",令人惊悸,令人窒息。在强大的现实面前,在物质、利益、名誉、虚荣面前,血缘和伦理亲情竟然是如此单薄和可怜,变得一文不值。我感到,这是《篡改的命》中最令人心堵的场景,人性

343

的乖张达到极点。那么，这一切为什么要"私了"？为什么要"篡改"？"篡改"者又何以逍遥？我惊异东西文字里撼动心灵的力量，也深切感受到文本背后潜在的现实纠结和激烈冲突。

《后悔录》无疑是一部"回到过去"的文本，表面看，东西试图在历史的烟尘中捕捉一个生命个体的幽微和坚忍、欢乐和悲伤、灵魂的滞重和无奈。大半生里，曾广贤不断地给自己下套子，给自己"挖坑"，他好像从来就没有做对过。"如果当初不是选择以上的道路，我肯定会活得比现在要好一百倍，况且，那么多大道摆在我面前，我都没有走，偏要走进死胡同，捡了一大堆的后悔。当然，我最后悔的事是从来没有得到真正的爱情。"这部长篇小说的叙事趋向就是要记录、反思在历史的荒诞和人性的逼仄之间，该如何选择继续存在的理由和方式。无疑，曾广贤是当代文学人物画廊里一个独特的形象，也许从他的身上，我们可以看见所谓"东方式的后悔"与西方式的忏悔的巨大差异。这个人物一次次错过爱情，一次次地受伤，但他从不抱怨，也没有想过要去报复谁，而是一味地承担责任，反省自我。这种承担，又并非"宗教性"的虔诚，而是自己扛起一切，深掘自己灵魂深处的矛盾性。他的"后悔录"，反思了自己一生中经历的每一件重要事情，但他没有将其中任何一件事情的责任推给别人，而是全部由自己承担下来。从性格层面看，他又是一个极其软弱的人，但就是这样一个软弱的人，却扛住了现实所施加给他的所有重压。这些，超越了难以想象的人性极限，获得了生命和灵魂的尊严。其实，从东西叙事所秉持的精神、伦理层面和视角，考量这部长篇小说的主人公曾广贤，我们依然可以认定曾广贤"后悔了三十年"如此漫长的心理、灵魂修缮，其实正可以视为他的自我"修改"，自我"篡改"也是一次自我完成的"私了"。也许，我们还无法彻底理解这个从禁欲时代成长起来的人物，他所具有的荒诞性和"妥协性"。但曾广贤这个人物与余华《活着》里的福贵，有些微的"一致性"，也有着极大的"异质性"。后者的"忍耐"，完全是人性里"忍受生命自身被赋予的责任"的本能状态,在很大程度上,福贵显然缺乏生命主体"自觉性"意识的伸张,是那种具有单纯的个人品质的存在;而曾广贤这个人物,则如洪治纲所言,"面对强大而诡秘的历史秩序,任何个人的努力都会显得苍白无力。东西以其极为精巧的叙事,在将曾广贤不断推向后悔的极致境界时,其实也道出了那一代人不断被扭曲被改写被替换的命运史。它让叙事从曾广贤的内心出发,通过后悔而直面命运,又通过命运而追问存在,由此将纷繁芜杂而又荒诞不经的历史真相浓缩在个人的心灵记忆中"[1]。在这里,洪治纲所说的"被替换的命运史",毋宁说就是通过"后悔"试图完成一次庄重的"篡改"仪式,这是一次自我释然,是生命力的一种自我暗示。我们注意到,主人公曾广贤反复"絮叨"的"如果"这个词语,呈现出他内心剧烈的隐痛。其实,这是他叹息自己一生"选择"的错误,这依然是一次无法"篡改"的命运抉择,就是说,"后悔"是无法自我修正和篡改的,包括"强大而诡秘的历史秩序"。

应该说,这部《后悔录》在东西创作中是一个非常特殊的存在。东西在呈现个人与历史之间的复杂、暧昧关系时,通过对个人记忆的不断"恢复""修复",甚至无意识"篡改",就是要凸显历史的荒诞性和个体生命的软弱,以及沉淀多年之后对历史"悬疑"的新解。

三

在分析东西的小说创作时,我不免还会联系到另外两位当代作家阎连科和刘庆邦的写作。我们能够意识到这一代中国作家,依然心怀家国、存在的担当。他们聚焦"小人物"的悲欢,他们的小说

---

[1] 洪治纲:《评东西的长篇小说〈后悔录〉:因为无奈所以后悔》,《广西日报》,2005年9月6日。

有足够的力量去唤醒、融化人性中那僵硬的冰层。我无法掩饰对这类小说的喜爱。以往经常有人将这类小说的写作归入什么"底层叙事",实际上,将这种在叙述中埋藏了多种艺术表现可能性的作品进行"分类",或界定叙事的"本质",对于其独特、鲜明而富于创新性变化的文本而言,显然是轻率和粗暴的。当代现实本身具有硕大无比的张力和弹性空间,作家如何能以愈加严谨的姿态,在其间智慧地腾挪,是我们这个时代的小说家努力的趋向。小说固然不是历史,作家将叙述的起点定位在何处,需要进一步修正以往陈腐的叙事理念,需要重新确定自己的修辞美学。当下现实的荒诞,早已令很多作家感到自己的想象力的衰颓,甚至远不如现实精彩和深刻,作家无须费力进行虚构性的"写实"便可呈现事物的荒诞。所以说,谁发现了现实的荒诞,谁就会发现存在的"扭结"和玄机。

李敬泽在评价阎连科的写作时,称其是在"扛千斤之鼎":"有的人写小说时像玩,有的人写小说像个农夫,阎连科则是力士,扛千斤之鼎。当然,一个把自己弄得去举重的小说家是不聪明的,在我们这个时代,写小说的人通常是聪明人,聪明人不会去举千斤鼎,他们去追逐鹅毛。小说家昆德拉发明了一句话'生命中不能承受之轻'。但阎连科坚定地认为有些事物是实实在在的重,而且决心去承受和测量它如山的重量。"[①]无论是余华、东西,还是阎连科、刘庆邦,说他们的写作有"扛千斤之鼎"的信念和勇气,丝毫也不为过。

《篡改的命》中,汪长尺从家乡进城之后竭力想攫取"第一桶金",以改变生存的状况。他替代林家柏去坐牢十四天,这与阎连科《黑猪毛 白猪毛》里那一群等待顶替镇长坐牢的"候补"有惊人的相似。阎连科的短篇小说《黑猪毛 白猪毛》是表现命运凄苦、现实残酷的当代短篇小说文本,也是一篇"奇崛"的小说。它让我们在一个很狭小的空间和短暂的叙述时间里,体悟到生命的沉重和惨烈,

---

[①] 李敬泽:《扛千斤之鼎·印象记》,新世界出版社,2004年版,第379页。

瞬息就瞥见生活直逼存在的真实面相。在这里我看到一个倾尽了的心力、想帮助他的主人公在生活逼仄的缝隙里寻找生机的作家，在现实、存在面前怎样选择无奈和"忍气吞声"。这是酷烈的、令人窒息的叙述，我仿佛一下子就理解了阎连科在他的许多文字里所表现出的那种不可理喻的激愤。不同的是，这种将理性的力量包裹起来之后的冷峻，更让我们心碎。一个镇长开车撞死了人，无论谁撞死了人，都应该负担他理应负担的责任，天经地义，不容置疑。但是，这个意外的事件，竟然成为许多人赖以改变生存境遇的一次重大机遇。整个乡里有四个人，都争先恐后地要去顶替镇长抵罪坐牢，他们都心甘情愿地给自己戴上镣铐。这看似不可思议，其中却暗藏生活的玄机。因为，谁能取得镇长的恩宠、欢心，谁就会拥有改善生存状态的可能。在这里，权力具有至高无上的威慑力，它很可能会建立改变生活固有秩序和常态的新逻辑。很难想象，四个青壮年汉子，或是因为生活的艰辛和困苦折磨，想尽早摆脱每日缓缓升起的噩梦；或是试图依靠镇长的权力讨要回自己被霸占的媳妇——尽管，那是一个完全可能通过正常法律通道解决的问题；或是为了解决自己弟弟的职业问题，绞尽脑汁寻找巴结镇长的机会。总之，他们都不惜选择牺牲自己的自由和声誉，争先恐后地要去代人受过，去蹲监，根本无视所谓人的尊严。问题在于，这竟然成为求之不得的一件天大的事情，鲁迅笔下有一群"想做奴隶而不得"的人，这里却有一群为了基本生存想去坐牢而不得的人。召集人李屠户只能采取抓阄的方式，来抉择可以去顶罪的人选。主人公根宝却没有那么"幸运"，没有得到可以为镇长消灾的那根"一寸长、发着光、麦芒一样尖尖刺刺"的"黑猪毛"，但他最后终于从获得"顶罪权"的柱子手里，"跪求"得了这次宝贵的机会。当根宝成家娶妻的梦想可能就要变成现实的时候，阎连科再一次将残酷的现实推向这个可怜的孩子，使根宝一家人从希望的看台坠入绝望的深渊——镇长无须什么人再来"顶替"，因为死者的弟弟成了镇长的"干儿"，他家很

"通情达理",根本没有追究镇长的过失或法律责任。

　　刘庆邦的短篇小说《别让我再哭了》也是当代小说中叙述苦难、悲伤和生命苍凉感的佳作,也是书写人性"哭泣"的精彩篇章。由于这个小说的基调是建立在死亡和宿命叙述方位之上的,这种哭泣也就成了关乎生死的哭泣。小说叙述的主体是孙保川的两次惊心动魄的哭泣。两次哭泣一次为假,一次为真,前者是真戏假做,后者是假戏真演。孙保川的两次哭泣将生命、生存的境遇演绎得淋漓尽致,凸现出艰难人生的存在镜像。死亡在这里是被硬性规定的,百万吨煤产量约等于两个矿工的可能性死亡指数,这似乎预设某种宿命的合理性存在。但郑师傅和孙保川父亲的死与众不同,他们都是执意选择死亡的提前来临,以"透支"死亡的决绝姿态,谋求解决自己子女的就业。郑师傅深刻地意识到自己的"能耐"是极其有限的,他对儿子说理的力量又是苍白的,他也朴素地相信会有办法摆脱这种为父的自责和痛苦,于是他选择了"主动赴死"。这也许就是一个人能够自己把握自己的最后能耐。他没有任何恐惧和不安,主动去接受死神的拥抱。我们不能说老郑是草率的,他是一个真正有存在感和不苟活的人。孙保川洞悉了老郑生死的隐秘,也恍然觉悟自己父亲的死亡谜团,因此才有了这种"惊天地泣鬼神"的生死歌哭。刘庆邦有意选择略带夸张的"死亡后"哭泣,表现当代人对坎坷命运不屈从、不回避的残酷的心灵抵抗。就像一个凝固的意象,刘庆邦的这种貌似舒缓的叙述,的确残酷得令人憋闷和窒息。在这里,小说想表现的绝不仅仅是人性面对落后和贫困时的"低贱",而是彰显在"死寂"与荒凉的人心沙漠上,小人物的羸弱、无助和艰涩。作者在此并没有显示任何救赎的姿态,其平静的、不露声色的叙述仿佛榨干了生活全部的水分,貌似平淡地实施撼人心魄的"残酷"叙述进而形成短篇小说叙事强大的内暴力。由此,我们再次体会到小说叙事的意义所在:小说,尤其是短篇小说,仅仅讲述一个故事是不够的,即使它是一个有趣的故事,它应该是既有趣又被升华了的故事。余华、东西、阎连科、刘庆邦都是这样，他们都能娴熟地将一个普通的故事进行富有寓意的升华。而这种"升华"的内在底蕴，在于作家的价值取向和叙事伦理。

对于《篡改的命》里汪长尺、李三层而言，他们同样都是有血有肉的男人，在生活的苦难面前无法主宰自己命运时的凄苦、无奈和潦倒已经尽显无遗。他们的尊严何在？作家东西在小说里也是想要拧干虚构的水分，让现实产生撼人心魄的震慑力，挑战我们的视觉和内心，让我们真切地看到生活的残酷。这么多的人，像是被拴在一个无奈的绳索上面，都朝向一个没有出路的方向蜂拥而去，执拗地坚信其中有一个实现梦想的机遇，去寻觅生存的可能性。而生活却如洪荒般寂寥，狡黠的人性的暗影，疯狂地覆盖、吞噬着那些最简单、最普通、最基本的生存需求和希望。而现实的既有秩序，正在悄然地改变存在的基本伦理，使人性发生荒诞、悖谬的变异。

近些年，作家们越来越真切地意识到，社会发生重大转型后市场经济在这片古老土地上艰难前行的脚步。这脚步驱动和催生出不断变换的新的思维方式、新的生存旨归，而新的生存方式，又催生出"新人类""新新人类"。余华、东西、阎连科、刘庆邦、王祥夫的作品，呈现出新的情境和生命维度，并保持着记忆的第一现场的鲜活。在这里，没有什么事物可以亘古不变，没有何种牵扯、羁绊、关联，不可以扭断，不可以重建。面对俗世，面对物质，面对生存，人们甚至不惜漠然对待自己的成败安危，人性的机变从未像现在这样活跃，敢于承受生命不能承受之轻。这就是来自现实的对人性的启迪。对此，我们可能会做出迥异的、大相径庭的判断。或许，我们以为人和人性走向本体，走向自觉，但是，现在看我们究竟迈出了多大的步伐，走出多远，其实我们心中并没有正确的估量。所以说，小说所记忆的，哪怕是这个时代里"可能发生的事情"，都应该是作家良知的体现。因此，只有20世纪90年代以来，我们才可能理解阿来说的面对现实时，"我只感到世界扑面而来"，或"呼啸而过"。我们说"反抗遗忘，保持记忆"是作家的使命，哪怕是一部短篇小说，作家"诚惶诚恐"或"小心翼翼"的书写，都是对历史和现实的"传真"。"小说以虚构和想象为皈依，文本之中无不是变形、虚拟、夸张等元素铺叙叠加，但越是挥洒自如的构思，就越有滴水不漏的推演，以生成难以阻遏的命运，塑造无法复刻的形象。"①我相信，他们的书写，在数十年之后及更远的未来，都将成为关于历史和灵魂的档案。

与阎连科的"冷硬与荒寒"、刘庆邦的"残酷美学"相比，东西的叙述格外"沉得住气"。细节的波澜，丝丝缕缕泛起，朴实无华，娓娓道来，看不出任何冰碛般的奇崛冷峻。他在描摹现实和人性的情形时，更像是使用一柄柔软的江南丝绸包裹的利刃，留下的是永远难以结痂的疤痕。我想起康德的"道德自觉与决断"，支撑东西、刘庆邦和阎连科叙事气度的就是面对现实困窘时的"道德自觉"，是对人性、人的命运的悲悯。

作为一个作家，东西自身所不断"加持"的，也许就像作家亨利·米勒所言："我对自己作为一位作家的命运渐渐漠然，而对自己作为人的命运却愈发明确了。"东西坚信："不顾一切的写作，反而是最好的写作。"②所谓"不顾一切的写作"，在我看来就是一种担当的勇气。数年来，东西坚守文学的现实主义精神，重视细部修辞的力量，又不失叙述的智慧与灵动，这是东西的"底气"所在。多年来，东西的叙事节奏从容不迫，他气定神闲，他并不急于证明什么，不想证明自己对世界的看法是否高明，只是一味地写出内心的真实。但东西的文字背后始终凝结着某种信念，这一点，我们从他的神色和表情是无法洞悉的，包括他的情绪，都仿佛是秘不示人。

---

① 曾攀等：《长篇小说去向何处?》，《当代文坛》，2019年第6期。
② 东西：《不顾一切的写作，反而是最好的写作——与符二对话》，《作家》，2013年第1期。

班宇东北叙事的"荒寒美学"

一

难以忘记20世纪80年代中期,陈平原、钱理群、黄子平合作过一篇重磅文章——《论"二十世纪中国文学"》[1]。在这篇文章里,他们提出要将20世纪中国文学作为一个整体来观照,将其放置于"世界文学"的大背景下,描述并勾勒出其基本的轮廓。其中特别对于"以改造民族的灵魂"的总主题和以"悲凉"为基本核心的现代美感特征,做出了精神和美学层面的判断。于是,在一个极其开放性的视域之下,他们展开了对20世纪前八十余年中国文学的梳理、阐释,试图做出审美界定或理论定位。在讨论大量书写中华民族蜕旧变新的历史进程的文本及其总体美感特征时,文章以"焦灼""悲凉"作为核心关键词,以"悲凉"为其深层结构的美感意识,形成对近一个世纪文学的总体把握和研判。他们将美感特征描述为"悲凉",用"悲凉之雾,遍被华林"来形容和重申中华民族在不断进步和艰难崛起时所面临的痛苦和曲折,用它描述以鲁迅为代表的20世纪作家对

---

[1] 陈平原、钱理群、黄子平:《论"二十世纪中国文学"》,《文学评论》,1985年第5期。

整个中华民族的沧桑感、悲凉感。这种"悲凉",在文本呈现的氛围层面,就形成艰涩、冷硬、荒寒的存在形态和语境。但同时,它也表现为叙述主体对现实、存在的绝望与虚无的反抗和搏斗,是文学叙事对现实、存在、民族、人性等思考进入哲学层次的全方位呈现。

二十余年之后的2007年,我与作家阎连科先后在大连、沈阳和本溪,进行了近一周时间的文学对话。我们在讨论阎连科的创作时,曾经多次提及二十年前陈、钱、黄三人的这篇20世纪中国文学"论纲"。在这次对话中,我们似乎难以轻松地走出他们概括的20世纪"悲凉"的文本氛围和审美感受。从阎连科自身的写作出发,分析、讨论他文本中冷硬、荒寒的审美元素,似乎更能印证上述判断的准确性、合理性。并且,从文学呈现存在世界的深描维度,引申出文学叙事中的哲学意识、写作发生的精神逻辑起点等问题,由此引发了阎连科对自己的写作理想、美学追求、精神向度、美感价值和现实意义的深度反思。

阎连科:我知道自己经常有神经病似的荒寒的感觉,但没有意识到世界整体的荒寒,也没有有意地在文学中整体地张扬这种荒寒。我就是感到荒寒到一定时候,到了不能给人说、又特别想说的时候,就动笔去写小说。孤独也好,荒寒也好,我会去做那样的比较:一个单身,无论他如何快乐,和一个温暖的家庭比起来他还是孤独的,荒寒的。一个幸福的家庭,和一个兴旺的家族比起来是孤独的,荒寒的;一个兴旺、发达的家族,和一个繁荣的城镇比起来是孤独、荒寒的。还有,把这个人类放在宇宙里比,这个星体是多么的小啊,它是多么的不堪一击。这样一比,就觉得怎么都没有意思了,无论你是一个人、一群人、一个民族,有谁不孤独,有谁不孤寒?其实,我们人类有个同样的不被发现的内心,那就是荒寒和孤独。①

由此观之,荒寒和孤独不仅是属于内心的,更是一个环境、氛围、语境和"现实之镜"。对于阎连科这样的当代中国作家,他在出生并成长数年的北方中原,亲历并感受到历史、时代发展过程中,人直面存在、现实、命运、苦难时所亟须的执着、坚韧、隐忍和自强不息。这些,早已构成他写作的精神起点。在此后的思考和研究中,我注意到偏北方的作家在精神气质和文化积淀上,与南方作家的显著差异性。北方,或者说"东北",作为一个特定的历史、文化和自然地理的场域,生活于其中的作家在审美叙事过程中所呈现的性格"内核"和"硬核",在一定程度上似乎更加"率性"。而那些象征的、隐喻的物象或情境,或者说,一种隐匿在叙事里的感觉、直觉、映像,都构成叙述中"审美的第二项",被巧妙地融入叙事的根部。其实,那种"经常有神经病似的荒寒的感觉",就是一种大意象产生的诱因,构成阎连科叙事全部的"情感与形式"。此后,"冷硬与荒寒",这样一个介乎心理感觉或美感之间的审美意识或"意念",就成为我阅读文学作品时经常关注、用心体味的一个审美层面。我们能够意识到这种"荒寒"感,经常隐约出现在许多当代中国作家的文本中,显露出叙事对现实和人性的冲击力,逐渐成为经验世界里神秘、幽微、沉郁的美学元素和精神范畴。现在想,多年以来,阎连科为什么要在叙事里如此"肆意"地呈现"荒寒"呢?也许,一个杰出作家的责任担当,就是一定不会辜负每一个严峻环境下沉默的灵魂,他必定要尊崇弱者的尊严和信念;并同时感动于、致敬于贫弱者的不堪挤压,就像野草重生,顽强地在困顿里抵抗肃杀、荒寒。我从阎连科自我意识中强烈的"荒寒感""荒寒意绪"

---

① 阎连科、张学昕:《我的现实我的主义》,中国人民大学出版社,2011年版,第74—75页。

"荒寒叙事",也能感受到大量的东北文学、东北叙事与其极强的相似性,尤其是相近的美感特征和样貌,并从萧红、迟子建、班宇等几代作家的文本,爬疏出一条独特的审美路径。其中隐约可见的潜隐在文本深处的"骨子里"的"孤寒",构成叙述的内在精神元素,像一股股幽光,释放出人性的、自然的,尤其高寒气候所带来的刺激和疼痛。我以为,我们能够在其间触摸、切入到人性的、生存的创痛和精神的困顿,从生活史、心灵史、地域性和灵魂的维度,体味到作家精神关怀和生存思索的深度。

二

近些年,我曾经从"东北文学"的整体视域,考量自20世纪70年代末、80年代初"改革开放"时代在黑、吉、辽的文学版图上,"东北文学"作为一种整体板块,那些曾有过的"喧嚣"和繁荣的情形。那时,曾经涌现出许多对于"新时期文学"产生重要影响的作家,显示出"大东北"广阔的文学视域和对30年代萧红、萧军、端木蕻良时期文学传统的继承。但是,从90年代后期开始至21世纪20年代,能够持续写作的东北优秀作家已经寥寥无几。像迟子建、阿成这样的作家,已经成为新时期以来东北文学的旗帜和"常青树"。其实,从整体上看,东北文学的现状着实堪忧。在这里,我不想做太多的分析和评价,因为有诸多复杂的原因,有着文学和非文学的双重因素,限定、困扰着东北作家的写作。记得有一次与迟子建交流东北文学的现状时,我们都无限感慨和忧虑:东北作家会否在一定程度上,愧对东北这片雄浑、辽阔的土地和近百年复杂多变的历史,以及广大人民和变动不羁时代的社会生活。东北作家要具有使命感和文化担当,这应是文学写作义不容辞的责任。实际上,百年东北的历史,可以说是一部漫长、复杂的精神、文化变迁与发展的历史。在许多作家的文本里,我们已经看到近现代、当代中国的

"大历史"，如何进入到东北作家的内心，又是怎样地开掘出宏阔的历史深度，呈现出东北叙事的雄浑和开阔。

如果继续追溯，除了"知青"一代作家群体，东北的"本土作家"如迟子建、阿成、金仁顺、刘兆林、达理、刁斗、马晓丽、陈昌平、李铁等，在改革开放四十余年的发展历程中，尤其面对世纪之交的东北，以百年历史和现实中的故乡为创作蓝本，以历史和美学的目光，审视和描述大东北的"前世今生"，许多文本都显示出对"现代化"进程中东北故事的文化、心理、精神的深描。王德威教授在写于2019年的《文学东北与中国现代性》一文中，对东北地域文化、东北文学及其相关问题做出拓展性分析和阐释。他将东北作家的写作置于"家族""国族""民族"场域之中，分析文学写作中的"跨界叙事的眼光"，"从东北视角对内与外、华与夷、我者与他者不断变迁的反省"评判"文学东北"所承载的和可能承载的潜在的叙述力量、地域经验和具有中国特性的现代性诉求。他强调要打开充分而饱满、深邃而旷达的文化及审美思辨空间，进而启发我们发现、发掘出"东北故事"文字背后，所蕴藏着的广阔、复杂、变动不羁的大历史积淀和沧桑。王德威认为："在如此严峻的情况下，我们如何从文学研究的角度谈'振兴'东北？方法之一，就是重新讲述东北故事。所谓故事，当然不只限于文学虚构的起承转合，也更关乎一个社会如何经由各种对话、传播形式，凝聚想象共同体。换句话说，就是给出一个新的说法，重启大叙事。……我们必须借助叙事的力量为这一地区的过去与当下重新定位，也为未来打造愿景。"[①]令人忧虑的是，进入新世纪20年代，除了"50后、60后"作家之外，东北作家群体甚至一度呈现严重"断档"的忧虑和"后继无人"的尴尬。而"70后、80后"作家的写作，整体上更是呈现出叙事乏力

[①] 王德威：《文学东北与中国现代性——"东北学"研究刍议》，《小说评论》，2021年第1期。

的趋势，他们对历史、现实、存在世界的理解、认知、把握，需要更清晰的审美辨识度和新叙事伦理的建立。因此，在一段时期里，东北文学的地域性特征也渐显缺失。但是，近年我们看到，来自辽宁沈阳的年轻作家班宇、双雪涛、郑执等，正可谓横空出世。在三五年的时间里，他们的文本迅速占据国内重要期刊的显赫位置，迅猛地产生令人瞩目的文坛影响力和不容小视的"轰动"效应。这让我们眼前为之一亮，感到特别振奋和喜悦。对此，我更愿意将班宇、双雪涛、郑执等新一代东北籍作家的写作，置放在当代精神、文化的价值系统里，从感性的体悟、文本的呈现，从对特定时代人性的发掘，到不乏理性的沉思，深入考量、分析他们近年的小说创作所渗透和辐射出来的我们时代生活的心理、精神和灵魂的气息。尤其是班宇的写作，表现出更加充分的自信和恰切的叙事紧适度，已经渐显格局，而且从他近年的两部短篇小说集《冬泳》和《逍遥游》，已足见出他对现实清醒的洞悉力和表现力。我注意到他写作的爆发力、潜质和后续发展力，更体味到他写作的价值和意义。我相信，他和双雪涛、郑执等作家极有希望成为新世纪以来新一代东北作家的最重要的代表。

当下最重要的问题就是，在我们今天的时代里，如何来讲述新的东北故事，以接续《呼兰河传》《生死场》《额尔古纳河右岸》《伪满洲国》《候鸟的勇敢》《年关六赋》《索伦河谷的枪声》的东北文学的叙事传统和风格，这是新一代东北作家的责任和使命。当年，在王兵拍摄的九个多小时的《铁西区》中，我们曾看到辽宁这个"共和国的长子"，在时代重大变革中那些令人触目惊心的创伤记忆和自我反思的图像。此后，虽然表现20世纪80年代末至21世纪东北当代现实的文学作品已经不少，但是，"随波逐流"的"速写"、白描式文本居多，少有从新的视角，或从新的叙事伦理出发，发掘大东北的当代现实，贴近当代人的命运，呈现人在这段时期的情感、心理沉浮和复杂变化。现在，我们在沈阳铁西区走出来的班宇等作家身上，看到了

"东北叙事"的新希望。在一定意义上，他的文本，表现出的不仅仅是我们时代的某种精神隐痛，而且是一种超越了"代际"的、对于整体性的时代和社会精神状况的清醒认知与深刻呈现。特别是，我还在班宇的小说里，深入地意识并体验到文本所蕴含的彻骨的"荒寒"之气，这或许也是东北文学叙事对"北方"的某种特别的情感连接。可以说，班宇在这种独特的东北语境中，感受、捕捉并表达了最具个性品质的"东北气息"，并且在这种气息的氤氲里，耐心地诊断出两代人的心理、精神痼疾。可以说，"东北故事"已在班宇这一代作家的笔下，形成了新的叙事形态，并重构时代生活的记忆，业已形成对20世纪"荒寒""悲凉"美学特征的贴近、接续和延展。

三

我曾在另一篇关于班宇创作的文章里，描述我初次阅读班宇小说的感受："我感觉它写出的不仅仅是东北，而且是我们这个时代历史和现实的沧桑与沉重。而且，他的写作显示出一种新的气度和活力，充满青春的文学气息并显示出逐渐走向成熟的写作精神。在班宇身上，我仿佛看到了当年王朔、苏童、余华、格非严肃的'青春写作'的影子和气息，有着沉思后的成熟，没有丝毫的'少年暮气'以及年轻写手的率性、随意和任性。"[①]而令我特别感到惊异的，则是班宇叙事所呈现出来的整体性语境、情境、氛围的特征，包括渐显深入到文本内里的"荒寒美学"。在他的多篇小说里，还有令人惊异的意象呈现。这些意象，已成为其叙事文本破解现实之谜的隐秘偈语。试看《肃杀》中的一段对"肃杀"场景的描绘：

---

① 张学昕：《盘锦豹子、冬泳、逍遥游——班宇的短篇小说，兼及"东北文学"》，《长城》，2021年第3期。

> 我爸下岗之后，拿着买断工龄的钱，买了台二手摩托车拉脚儿。每天早上六点出门，不锈钢盆接满温水，仔细擦一遍车，然后把头盔扣在后座上，站在轻工街的路口等活儿，没客人的时候，便会跟着几位同伴烤火取暖。他们在道边摆一只油漆桶，里面堆着废旧木头窗框，倒油点燃，火苗一下子便蹿开去，有半人多高，大家围着火焰聊天，炸裂声从中不时传出，像一场贫寒的晚会。他们的模样都很接近，戴针织帽子，穿派克服，膝盖上绑着皮护膝，在油漆桶周围不停地跺着脚，偶尔伸出两手，缓缓推向火焰，像是对着蓬勃的热量打太极，然后再缩回来捂到脸上。火焰周围的空气并不均衡，光在其中历经几度折射，人与事物均呈现出波动的轮廓，仿佛要被融化，十分梦幻，看得时间久了，视线也恍惚起来，眼里总有热浪，于是他们在放松离合器后，总要平顺地滑行一阵子，再去慢慢拧动油门，开出去几十米后，冷风唤醒精神，浪潮逐渐消退，世界一点点重新变得真实起来。

这时，我开始强烈地体会到，这是一个经典的"肃杀"意象或特殊的情境。在东北极其寒冷的冬天里，"围炉取火""抱团取暖"，成为谋生者的街头"盛宴"。班宇泪中含笑，将其描述为"驱寒"的"贫寒的晚会"。我想，这或许是班宇为这篇小说取名《肃杀》时，脑海里呈现出的最真实的情境。现实生活、人生境遇在每个人伸出双手"缓缓推向火焰"之时，融化成冰冷的梦幻。此时，我仿佛看见写作者的悲悯之心，正喷薄而出。现实是时间也是感官之旅，更是班宇一代对前辈的苦涩记忆。"下岗者"们没有蜷缩在逼仄的空间顾影自怜，而是开始夜以继日地延宕对明天的承诺。一句"冷风唤醒精神，浪潮逐渐消退，世界一点点重新变得真实起来"，班宇刹那间用文字点亮了人物内心的幽暗。无疑，我们也可以将这样的叙事冲动,理解为班宇对肃杀般困境的一次"肃杀",一次隐忍对现实的炸裂。一伙已届中年的同伴们"像是对着蓬勃的热量打太极,然后再缩回来捂到脸上",这个细部的描摹,让我们的阅读在瞬间获得一丝暖意和宽慰。显然,这也是班宇对温暖的期待和善良的模拟。这些直接受到生活重创的中年人,成为班宇"肃杀"氛围的主要承受者和突围者。他在《肃杀》里描述了两个父亲的形象:"我父亲"和肖树斌——两位在那个年代里很快就从"老大哥"的位置上跌落下来的"落寞者"。历史、时代、社会现实发生裂变,给一代人带来始料未及的变故,不可抗拒,也没有人可以置身事外。"买断"工龄,"买断"自己未来的生活,就是说,他们只有重新选择的权利,而没有自暴自弃的"勇气"。这仿佛像一位老诗人的诗句:"时间开始了。"只不过,这样的"开始"更加具有对于生命、命运的考验性。因此,生命个体和人性自身,必然要开始以另一种身份,踽踽独行在大地斑驳、狼奔豕突的城市"荒原"之上。难道他们真的会成为这个时代的"荒原狼"吗?没有涕泪飘零,也没有绝望和颓废,既不逃避也不惊恐,就像莫言讲述"我爷爷""我奶奶""我父亲"的故事一样,班宇代表"子一代"讲述起"我父亲"那些并不如烟的往事。

我感叹班宇的胆识和勇气,驱动着他的叙述从沉重的苦涩,向着突如其来的情感裂隙逼近。最后,在人物的行为引发的心理和精神"炸裂"中,彻底地扭转事物的因果,或者,叙述的终极意义奔向另一个不可思议的灵魂向度,给我们的阅读造成一种始料未及的惊诧。《肃杀》让我们感知到一种不易被察觉的人性的疼痛和忧伤。这种疼痛像身体某处的龟裂,充满着缓缓的、令人无奈咀嚼悲伤的苍凉况味。在这篇情节并不复杂的短篇小说中,十一岁的"我",已开始直接目睹、见证"我爸"这一辈人不乏悲怆的命运和人生境遇。无疑,父辈的命运,客观上是由时代决定的,这是无法不面对的沉重现实。"我爸"凭借一辆"拿着买断工龄的钱"买来的二手摩托车,"载人送客"成为谋生手段,聊以维持一个三口之家的基本生活状态。那时，"买断"已成为特定时代的一个有特殊内涵的专有名词，它意指一个人与"集体"之间的一次性"了结"，疑似婴儿与母体的"断奶"。这是新中国成立以来，东北所经历的最为艰难的"阵痛期"，众多人遭遇到最真实、也最压抑的生存困境。社会政治、经济的转折、转型引发的震荡，都对这些生命个体形成巨大冲击。他们默默、平静地隐忍，在焦虑、不安中承受生命赋予自己的责任。在多重的、断裂的、碎片化的现实时空中，在无法改变的处境里，保持自己的生命力和人的尊严。向死而生的风骨，在"我爸"这一辈人的身上凸显出来。这篇小说的叙事，在后半部分呈现出突兀性的变化，构成叙述的转折点。与"我爸"原本"同是天涯沦落人"的超级球迷、下岗工人肖树斌，对同是生存在社会边缘的"我爸"的欺骗，对"我"的一家仿佛是一场突如其来的重创性"偷袭"。关键在于，这完全是一次信任的危机，也是对自我尊严的冒犯。值得注意的是，班宇在处理"我"与"我爸"对待肖树斌的"态度"上，显示出不同寻常的选择。父子俩的态度惊人的一致和默契，令人体味到生活在同一层面的"同病相怜"者们的同情心和悲悯情怀。这令小说的"结局"有些出人意料，也意味深长。它祛除了叙事的因果照应，更让我们感到俗世人生中的温暖的力量。

  肖树斌在桥底的隧道里，靠在弧形的一侧，头顶着或明或暗的白光灯，隔着车窗，离我咫尺，他的面目复杂衣着单薄，叼着烟的嘴不住地哆嗦着，而我爸的那辆摩托车停在一旁。十月底的风在这城市的最低处徘徊，吹散废屑、树叶与积水，他看见载满球迷的无轨电车驶过来时忽然疯狂地挥舞起手中的旗帜，像是要发起一次冲锋。
  我相信我和我爸都看见了这一幕，但谁都没有说话，也没有回望。我们沉默地驶过去，之后是一个轻微的刹车，后面的人又都挤上来，如层叠的波浪，我们被压得有点喘不过气来。

多日遍寻不见的肖树斌就在眼前，父子俩该做出怎样的选择呢？这分明是令人难忘的、内心遭受重创的"肃杀"情境或意象，这是另一种俗世大地上的"荒寒"和"冷硬"。实质上，这也正是对人物内心的一次凶狠的"绞杀"。这里的一切，似乎都构成一次巨大的反转的开始，同时也是情感和理性的再度调控。此前，"我"所发现的爸爸那只皮革公文包里的利器——在苦苦寻找肖树斌、追讨摩托车时整天带在身上——像紧紧扼住喉咙时的恐惧、愤怒的刀刃，顷刻间在"苦中作乐"般的呐喊声里，化为乌有。父子俩的沉默，支撑起巨大的同情心，失去摩托车以来所蕴含的、具有吞没性力量的报复情绪，似乎在瞬间随风飘散。《肃杀》的深层内涵潜隐在表层故事的背后。在特殊的人生境遇下，道德的约束力出现裂隙，造成肖树斌的心理异化，构成人性的内在冲突。在这里，班宇没有张扬、放大肖树斌的"劣根性"，纠缠个人品质层面的不道德，而是聚焦于个人无法冲破现实环境深植于他周遭的瓶颈，以及遁入无际晦暗的恐惧。"肃杀"这个词语，隐匿着对现实嬗变的喟叹，灵魂不断被自卑和主体性缺失所啃噬的真实情形和残酷性。可以说，班宇的每一篇小说，似乎都经过一口长长的"深呼吸"中的短暂窒息，他叙写人的情感和生存状态时，总是带有特殊的语气，也总是隐约有一种特殊的神情，让我们意识到"不羁"叙事者的存在：或窘迫，或叹息，或有更强烈的"冲动"，以及那种与存在相互"抗衡"的力量。因此，他的这种厚重的文学审美感觉，不能不让偏爱的人为之着迷。直面时代生活、社会语境和人性，叙述揭示人性中的变与不变，呈现人性的困境、痛苦和"变形"的状态。虽然有叙事的滞重性，但是，班宇书写了人物表达内心的自然语码，深入生活的每一个角落，颠覆了现实叙述的呆板，饱含着深沉的艺术智性。

当然，班宇并没有摆出"审父"的姿态。他的叙述所呈现的，是父子两代人之间那种既"如影随形"又"若即若离"式的交集和"交叉分径"。或者说,"影子"无处不在,"子一代"竭力摆脱亦显无奈。我在班宇的一些小说里,还会感受到类似余华叙述的情境——梦魇般的"在细雨中呼喊"。余华所描摹出的一个孩子"对黑夜不可名状的恐惧",需要怎样的勇气打破、击碎,并且开始"另一个记忆"。与余华对那个年代悠远的梦魇情境描述相比较,班宇的感受更令人心生沉重。现在看来,班宇所描述的"这一代",是"少梦""缺梦"的一代。他们的成长,始终是伴随着父辈梦想与现实的坍塌,他们目睹一代人的生命、生活状态由"盛"到"衰"。所以,当他们考量自己的道路时,就始终保持着特立独行的姿态,对现实采取的是很"现实"的选择。

班宇在一次发言中谈道:"作为幽灵的小说艺术不依赖于印刷品呈现,它凭借着记忆、身体、技术与知觉,其传递方式像是一次群体性的感染,作者的书写则是一种哀悼,那些描摹与想象均是为了一种'不可见的可见',无数逝去的事物及相关链接对于此刻形成反扑、追问与侵蚀,并自由建构,挑动着他者的新旧记忆,从而将未来彻底取消掉,毕竟'那是属于幽灵的'。"[①]我们从班宇最初的十几个文本看,叙事的主要素材、题材取向和直接导致写作发生的元素,都源自他所倡导的"不可见的可见",是一种"幽灵化"的记忆呈现,"一种哀悼"。但是,书写很容易形成忧伤的黑洞,明显带有自苦、煎熬、甚至不惜制造放手一搏的虚空,"自传"、自怜的忧伤无以名状,忧伤的压力无所不在,文字成为叙事者的演义,像"肃杀"本身就已经成为隐喻。即使是书写现实,文本似乎也永远摆脱不掉"父一代"对"子一代"幽灵的纠缠。

---

① 班宇:《幽灵、物质体与未来之书》,本文是班宇在清华大学"小说的现状与未来"文学论坛的发言,刊载于"清华大学文学创作与研究中心"公众号,2021年11月26日。

四

《冬泳》和《逍遥游》，在一定程度上延展着《肃杀》的内在精神余韵。我感到，这里的"余韵"依然是叙事整体性意蕴的继续铺展，压抑、沉溺的基调再次生发开来。这也是《肃杀》所描述的艰涩生活情境、生命状态的持续"延宕"。"肃杀"不仅构成叙事氛围和语境的氤氲之气，而且浓浓地包裹着人物本身挥之不去的寒冽症候。这种"肃杀感"引发的人的感官、心理和精神与周遭世界的嘈杂、变异、惊悸的串联，搅动起个人处境的空虚和心灵内爆力，而人物由此滋生的"荒寒感""冷硬"，继而可能会直接导致他们在世俗空间里的尴尬和无奈。倘若进入人物的"内宇宙"层面，"肃杀"则是情感在心理空间的一次次缓慢瑟缩。那么，如何抵御外部情境的这种"肃杀"，以及人物心境的自我挫败感，确实会令"子一代"忧心忡忡，且会触动他们发生不同于前辈的人性裂变。但是，如何选择属于自己的道路，摆脱掉父辈的"原始创痛"，却成为父与子间无法回避的"连环套"。对于"子一代"来说，虽然并不需要以一场决裂或脱胎换骨的方式向前辈致敬、告别，但这个没有积淀，而且精神的脐带无法肆意剪断、尚不懂得灵魂涅槃的"十八岁"少年，却不假思索地就开始"出门远行"了。

显然，班宇的叙述不是某种"殇悼"，也不是事过境迁的轻薄惆怅和深情缅怀，而是直面当下现实命运的个性化"介入"和自我内心独白。班宇的文学叙事，选择东北历史上一个特殊的节点——21世纪初的社会经济、当代文化骤然发生激变和转换的痛点。这是曾作为东北工业重镇的"铁西区"衰颓数年之后，成为在心理、精神层面全面波及、振荡又一代人的悠远的回响。只不过，这样的"回响"常常充满着苦涩、惆怅和怅然若失。班宇聚焦的是，在东北老工业区整体衰落的历史情境中，新老两代东北人的内心纠葛和现实境遇，他们内在的存在性的不安或恐惧，像雾霾一样笼罩着身心。班宇以新的审美叙事策略和伦理判断，挖掘两代人内心和灵魂的裂隙和撕扯，将其置入一个崭新的视觉和认知系统之中，捕捉人和事的关键因子，试图在代际的转换中架起一座心灵浮桥。

《冬泳》这个题目本身就充满无尽的寒意与萧瑟。这篇看上去像是一个恋爱故事的小说，实质上就是一个平凡的"人生故事"，但它已经无关乎成长，只沉迷于生存世态的描摹。我感到，这篇小说具有明显的"非虚构"性，且有着强烈的消解"可能性"的叙事冲动，叙述"径直"地逼近生活"原生态"真实。这又让我们想起20世纪90年代的"新写实主义"小说，班宇呈现给我们的，几乎就是当年刘震云、池莉等人文本里的"生活流"状态。那么，究竟什么样的叙事，才可能超越生活？这也是当代现实生活的复杂性给予小说写作，给作家的虚构力、想象力提出的巨大挑战。在这里，班宇"以身试法"，他像一个"影子作家"，在不同的文本间穿梭，直面两代人的俗世人生，并且保持着"炸裂"的姿态。现在看，正如王德威所言："借助叙事的力量为这一地区的过去与当下重新定位，也为未来打造愿景。"[①] 如此，我们若将班宇的叙事，连锁到班宇的个人经验，由此再扩展我们的眼界和阅读边界，将其附会到东北乃至民族的创伤记忆之中，无疑，在这里我们就会体味到班宇叙事的非虚拟性。这种"非虚拟性"，貌似是对叙事的虚构和可能性的一种颠覆，这种"混淆"却极大增强了叙事的深广度。那么，是否可以说，像这类通过感官记忆和精神反思同时发掘的回到生活"原点"的叙事，及其形成的"镜像"，就是"为过去与当下的重新定位"呢？至少，它是对过去的一次重构。我认为，"肃杀""冬泳"基本上奠定了班宇最早叙述文本的调性，这两个语词里，无不浸润、积淀着砭骨的

---

① 王德威：《文学东北与中国现代性——"东北学"研究刍议》，《小说评论》，2021年第1期。

寒冷。所有的"在场者",都无法逃避这种无声的萧瑟。班宇几乎所有的"故事"都沉淀着一股强烈的北方特有的"氤氲"——寒气。这样的寒气,"建构"起叙述特有的语境、情境和整体叙事氛围,"荒寒"弥漫、渗透在字里行间,刺激并激发起反抗绝望的斗志。《冬泳》涉及这一代人的爱情观、婚姻观、人生观、价值观,班宇以自己的感受力和认知力,竭力地表现出个体生命的挣扎和人物之间激烈的心灵撞击。他以最朴素、简洁的叙事手法,给我们展示出这个时代生活的基本图像。虽然,表面上还看不出来他对人和事物鲜明的态度,但充满疑虑的对命运自身和存在逻辑的思考与判断,在或平静,或激烈的叙述中,如潜流涌动,貌似波澜不惊。

在《冬泳》中,"我"与隋菲之间关系的推进,自然缘于个性趣味的相互欣赏和认同,更多还是价值观层面相互磨合的结果。同病相怜,休戚相关,才可能心心相印,主导他们情感的还是精神逻辑的趋同所生发出的"化学反应"。

> 我忽然听见后面声音嘈杂,有人正在呼喊我的名字,总共两个声音,一个尖锐,一个稚嫩。我想起很多年前,也有这样一个稚嫩的声音,惊慌而急促,叫着我的名字,而我扶在岸边,不知所措,眼睁睁看着他跌入冰面,沉没其中,不再出现,喊声随之消失在黑水里,变成一声呜咽,长久以来,那声音始终回荡在我耳边。我一头扎进水中,也想从此消失,出乎意料的是,明渠里的水比看起来要更加清澈,竟然有酒的味道,甘醇浓烈,直冲头顶,令人迷醉,我的双眼刺痛,不断流出泪水。黑暗极大,两侧零星有光在闪,好像又有雪落下来,池底与水面之上同色,我扎进去又出来,眼前全是幽暗的幻影,我看见岸上有人向我跑来,像是隋菲,离我越近,反而越模糊,反而是她的身后,一切清晰无比,仿佛有星系升起,璀璨而温暖,她

跑到与我平齐的位置，双手拄在膝盖上，声音尖锐，哭着对我说，我怀孕了，然后有血从身体下面不断流出来。

这是一个极其"开放式"的结尾，其间仍然充满了肃杀之气。诡异的景象，是班宇刻意描摹出的具有引申意和隐喻性的画面。而且，肃杀之中的温情，已经不断地在字里行间隐隐闪烁。一个男人不乏迷茫但却坚毅的内心，呈现出的一丝丝忧伤的同时，亦令人感到些许温暖。在经过这一切肃杀中的恐惧和战栗之后，"我"正摆脱"幽暗的幻影"，竭力让隐忍和希望的力量再次冉冉升起。所有至暗时刻，都有尽头。

《逍遥游》里，班宇则不断地让我们从一个女性的内心，体察出温度"内外"的荒寒之意。"荒寒""肃杀"之气，弥散在文本的字里行间。这也与《肃杀》《盘锦豹子》等文本中大量呈现的东北地域特有的"寒冷"，再次构成"呼应"。外部世界之"冰冷""寒气"，成为渲染荒寒之意的空间场域。许玲玲对冬天的记忆，更是蕴含着丝丝缕缕的恐惧感，这也是她对于世界的整体性感受。

凌晨温度很低，像是又回到了冬天，空气里有烧沥青的味道。我迷迷糊糊，想起以前许多个冬天，那时候我和谭娜跟现在一样，拉着手，摸黑上学，一切都是静悄悄的，但走着走着，忽然就会亮起来，毫无防备，太阳高升，街上热闹，人们全都出来了，骑车或走，卷着尘土；有时候则是阴天，世界消沉，天边有雷声，且沉且低且长，风自北方而来，拂动万物，一天又要开始了。

很难想象，一位正在接受"透析"的病人，究竟会有一段怎样的快乐的旅行。许玲玲的内心，或者说，她的身心，正在同时经受着"阵痛"和被撕裂的状态。在这里，隐忍，再次成为班宇赋予人物的基本面貌和特征。因此，赵东阳、谭娜和许玲玲，"一男两女"三位昔日发小，三人结伴出游，这也成为病中的许玲玲人生最奢侈的一次旅行。显然他们都不是娇生惯养的一代，他们的父辈没有给他们任何可以"啃老"的资本，个人发展的道路由于诸多因素，刚刚步入社会就坎坷不断，遍尝"底层"的艰辛和磨砺。赵东阳和谭娜也都有着各自艰难的生活处境，虽然，他们对生活仍然具有那种青春余温尚存的冲击力量，但是年轻一代应有的诗意和浪漫则与他们渐行渐远。班宇笔下的人物，特别是这部《逍遥游》里的东北女孩——"病女"许玲玲，虽然处于困境之中，她年轻的生命即将走到尽头，人生正在缓步奔赴死亡，个体生命的欲望还难以消解，但是，她将自己视为一个"幸存者"。她在与两位昔日发小出游山海关时，仍不想欠下同伴太多的"人情"，她认为大家都很不容易，总是特别清醒地处理好"人情世故"。班宇试图通过对这位处于人生、存在困境中的年轻女性的塑造，写出"子一代"生命个体在遭遇荒寒时的一颗"勇敢的心"。

可见，班宇这位从铁西区工人村走出的青年作家，将从出生至今始终居住的区域，作为小说主要叙事背景，努力沉淀出东北之味、东北之"心"，这是他具有匠心的话语选择。他的叙述，虽然冷峻、荒寒、肃杀，潜隐在文字背后的却是干净、动人、温暖的内心和善良的情怀。以温情抵御"肃杀"，抚慰、缓释精神创伤和人性的低迷，这也成为班宇叙事伦理和精神逻辑的起点。

五

其实，我们还应该特别注意到班宇许多小说对"结局"的处理，进一步充分地感受其叙事的收束力量。其中，总能让人感到班宇在使出浑身解数"扭转"生活，让人们意识到人物正在将一切彻骨的体验平静、平淡地隐忍，并苦涩地过滤。班宇擅以戏剧性的方式，激活情节的流动，以此实现能够超越庸常的安之若命的灵魂"炫舞"。显然，作家对俗世间事物的理解，是含有较大隐喻性的。他有时愿意以空幻和变形的笔法，"重构"生活的理想和信念，并不直言存在的怪诞、隐忧和荒寒。如《冬泳》的结尾，无疑，这位青年工人的内心，正"外化"出某种不可遏制的生命之力，以内心沉潜、淬炼自身去抵抗肃杀。有时，班宇又会率性地将无尽的情思、无尽的爱恨和压抑，通过人物反常的、富于爆发力的行动，在"激荡"的叙述中显现出对常态的反拨。叙事让人的性格焕发出冲动和隐忍之气而生成洞开的遒劲伟力，逃离逼仄，去打碎不幸人性的荒寒。这方面，《盘锦豹子》是最好的明证。孙旭庭不知道前妻已经贷款抵押掉了他的房子，面对两个"陌生人"前来"收缴"他赖以蜗居的住屋时，腾空跃起，"从裂开的风里再次出世"，怒吼着直奔两个陌生人。虽然这不是一个充满奇迹性的画面，但是一个人一旦拥有自己守护尊严的气度和精神出口，就显得弥足珍贵，令人振奋。而在《逍遥游》里，班宇最后描述女儿许玲玲出游归来，因尚且还不到告知父亲的归来时间，她看见出租屋亮着灯光，知道父亲许福明在家里，便挺着疲惫至极的身心，抗住寒冷，静静地在屋外的冷寂里，等待事先计划的回家时间降临。生活、生存的不易，消解掉许玲玲对父亲一直以来的怪罪，让她的内心涌动起人间的爱意和悲悯，真正的人间挚爱永远也不会"绝情"。这与《肃杀》的结尾相近，叙述在汹涌的生活激流中，瞬间获得舒缓的转向，扭结迅即打开。《肃杀》那一对父子，对肖树斌惘然又无奈的宽容，构成一次强烈的伦理"反转"，像一股强大的暖流，覆盖并融化掉人性的冰川。这样处理，当然确需作家深藏于内心的定力，而这一定也是对生活、生命"希望之火"的再次点燃。在《枪墓》里，班宇以"元叙事"的方式，在讲述一对父子的命运同时，更是尽显人物的惨淡命运与环境之间交互叠加的苍凉之寒、肃杀之气。

三年之后，其母与一年轻医生交好，并再次怀孕，便与孙少军离婚，法院将孙程的抚养权判给孙少军，他开始跟着父亲一起生活，这一年里，孙程刚满七岁，默默目送母亲离开，没有叫喊，也没流泪。也是在此时，祖父双耳发聋，城区改造伊始，四面拆迁，他每日处于巨大的崩塌声响中，却置若罔闻，面容严峻，半年之后，祖父去世，葬礼冷清，悼者寥寥，火化前夜，孙少军彻夜赌博，输光现金，没钱买骨灰盒，只得从家中带去月饼铁盒，焚化过后，将其骨灰铲碎，再倒入其中，铁皮滚烫，盒盖上四字花好月圆，孙少军捧着返程，狼狈不堪。

小说的行文刻意简洁、内敛，但令人震撼。好的作家总是能够发现新的洞悉生活的视角，但文本形态及其叙事内涵又是生活本然的存在，所以，作家应该竭力在悖论里发现表象世界背后的残酷与美好。而这些，都成为一切值得敬畏的平凡生命摆脱人生困境的悲剧性书写。对于人性、情感书写的真实性，叙述中故事和情感逻辑，班宇都有自己独特的理解："另一方面是小说的故事与情感逻辑。尽管我们在捍卫小说这一文体时，经常将新闻、影视剧等作为障碍物与对立物，因其将粗暴、蛮横的原则与立场迅速注入了社会肌体内部，而小说本应发挥着另一维度的功用，应当超越或者至少表现出不同的认知与读解空间，向着真实、真相与真理挺进，然而，现实情况是，无论作为作者还是读者，我们好像一直在被动地承受着某种规训，被系统所改造，总会陷落到一种显而易见的矛盾之中，即所写下来的是否符合此刻现实生活的逻辑与伦理，而非小说内部的逻辑与伦理。"[1]

---

[1] 班宇：《幽灵、物质体与未来之书》，本文是班宇在清华大学"小说的现状与未来"文学论坛的发言，刊载于"清华大学文学创作与研究中心"公众号，2021年11月26日。

班宇还认为:"结局是作者的终点,也是阅读者的终点,但并不是所有人与事物的终点。他们始终并肩,于未知的空白里,去对抗无止境的命运,比我们虔诚,也比我们勇敢……"在这里,我们能够体味到班宇对其文本中人物的敬畏之心。对此,王学谦指出:"人物也是班宇小说美感不可轻视的来源。我们所说的那些细节、语言,很大部分都集中在那些人物身上。这些人物性格及其命运往往具有很大的感染力,吸引着我们,使我们产生强烈的情感共鸣和万端思绪,从而更深刻地领悟到历史、现实重厄之下的底层人生的卑微、苦难,也看到人性的分裂、幽暗、丑陋和闪光。"[1]而从短篇小说文体层面看,刘庆邦曾表达过他写作时内心的纠结。他说最初构思每一部小说的时候,他的初衷都是要将它们写得美一些,但是,他的笔一旦触摸到现实就会变得异常紧张,面对现实本身,以及他对现实的深入思考,立刻让自己的写作心态变得严峻起来。而且,最终这种"紧张"的心态,几乎构成他写作的发生。那种"忧愤深广"、惶惑、焦虑,衍生成一种逼视人性和灵魂的目光,使得他直抵生活和人性中的幽暗处,同时,竭力地奔向寻找希望的道路。[2]我不清楚,班宇在叙事的过程中,直面人物所承载的"残酷"存在困境时,是否也处于某种特别的"紧张"的状态或心境,究竟都有哪些缘由导致写作的最初发生,他的神经又是如何依赖某种信念的支撑,将这些"底层"的日常生活拉升到属于自己的叙述语境里,也就是说,班宇是怎样"淬炼"生活和经验的?但我想,一个作家的成熟,或许重要的是体现在他最初对自己表现生活的角度和叙事方向的选择上,也可能取决于个人天分在后天的发挥和施展。对于班宇来说,

---

[1] 王学谦:《渴望书写人在历史中的巨大隐喻——论班宇铁西小说的美学魅力》,《吉林大学社会科学学报》,2021年第6期。

[2] 参见张学昕、于恬:《如何淬炼短篇小说的经典——刘庆邦短篇小说阅读札记》,《当代文坛》,2020年第6期。

虽然仅仅只有几年在当代文坛崭露头角的写作经历，但其对个人经验的处理、叙述的策略，即"讲故事的方法"，已经表现得既纯粹又老到，近乎入俗又脱俗。文本"形而上"和"形而下"的美学形态，在其叙述中已经得到很好的艺术整合。他对许多情感、心理、伦理、灵魂层面的描述，也大胆得很，不妨说，有些溢出俗世边界的放诞。班宇应该算是那种既有天赋又勤奋的小说家，其文本叙述介于故事和说话之间，情节上不做过分渲染，叙述大大方方，本真而率性，舒舒展展，毫不羁绊，文字里有的是无拘无束的人性，一切都仿佛顺其自然。他写生命和情感的苦楚、悲伤，也常常是"含泪的微笑"，隐忍中不时渗透出人性的微光。他总是以一种坦诚的目光打量人，没有特立独行地去刻意建构所谓"叙事结构"的谨严、完整，却是保持着文本自由、自足而坦然的姿态。

由班宇"东北叙事"文本所呈现出的自由度，我们立刻就会自觉联系到班宇小说的语言问题。我始终认为，对于一个写作者来说，最重要的还是语言。一个作家无论具备怎样厚实的文学感受和生活经验，具有怎样的结构力，但最终需要或等待他的一定是某种特定话语方式的出现。可以说，班宇是一上手就找到了自己叙述"调性"的作家。也许，正是叙述里东北方言的强力渗入，弥散出既粗粝又绵长的"空旷"之音，加之班宇个人经验具有一种自明性的执拗，叙事中班宇式的语式、语调、节奏，跌宕起伏，使得他的叙事形态不拘一格，引人入胜。对于班宇来说，虚构的只是事物和生活的表象结构，而灵魂深处的良知，却是永远真实的存在。班宇"东北叙事"所蕴含的"荒寒美学"特征，体现出其对非人道生活的尖锐审视，对诗性生活和"草根世界"的深度关怀。班宇写出了他们整整一代人的身体、心灵际遇。这里，既有青春话语特有的秉性、气息，更有立足于人道精神标尺的执着坚守。也许，正是以班宇、双雪涛、郑执为代表的年轻东北作家的崛起为起点，东北叙事将向世人展示出"文学东北"的新风貌。